여자의 일생

명화와 함께 읽는
여자의 일생

초판 1쇄 인쇄 | 2007년 7월 30일
초판 1쇄 발행 | 2007년 8월 5일

지은이 | 기 드 모파상 · 오정순
옮긴이 | 김은영
펴낸이 | 진성옥 · 오광수
펴낸곳 | 꿈과희망
디자인 · 편집 | 김창숙, 박희진
마케팅 | 이복자, 이창원
인   쇄 | 보련각(김영선)
출판등록 | 제1-3077호

주소 | 서울특별시 용산구 원효로 1가 119-9
전화 | 02)2681-2832
팩스 | 02)943-0935
http://www.dreamnhope.com
e-mail | jinsungok@empal.com

ISBN | 978-89-90790-68-2 03810
값 10,000원

ⓒ Printed in Korea.

명화와 함께 읽는

여자의 일생

기 드 모파상 지음 | 김은영 옮김
오정순 지음

꿈과 희망

고전과 명화로 알아보는
여자의 일생

엄격한 규율에서 벗어난 자유, 전기에 감전된 듯 전율로 다가온 사랑, 영혼과 육체의 합일로 이루어진 새로운 인생의 출발점인 결혼, 안정된 생활이 가져오는 권태로움과 소리 소문 없이 다가오는 왜곡된 사랑, 생명의 환희를 안겨주는 출생, 변화된 자식의 모습과 무너져가는 집안의 경제력, 막다른 인생에서 다가온 가슴 절절한 해후, 그리고 감동으로 다가오는 인생!

한 여자의 삶을 통해 우리네 삶의 모습을 살펴볼 수 있는 자연주의 고전 소설인 『여자의 일생』은 우리가 어느 시대를 살든 어떤 공간에서 숨을 쉬든 함께 울고 웃을 수 있는 불후의 명작입니다.

오늘날 급격한 사회 변화를 겪으면서 여성들의 삶도 큰 변화를 맞고 있습니다. 한때는 남성들의 전유물이었던 분야에 조금씩 파고 들던 것이 이제는 여성들이 없어서는 안 될 정도로 남성과 여성의 경계선이 무너지고 있습니다.

그러나 뿌리를 이루고 있는 삶의 큰 틀은 언제 어디서나 우리 곁에서 튼튼한 거목으로 자리잡고 있습니다.

모파상의 『여자의 일생』은 고전의 대표적인 명작으로 언제

어디서 읽든 시간과 공간을 뛰어넘어 우리 가슴속에서 새로운 모습으로 탄생되곤 합니다.

이번 기획은 고전으로서 꿋꿋이 자리잡고 있는 모파상의 『여자의 일생』을 현대의 관점으로 재조명해 보고 재해석해 봄으로써 새로운 문학의 틀을 찾아보는 데 있습니다. 특히 글로써 독자들의 가슴을 울리는 고전 작품과 함께 그림으로 독자들에게 감동을 전해 주는 명화를 함께 실어 새로운 관점과 작품 해석의 또 다른 모습을 제시해 주고 있습니다.

명화 속에 담겨 있는 여성들의 심리를 살펴보고 여자의 일생을 재조명함으로써 수많은 모습으로 펼쳐지는 삶의 과정들을 작품 속에서 읽어낼 수 있습니다.

미술심리학자이자 수필가의 눈에 비친 명화 속 여성들의 심리는 청소년들에게 고전을 읽어내는 새로운 해석으로 다가갈 것이고, 자기만의 인생을 만들어가는 지구의 절반인 여성들에게는 나만의 인생을 만들어갈 방법을 제시하게 될 것입니다.

고전과 명화가 함께 만들어낸 여자의 일생은 바로 우리들의 삶의 모습입니다.

『여자의 일생』은
이렇게 태어났다

기드 모파상은 1850년 8월 5일 북프랑스의 노르망디에서 태어났다.

그가 12세 되던 해에 부모가 별거에 들어가, 모파상은 동생 열베와 함께 어머니를 따라 에트르타에 가서 살게 되었다. 그가 20세 때에 독일과의 전쟁이 일어나자, 모파상도 참전했다. 다음해 11월에 제대한 그는 잠시 귀향했다가 다시 파리로 나가 해군성에 취직했다.

한편으로 그는, 어머니의 권유로 플로베르를 스승으로 모시고 문학수업을 받기 시작했고, 에밀 졸라와도 교제를 시작했다. 사실 모파상은 전문적인 학교 수업은 별로 오래 받지 못했다.

해군성에서 문교성으로 자리를 옮긴 그는, 간간이 시작품을 발표하다가, 1880년 1월에 불멸의 출세작인 『비계덩어리』를 써내어 독자들에게 커다란 호평을 받았다. 그해에 스승인 플로베르가 죽었다. 모파상은 쉴새없이 단편과 장편, 희곡, 시, 기행문 등을 발표했으나, 일종의 정신적인 압박감 때문에 눈에 이상한 증세가 나타나더니 우울증까지 겹치고, 끝내 신경 계통의 질환으로까지 발전되어갔다.

1883년, 그의 첫 장편소설인 『여자의 일생』이 발표되자, 그해에만도 3만여 부가 팔려나갔다. 『여자의 일생』은 세련된 묘사와 관찰에 의해서 인생의 일면을 정확하게 받아들인 자연주의 문학의 걸작 중의 하나로 꼽히고 있다. 이 작품에서 잔느가의 몰락은 아들인 폴의 방탕이 원인으로 되어 있고, 사회적인 관계와는 무관한 것으로 그려져 있다. 다만 현실을 있는 그대로의 인생으로서 재생했을 뿐, 창조한 것은 아니다. 이 점에 『여자의 일생』의 한계, 나아가서는 자연주의 문학의 한계가 있다고 할 수 있겠다.

그 후 모파상은 지중해 쪽으로의 여행 등, 자신을 괴롭히는 자각 증세에서 벗어나려고 모든 노력을 다했으나 1889년에는 더욱 악화되어 커다란 고통 속에 휘말려 있었다. 이 해에 동생인 열베가 뇌질환으로 병원에서 죽었다.

그러는 중에도 그는 쉬지 않고 작품 활동을 계속했다. 1890년에는 병의 심각함이 모든 사람을 놀라게 할 정도로 악화되었으며, 다음해엔 발광의 징조가 뚜렷이 나타났다.

1892년에 들어서자 발광의 발전 형태로 자살을 기도하기도 했다. 곧 파리 근처 파시의 정신병원으로 옮겨졌으나, 이듬해인 1893년에 43세의 젊은 나이로 세상을 떠나, 몽파르나스 묘지에 매장되었다.

모파상은 노르망디의 이웃, 소도시의 시민들, 전쟁 체험, 사교계의 일화 등을 즐겨 작품의 소재로 사용하여, 자연주의를 하나의 문예사조로 확립한 졸라의 이론과 그의 과학적이고 실험적인 소설이론을 형성한 플로베르에 이어 프랑스 자연주의 문학을 완성시켰다.

이렇듯 소시민의 생활 주변과 일상, 사회의 병폐를 가차없이 폭로하고 야유하는 것만이 '인간의 상태를 일체의 편견없이 충실하게 묘사하는 소설가의 임무'라고 주장한 졸라의 이론을 그는 문학에서 극대화한 것이다.

『여자의 일생』은 모파상의 첫 장편소설이다. 1883년 2월 27일부터 4월 6일까지 파리의 《질 블라스》지에 연재되었으며, 연재가 끝나자마자 아바르 서점에서 단행본으로 출간, 다음해 초까지 25판을 거듭할 만큼 성공을 거두어 모파상을 일약 세계의 대문호로 만들었다.

이 소설의 작중 인물은 주변에서 쉽게 찾을 수 있고, 너무나 잘 아는 인물들이다. 그런 면에서 작가의 사명이랄 수 있는 새로운 인간상의 개발과는 어느 정도 거리가 있다.

여기에서 친숙하다는 의미는 당시 프랑스 시대에서 쉽게 찾아 볼 수 있는 일반적인 인물이라는 것이다.

주인공 '잔느'는 수도원을 갓 나온 모습으로 등장한다. 그리고 그녀는 평생 동안 이 모습 그대로 늙어간다.

세상의 쓴맛으로 성격이 비뚤어지는 따위의 새로운 성격은 생기지 않는다. 계속 만년 처녀 그대로이다.

잔느의 어머니는 언제나 뚱뚱한 모습이다. 책 앞부분에서 레 뢰플로 떠나는 마차를 그녀의 몸무게로 뛰어오르게 하였다. 남작도 철학자처럼 소개되어 있으나 이 루소풍(風)의 자연주의자는 소설의 후반에서 가톨릭 사제와 다투게 된다. 줄리앙은 이미 신혼여행 때 어머니로부터 받은 잔느의 용돈을 뜯어내고 보이의 팁을 깎는다. 로잘리도 시골 지주의 집에서 흔히 볼 수 있는 완고하고 충실한 하녀 그대로이다. 이러한 보편적인 인물을 대상으로 하여 당시의 시대상과 그 속에서의 생활상을 아름답게 묘사한 것은 모파상만의 풍부한 삶의 경험 자연에 대한 경험의 축적에서 나온 것이다.

이 소설이 처음부터 끝나는 그 순간까지 페시미즘의 어두운 그림자를 띠고 있으면서도 독자로 하여금 그토록 비참하고 절망적인 구렁에 빠지지 않게 하는 것도, 작가의 애정, 토지와 풍경, 인물에 대한 작가의 따뜻한 마음 때문이다.

모든 뛰어난 소설이 그렇듯이 이 소설도 여러 가지로 음미할 수 있다. 정확하게 시대를 설정한 풍속소설 내지는 시대소설로도 읽을 수 있다. 그러나 무엇보다도 이 소설은 자연주의 문학의 발전, 혹은 진화에 의의를 가진 것으로, 그 극적인 면을 평가해야 할 작품이다.

인간의 세계가 숨기고 있는 진실, 특히 인간 감정을 초월하는 환멸적 작용의 탐구에 몰두하는 태도가 『여자의 일생』에 뚜렷하게 나타나는 것은 주목해 볼 만한 가치가 있다.

Une Vie

소설을 통해 본
여성의 삶에 대한 해석

　모파상의 『여자의 일생』은 마치 우리나라 소설같다. 우리네 안방에서 방영되는 드라마를 보는 듯한 착각을 일으킬 정도로 소설의 내용 전개가 우리의 현실과 닮아 있다. 빠른 경제적 성장으로 자본주의 사회가 급격히 확립되며 사회 전반에 걸쳐 새로운 부자계층이 생겨나고 일부의 삶이 특화되며 다양한 인간 풍속도가 새롭게 태어났다.

　우리의 현실에 비추어볼 때, 주인공 잔느가 10대를 지낸 그 당시의 사회계층적 구조를 이해하는데 전혀 어려움이 없다. 귀족과 평민이란 계층과 양극화란 호칭의 차이일 뿐, 관계의 구성이나 사람들이 살아가며 보여주는 양상은 지극히 닮아 있다.

　같은 시대에 살고 있는 사람들끼리도 서로의 삶을 이해하고 소통하기가 어려운 실정이다. 인정하고 싶지 않은 현상을 맞이하며 살고 있는 우리는 '여자의 일생'이란 거울을 통해 현실을 조명해 볼 가치가 있다.

　고전의 생명은 세월이 흘러도 읽을 가치가 있다는데 있다. 그 생명은 인간이 사회적 배경 속에서 어떻게 변하고 성장하고 멸망하는지 작가가 보편적 흐름을 제대로 꿰뚫고 있다는 것을 증명한다.

잔느의 성장 배경에 대하여

세상에 원인 없는 결과는 없다. 현재는 과거가 원인이 되고, 그 과거를 보면 미래가 보인다. "떡잎부터 알아본다"거나 "세 살 버릇 여든 간다"는 말이 우연히 만들어진 것은 아니다. 아기는 스펀지처럼 세상을 제멋대로 흡수하여 마음을 정해버리게 되므로 어른의 삶 자체가 바로 인생 교육인 셈이다.

주인공 잔느가 12살에 수녀원 기숙학교에서 나온 해는 1819년이다. 우리의 경제 구조가 이 소설의 무대와 닮아오는데 약 200년 정도 걸렸다고 해석해도 무리는 아닐 것이다. 행복을 물질만으로 보장받을 수는 없지만, 착하고 순결한 성품만으로도 불가능하다. 착한 성품에 삶을 헤쳐나갈 기능이 있어야 한다.

기능이란 인류애에 기반하는 인생관에 생산력, 위기에 대한 대처력, 사건과 사람에 대한 이해력과 분별력, 시대를 읽는 역사적 안목, 인생을 바라보는 통찰력 등의 다양한 능력을 말하며 이러한 능력이 총체적으로 어우러져 인생을 유연하게 행복으로 이끌어갈 수 있다.

잔느의 일생은 이미 선대로부터 물려받은 인생교육에서 출발되었다. 누구나 사회적, 자연적, 인적 환경에 의해 결정적으로 영향을 받다가 교육에 의해 자각이 들면서 생각이나 마음을 새롭게 바꾸기도 하고, 수정 보완하는 일부의 사람도 있다. 피나는 노력에 의해 인생을 전폭적으로 바꾸기도 하지만, 의지와 무관하게 인생에 필요한 여러 가지 것들이 억압

되기도 한다. 대체로 환경에 의해 영향을 받으며 형성된 유년의 경험이 몸에 배어 그 사람의 일생을 관통하며 운명적 삶으로 이어진다.

이 소설에서는 4대에 걸쳐 이어오던 귀족 가문이 어떻게 멸망하는지에 대해 체감하도록 돕는다. 소설을 통해 인간과 삶을 변화시키는 요인이 무엇이며 진정한 가치를 추구하지 않고는 좋은 것을 성장시킬 수 없다는 것을 가르치고 있다. 과연 자녀에게 좋은 부모는 어떤 부모인지도 생각하게 돕는다.

잔느의 부모에 대하여

잔느를 말하려면 잔느를 양육한 부모에 대해 말하지 않을 수 없다. 잔느의 아버지는 귀족 가문에서 태어나 장자77 루소를 숭배하는 자로, 자연에 대해 깊은 애정을 가지고 전쟁을 증오하며, 철학적인데다 자유주의 교육을 받았다. 생존 경쟁을 통해 강해진 성격의 흔적은 어디에도 없다. 남을 사랑하고 호의를 베풀며 남을 포용하는 선량함은 좋으나, 산만하고, 저항력이 없으며, 의지의 힘이 마비된 듯이 선량하다. 작가는 '악덕에 가까운 선량함'이라고 표현한다. 게다가 경제 마인드도 갖추지 못했다. '선량함이란 밑빠진 독'으로 표현된 데는 그럴 만한 이유가 있다. 관리만 잘 하면 충분히 수익을 낼 수 있는 상황인데, 그들은 검소한 삶을 사는데도 돈이 어떻게 없어지는 줄 모르고 문제를 파악하지도 못한다.

오직 이론가인 아버지는 딸의 행복감을 자신이 길러주어야한다고 교육 방침을 세우고 그런 경제 상황은 외면한다. 어찌보면 딸이 스스로 살아내야 할 인생에 대한 권리를 부드럽게 강탈하는 행위와 같다.

아버지는 잔느를 12세까지 집에서 교육시키고 그 이후에는 성심수녀원으로 보낸다. 자녀 교육과 모든 일에 주도적인 역할을 맡지만 엉성하고, 어머니는 '심장비대증'이란 병명을 별칭처럼 달고 살며 딸에게 심신으로 건강한 어머니의 모델이 되지 못한다. 양육자로서 조언도 하지 못한다. 게다가 종교심을 가지기 쉬운 여자의 본능으로 신앙을 가지기는 하여도 성당에 자주 가지는 않았으며, 신부를 좋아하기는 했다. 애매한 신앙관을 가진 어머니였다.

잔느는 이런 부모 밑의 무남독녀이다. 어린 시절, 그녀의 삶은 오직 보호로 일관된다. 성장기 내내 인생이란 무엇이나 원하기만 하면 내 것이 될 수 있다고 인식하게 되면 건강한 생존력이 길러질 기회를 부모가 박탈하는 셈이다.

혼자 크는 아이는 자칫하면 부모의 익애에 빠져 자기 중심적 사고와 경쟁에 취약할 수 있는 반면, 의존적 성향을 보인다. 그런데 깨끗하고 순박하게 가두어 키운다면 그녀는 어디에서 다른 사람과 어울리며 살아갈 저항력을 길러낼 것인가.

성장한 잔느는

17세가 되도록 그녀는 오락을 가져보지 못하고 전원에는 한 번도 가보지 못하였다. 여기에 그녀 인생의 취약점이 감추어져 있다. 자연이 키워내는 힘을 받아 여러 형제 속에서 자란 사람은 공동체 속에서 자기 위치를 확보하고, 언제 양보하고, 어떻게 관계 맺으며, 자기 의사를 어떻게 상대에게 주지시키며 삶을 직조할지 배우게 된다. 경쟁자 없이 자란 아이는 자기 몫을 챙기지 못해 무리하다싶으면 기피하는 현상도 보인다. 감각적으로 익혀야 할 몫과 공부해서 얻는 지식과는 다르다.

변화스러운 자연을 도외시하고 놀기를 거부하며 계획적으로 딸을 키웠다면, 그 딸이 사는 세상에서는 변화가 일어나지 않아야 견뎌낼 수 있을 것이다. 결국 변하는 세상에서 그녀는 현실에 부적응한 삶을 살수밖에 없다. 고통에 대한 대처력이 약하고 인간에 대해 이해하고 분별하는 감각도 길러지지 않았다. 오직 보호되어지기만 하여 자기와 다른 사람에 대한 이해도도 떨어진다.

잔느의 불행은 이 시점에서부터 잉태된다. 성직을 택할 사람도 아닌 딸을 사춘기와 맞물리는 시점에서 속세와 격리시킨다는 것은 또래 집단으로부터 이탈시키는 행위와 같다. 세속에서 개성이 다르고 성이 다른 다양한 사람들과 부딪치며 어떻게 대응하고 어울릴 것인가를 감각적으로 터득해 가야만 하는 시기에 격리됨으로써, 남성을 파악하는 능력이 붙을 기회를 얻지 못하고 금남의 장소에서 남성에 대한 환상만 길러졌다.

사람의 능력 중 큰 비중을 차지하는 능력은 문제에 부딪쳤을 때 선별하고 대처하는 능력이다. 잔느는 낭만적이고 감성적인 면만 부각되며 꿈과 현실의 간격을 좁히지 못한 몽상가로 남자를 만나게 된다. 아무런 수고도 거치지 않고 부모가 마련해 준 좋은 성을 차지하여 전원생활을 꿈꾸던 그녀는 신부의 주선으로 남자를 소개받지만, 그 남자는 정략적으로 그 귀족 가문에 들어가기 위해 접근한 남자이다.

귀족 출신이라는 명분으로만 받아들이는 부모도 딸의 일생에 무책임한 일을 저지른 셈이다. 게다가 사위가 딸의 집으로 들어오는 입장이라면 상대방 집안에 적응하며 성숙할 기회조차 빼앗은 셈이다. 딸이 부모를 떠나지 않아도 되는 그 남자의 조건을 무조건 선택하는 어머니의 선택도 건강하지 못하다. 결혼 당사자들 사이의 인생관이나 가치관에 대한 탐색도 없이 외모가 수려한 남성과 만나면서 관능적 쾌감으로 오는 감정을 사랑으로 착각하고 한 남자에게 일생을 맡기는 것은 스스로에게도 책임이 따르는 문제이다. 온 마음을 다 바쳐 사랑하면 온 힘을 다해 자기를 사랑해 줄 것이라 믿는 어리석음은 부모외의 다른 경험을 가지지 않은 데에 기인한다. 다른 사람의 감정도 확인하고 꿈을 키워 나가야 하는 것을 놓치고 있다. 신랑감인 줄리앙의 속내를 눈치채지도 못하고 머리에서 발끝까지 당당한 영주라고 믿어버린 딸이 그 신랑감을 선택하기를 아버지는 기다린다. 선뜻 선택하기를 망설이는 딸에게 아버지는 조언을 통해 딸의 무덤을 판다. 다른 남자도 자신과 같이 선량할 것이라고 믿어버리는 오류를 범하고 아버지가 딸에게 주는 조언은 충격적이다.

"딸이란 영혼이 순결해야 하며 부모가 딸의 행복을 맡아줄 남자에게 맡길 때까지 완전무결하게 순결하지 않으면 안 된다. 인생의 감미로운 비밀 위에 던져진 포장을 걷어올릴 권리는 그 남자에게만 있단다. 그런데 딸들이란 만일 인생의 어떤 의혹도 기다려보지 못했을 경우, 이따금 몽상 뒤에 숨겨진 좀 동물적인 현실에 맞닥뜨리면 반항하게도 되는 때가 있다."

잘 간직하고 있다가 넘겨주는 물건처럼 취급당하는 잔느, 한 남성에 대해 동등한 자세로 배우자를 택하는 모습은 어디에도 보이지 않는다. 딸의 의견뿐만 아니라 딸을 수녀원에 보낼 때 반대하는 어머니의 발언도 묵살하고 오로지 아버지의 임의로 결정하고 있다. 딸은 아버지 마음대로 양육되고 혼인으로 이끌려간다. 주도적 삶을 살지 못하는 여성의 전형이다.

선 경험은 그 다음 선택의 원인이 된다. 남성 중심의 사회에서 동성사회로 진입하였다고는 하나, 철학의 빈곤함이나 나약한 의지로 일관하는 여성은 남성에 의해 보호되고 지배되며 생명을 약화시킨다. 그러면서도 아무 문제를 제기하지 않는다는 것은 인생에 대한 예의가 아니다. 사고의 빈곤함만 보여줄 뿐이며 지나치게 운명론자가 되고 만다. 이러한 여성상은 어느 길에 들어서도 사회의 보편적 흐름을 깨지 못한다.

잔느의 결혼

잔느가 줄리앙과 결혼식 날 "살과 뼈가 피부 밑에서 녹아버린 듯 오직 온몸에 커다란 공허감이 느껴질 뿐이다."고 한다. 결혼식을 마치고나서야 그녀는 상대방이 자신에게 어떤 존재가 되어줄지, 행복하게 삶을 잘 꾸려갈지에 대한 질문을 하자 줄리앙이 낯선 사람처럼 느껴진다. 늦은 탐색이다. 게다가 섬세한 감각을 갖추고 여성을 이해하거나 보호하지 않는 남편에 대해 원망을 하지만 이미 늦었다. 로잘리와의 관계를 파악하지 못한 시점인데도 여자의 본능적인 육감은 상대방을 감지한다.

결혼은 달콤한 상상의 연장이 아니다. 건강한 성의 결합으로 자손을 생산하고 둘이서 이루어나가야 할 이상의 방향을 정하고, 역할을 나누어 감당하며 생활하는 것이다. 애정과 경제의 두 가닥이 실생활에 직조되어 결과를 낳는 것이다. 그런 면에서 잔느의 결혼은 첫 단추부터 잘못 끼어진 경우이다.

잔느의 삶에 끼어든 로잘리

하녀인 로잘리는 섬기는 주인 아씨의 남편감과 첫 만남부터 눈이 맞는다. 신부에 대한 애정보다 그 귀족 가문에 합류하기를 바란 잔느의 남편 줄리앙은 성의 대상을 로잘리로 삼는다. 결혼은 진정한 의미의 육체적 결합이 없이는 의미 상실이기에 잔느는 처음부터 무의미한 결혼을 한 셈이다.

로잘리는 다른 사람의 결혼생활에 끼어들어 윤리적 악행을 저지르기는 하지만, 은밀하게 사랑을 키워 가며 자신을 주도적으로 살아내고 저질러진 결과를 수용한다. 사랑하는 사람의 아이를 얻고 그 책임을 어느 누구에게도 전가하지는 않는다. 아기를 낳고도 왜 그랬느냐고 이유를 물었을 때 줄리앙이 너무나 잘 나서 아무 말도 못했다고 고백한다. 스스로 수용한 행동이었다. 문제가 생길 때마다 적극적으로 대처하고 해결하며 인생을 이끌어 간다.

소설은 로잘리라는 여성을 통해 나약한 잔느와 반대 성향의 여성을 대비시킨다. 잔느에 비해 로잘리는 귀족과 서민의 대칭적 자리에서 생명력을 강하게 발휘한다. 그녀는 드러난 문제에 지혜롭게 대처하며 생명을 경시하지 않는다. 자살 소동을 벌이거나 눌러앉겠다는 떼도 쓰지 않는다. 자식을 떠맡기지도 않는다. 두말 할 나위없이 잔느 아버지의 해결사적 도움으로 살림이 로잘리에게 툭 잘려 나가고 만다. 비정상적인 사랑일지라도 좋아서 수용하고 결과가 드러나자 과감하게 2차 선택을 하며 현실에 적응한다.

리종 이모

그런가 하면 이 소설에는 가족들이 리종이라고 불러주는 이모가 있다. 그녀는 부모로부터 인정이나 이해받지 못한 이력을 가지고 있다. 그녀의 무능은 부모로부터 소외된 음지에서 파리하게 자라났고, 서서히 자기 표현력이 제로인 여성으로 굳어버린다. 자각하고 행동을 의지적으로 바꾸지 않으면 인생에 변화는 없다. 작가는 리종을 '살아 있는 가구 같다'고 표현한다. 넉넉한 언니네 집에서 자기 삶을 일구어낼 수도 있으련만, 언니네 집에 기생하듯 살다가 수녀원으로 숨어버린 여성이다.

선량한 형부의 습관적인 친절은 동정에서 우러나오며 그런 정도의 애정으로는 어느 누구의 삶에도 건강한 영향력을 발휘하지 못한다. 그녀 또한 한 사람을 깊이 이해하려는 의지도 보여주지 않고 무분별하다고 판단하고 만다. 착한 잔느마저 동물적 감수성으로 리종 이모를 그렇게 인지하고 만다. 혼인에 대한 갈망이 조카를 통해 살금살금 들추어지지만 소극적이다.

잔느의 결혼 생활

잔느는 남편이 바람을 피우다가 들키면 근본적인 문제를 해결하려 들지 않는다. 돈으로 문제를 덮고 아기에게로 마음을 집중하며 문제로부터 도피 성향을 보여준다. 세월이 지나 로잘리가 떠나고 남편은 다른 백작부인과 바람이 난다. 그녀는 오직 아들 폴과 '병든 짝'으로 밀착되어 몰애의 경지에 이른다. 그러는 사이에 경제권은 줄리앙에게로 넘어가고 만다.

잔느의 결혼 생활은 감미로움으로 출발하여 단조로움으로 바뀌고 어느새 불안한 과정을 거쳐 기대없음이 되고 말았다. 기대하는 것은 이미 모두 끝났다. 사랑하는 삶은 함께 지내며 서로를 받아들이고 양보하기도 하며 서로의 삶을 조율해가는 것이다. 집 밖으로 돌고 마음이 단절된 사이라면 허상의 시간일 뿐이다. 그들에게 단절감이 끼어들었다.

게다가 돈에 대해 관심을 기울인 경험이 없는 잔느에게 남편의 인색함이나 넉넉하지 못한 행동은 추하게 보이기까지 했다. 남편은 로잘리가 떠나자 다른 백작부인과 바람을 피우다가 백작에게 발각되어 죽음으로 내몰린다. 영혼과 육신이 아픔을 겪고 있는 사이, 아들 폴은 학업을 위해 도시로 나간다. 폴은 학업을 옳게 잇지 못하고 놀음과 여자 문제로 가산을 탕진하기에 일조를 한다. 창녀와 놀아나다가 딸을 낳으며 죽어간다고 소식을 전하자 하녀였던 로잘리가 아씨를 도우러 돌아와 조언을 한다. 전문 변호사에게 조언을 구하며 망해가는 가산의 일부를 건지도록 돕는다. 아들 폴은 창녀와의 도피행각을 벌인 끝에 출산을 하며 죽어간다고 마지막까지 어머니에게 돈을 요구한다. 폴은 어머니를 오직 돈 줄을 대는 사람 정도로 이해하고 그녀는 그녀의 부모가 그러했듯 해결사 역할만 맡는다. 무능의 대물림이다.

그녀의 부모는 딸의 행복한 삶을 꿈꾸다가 가슴앓이만 하고 일생을 마친다. 그 부모로부터 배운 것은 자식의 행복이 어디로부터 오는지에 대한 자각도 없이 맹목적으로 보호만 하려든 것처럼 그녀 또한 그의 아들에게 그렇게 대처한다.

자신의 행복을 위해 자식을 끼고 돌며 희생시키다가 결국에는 그런 양육 방법의 결과로 어머니를 떠나는 쾌감을 맛보면서 방탕의 길로 접어든다. 아들의 연인에게 질투를 하며 얼마 남지 않은 재산으로 신세타령하는 여자가 된다. 병적인 감상의 끝은 파산이었다. 가산을 탕진하고 물려준 성을 나간 세월 속에서 잔느는 그곳 자연을 그리워 한다.

아들에게 자신의 늙어가고 초라함을 알리지만 무반응이다. 그녀는 작은 일에도 시달림을 받는다. 아들에게 매달리듯한 잔느는 자식의 정부가 죽어간다는 사실이 비밀스런 기쁨으로 작용한다. 선량한 여자의 한계를 넘는 보통여자로의 잔느를 보여주는 대목이다. 미래가 닫혀질 즈음 결혼에 실패한 주인에게 미안함을 보상이라도 하듯 로잘리는 잔느에게 튼튼한 지원자가 되어 잔느 곁을 지켜준다. 그녀의 마지막 일은 아들의 여자가 죽고 남긴 손녀를 받아안아 기르는 일이다.

요즈음 이러한 전형은 우리네 삶 속에서 얼마든지 만날 수 있다. 부모의 삶이 그다지 마땅치 않다고 거부하고 바깥으로 돌다가 섣불리 동거에 들어가 자식을 낳고 결혼하지 않는 모델로 어머니는 아들이 남긴 손자손녀를 키우며 눈물의 세월을 산다. 어느 시대를 막론하고 여자의 삶은 흡사한 모델이 있다.

"그러고 보면 인생이란 사람들이 생각하듯 그렇게 행복하지도 불행하지도 않은가봐요."라는 말이 기운빠지게 한다. 현실에 눈을 번쩍 뜨고 명쾌하게 삶을 반전시키면서 생을 마칠 수도 있을 것 같다는 잔느의 적극적인 인식 전환의 말을 듣고 싶었다.

철학 교수의 여성학 측면의 발언

한 철학교수가 여성학 강의 시간에 사담을 내 놓았다. 자신은 왕비보다는 무수리의 삶을 택하겠다고 말했다. 이는 이 소설에서 잔느와 잔느의 하녀로 등장하는 로잘리의 삶을 관찰하면 이해되는 발언이기도 하다.

어떤 환경에서 어떻게 태어났거나 주어진 상황에서 노동하며 노동의 대가는 주인에게서 받지만, 자기에게 부여된 삶을 주도적으로 살아낸 사람은 자기 생명에 대해 책임을 지는 사람이다. 스스로 선택한 삶에 대해서는 행복하거나 불행하거나간에 남을 탓하거나 무지로 오는 불행을 떠안지는 않는다. 조건에 지배 당한 사람과 조건을 바꿀 수 없는 상황에서도 스스로의 선택으로 삶을 살아낸 사람은 인생의 후반에 얻는 결실에는 차이가 난다.

왕비는 비단옷 속에서 생명력이 시들지만, 무수리는 일을 통해 바람냄새, 땀냄새 속에서 살아 있음을 확인하며 강인한 생명력이 길러진다. 무기력한 귀족 여성의 결핍이 노동이라는 것을 간접적으로 시사한다. 삶을 구체적으로 사는데 묘미가 있지 관망하고, 군림하는데는 한계가 있다.

어떤 상황에서도 완전한 만족은 없다. 그것은 지향 방향일 뿐이다.

미술 심리학자이자 수필가의 눈에 비친
명화 속에 담긴 여자의 심리

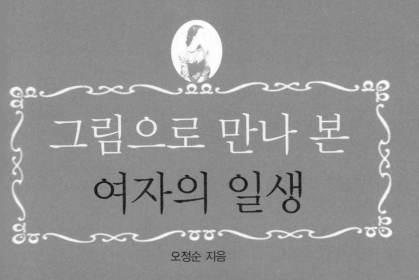

그림으로 만나 본
여자의 일생

오정순 지음

완성으로 가는 여정

　예술의 전당 건물이 보이기 시작하면 내 가슴은 진동으로 바뀐다. 낯선 세계로 초대받은 듯 흥분에 싸인다. 건너편 길에서 지상으로 건널목이 생기고부터 그곳으로 가는 길이 한결 마음 가볍다.

　초입의 석벽에는 담쟁이덩굴 잎이 기름바른 듯 윤기를 내며 하늬바람에 나불거린다. 기분좋게 반짝이는 5월의 얼굴이다. 다섯 명의 친구들이 오르세 미술관전을 보기 위해 다 모였다. 친구들은 이미 전시된 그림과 초면이 아니다. 그림과의 친교 정도가 두터울 뿐아니라, 글을 쓰면서 그림을 그리거나 그림 감상을 즐기는 사람들이다.

　나는 대단한 전문가와의 동행은 사양한다. 그들은 경험과 지식을 전수하려는 의지가 강해서 우리의 자유로운 상상에 장애를 준다. 우리는 그리며 감상하는 사람과 그림에서 영감을 받아 글 창작하는데 흥미를 느끼는 작가들이기에 서로 만

피에르 폴 프뤼동 〈처녀〉 데생

나면 그림 외적인 말을 섞으며 특별한 행복의 시너지 효과를 낸다.

전시장을 두세 바퀴 돌며 각자 감상을 하다가 한두 작품 앞에서 서로의 느낌을 나누기도 하고 그림에 대한 뒷이야기를 섞기도 한다. 아무래도 그리는 사람은 작법에 치중하여 보는 경향이 있고 글을 쓰는 사람은 소재에 작가가 숨겨놓았음직한 주제를 찾아 보는 재미가 더 강세이다. 내면의 풍경을 보는 재미도 쏠쏠하다.

그림을 두고 미술적, 역사적, 문학적, 종교적, 심리적, 정치적 관점에 따라 각기 다른 것을 챙겨가게 되므로 전시회의 몫은 볼 가치가 있다고 검증받은 작품을 걸어두는 것으로 끝난다. 고전명화는 보는 관점과 거는 관점이 다르더라도 크게 잘못될 염려가 없다. 공감하면 느낌이 확대되어서 좋고, 이질감을 느끼면 다른 것을 만나는 기회를 얻어서 좋다. 일석이조의 기쁨을 누리게 된다.

루소의 대형 캔버스 앞에서 우리는 특별한 모델을 만났다. 검은 옷을 입은 여인은 여태 보아온 명화 속의 인물과 분위기가 판이하게 달랐다. 의상디자인 자체도 밸런스를 맞추지 않은 기형인데다 헤어스타일 또한 옷과 어울리지 않는다. 치마의 길이가 길어지면 팔에 부피감이 줄어야 어울리고 소매가 코끼리 귀같이 너불거리면 긴 치마의 폭이라도 줄여주어야 하거늘 그런 배려를 하지 않은 그림 앞에서 당황스러웠다. 그 옷 안에 감추인 신체 부위를 드러내본다면 기형일 것

같다. 사실화여서 거부감은 더욱 컸다.

전체적으로 불균형을 이루고 있다. 무례하게 비전공자의 낯선 질타를 내려놓고 온 날, 나는 무엇인가 실수를 한 것은 아닌가 하는 미안함이 남았다.

데생은 화가의 생각을 옮겨놓는 출발점이므로 생각과 표현한 내용이 맞지 않으면 수십 번이라도 고쳐가며 칠해야 할 것이다. 밑그림이 잘못되면 색을 입히는 붓을 놓아도 완성도는 높일 수가 없게 된다는 것을 그림에서 깨달았다. 오늘 감상은 불만스럽고 어긋난 자리에서 한 수 챙겨가졌다. 인생수업으로 확대하여 통찰하였으니 그림으로 가는 길목은 점점 넓어질 것만 같다.

나의 인생은 온 전시장의 작품처럼 다양함이 모여 나를 이룰 것이므로 루소 그림 앞에서의 성토를 오히려 영양제로 받아들인다. 다시 시작하는 것이면 그 무엇이든 밑그림에 충실하여 붓을 놓고 후회하지 않도록 성급하게 진행하지 않을 심산이다.

우리네 선조들은 바늘허리 매서 못쓴다고 '적당히' 정신을 막았다. 누구라도 완성품에 대한 환상에 못 이기면 성급하게 마무리지어 결과를 보고 싶어 한다.

밑그림이 잘못된 인생일지라도 그림과 마주서서 발견하듯 어떤 내용이 아니라는 생각만 들면 기록성의 가치로 인정하고 다시 출발하는 편이 현명할 것이다. 이미 완성한 것이라면 붙잡고 후회하기보다 놓고 떠나거나 안다고 인정해야 한다.

옛 의식에서 벗어나야 새 것을 얻는다. 잘못을 잊을 수는 없다. 새로 출발하는 자리의 밑그림이 좋다면 그 시점에서 인생이 끝나더라도 미완성으로의 아름다움을 남길 수 있다.

서양미술사 화집 중 낭만주의 그림을 보다가 나는 전시장에서의 연장선상에서 다른 그림 앞에 멈추었다. 어제의 자각 증세가 아직은 물기 마를 시간이 아니라 미완성 그림에 시선이 멎는다.

피에르 폴 프뤼동의 데생 작품 <처녀>는 사진처럼 정교하게 마무리한 그림보다 훨씬 매력적이다. 처녀의 얼굴이 변하지 않을 수 없듯 인생도 나이들지 않을 수 없는 일이다. 완성되면 어느 작품이 될지 알 수 없으나 데생만으로도 충분하게 만족스럽다. 탁월한 데생은 결과를 상상으로 채워가며 보아도 충분하다.

어딘가에 이 작품의 완성품이 있다면 찾아보고 싶은 심정이다. 반짝이던 젊은 날에 비해 노년이 초라할 수도 있지만 꿈꿀 수 있는 미완의 자리가 나는 좋다.

조금 더디고 남과 다른 길을 갈지라도 자기 철학을 가지고 인생의 밑그림에 충실해야 그 과정만이라도 가치롭다. 내가 누구이며 어디로 가고 있는지 짚고 가지 않으면 변하는 세월 앞에서 형편없이 망가질 수도 있다. 스스로에게 누를 범하지 않기를 바라며 내 마음에 잠시 걸렸던 루소의 그림을 떼어내고 그 자리에 프뤼동의 <데생>을 건다.

내 인생은 아직도 수정 중이다.

피에르 오그스트 르느와르 〈물랭 드 라 갈레트 무도회〉

아직도 나는
무도회를 꿈꾼다

가지 않은 길에는 궁금증이 일고 겪어보지 않은 일에는 호기심이 남아 있다. 우리에게 그 길은 무도회로 가는 길이다. 영화나 소설, 그림과 오페라를 통해 무도회 문화를 간접 체험하면서도 명쾌하게 궁금증을 풀지 않고서는 물러설 수가 없다.

휘황찬란한 상들리에 불빛이 사람들의 가슴마다 기대라는 보석으로 내리꽂히고 감미로운 음악이 넘실대며 홀을 채우기 시작하면 홀은 어느새 설레임으로 가득해진다. 시선과 시선이 서로 부딪치며 때로는 사랑이 움트고 때로는 관계의 교란이 일어난다. 관심있는 대상을 따라다니는 시선이 마구 얽힌다. 웃음소리도 화장을 한 듯 속내가 드러나지 않는다. 아무리 차분하게 걸으려고 노력해도 폴삭거려지고 흥분하게 된다. 고조된 감정을 감추려고 할수록 어딘가로 교묘하게 새

33

나간다. 대리석 바닥에서 사랑이 싹트고 열정이 꽃피는 무도회를 한번쯤 동경해 보지 않고 젊은 시절을 지나는 사람이 있을까.

소설 '오만과 편견'에서 다르시가 리지에게 "사랑의 묘약이 무엇이냐"고 묻자, 기다린 질문인 듯 "춤이요."라고 대답하는 장면의 짧은 대사는 무도회장을 가장 짧은 문장으로 드러낸 것만 같다.

고등학교 졸업이 가까워 올 무렵, 역사 선생님은 우리가 졸릴 때마다 대학생활을 조금씩 흘려내며 잠을 깨웠다. 그때 어떻게 사랑이 선생님께 오게 되었는지 묻는 바람에 가면무도회 이야기를 듣게 되었고, 그 이야기를 하는 동안 선생님의 얼굴에는 장미향이 피어나는 듯했다.

텔레비전이 없던 시절, 세계의 문화를 시청각적으로 고루 접할 수 없던 아이들의 가슴은 온통 무지개빛으로 물들었다. 그 시간만큼은 대학 가는 길이 마치 무도회장으로 가는 길로 착각하게 만들었다. 빨리 군청색 교복을 벗고 낭만이 넘치는 대학 문화 속으로 풍덩 빠지고 싶었다.

그러나 나는 가면무도회가 열릴 가능성이 없는 교육대학에 들어갔다. 갓 20대로 접어든 시점에서 일과 사랑이란 대명제를 놓고 우리는 풀어야 할 하나의 과제가 이미 정해졌다. 교사란 직업이 정해지며 취업의 고뇌는 덜어졌어도 4년제 대학에서 경험하게 되는 캠퍼스 생활을 2년에 마쳐야 하기에 마음은 늘 급했다. 전공학문 또한 어린이가 대상이라 퇴행하는 것같기도 해서 안정은 우울감으로 변질되었다.

아카시아향이 감미로울수록 우울감은 깊어가는데 이때 의과대학 주최로 체육관에서 무도회를 연다는 소식이 들려왔다. 티켓은 일부 대학의 일부 과에만 발부하였다. 나는 마치 무도회의 꿈을 이루기 위해 대학에 온 듯 서운했다. 아무나 갈 수 없는 행사라니 더욱 멋져 보였다. 체육관에서 쌍쌍이 짝을 이루어 입장하고 음악에 맞추어 포크댄스를 추는 순서가 하이라이트라고 한다. 참가자들은 YWCA에서 일정기간 춤 연습을 해야 한다는 소문이 들려 올수록 상상은 영화를 닮아갔고, 나는 그 행사에 참여하는 사람들이 부러웠다.

어느 날, 영문과에서 소화되지 않은 표 한 장이 사촌을 통해 내게 들어왔다. 나는 우리 대학에서 참가한 한 명이었다. 포크댄스 연습할 시간도 없었지만 고등학교 때 민속무용대회를 해마다 열던 끝이라 그냥 따라 할 자신이 있었다. 나는 영화의 주인공이 된 듯 설레며 새 옷을 챙겨입고 무도회장으로 향했다.

내 파트너가 늦게 도착하는 바람에 우리는 늦게 대형 아치를 통과했다. 감미로운 춤곡이 체육관을 훑고 다닌다. 젊음의 열기로 축제 분위기는 고조되고 저마다 배운 포크댄스를 추며 율동하는 인파는 부드럽게 출렁거렸다. 그러나 내 파트너와 나는 자꾸 발을 밟고 방향을 틀리게 돌기도 하여 슬그머니 대열에서 빠져 나왔다. 그도 나처럼 즉흥적으로 표를 받고 나왔다고 이실직고했다. 우리는 2층 계단에 앉아 춤추는 쌍쌍을 구경하다가 박수를 치며 웃기도 했다. 춤이 멈추고 행운권 추첨이 진행 중일 때 우리는 밖으로 나왔다. 그 또한 영화의 한 장면을 닮았다. 그날 나는 맥박 뛰는 소리도 들었고 피돌기가 빨라지는 것 같은 느낌도 받았다. 그러나 대학에서 마쳐야 할 과제인 듯 바라고 바라던 '무도회 체험'은 미완성으로 그쳤다.

고급 사교장인 무도회장에는 술과 음악이 날카로움을 무디게 갈아내고 화려한 의상과 조명이 눈을 즐겁게 협조하면, 사람과 사람 사이에서는 어설픔과 불편함이 줄어든다. 서서히 춤으로 이끌리는 두 사람은 몸을 통해 서로를 탐색하는데, 춤은 마음을 정직하게 전하는데 협력한다. 개성이 피어나기도 하고 허세가 판을 치기도 하다가 막을 내린다. 그러나 춤의 세계가 경험 안에 없으면 무도회는 무한 동경의 대상이 되고 말 것이다.

젊은이를 위한 행사도 시대의 특성에 따라 유행을 타며 진화한다. 대형 행사로 치면 대학축제도 있고 이벤트성 행사도 종종 펼쳐진다. 그러나 현대 젊은이들은 '모두'와 함께 '모두' 보다 개별적 만남에 더 치중하는 것 같다.

세상은 항상 변화하고 있다. 몸으로 표현하고 싶은 사람들이 늘었다. 라틴 춤을 배우고 부부가 스포츠 댄스를 즐기는 문화가 우리 땅에 이륙하였다. 언젠가는 우리나라에서도 공식적으로 무도회가 열릴 것만 같다. 일부 사람들은 일상과 다른 자신의 이미지를 궁금해 한다. 그런 부류를 위해 이미 다양한 드레스를 입고 사진 촬영하는 재미를 부추기는 사진 카페가 등장하였다. 이에 부응하여 드레스 대여업종도 성업 중이다. 아기 돌잔치에 드레스를 입고 잔치를 치르는 것도 행사를 일상과 차별화하며 화려하고 멋스러움을 누려보고 싶음으로 해석된다. 임신과 출산으로 망가졌던 체형이 정상으로 회복되었음의 자축일 수도 있다. 원하면 생기고 호응이 적으면 사라지는 것이 문화의 특성이며 문화의 움직임은 바람을 닮았다.

유행을 타고 보편화되면 사교문화로 무도회가 열리는 날이 올지도 모른다. 참여자의 사회적 키에 따라 행사 규모도 달라질 것이며 사회 일부에서는 성토가 일어날 것이고 삶의 본질과 거리가 멀다고 지탄도 쏟아질 것이다. 결국 성했다가 스러질 순환 고리에 엮일 무도회는 우리에게 미래 문화에 속할 것이며 그 날을 상상해 보는 것만으로도 재미나다.

사람이 주인공이 되고 여건이 맞는다면 무슨 일이든 가능하다. 지금 전문 이벤트 회사에서 기획하는 종류만 해도 시대의 변화를 충분히 반영하고 있다.

문화는 불어가고 다시 돌아 불어오는 바람이므로 참여자와 불참여자 사이의 거리는 언제나 생길 수 있으며, 그 자리가 새로운 예술이 피어나는 자리가 될 수도 있다. 그래서 옛 것은 미래의 것이기도 하며 다른 나라의 것은 곧 내 나라 것

이 될 수 있다. 아직도 외래문화에 대한 궁금증과 호기심이 끝나지 않은 나는 세월로 나이를 세지 않고 가슴으로 세며 우리 식으로 변형되어 피어날 무도회의 상상을 즐긴다. 나는 문화의 사대주의자가 아니라 꿈꾸는 사람이다.

Une Vie
여자의 일생

그네 타는 여성

담을 높이 쌓는다고 사랑하는 사람들의 만남을 막을 수 있을까. 옷으로 발 끝까지 덮는다고 보여주고 싶고 보고 싶은 사람들의 열망을 막을 수가 있는가. 마음이 가는 길은 정해져 있지 않다. 막으면 막을수록 새로운 묘책을 찾아내어 열망을 풀려고 든다.

동서양을 막론하고 이성이 그리울 즈음이면 부모는 여성에게 몸조심을 시키느라고 주의를 기울이고 당사자들은 호시탐탐 이성에 눈을 돌리며 자연의 이치에 이끌린다. 꽃이 향기로 나비를 유혹하고 나비는 날아들어 꽃가루를 마구 묻이게 하여 상생하듯, 남녀도 때에 이르면 서로를 찾느라고 의식적, 무의식적으로 유혹하게 된다.

담 안의 춘향이가 담 밖의 이도령이 보고 싶어 가슴을 졸이면 바빠지는 사람은 방자와 향단이다. 그들이 어른들에게

39

프라고나르 〈그네〉

감시를 받으면 춘향이 혼자서도 이도령을 볼 수 있는 방법을 강구하다가 방법을 개발하게 된다. 높은 나무에 그네를 매고 굴러서 높이 오르면 담 너머의 세계와 마주치게 되며 한복 치마를 바람에 날리며 그네에서 나비처럼 날아오르는 장면은 이도령의 시선을 잡아끄는 유혹의 도구로 발전한다.

1765년 프라고나르작 <그네> 에도 이러한 인간 본성의 열망이 잘 그려져 있다. 그림 속의 여성은 나무에 맨 그네에 올라 앉아 있다. 이 여성이 입은 옷은 사랑스럽고 감미로운 옷 색으로 나무의 색감과 반대색인 연한 주홍색으로 화폭의 중심에 태양처럼 떠 있다. 그녀의 포즈는 야릇하다. 두 다리를 보란 듯이 벌리고 그네 아래의 남성을 향해 눈을 내려간다. 유혹의 마음이 동하면 몇 겹의 천을 두른들 무슨 소용일까. 겉은 덮고 속은 열어놓으며 내숭을 떠는데 옷은 한낱 위장일 뿐이다.

중동 여성 5인이 피사체로 서 있는 사진 한 장이 인터넷에 공개되었다. 제목은 '무엇을 찍는다는 것일까' 였다. 사진을 보고도 웃었지만 제목은 더 우스웠다. 눈과 손만 맨살이 드러나고 모든 부분은 검정색 옷으로 가리워져 있다. 이는 여성이 남성을 유혹한다는 이유로 남성들의 제안에 따라 생겨난 문화라고 한다. 자기 아내를 남에게 공개하고 싶지 않은 방법이기도 할 것이나, 공교롭게도 이들 여성들은 겉옷과 달리 속옷이 화려하며 아예 입지 않기도 한다는 소문도 있다.

아마도 사람의 속성을 안다면 연상이 가능할 것이다. 많이 가리면 은밀하게 보여주고 싶은 충동이 인다. 이 사진을 보고 무엇을 보여준다고 그러느냐고 묻는 사람은 그 여성의 옷을 걷어내고 싶은 사람일 것이고 나는 그것 자체가 그 나라 문화이므로 볼 것을 다 보았다는 느낌이 들었다.

볼 수 있는 창구가 적으면 가까이 다가들어 보고싶은 것이 사람의 속성이다. 드러내놓고 다 보여주면 오히려 민망하고 당황하여 눈을 감아버린다. 익숙하지 않고 사는데 부자유스러운 모든 것은 은밀하게 서서히 변한다. 치마 길이를 길게 내려 종아리를 감추면 가슴을 드러내고 위 아래로 다 덮으라 놀리면 그네에 올라 다리를 벌리는 게 사람이다. 억압하는 순간부터 분출의 욕구는 누적된다.

일상의 도구며 문화적 부산물이 우연히 생겨나지는 않는다. 인간이라서 필요하기에 생겨난다. 억압에는 분출로, 방심에는 주의집중으로 대응하며 진화한다.

그네를 타는 여인의 의상에 주목해 보자. 치마폭이 갈라진 한복이나 롱드레스를 입고 그네를 타며 바람을 가른다고 생각해 본다. 치마폭에 전폭적으로 불어가는 바람은 성적 충동을 부채질할 수 있다. 멋스러움을 가장한 노출 본능을 누가 말리랴. 사람이며 남성을 기다리는 여자인 것을.

풀밭 위의 점심식사

소포가 배달되었다. 오르세 미술관 작품집이다. 표지는 마네의 작품 '풀밭 위의 점심식사'로 꾸며졌다. 전나의 여성과 정장차림의 남성이 풀밭에서 식사를 한다. 그녀는 책표지에서 나를 쳐다보고 당당하게 말을 건다.

"어때요. 탄력있는 제 몸매을 보는 느낌은 어떠세요? 벗어서 뭐가 문제입니까. 왜 침실에서 벗으면 괜찮고 당당하게 해 아래서 벗으면 이상한가요? 보시죠. 보기가 불편하다면 당신이 문제입니다."

그렇게 되었다. 살롱전에 출품하였다가 낙선되어 커다란 스캔들을 일으킨 이 작품은 세월이 지나 여류수필가인 내 앞에서 당당하게 인정받고 있다.

"여성인 내가 보아도 보기 좋습니다. 벗은 당신이 용감합니다. 아주 시원해 보입니다. 어쩐지 여성은 위선의 옷을 벗은 것 같고 남성은 위선의 옷을 입고 눈으로 당신의 육체미

에두아르 마네 〈풀밭 위의 식사〉

를 맛보는 것만 같습니다그려. 거침없는 당신의 시선이 마음에 듭니다. 그렇게 잘 가꾼 몸을 옷 속에 감추어두기 아까우시겠습니다만 당신은 남자를 아는 여성이기에 가능할 겁니다. 여성은 봄으로써 자극받기보다 만짐으로써 자극을 받고, 남성은 봄으로써 즐거워진다는 설도 있던걸요."

나는 나이 탓인지 세월 탓인지 도무지 그녀의 벗은 몸이 추하지 않고 오래 전에 보았을 때와 달리 낯뜨겁지도 않다. 옷을 입은 여성보다 아무것도 걸치지 않은 여성이 아름답다. 춘화와 예술의 차이점 때문일까.

그 시대나 요즈음이나 '몸짱' 운운하며 몸을 가꾸느라고 열을 쏟는 여성은 누구를 위해 그토록 노력하는 것일까. 몸을 파는 직업 여성이 아닐지라도 남성과 여성은 서로가 서로에게 행복감을 채워주도록 만들어졌다. 그러나 고매한 인품을 옷 입기로 표현하고 옷은 사회적 관습의 상징처럼 묶여서 유전한다. 본질을 덮은 위선을 벗기고 싶은 화가의 자유정신이 그림으로 말했을 것 같으나, 정신의 나상을 원하면서 육체가 옷을 벗으므로 사람들은 낯설어한다. 눈으로 보면 안 되고 상상에서만 가능하다는 말의 모순을 세월이 흐른 후에야 인정받는다.

놀랍게도 여성에게는 몸매가 자신 있으면 벗어서 보여주고 싶은 충동이 있는 것 같다. 아니 그다지 자신없는 몸매일지라도 말 대신 벗은 몸으로 이미지를 전하고자 하는 작가정신이 종종 문제를 불러 일으킨다. 보여줌의 힘일 것이다.

오래 전, 미술선생님이 누드 사진을 인터넷에 띄웠다가 법정에 서는 일이 벌어졌다. 외설과 예술 사이에서 시비가 무성했다. 보여주고 싶은 자와 막는 자 사이의 문제이지 그 사진 자체는 아무 문제가 아닐 것이다.

누드화보를 찍는 일부 연예인들이 등장하는 배경에는 여체미를 즐겨보는 남성이 있다는 말이다. 젊은 날 몸매가 아름답게 느껴지는 일부 여성들이 은밀히 사진관에서 누드 사진을 찍는다는 보도를 듣고 나는 놀라웠다. 300쌍이 기념사진을 찍을 때 100쌍은 누드 사진을 찍는다는 보도다. 사진관의 권유인가 물었을 때 자청한다고 대답했다. 그리고 화면을 흐림처리 하여 그들의 촬영 장면을 보여주었다. 아름다운 몸매를 나중에 추억하기 위함이라고 했다.

오래 감추면 노출 욕망이 커지고 오래 열어두면 은근히 덮고 싶은 열망이 문화는 자라면서 역사에 그림을 그리며 유전할 것이다. 이제 세월이 흘러 어느 날 미술관 안내 책자의 표지에는 다시 남성은 속옷차림으로 자유를 누리고 여성은 갑옷 입은 듯 차려입고 등장할 날이 올 것이다. 자유인지 정조보호대인지는 그 때 분별할 일이다.

간 것은 다시 올 것이고 온 것은 언젠가는 갈 것이므로 나는 작가의 창작혼을 잡지 말라고 말하고 싶다. 언젠가는 소통의 날이 올 것이므로 그 시대의 한계 안에 가두지 말 일이다.

양면성

한 여자에게 마음이 가는 두 남자가 있다. 그들이 가진 장점이 엇비슷하여 누구와 결혼을 할지 큰 딜레마가 놓여 있다. 사랑을 택할 것인가, 안정된 생활을 택할 것인가로 갈등한다. 공교롭게도 둘 다 충족하게 되는 상대는 흔하게 만나지지 않는다. 심신이 편하기를 바랄 것인가 힘들어도 사랑을 붙잡을 것인가. 선택의 이면에는 선택하지 않은 것의 유혹이 뒤따른다. 갈등하다가 결국에는 나이가 들어도 물질의 풍요로움을 가진 남자를 선택하여 살다가 후회하는 경우도 참 흔한 일이다.

사랑을 버리고 안정을 취한 다음, 일정 기간 살다가 "도저히 너를 잊을 수 없어서 넉넉한 조건을 버리고 너에게 왔어. 미안해."라는 대사를 얼마든지 들을 수 있다. 여자주인공 한 명에 남자주인공 둘이 삼각관계에 놓여 있을 때, 흔히 보여지는 대립 구도다. 여자는 어느 한편만을 좋아하지는 않는

47

파올로 베로네세 〈사랑의 알레고리 I〉

다. 누구나 조금씩 양면성이 있기에 갈등한다. 이런 여자의 양면성을 오묘하게 그림으로 표현한 화가가 있다.

파올로 베로네세가 1579년에 그린 <사랑의 알레고리>라는 작품에는 나신의 여성이 등을 보여주며 돌아앉아 있으며 양쪽에서 남자들이 손을 잡고 있다. 등은 표면화하지 않은 마음의 상징일 것이다. 힘은 중심에서 좌측으로 기울어져 있으며 좌측 남자는 여자의 눈을 바라보고 있고 여자의 손에는 편지가 들려 있다. 사랑의 천사가 그쪽 다리를 잡고 있으나 여성의 오른팔 또한 다른 남성에게 잡혀 있다. 오른쪽 남자에게는 손만 허락해도 팔찌가 걸린다. 나이 많고 돈 많은 남성으로 그려지고 있으나 그 남자의 시선은 육감적인 여성의 가슴에 닿아 있을 뿐이다. 그 팔에는 여러 겹의 팔찌가 걸쳐져 있다. 팔을 높이 든다는 것은 마음이 가볍다는 상징일 것이다. 내가 관심을 가지고 볼 것인가 남에게 보여질 것인가.

누군가 사람의 이중성을 절묘하게 간파하고 큰 부자를 탄생시켰다. 중국집에 가서 짜장면을 시켜먹고나면 짬뽕을 시킬 걸 그랬다는 후회를 하게 되고, 짬뽕을 시키고는 짜장면을 시킬 걸 그랬다는 후회를 하게 된다. 이를 절묘하게 이용하여 짜장면과 짬뽕을 한 그릇에 담을 수 있는 그릇을 개발하여 대박을 터뜨렸다. 사람을 알면 성공이 보인다.

검정 옷을 사고나면 흰 옷을 살 걸 그랬다는 후회가 따르고, 흰 옷을 사면 검정 옷을 살 걸 그랬다는 후회가 따를 때가 있다. 이럴 때 두 개를 한 쌍으로 하여 1,5배의 가격을 매겨놓으면 사람들은 즐겁게 두 장을 구입하는 결과를 낳을지도 모르겠다는 상상을 해본다. 그림은 문자보다 내용을 감각적으로 전할 수 있는 힘이 있으며, 문자는 상상을 넓힐 수 있는 여백이 주어진다.

어느 쪽을 택하건 글과 그림을 가까이 하는 사람은 행복하다.

여러 줄의 문장보다 한 눈에 볼 수 있는 이미지의 전달은 강력하다.

눈의 역할이 입과 손의 역할보다 한 수 위인 것 같다.

성애

성은 유희를 누릴 권리와 생산할 의무가 동시에 포함된다. 이를 원하는 것은 누가 가르치지 않아도 가능해지는 가장 원초적인 본능이다.

성서의 창세기에 '번성하라'는 단어로 하느님의 지상명령이 떨어지며 이어 성에 첫 축복이 내린다. 인류의 대를 이어야 할 원천이기에 성의 본질적 성격은 생산이며 그 생산에 쾌락을 선물로 얹어 주었으니 쾌락 또한 신에게서 받은 몫이다. 성에는 이미 번식이 전제되고 있으며 번식에는 삶과 죽음이 담겨져 있다. 사람이 사람을 낳는데 사랑의 개입이 없으면 그 합일은 완전하지 못하다.

누군가를 정신적으로 육체적으로 받아들이는데 오직 의무만 주어진다면 인류는 숫자적으로 번창하여도 슬플 것이며, 인간의 속성상 자연스럽게 수를 줄여갈 것이다. 창조주는 사람을 만들며 이러한 변화를 충분히 고려하였을 것이며,

조제프 마리 비엥 〈에로스를 파는 사람〉

비록 변질되고 왜곡되어 전수될 수는 있어도 인류의 일부는 언제나 건강하게 본질을 추구하고 이어가는데 기여할 것이라는 것도 알았을 것이다. 사랑이라는 추상성이 사람과 사람 사이에서 구체화되는 일이 성행위이다.

남녀를 나누어 성장케 하였으므로 때가 차면 합일의 욕구가 이는 것은 자연스러운 일이다. 서로 당김의 마력에 의해 만남이 이루어지고 성애의 행복감을 꿈꾸게 되며 자유의지에 따라 그것도 누리도록 허락하시고, 소중하게 아기를 잉태하여 세상에 내게 배려하셨을 것이다. 그런데 마치 성애의 부산물이 아기인양 가치가 전도되기도 하여 씁쓸하기도 하다.

조제프 마리 비앵의 작품 〈에로스를 파는 사람〉의 그림에 등장하는 아기를 보면 인간의 경외감을 무시한 듯하다. 아기는 당연히 성애를 연상케 하고 그 이미지를 빌려 작가는 말하려고 했을 것이다. 마치 아기 병아리를 팔듯 바구니에 아기를 담아 이 아기 저 아기를 보여주는 행위는 당시의 시대상황을 엿볼 수 있는 작품이다.

아기를 고르는 것이 아니라 그 아기씨를 가진 남성을 고르는 여성이다. 그녀는 어깨에서 무릎께로 늘어진 옷의 질감처럼 어디에도 긴장감이 보이지 않는다. 전반적으로 나른하고 느슨하다. 우리 속담에 소인은 한가하면 죄를 범한다는 말처럼 일은 하인들이 하고 여성은 가문의 명예를 위해 가꾸고 파티에 참여하고 즐기는 몫을 가지게 되면, 인간의 삶은 천천히 타락의 길로 들어서지 않을 수가 없다.

노동이 배제된 삶은 몸을 씀으로써 얻게 되는 개운함을 맛보지 못하게 되고 그 누적된 몸의 에너지는 성애로 푸는 방식을 취한다. 그림을 통해 당시의 상황을 고발하고 있기는 하지만 감상하는 사람은 각성과 함께 건강한 삶을 모색하는 혁명이라도 일어나기를 바라게 된다.

건강을 유지하고 삶을 바꾸는데 가장 중요한 관건은 생활습관을 바르게 들이는 일이다. 그러나 어찌하랴 좋은 약은 입에 쓰고 좋은 말은 귀에 거슬린다고 하니……

"여자여, 벽에 갇히고, 옷에 갇히고, 인습에 갇히고, 무능에 갇혀서 은밀하게 어두운 에로스를 꿈꾸지는 않는가" 묻고 싶다. 에로스에 지배 당하지 않고 에로스를 부리는 자유는 근원적으로 사람을 알아야 가능해진다고 말해 주고 싶다.

엄마

    내가 가장 행복하다고 구체적으로 증명해 보일 수 있는 것은 엄마라는 호칭을 가졌다는 것이다. 가장 행복하다고 고백하기까지 그 안에는 나를 힘들게 한 요소가 다분하다. 역경에 처한 부모나 자식들에 비하면 어렵다는 말조차 해서는 안 될 상황이었지만, 누구에게나 자식으로부터 오는 고통은 견디기 힘들다. 그들이 곧 나이기 때문이다. 그러나 고통의 정도로 행복과 불행을 가르지는 않는다.

    이 세상에 여성으로 태어나 엄마가 되어보는 것은 대단한 특권이다. 아무도 빼앗아 갈 수 없는 그 충만감, 그리고 내 몸에서 나온 자식과의 순수하게 교감할 수 있는 절대 시간은 엄마에게만 주어지는 특수한 감정일 수 있다. 엄마는 태양이고 자식은 태양을 도는 행성이다. 그런 보상이 주어지지 않는다면 무력하고 누워서 삶을 출발하는 아기를 어른으로 키워낼 수가 없을 것이다.

베르트 모리조 〈요람〉

엄마가 되기 위해 여성은 몸과 마음을 준비하고, 사랑을 통해 한 가정을 이루는 순서를 밟는다. 만나고, 미래를 꿈꾸고 결합한다. 하느님으로부터 첫 축복이 내린 성의 향연으로 아기를 자기의 우주 안에 들어앉히게 된다. 있으나 보이지 않는 세계는 이미 마련된 아기의 집이다. 여성은 아기를 잉태하고 자기 안에서 키우고 고통을 치르며 낳고 성장시키면서 축복이 고통에 섞여 온다는 것을 이해하게 된다.

출산은 진통을 통과해야 가능해지고 신비한 사건은 때에 이르러야 현실화된다는 것을 인정하게 된다. 아기가 태어나서 내지르는 '으앙' 소리는 기다리던 사람들에게 환희의 선물이며 새로 싹트기 시작할 나무 한 그루의 출현이다.

누구나 그 과정을 거치며 이 세상으로 와서 어른이 되었는데도 불구하고 기억하지 못하는 시절이 있다. 바로 요람에서의 기억은 무의식에서 탄탄히 자리잡고 어른이 된 사람을 조종한다. 요람에서 무덤까지 이어지는 인생여정에서 엄마의 영향력은 정도를 헤아릴 수가 없을 만큼 지대하다. 무지가 무지를 낳고 키우기도 하고 선량함이 무엇인지 알지도 못하면서 무지몽매하게 선량함으로 살다가 일생을 타인의 인생에 휘둘리는 무능으로 전락하기도 한다.

아기는 어른을 위해 지구별에 온 천사들이다. 누가 가르치지 않아도 요람 안에서도 배우고 익힌다. 하나를 익히면 숙달된 다음에야 다음 단계로 넘어가는데, 저들에게는 복습이 철저하다. 잠자기 전에 배워 익힌 동작을 혼자 연습하다가 잠이 들기도 하고 아침에 일어나 다시 한번 복습을 하기도 한다.

눈으로 보고, 귀로 듣고, 손으로 만지고, 코로 냄새를 맡고, 혀로 맛을 보는 그 모든 것이 하나하나 봄날 새순 돋아나듯 깨어나고 세포분열이 무섭게 일어나며 자란다. 아기들을 보호한다는 것은 새로운 국면과 마주치게 하되 위험하지 않게 돕는 것이지 맹목적으로 감싸안는 것은 바람직한 보호가 아니다.

이들은 누워서 위를 보고 때가 되면 몸을 뒤집어 아래를 본다. 그러기를 반복하며 힘을 들이지 않고도 뒤집을 즈음에는 옆을 보는 여유도 보인다. 각 방향을 섭렵하면 이들은 앉아서 빙글빙글 돈다. 이즈음이 돌에 가깝다는 신호이다.

아기를 키우는 것이 아니라 관찰만 해도 스스로 크는 것을 발견할 것이다. 엄마는 안전을 위해 지켜봐 주는 대상이다. 먹을 것을 주고, 안전하게 보호하고, 사랑을 주고받으며 교감한다는 것을 피부로 느끼게 확인시켜주고, 인정한다는 의미의 동조를 보내야 한다. 그것이 눈맞춤이고 박수치기이며 토닥거림이다.

급기야 이들이 홀로 서서 걷기 시작하면 사람으로 인정받을 조건을 갖추는 것이다. 의사소통을 할 수 있도록 간단한 말을 하거나 몸짓으로 표현하고 홀로서서 가고 싶은 방향으로 몸을 이동하게 되며, 무엇이든 자유의지를 세워 선택하는 능력을 갖춘다. 그 범위가 워낙 단순하기는 하지만 그들은 생활 범주를 넓혀가며 인생을 촘촘히 메꾸어 갈 것이고 엄마의 존재는 자신의 것을 내주며 후손을 키워간다.

엄마가 되는 것은 신이 내린 가장 위대한 축복이기에 고단하다. 대가 없는 열매는 없다. 새근새근 소리를 내며 잠든 아기의 얼굴을 보는 엄마의 행복은 세상 어느 것과도 바꿀 수가 없다. 어린 아이들이 학원가기 싫을 때 "나 학원 끊을래"라고 하듯 그렇게 인연을 끊을 수도 없고 인연이 끝나기 전에는 퇴임사도 할 수 없다. 아무래도 신은 엄마의 가슴으로 가장 닮게 들앉은 것 같다.

베르트 모리조 〈나비 채집〉

엄마와 곤충채집을

어른이 된다는 것은 하고 싶은 일이 달라진다는 것이다. 하고 싶어도 하지 않고 그리워 하며 향수를 낳고, 그 향수는 그림과 글, 노래로 만들어져 태어난다. 그런 것들 중 하나가 방학이다. 그 단어에는 맛이 들어 있고, 곤충채집 숙제가 끼어 있다. 만족스럽게 잘 해보지 않아서 아쉬움까지 깃들어 있다. 어른이 된다는 것은 바로 방학이란 단어의 맛을 잃는 것이다.

나는 태어나서 내내 도시에서 자랐다. 그러나 가까이에 냇가가 있었고 다리를 건너면 야트막한 산에 공원이 있어 숲 문화를 누리고 살았다. 그 자연환경은 집과 함께 내 정서의 종합적 정체성인 셈이었다. 모든 길이 로마로 통한다면 나의 모든 기억의 출발점은 흙이고 나무고, 하늘이며 시냇물이다. 조약돌과 이끼긴 돌을 따로이 구별하여 반기고 메뚜기와 방아깨비를 구별할 줄 알며 땅강아지를 보았다면 자연친화지

수를 가늠할 수 있다. 장마 중에도 비갠 뒤 하늘에서 뭉게구름이 나에게 말을 걸어오면 고개를 쳐들고 걷다가 돌부리에 걸려 엎어진 기억도 내겐 값지다.

중학생이 되어서도 비가 오면 체육복으로 갈아입고 비를 흠뻑 맞으며 귀가하곤 했다. 토방에 앉아 듣는 빗소리와 다른 그 때 빗소리는 내 안에서 음악의 강으로 흐르고 기억을 건드리기만 하면 생음악처럼 기억에서 살아난다.

빗물이 도랑을 이루며 흘러가면 물결을 거슬러 발 등에 물살을 느낀다. 이러한 섬세한 기억은 아무도 대신해 줄 수 없고 아무도 가져갈 수 없는 오롯한 나의 것이다.

집에는 앞뒤로 꽃밭이 있었고 키작은 정원수가 다양하게 울 안에서 나와 함께 컸다. 불두화, 박타기 나무, 함박꽃, 흑장미, 수국, 창포, 옥매화, 풍매화 등은 해마다 다시 심지 않아도 때 맞춰 꽃을 피웠다. 거기에 1년초가 끼어들면 내 꽃밭은 내 인생의 궁전인 셈이다. 훗날 다시 확인해 보니 조촐한 관사였다. 창고마다 장작이며 가마니가 가득했다. 달리가 통에서 놀듯 우리는 창고 안에서 쥐새끼를 만지며 친구하고 놀았다. 벌레가 징그럽다면 친구가 될 수 없고 동물이 무섭다면 친하지 않았다는 말이기도 하다.

그러한 환경에서도 집의 식물로 식물채집 숙제를 해갈 수는 없었다. 그것들은 뿌리채 뽑아서 헌 수련장 갈피에 눌러야 했으며, 그때는 스카치테이프가 없어서 습자지를 가늘게 잘라 마른 식물을 종이에 붙였다. 그 기억은 마른 풀냄새와 함께 솔솔 피어난다.

시냇물을 건너 왕사가 부수수 흘러내리는 야산 언덕을 오르면서 가끔 미끄러져 무릎이 깨지고 모래와 짓이겨진 핏물도 기억 안에서는 정겹다. 식물채집은 혼자서도 해낼 수 있지만, 곤충채집은 오빠나 엄마가 도와주지 않으면 높은 점수를 얻을 수가 없었다. 잠자리채나 포충망이 있어야 하고 채집 후 화학 처리를 할 줄 알아야 하며, 숲의 깊이까지 들어가야 하는데, 아무 것도 할 수 없을 때는 마음이 상한다. 지금이야 문방구에 가면 없는 게 없을 지경이며 아예 숙제까지 해 놓고 파는 실정이지만, 나의 유년시절에는 아기 기저귀를 꿰매 잠자리채를 만들거나 모기장을 잘라 만들어야 했다.

그런 기억의 자리로 데리고 가는 베르트 모리조의 그림 〈나비채집〉은 내 기억을 기억에서 부족한 부분을 완성해 준다. 만지면 눈이 먼다는 나비의 날개에서 묻어나던 가루가 생각난다. 포충망은 매미를 잡아넣어야 만족스럽다. 내가 와이셔츠 상자에 핀으로 꽂아두었던 물잠자리, 말잠자리, 호랑나비, 풍뎅이, 방아깨비, 여치, 귀뚜라미…… 등이 쉴새 없이 눈 앞을 스쳐간다. 그래도 매미는 기억에서 나타나지 않는다. 높은 곳에서 소리만 내고 거무튀튀한 몸 색깔 탓으로 내 손으로는 한 번도 매미를 잡아보지 못했다.

그림의 정원 풍경은 다복한 도시인의 가족나들이로 보여진다. 텔레비전 앞의 가족보다는 평화롭고 자연스럽다. 아빠인 듯한 남자는 쉬고 아기는 풀을 뜯으며 하얀모자를 쓴 엄

마인 듯한 어른을 뒤따라온다. 아이는 나와 동무가 되어 함께 그림 속으로 걷는다. 전원으로 곤충채집을 나간 가족 틈에 끼어 내 기억의 빈 자리에도 그림을 그려 넣는다. 이 잠자리채라면 충분히 높은 나무의 매미를 잡을 수 있을 것 같아서 만족스럽다. "엄마 잡았어요?" 하는 소리가 금방이라도 들릴 것만 같다.

갈급하고 목마르면 사람이 자연으로 찾아나서야 한다. 진달래가 필 때 소풍가고 여름에 해수욕장으로 가는 일이며 숲에서 시간을 보내는 것은 신께서 우리에게 넣어주신 생명 프로그램이 자연스럽게 진행되는 일이다. 식물채집, 곤충채집을 하며 땅과 사람이 발바닥을 맞대게 돕고, 곤충을 잡고 만지며 구체적으로 만나고 관찰하면서 세상에 미미한 존재로 온 곤충과 친교하게 된다.

누가 논다고 말하는가. 누가 그러면 안 된다고 말리는가. 저마다 있는 곳에 가야 만나고, 알고 느끼고 관찰할 수 있게 된다. 자연과 더불어 상생하지 못하면 자연의 일부인 사람은 자연 속에 어떻게 자리하고 살아야 할지에 대해 무지를 면하기 어렵다. 아이와 함께 자연으로 가는 엄마는 무엇이 교육의 첫 자리를 차지하는지 아는 사람이다. 나무는 뿌리가 튼튼해야 잘 자라고 사람은 교육의 첫 자리가 탄탄해야 인생이 쉽게 무너지지 않는다.

Une Vie

여자의 일생

테라스에서

선진 문화가 우리에게 들어오는 통로는 주로 글과 그림과 영화였다. 인쇄술이 발달하지 못한 시절, 교과서에 등장하는 몇 편의 그림이나 헌책방으로 흘러드는 잡지에서 만나는 사진이 고작이었다. 나는 테라스란 단어와 함께 르누아르를 기억하게 되었고 유난히 얼굴을 정스럽게 표현하는 르누아르의 인물에 푹 빠져들었다. 르누아르의 그림에 등장하는 여성의 눈은 정감이 넘치고 사랑스럽다.

'테라스에서' 란 작품은 달력의 그림으로 보급되었고 그림을 아끼는 사람은 그 그림을 액자에 넣어 벽에 걸었다. 그리고 여성인 나에게 꿈이 되었다. 테라스 밖으로 펼쳐진 정원에는 넝쿨장미가 탐스럽게 피어 있는 정원을 배경으로 모녀가 사진을 찍은 듯한 그림이다. 나는 종로의 관철동에 있는 회사에 다니면서 직장의 서고에서 명화집을 들추다가 이들과 새롭게 만났다. 일상이 너무나 빡빡하고 자연에 굶주리던

피에르 오그스트 르느와르 〈테라스에서〉

때, 그림은 감로수였다.

혼기를 훌쩍 넘긴 나는 광고 자료를 찾던 중, 그 그림에 오래 머물렀다. 결혼하여 딸을 낳으면 이들처럼 살아보고 싶다고 생각했다. 그런 생각을 한 지 30년의 세월이 흐르고 나는 한 손녀의 할머니로 발코니가 있는 아파트에서 살고 있다.

6월, 우리 아파트의 울타리에는 줄장미가 흐드러지고 찔레는 향기를 토한다. 누가 보아도 아름답고 향기로운 계절이며 좋은 환경이다. 길을 사이에 두고 공원이 있으니 그곳에서는 연녹색 이파리가 부드럽게 흔들리며 군무를 춘다. 그러나 도무지 르누아르의 그림에서와 같은 분위기를 연출할 수가 없다. 어딘지 맞지 않는다. 이 모녀의 의상이 외출 직전이라 할지라도 우리의 현실 속에서는 상상이 불가능하므로 그림 한 장으로 한 시대를 살아간 여성 생활의 특성을 엿보는 재미가 쏠쏠하다.

나는 이들이 피크닉 갈 때 들고 다니는 네모난 등바구니도 멋져보여서 구입해 보았으나, 그 또한 승용차를 이용할 때만 가능한 도구였다. 우리 시대의 남성들에게는 승용차를 타고 놀러다닐 만큼 시간적 여유가 없었다. 나는 피크닉용 등가구와 야외용 도시락 세트에 꿈을 담아 키우다가 질식시켜버리고 이사하면서 결국 버리고 말았다.

모든 문화가 단계적으로 진화 발전하다가 문화의 물결을 이루며 예술작품 속에 흘러들어 한 시대의 족적을 남긴다. 나는 명화 엿보기에 맛이 들려 지난 해 연말에 가족 4명이 파리와 프라하 두 도시에서 7일간 미술관과 박물관을 중심으로 문화여행을 하였다. 가족과 함께 그곳에 체류하는 동안의 경험은 내 생의 큰 선물에 속한다. 그 여행 후 우리나라에서 두 도시를 배경으로 드라마가 방영되며 여행의 기억을 생생하게 되살려주더니, 미술품을 속속 들여와 기획전이 열려 더욱 행복함을 만끽하고 있다. 루브르 박물관의 작품, 인상파전, 야수파전, 르네 마그리트전, 피카소전, 오르세미술관 전, 모네전까지 이어져 우리에게 고전명화의 바람이 새롭게 불고 있다. 그 바람은 6월의 바람처럼 삶에 의욕을 불어넣는다. 예술의 전당과 시립미술관으로 갈 때 나는 그림을 만나러 가는 것이 아니라 추억과 화가의 영혼을 만나러 간다. 보면 볼수록 반갑다. 보면 알게 되고, 알면 깊이 보이며 자주 보면 공감의 폭도 넓어진다. 아주 친한데 질리지도 않는 인연이 된다. 그림 속의 사람도 오래 못 보면 그리워진다.

아마폴라꽃과 여인

　프랑스에서 스페인으로 넘어가는 도로변에는 끝이 보이지 않는 들판이 펼쳐진다. 이글거리는 대기 가운데 키다리 향나무 사이프러스가 고호의 그림처럼 서 있고, 황금들판을 이루는 5월의 밀밭에는 모네의 그림에서 본 풍경이 그대로 펼쳐진다. 아마폴라(개양귀비꽃)꽃이 황금색 밀밭에 수를 놓은 듯 피어 장관이다.

　아름다운 자극이 극에 달하면 언어도 넘치는가. 어느 신부님이 차창으로만 스치기에는 환장하게 아름답다고 표현하고 말았다. 결국 우리는 순례길이 바쁜 중에도 짬을 내어 잠시 버스를 멈추고 꽃을 향해 걸어들어갔다. 양산 대신 챙이 있는 모자를 쓰고 밀밭 언저리를 서성거리기만 해도 스치는 풍경과는 다른 경험으로 남았다. 가슴은 붉은 아마폴라 꽃빛으로 차오르고 가슴바닥에 가라앉은 소리는 감동의 소리로 튀어 오른다. "우와―" 하는 소리가 나도 모르게 새어나와 나

클로드 모네 〈개양귀비꽃〉

의 이미지로 열정이란 단어를 각인하는 장소였다.

황금색과 금적색의 색 조화를 어찌 말로 설명이 가능하랴. 그 들판에 세워두면 그만인 것을. 아마폴라 꽃밭인지 밀밭인지 구분이 되지 않을 지경이다. 우리말로는 개양귀비꽃이라 하여 꽃 이름의 맛을 덜어내지만 꽃잎이 하늘거리는 모습은 팔랑거리는 나비의 모습이다.

주 정부에서는 아마폴라를 퇴치하지 않고 밀과 같이 자라게 둔다. 아마폴라는 밀과 똑같이 자라다가 추수 때에 함께 걷어들인다. 아마폴라씨는 밀보다 작아서 밀을 고르는 체에 치면 아마폴라씨가 다 빠져나간다고 한다. 넓은 들녘에 사람이 보이지 않는 것이 그들의 영농스타일이라 꽃 뽑아낼 일손이 없는 셈이다.

성서 내용 중 밀과 가라지가 같이 자라도 가라지를 뽑아내지 않게 하는 대목도 연상된다. 밀밭에서 아마폴라는 가라지이지만 결국에는 씨알이 구분되고 말기에 화려한 꽃잎은 시들고 뽑히지 않은 아마폴라는 마지막에 가려지고 뜨거운 꼴을 보는 셈이다. 보는 이는 아름답다지만 생산지에서는 아마폴라의 번식을 막아야 하는 일이다.

그러나 화려한 꽃 가운데로 걸어가는 여자의 모습은 마냥 아름답고 보는 사람을 취하게 만든다. 연상으로 힘을 길어올리게 하고 빈 마음자리를 채색하기도 한다.

친구는 여행다녀오면서 잘 인쇄된 모네의 개양귀비꽃 그림 한 장을 선물했고 그 그림은 내 탁자의 유리반 안에서 항

상 피어 있다. 나는 아직도 아마폴라꽃이 있는 풍경을 동경한다. 나는 그곳을 연상하면 어디에 숨겨져 있다가 나오는지 모를 힘을 받는다. 꽃의 힘이다. 아름다움과 색의 힘이다. 여행지에서 저장된 기억이 건드려진다. 현장에서 멀어져도 화가의 아름다움에 대한 재해석으로 손끝에서 피어난 그림의 꽃은 꽃으로 상징되는 여성의 힘이기도 하다.

발레복을 입은 소녀

에드가 드가의 <무대 위의 무희>를 보는 순간, 나의 마음은 12세로 돌아간다.

얼마나 갈망하던 무대복이었던가. 망사 페티코트를 받혀 입고 끈만 달린 무용복을 입고 무대 위에서 나도 새처럼 날아보고 싶은 그 열망은 꿈속에서만 실현 가능했다.

어린 시절을 보낸 전주의 전주 초등학교에서는 온갖 예술 활동이 학교에서 이루어졌다. 해마다 전북의 각 학교에서 재량을 겨루는 예술제가 열렸고 그 대회에 참가하기 위해 먼저 교내대회가 열렸다. 각 학년 각 반마다 강당을 사용하는 시간이 배정되어 있고 집이 가까운 나는 강당에서 살다시피했다. 어느 날부터인가는 나도 무대 위에서 춤을 추고 싶어졌다.

그러나 이미 초등학교 3학년 때 나는 무용극에 출현하여 주역을 맡기 어려운 몸이라는 것을 확인하였다. 참새와 허수아비의 관계를 춤으로 보여주는데 내가 맡은 역은 팔을 흔들

에드가 드가 〈무대 위의 무희〉

어도 안 되고 눈동자를 돌려도 안 되는 허수아비역이었다. 나를 돌며 어미참새가 새끼 참새를 데리고 날아다니며 재재대는 몸짓을 하고 모여서 날아가는 몸짓도 보여주었다. 나는 그때 그들이 입고 날아다니는 그 무대 옷이 얼마나 입고 싶었던가. 아직도 내가 옷을 함부로 입고 싶지 않음은 그 당시 내가 입은 허수아비 옷에 대한 불만이 동기가 된 것일지도 모르겠다. 저마다 맡은 역을 충실히 해내는 것이 무대 위의 배우가 할 몫임을 모르던 10대의 소녀에게 그 무대는 잔인했다. 초등학교 선배 중 춤에 대해 온갖 재주를 다 갖춘 P씨가 있었다. 그분은 지금도 전주 지방에서는 모르는 사람이 없을 만큼 지명도를 가지고 살고 있다는 소문이다. 춤을 모르는 바보라도 그 분의 몸놀림을 보고는 주눅이 들 수밖에 없었다. 동작이 엉성하면 그 선배가 시범을 보이곤 했다.

급기야 나도 12세에 무대에 올라갔다. "물결 춤춘다 바다 위에서……" 노래가 경음악으로 흘러나오면 갈매기 가족이 날아오르고 아침 바다가 깨어난다. 나는 허수아비역이 아니라는 사실이 너무나 좋았고 갈매기 무리 중 엄마라는 배역도 기분좋았다. 많은 인물이 등장하는데 어느 사람은 물결이 되어 푸른 옷을 입고 너불거렸고 나는 그 물결 사이로 춤을 추며 아기 갈매기를 데리고 날아다니는 엄마 갈매기였다. 마지막 장면은 내가 외발로 서서 두 손을 턱 밑에 모으고 노을 지는 바닷가에 서 있어야 했다. 균형을 잡기가 너무나 힘들어서 날마다 외발로 서서 궁둥이를 치켜드는 연습만 반복되었

다. 그래도 드가의 그림에 등장하는 그 하얀 발레복을 입는
다는 것, 머리에 화관을 쓰고 입술을 붉게 칠한 다음 토슈즈
를 신는다는 것이 너무나 황홀하여 가슴 두근거리던 시간을
나는 잊지 못한다.

　경험을 바탕으로 무대 위의 무희를 감상하는 사람은 자신
의 경험이 확대되어 드러나는 것처럼 때때로 흥분하게 된다.
기억 안에서 빛나는 그 하얀 망사 발레복은 춤을 빛나게 하
는 옷이며 춤은 내면을 몸으로 드러내 승화시키는 작업임을
알게 되었으니, 여성의 몸이 표현해 내는 아름다움을 드가라
는 화가가 그리고 싶지 않을 수가 없었던 게다.

　훗날, 나는 하얀 색과 붉은 색의 무희복을 손수 만들어 6세
된 내 딸에게 입히며 꿈꾸는 시간을 마련해 주었다. 그리고
유치원의 재롱이 잔치에서 빛을 발했다. 무용과 별개의 감성
내림으로 그 옷은 마감되었다.

　자기 안에 없는 것은 잘 보이지 않는다. 끊임없이 새로운
것을 경험하고 축적해 나가는 것은 미래의 행복을 위한 보험
카드에 마일리지를 늘려가는 일이다. 몰라도 찾아보는 것이
좋다. 못 느껴도 자주 보면 가까워진다. 하다가 그만 둘지라
도 해보면 더욱 좋다. 경험은 감상하는데 힘이 붙는다.

　확실히 인생은 짧고 예술은 길다. 시대에 맞서 대응하고
새로움을 찾아 방황하며 진실과 아름다움을 찾아 수고를 아
끼지 않은 예술인들이 남긴 작품에 경외를 표하며 나는 작품
의 순례를 반복할 것이다.

부엌에서 피어나는 미소

장 밥티스트 그뢰즈의 그림, <버릇없는 아이> 에는 부엌 살림에 종사하는 여성이 화폭에 등장하였다.

엄마와 아들과 개 한 마리가 삼각형의 꼭지점을 이루고 있으며 존재감의 크기에 따라 높이도 달리 설정되었다. 귀족들의 일상이 노출되는 그림에는 누군가가 청소를 해주고 치장하는데 수고를 거친 듯한 거실이나 서재며 방이 우아하게 보여지는데 비해, 이 그림에는 어수선하기는 하지만 아이나 어른이나 강아지가 자연스러워 보여 정겹다.

엄마인 듯한 여인의 얼굴에는 기다림 내지 그리움의 감정이 가득 서려 있다. 무릎을 짚고 있는 오른쪽의 옷소매를 보는 재미는 혼자서도 흥미롭다. 일하기 좋게 걷어 올리다 못해 끈으로 묶은 것까지 자세히 표현하여 이들 삶의 일부를 실감나게 볼 수 있다. 다른 한 손은 겉옷을 쥐어잡고 있는 것으로 보아 이제 막 들어왔거나 곧 나갈 준비를 한 모습이다.

장 밥티스트 그뢰즈 〈버릇없는 아○

아이에게 밥그릇은 내밀었지만 성의가 없고 아들은 먹을 마음이 없어 엄마 눈치를 보면서 개에게 먹인다.

이들의 시선은 누구와도 마주치지 않는다. 관심이 서로 다른 데 있다. 개는 수저에 닿아 있고, 아이는 엄마에 닿아 있고, 엄마는 기다리는 듯 대상이 올 문께로 향하고 있다. 아이 앞에 앉았지만 다른 데에 가 있다.

밥을 줄 형편이 아닌 장소에서 밥을 주고, 그 아들은 밥그릇을 앞에 두고도 먹을 마음이 없다. 강아지 밥그릇은 비어 있고 강아지와 친한 아이가 제 밥을 덜어내는 수밖에 없는 입장인 것같다. 어수선한 그녀의 주변은 어수선한 마음으로 보인다. 이것저것 치울 것이 산재해 있어도 마음은 치우는데 가닿지 않는다. 얼굴에는 홍조가 돌고 그윽한 눈빛이며 표정은 행복감을 보여준다. 행여 사랑하는 어느 누군가를 기다리는 것은 아닐까 상상하게 한다.

사실화를 보는 재미는 인물도 중요하지만, 가구며 강아지의 생김 그들의 복장까지 시공을 초월하며 만나볼 수 있는 재미가 있다. 동서양을 막론하고 강아지와 아이들은 한 통속이며 어른들은 말리고 감시하기에 바쁘다. 이 그림 안의 아이와 강아지의 관계는 요즈음의 세태와 다르지 않다. 강아지와 입을 맞추고 같은 수저로 밥을 먹어도 아무렇지 않게 생각하는 것은 그들과의 친교 정도를 알게 한다. 바람 든 엄마의 관심 밖으로 밀려난 아이의 한 손은 엄마와 가까이 가 있고 한 손은 강아지에 가 있다.

나는 이 그림에서 보여지는 가구를 우리나라 가구점에서 판매하는 것을 본 적이 있다. 문짝의 장식이며 디자인이 너무나 똑같아서 반가웠다. 게다가 아이가 앉아 있는 의자는 커피하우스에서 지금도 얼마든지 만나볼 수 있다. 그림이 1765년 작이라면 약 250년은 족히 지났건만 그 시대와 다르지 않은 가구를 우리의 현실에서 만난다는 것은 흥미있는 일이다.

이 그림에서 동심은 살아 있으나 모성은 약화되어 있어도 이들은 행복해 보인다. 관계의 정도가 깊은 대상끼리 마음이 소통하는 것을 볼 수 있다. 더욱 재미있는 것은 마음이 쏠리면 몸도 그 방향으로 몰린다는 것을 화가는 놓치지 않고 있다.

강의를 듣는 청중의 관심 정도는 사람들이 몸을 얼마나 앞으로 기울이고 있는가를 살펴보면 알 수 있다. 마음이 열리고 공감도가 높으면 앞 의자에 뒷 사람의 가슴이 닿을 정도이며 의자에는 간신히 걸터앉아 있는 형국이 된다. 이 아이는 이미 궁둥이가 의자에서 떨어져 엉거주춤한 상태이다. 놀라운 관찰이며 묘사이다. 아이는 영리하다. 엄마에게 몸을 기울고 마음은 강아지에게 기운다.

중심 인물에 후레시를 터트린 듯 밝혀두었으니 어지러운 배경도 어지럽지 않고 정겹게 느껴진다. 표현의 재주다.

부인과 커피포트

폴 세잔의 '부인과 커피포트'를 보는 나는 1890년대의 생활로 초대된 기분이 들었다. 나긋나긋한 인상의 처녀들은 화가의 붓 끝에서 부드러운 피부까지 그려지고, 풍만한 몸의 중년부인들에게서는 오만한 인상이 드러나기도 한다. 그러나 세잔은 그와는 대조적인 부인을 모델로 삼는다.

그녀는 무슨 영문인지 모르지만 십자가의 삶을 몸소 살고 있는 듯하다. 그녀가 입은 옷 색은 정감어린 색감이 아니라 시퍼렇게 살아 있는 정신을 덧입고 있으며, 그 옷에는 누가 보아도 십자가가 확연히 드러나고 있다. 단단한 근육질 체격과 딱 벌어진 어깨며 경직된 인상을 한 여성은 믿음직스럽기까지 하다. 그 부인의 손은 열심히 일한 손으로 악수를 해보면 단호한 성격과 강한 힘으로 손가락이 으스러질 것만 같다. 게다가 앞이 푹 패인 드레스를 입은 여성의 의상은 주로 따뜻하고 부드러운 색감으로 유연한 선을 살리는데 반해 이

폴 세잔 〈부인과 커피포트〉

모델은 주름 자체도 직선의 주름이다. 이성적이고 차가운 인상을 주는 청색옷에 목의 단추까지 다 잠그고 허리 벨트는 바짝 조여서 강직하고 책임감 강한 성격을 대변하고 있다. 전혀 감성이라고는 느껴지지 않는다. 그녀의 얼굴만 보면 여성인지 남성인지 구분이 안 될 만큼 경직되어 있다. 마치 사감선생님이나 부엌일에는 한 치의 오차도 보여주지 않는 부엌 찬모를 닮았다.

그러나 그림 속의 커피포트와 찻잔은 이 여성에게 희망을 주는 도구가 될 것이다. 여유와 행복을 주는 이미지로 하얀색의 잔에 수직으로 수저가 꽂혀 있다. 커피포트에도 가로지르는 선에 세로의 돌출 부위를 앞으로 보여주고 있다. 무언중에 십자가를 연상하게 한다. 장식성보다 실용성에 닿아 있는 이 그림은 당시의 시대적 특성에서 이미 진화가 시작되었다.

필경 새로운 화법이나 주제를 새롭게 도입하기에는 기존의 틀을 무시하거나 망가뜨리는 용기가 필요하고 그 용기는 자신을 받혀주는 튼튼한 철학이 자리잡아야 가능하다. 작가의 생각이 달라져야 다르게 느끼고 다르게 그릴 수 있으므로 작가에게 변화가 전제되어야 그림이 달라진다는 것은 당연한 이치일 것이다. 작품은 곧 작가이다.

인간이 추구하는 욕구의 변화 중에는 먼저 모자람을 채우고 싶은 열망이 있다. 그 다음에는 다른 사람도 그렇게 따라하여서 무리를 짓도록 유도하고 동조를 얻어내고 싶어한다. 서서히 풍요롭게 질과 양으로 발전하다가 장식이 따라오면서 차차 단순미가 줄고 단일한 개성도 없어진다. 모두가 섞여서 어지럽다. 그런 반복 중에는 지루하고 권태로움이 따라 붙고 서서히 단순하고 편리한 쪽으로 발전하게 된다. 잘라내고 벗겨내고 싶은 열망은 극도로 절제된 디자인을 탄생시키게 될 것이다. 이는 보는 사람에게도 마찬가지다.

차별화되고 다른 개성이 보이면 일단 머물게 된다.

청색조가 주색으로 문짝이나 여자의 옷, 커피잔과 커피포트에까지 크고 작은 십자문을 연상하도록 한다. 편리함보다 온갖 장식을 붙여서라도 화려하게만 보이는 그림을 보다가 이 그림을 만나면 성향이 다른 사람을 만나는 듯 차별성이 보인다.

누구나의 집에 방문을 하였을 때 그 집안의 분위기는 안주인의 기호와 맞물린다. 커피잔에서부터 커튼과 인테리어까지 사람의 성격을 반영한다. 생각이 반복해서 행동으로 드러나게 되면 곧 성격을 형성하고 그 성격은 하나의 개성으로 굳어질 것이다. 누가 보아도 자유롭지 못한 그림 속의 부인은 율법의 옷을 입고 경직된 삶을 살아가는 사람의 상징으로 보인다. 십자가의 정신으로 중무장된 느낌의 부인은 가문의 법도에 따라 종택을 지키며 나이들어가던 우리 역사 안의 인물과 그다지 다르지 않아 보인다.

그림에 있어 남과 다르다는 것은 의미로운 일이다.

다리미질하는 여인

일하는 여인은 아름답다. 그러나 육체노동이건 정신노동이건 지치도록 시달리면 도망가고 싶고 남의 말이 사치스럽게 들린다. 대체로 일의 가치를 인정하는 사람은 극도로 지치지 않은 사람이다. 일의 결과는 삶을 유지할 만큼의 생산성과 쉼이 주어질 때 가치가 아름답게 인정된다.

한 지방대학의 여대생이 고시공부를 하다가 공부의 끝을 보기 전에 졸업을 하게 되었다. 그녀는 서울로 올라와 직장에 나가는 언니의 집에서 가사를 돌보며 공부를 계속하기로 했다. 새롭게 맞은 환경 속에서 그녀는 시간에 대한 강박증에 시달리던 참이었다. 뚜렷하게 기대되는 일도 없고 지칠 대로 지쳐서 눈꺼풀이 내려앉을 것 같았다.

그녀는 빨래하고 다리미질하고 청소하는 일에 보복이라도 하려는 듯 몰입하며 몸을 아끼지 않았으나 오히려 놀라운

85

에드가 드가 〈다림질하는 여인들〉

변화를 체험하였다. 우선 그녀의 무겁던 몸이 가벼워지고 차츰 정신도 맑아졌다. 삶에 눅진히 깔려 있는 것 같은 우울증이 없어지고 웃음이 늘었다. 그녀는 변화의 원인을 가사노동에서 찾았다. 그동안 공부한다고 머리만 혹사했지 몸을 움직여서 일을 한다는 것은 있을 수 없는 듯 아꼈다고 했다.

어느 날, 그녀는 대청소를 하고 이불호청을 벗겨 빨았다. 욕조에서 빨래를 밟고 물소리를 요란하게 내며 몸을 마구 혹사했는데도 불구하고 샤워를 마치고 젖은 머리카락을 털며 묘한 행복감을 맛보게 되었다. 뒤이어 와이셔츠도 다렸다. 그녀는 휘파람을 불면서 일을 하는 자신이 경이롭기까지 했다. 그날 이후 그녀는 정신노동에다 육체노동이 가미되어야 삶을 유쾌하게 이어갈 수 있다는 것을 터득하였다.

나는 그녀의 증언을 참고삼아 내 삶을 뒤돌아 보았다. 창의적인 일을 하며 직장생활을 하다가 주부로 들어앉으면서 맨 먼저 다가든 번뇌는 반복적이고 단순한 가사노동에 대한 거부감이었다. 누가 가르치고 지적하지 않아도 일상을 탈출하려는 시도는 곳곳에서 드러났다. 두 아이를 키우면서 여유를 찾기조차 어려운데도, 틈 나는대로 아이들의 사진을 찍어 방송국에 보내며 정신노동의 삶을 모색하기도 하고, 베란다를 상상의 세계를 만들어가며 창의적인 일을 즐겼다. 때로는 그다지 더러워지지도 않은 커튼이나 이불호청을 빨아 푸세질을 하였다. 빨래를 밟으며 전통적인 방식의 가사노동을 재현해 보기도 하고 마지막 단계인 다리미질도 즐겼다. 와이

셔츠를 다리는 것도 순서에 따라 움직이며 다려야 구겨지지 않고 잘 다려진다는 것을 터득하고 세탁소에서 관찰하여 시도해 보았다. 놀랍게도 전문인에게 배워서 다리니까 구김이 덜 갔다. 관심있게 보면 알게 되고 알면 몸이 덜 고달프다.

아이들 육아기에는 아랫목에 이불을 개어서 키를 높여 쇼파삼아 깔고 앉아 아이들 노는 것을 보며 나는 책을 읽었다. 아기 돌보는데 지쳐도 문자 양식을 먹는 동안에는 즐거웠다. 그야말로 쉴새없이 읽었다. 문화생활의 허기를 문자로 때웠다. 그러나 그 시기가 지나면서 가슴이 답답하고 내 안에 고여드는 기운을 누르기가 어려워졌다. 범람하는 기운을 몸이 다 감당 못하고 병으로 이어졌다.

무엇이나 치우치면 병든다. 공부하며 몸을 움직여주어야 하듯, 육체노동에 지친 사람은 정신을 사용하며 균형을 잡아 통합해야 한다.

프란치스코 성인은 귀족의 생활에서 염증을 느끼고 가난의 영성을 취하며 자기통합을 꾀하였고, 귀족 가문의 화가 드가는 다리미질하는 여인에게 관심을 가지고 그림으로 그려내며 상반된 세계를 자기 안에 끌어들여 통합한다.

<다리미질하는 여인>은 그림에 등장하는 그 어떤 여성상보다 아름답다. 일손을 놓은 여인은 지루하고 피로가 몰리지만, 다리미질을 하는 여인은 그 일에 몰입되어 한눈 팔 시간조차 없다. 다리미가 지나가며 주름을 편 자리를 눈으로

확인하는 그 맛은 일로부터 오는 쾌감으로 이어진다.

나는 우울하거나 생각이 잘 풀리지 않으면 장롱을 정리하거나 구겨진 옷을 꺼내놓고 지칠 때까지 다린다. 물을 뿌리고 열을 가하면 매끈해지는 자리가 마치 내 마음 자리 같아서 기분이 전환된다. 일을 끝내고 샤워를 하면 카타르시스에 이른다. 일 맛 아는 사람은 일로 조율하고 기도하고 공부하여 자기를 구원해내는 사람은 그 방법으로 삶을 치유해낸다.

단 외골수가 되어 편향적 방법만 사용한 사람이라면 한 번쯤 방법을 바꾸어 멋진 변화를 맛보는 것도 좋을 것이다.

쟝 바티스트 시메옹 샤르댕 〈금속을 닦는 여자〉

초대하고 싶은 여인

서양미술사의 화첩을 뒤지다가 고전주의와 바로크 미술 편에서 샤르댕의 <금속을 닦는 여자> 란 그림을 만났다. 그림 한 장 한 장을 넘길 때마다 이어지는 화려함이나 귀품스러움으로 채워진 반면, 이 그림은 조용히 나를 압도했다. 그힘은 어디에서 오는가를 생각하며 들여다보다가 유치원 원아의 그림이 생각났다.

유치원 원아들의 미술실기대회에서 수상한 대상 작품은 수상작으로 이해하기가 힘들었다. 주제 하나로만 채워진 화면은 단순하고 정교하기만 하여 누구라도 비행기를 세부적으로 느낄 수 있기는 하지만 장식이나 배경이 없는 그림이었다. 화면 전체에 비행기 한 대를 꽉 차게 배치하고 관찰한 대로 면을 분할하여 낱낱이 달리 색칠을 한 그림이었다.

그림에 대한 평은 간단했다. 그리고 싶은 대상의 본질을

91

어린아이의 눈으로는 섬세하게 관찰하였고, 주제를 정확히 표현하려는 의지가 선명하게 보였다고 했다. 그런 설명을 듣고 다시 원아의 그림을 대하자 잡다한 색으로 배경을 색칠해 너저분하게 보여지는 다른 그림과 달리 보였다. 무엇을 그리려 했는지 선명하게 알 수 있고 비행기를 바라보는 위치에서 표현한 각 부위의 비례가 어긋나 있지 않았다.

그러면 반드시 그런 단순미에 이 그림이 나를 압도하는가 다시 본다. 결코 그것만은 아니다. 서양미술사에서 고전주의와 낭만주의 그림에 등장하는 인물의 대상 중 일복을 입은 여인의 자태가 이토록 단아하고 다듬어진 듯한 모습을 보기 드물다. 노동자에게서 지성적 면모까지 보인다. 화가는 귀족들에게 충성하듯 초상화 그림을 많이 그렸는데, 일하는 여성을 화폭에 옮겨준 것 자체가 신선했다.

화폭에 등장한 여인의 품성은 결코 누추하지 않을 뿐만 아니라, 오히려 고결해 보이기까지 하다. 일복은 정갈하고 고상하며 청결미까지 겸하고 있다. 명화로 남은 그림이라 미적 구도는 두말할 것도 없겠지만, 안정되고 편안하여 가만히 보고 있으면 평화로움이 스민다. 오래 보아도 전혀 질리지 않는다. 그러나 그녀가 그릇을 잡고 있는 손은 힘줄이 튀어나온 것까지 묘사되었다. 마치 원아가 그린 비행기 그림처럼 일하는 여인의 특징이 유일하게 손에서 드러나고 있다.

요정이 날갯짓을 하고 레이스로 풍성하게 치장된 옷차림을 한 여성들에 비해 소박하고 정갈한 옷차림은 은은한 미가 엿보인다. 서구의 모델이기는 하지만 우리네 어머니들이 즐겨 입던 무명치마 저고리나 장식 없이 긴 앞치마를 두른 듯한 옷의 질감과 흰색의 친근감에서 오는 것도 배제하지 못하겠다. 부지런한 여인이 푸세질하여 입은 옷같이 얌전함이 보인다. 거기다가 주인공인 여인을 나타내는 것 외에 장식은 일체 없다. 나는 그림 속의 여인과 같이 머물고 싶다. 우리집 벽면에 이 그림을 초대하고 싶다.

화가도 일하는 여성에게서 아름다움을 느꼈을 것이며 어디에도 흐트러진 모습이 보이지 않아 정신까지도 높이 샀을 것이다. 그림에서도 살아가는 방식이 느껴진다는 것이 신기하기만 하다. 허드렛 일하는 여성에게서 지성미까지 보인다는 것은 그림 속의 모델이 유지하는 체형에도 관련되어 있다. 몸이 달라지면 마음이 달라지고 성격도 달라진다.

인생에 있어, 무슨 일을 하는가가 중요한 것이 아니라, 그 일을 통해서 어떤 삶의 가치를 추구하며 자신을 가꾸고 인격을 성장시킬 것인가를 아는 일은 참으로 소중하다.

루이 발타 〈길 위에서〉

깃털을 단 여인,
길 위에 서다

　그림 속의 사람을 만나러 혼자 집을 나선다. 마티스전을 보러 간다. 시립미술관을 향해 덕수궁 돌담길로 접어들자 골목에서 칼바람이 불어닥친다. 봄을 질투하는 동장군의 칭얼거림치고 너무 세다. 바람은 점점 매섭게 옷깃을 파고 들며 거리에서 피어나는 젊은 날의 풋풋한 기억을 베어낸다. 나는 특별히 바쁠 것도 없는데 발걸음은 자꾸만 빨라지고, 버버릿을 세우고 걷는 앞의 두 여인은 점점 내 앞을 가로 막는다. 추위를 이기느라고 손을 불끈 쥐고 어깨를 치켜올린 채 걸으며 그녀들이 쏟아내는 이야기는 공허하다. 미술관 입구에 다다를 때까지 그림에 대한 이야기는 비추지도 않았다. 땅콩 껍데기 같은 명품 이야기만 거리에 쏟아내며 느릿하게 걷는다. 미술관은 그들의 생활에 문화란 옷만 입히는 것 같다. 그들을 앞질러 시립미술관에 들어선 나는 혼자인 것이 감상의 자유를 보장받은 것 같아 홀가분하다.

야수파 작품을 감상하는 동안 내내 그들 그림 속을 관통하는 몇 가지의 특성 때문에 속이 시원해졌다. 사물이나 분위기의 특징만 잡아 과감하게 그린 형태나 밝은 색조, 과감한 붓터치로 느낌을 강조한 작품 120여 점이 전관을 메우고 있다. 봄방학을 맞아 감상객들이 산만하게 했지만, 정작 그림 앞에는 한가하다.

화폭에 등장하는 여인들의 옷 색깔에도 내 마음은 동화하고 있다. 나의 인생을 미술사조로 풀어본다면 야수파에 해당하는 시기를 지나는구나 싶어서 웃으며 그림을 본다. 풍경화와 인물화, 정물화의 색들은 태양빛이 좋은 나라에서 만나는 야생화의 색을 닮았다. 그리고 그 모든 색을 다 표출하지 못하는 색으로는 검정으로 드러난다. 나도 그렇다. 진실로 입고 싶다기보다 체면치레나 자리값으로 선택한 색이 검정일 때는 기어이 번쩍거리는 비드로 장식을 했다. 사람들은 그렇게 옷의 색이나 장식물로도 마음을 표현한다.

언제나 고상하고 조금 어두운 색조의 옷을 입다가 지난 몇 년 동안 무채색톤의 옷을 거들떠 보지도 않고 밀쳐 두었다. 그리고 전시장의 그림에서 보여지는 색조의 옷 색깔을 즐겨 입었다. 경우없이 마냥 그런 색만을 고집하는 것은 아니지만, 그 색을 내 몸에 걸침으로써 기분이 좋아지므로 내 마음의 말을 들어주는 셈이다. 어쩌면 그 시대의 사회적 여건이 그림으로 흘러들듯 나의 생활이 내 옷으로 내비쳐졌을 것이다. 나는 그림에 등장하는 색조에 동화하면서 바퀴가 잘 구르지 못하는 자전거의 타이어에 바람을 넣는 기분이 되었다.

한참 색감에 만족하며 감상하다가 루이 발타의 작품, 〈길 위에서〉 앞에서 나는 가던 발걸음을 멈추었다. 그림이 말을 걸어오기에 귀를 기울인다.

여성에게 자유롭지 않은 제도나 장소, 옷 속에 갇힌 진실이 그만 '길 위에서'란 그림에서 드러난다. 지나가던 사진작가가 그 순간을 놓칠 수 없다는 듯 순간 포착을 하여 그림으로 내보낸 듯하여 나는 그 그림 앞에 털썩 주저앉아 화폭의 중앙에 커다랗게 클로즈업시킨 한 여자와 대화를 시작했다. 나는 그림 속의 여인을 바라보는데 그녀의 시선은 다른 데에가 있다. 검은 드레스의 앞자락을 들추고 있기에 기어코 트집을 잡는다.

"여보세요. 어딜 보세요. 제가 당신을 보고 있는데……"

"당신은 여자잖아요. 나는 당신에게는 관심이 없어요."

"속옷이 보인다고요."

"괜찮아요. 일부러 들추어 보여주고 있는 걸요. 남의 속도 모르고."

"속옷에 레이스가 붙었는데요."

"그게 옷인가요. 내 속마음이지요."

"아, 그렇군요."

"아니 앞자락에 깃털이 늘어진 옷을 입은 우아함은 어디다 두고 일부러 그런다고 그러세요."

"우리는 겉과 속이 달라요. 겉은 꾸민 거니까 진실을 보여주려고요."

그녀 뒤로는 수많은 군중들이 무리지어 있지만 그들은 아웃 포커스되어 있다. 그녀 뒤에 바짝 붙어 있는 여성은 주인공과는 대조적으로 뚱뚱한 편이다. 분홍빛 드레스를 입고 뒤에서 그녀에게 관심을 보이지만 그녀의 그림자에 일부 그늘져 있다. 부유층에 가려진 서민의 인물화인 셈이다.

"되게 예쁘고 멋있다. 잘 차려 입었네. 세상에 저 개미허리 좀 봐." 하는 말이 들리는 듯하다.

여인이 입은 검정 새틴드레스의 앞자락에는 검정 깃털 장식이 길게 늘어져 가볍게 나풀거린다. 당대의 상류층 여성들에게 보여지는 복식의 한 면을 보는 것 같다. 우아하고 고고하게 차려입은 외장에 비하면 길 위에 서 있는 검정색 드레서인 그녀는 놀랍게도 삶이 그다지 만족스러워 보이지 않는다. 그녀의 몸놀림, 마음놀림은 깃털처럼 가볍기만 하다.

그녀 오른쪽 앞에는 수염이 자란 중년남성이 등받이 없는 의자에 구부정하게 앉아 있다. 멍한 시선은 그녀의 시선과 부딪칠 수가 없다. 그 한 사람으로 노동자급을 대신하고 있다. 같은 시대 같은 공간에 같이 머물지만 그들의 관심사는 다르다.

여성학의 역사를 더듬다보면 그림 속의 그녀는 '깃털달린 여자'로 분류했다. 그녀들이 할 수 있고 보여줄 수 있는 일이란 우아하게 차려입고 남들 앞에서 과시하는 일로, 우리는 고전 영화나 오페라를 통해 그런 여성을 자주 접하곤 했다. 다른 여자들보다 더 날씬하고 우아하여 남성들에게 잘 보여 인기를 관리하는 일이 그녀들의 최고 관심사이다. 파티장에 어울리는 옷을 입고 그녀가 길 위에 서 있다. 그녀는 옷만큼 화려하지 않다. 그 당시 사회적 풍조에 맞추어 흐름을 타며 살아가는, 공허한 여인의 모습을 화가는 풍자하고 있는 것이다. 평범하여 못마땅한 여자는 특별해지고 싶고, 치장하고 보여주는 일에 장애를 받지 않는 여자는 살아가며 겪을 수 있는 평범한 재미를 희구하게 된다. 어느 시대, 어느 곳에서나 완전한 만족은 없는 것 같다.

허리를 조이고 드레시한 옷으로 치장한 그림 속의 그 여인에게 옷은 신분의 표현이지만 진정한 의미의 구속일 뿐이다. 그림 속의 그녀는 그 옷을 입고 무엇을 할 것인지 상상해 보면 단순하다.

나는 그녀에게 말한다. 당신의 생활이 인간 본연의 삶을 기름지게 하지 못한다면 스스로 그 틀을 깨고 옷도 벗어던지고 거리를 활보하라고 권하고 싶어진다. 당신이 입은 옷으로 뭇 여성들 앞에서 부러움을 살 것이 아니라, 당신 앞의 허리 구부린 사람에게도 시선을 주어보라고 말한다.

여성이, 생산하는 남성의 능력에 얹혀서 생을 구가하려는 의지를 가지면 여성에게 주어진 능력은 빛을 보지 못하고 옷 속에서, 깃털의 흔들림에서 매장되며 생기를 잃고 말 것이

다. 물질이나 화려한 겉치레며 잘 가꾼 몸매로 얻어내는 결과는 진정한 보람을 안겨주지 못하여 늘 공허감에 시달릴 것이다. 누구의 권위나 이름에 편승하는 것조차 경계해야 진정한 자유를 얻게 되고 나이들며 자신에게 박수를 칠 수 있다.

많은 여성들이 결혼과 함께 객관성의 날개를 접어버리는 경향이 짙다. 직업인이 아니라고 사회성을 죽이지는 말아야 하는데 남성들의 세계를 뒷받침하는 조력자로서밖에 의미를 두지 않는다면 스스로 인생의 꽃자리를 포기하는 사람이다. 마치 꽃병 속의 여자처럼, 어항 속의 물고기처럼, 남성의 의식 안에 갇히고 만다. 스스로 선택한 삶에 대해 스스로 책임지고 주어진 자리를 꽃자리로 만들어가는 창조적인 삶을 살아가다 보면 '길 위에서'의 여인은 등장하지 않을 것이다. 나는 개미허리에 윤기나는 드레스를 입은 여인보다는 갯벌에서 조개를 캐느라고 호미질하는 여인에게서 더 진한 삶의 향기를 맡는다. 보료 위의 창백한 중전의 얼굴보다 바람소리 들어가며 고갯짓하는 들녘의 야생초와 마주치는 무수리가 건강해 보인다. 할 일 없이 길 위에서 방황하는 여인들이 어찌 마티스 전에서만 만나지던가. 물질적 풍요 속에서 정체성 빈곤을 느끼는 곳이면 어느 나라의 그림에서나 길 위에서 그런 여인들을 만날 것이다.

여자와 옷

경제학자들이 낯선 나라에 들어가 그 나라 경제지표를 알아보는 방법이 제시되었다. 수치로 알아보기 전에 그 나라 여성들의 의상이나 화장에서 먼저 직관적으로 파악한다고 한다. 의상의 재료나 색깔, 세계적인 패션의 흐름을 어느만큼 반영하는지에 따른 다양한 변화를 감각적으로 읽는다. 화장품 전문회사 직원은 공항에서 만나는 그 나라 여성의 루즈색만으로도 그 나라 사람들의 심리를 읽어낸다고 한다.

영화나 그림은 낯선 세계의 낯선 문화를 접할 수 있는 간접 매체가 되며, 옷을 통해 다방면으로 짚어보는 재미도 쏠쏠하다.

옷은 몇 가지 기능으로 입고 입힌다.

첫 번째 기능은 몸을 보호하는 기능이다. 아무리 멋있고 값진 옷일지라도 몸을 보호하지 못하면 일차적 기능 상실인 셈이다. 그러나 자연온도를 인위적으로 조율하여 사람살기

고야 〈카를로스 4세의 가족〉

에 적합하게 맞출 수 있을 정도면 옷의 기능은 한 단계 진화한다. 자연과 투쟁할 이유가 없어지므로 멋의 세계를 가지게 된다. 그러한 변화 속에서 국력을 가늠해 볼 수도 있다.

두 번째 기능은 자신의 개성을 드러내는 도구가 된다.

옷은 여성에게만 주요 관건인 줄 알던 시대가 지났다. 요즘에는 남성들의 패션에 대한 관심이 부쩍 늘어 옷으로 상대방의 호감, 비호감을 나타내기도 한다. 이는 남성이 여성에게 잘 보이고 싶어하는 시대의 특성을 엿볼 수 있음이다.

어느 나이든 총각이 짝을 찾지 못해 고민하던 중, 의상 종합 상담을 받은 결과, 옷을 너무나 젊은 층과 어울리지 않게 입어서 호감을 주지 못한다는 평가를 받았다. 그들 표현대로라면 그는 주름이 칼같이 잡힌 배바지를 입었으며 그 바지의 소재는 올이 가는 천으로 반질거리는 짜임이었다고 한다.

상담원이 청바지에 진 상의를 입고 머리 스타일을 터프하게 한 다음, 세련된 멜방 가방을 권해 주었다. 그 결과, 어린 신부를 구해 결혼을 하게 되었다는 후문이다.

이렇듯 의복은 어떻게 입는가에 따라 인상을 바꾸기도 하고 나이를 늘이거나 줄여 보일 수도 있다. 새로운 기능으로 자리를 잡는 경우일 것이다.

사람들이 이렇게 섬세하게 변화에 반응하는 데는 경제적 여유가 뒷받침하고 있다. 게다가 옷으로 변화를 즐기도록 날씨가 허용되는 나라에서 자연스럽게 패션은 발달하게 된다.

세 번째 기능은 직업에 맞는 옷으로 직업 기능을 편하게

수행할 수 있도록 돕는 옷이다. 소방관의 옷, 물 속 생활을 하는 다이버의 옷, 식당에서 일하는 요리사의 옷, 건설현장의 작업복, 선수들의 운동복, 등산객들의 산행복, 특수제작하는 공장의 제복, 일반회사의 제복 등으로 작업하기에 가장 편리하게 한다. 사람의 개성보다 일의 특성에 지배당한다.

그러나 이런 특수조건을 무시하고 한결같이 한복을 고수하는 어느 여인의 몸에 밴 무의식의 지배는 눈물겹다. 그녀는 온 집에 색색의 한복을 갖추어 두고 항상 그 한복을 입는다. 심지어 등산 갈 때도 한복차림이다. 어려서 색동저고리를 너무나 입고 싶었으나 삶이 여의치 못해 욕구를 해소하지 못하고 성인이 되었다고 하며 한복을 원없이 입고사는 것이 재미나다고 했다. 그녀에게 옷은 한풀이용인 셈이다.

네 번째 기능은 신분 표출이다. 법관의 법복, 의사의 가운, 스튜어디스의 제복, 옛 기생들의 화려한 한복 등으로 어딘가 특화된 옷을 입게 하여 신분을 드러나게 돕는다. 그 중 서양화에 등장하는 귀족들의 옷차림은 옷이 아니라 숨통을 조이는 갑옷 같다. 부정적인 영향을 받으면 성격의 특성상 평민들에게서는 공격성이 자란다면 궁중의 무기력한 사람들에게는 치장하다 못해 퇴폐성이 날로 자란다.

1800년에 그린 고야의 <카를로스 4세의 가족>은 서양화의 인물화이다. 당시의 인물화는 주로 귀족 가문의 초상화이다. 이들은 애써 꾸민 모습을 후대에 남기고 싶어 하고 화가는 귀족의 욕구 충족을 위해 헌신한다. 인물의 특성은 풍만한 가슴을 최대한 강조하였고 잠자리 날개 같은 옷에 갖은 치장을 하여 화려하게 꾸몄다. 그 옷을 입고는 화가 앞에 있거나 특정 파티에 참석하고 가문을 빛내는데 필요할 것이다. 놀랍게도 화려할수록 내적 상황은 허약하다.

이들은 땀 냄새 대신 향수 냄새를 풍겨야 제격일 것이며 흙길에는 거닐 수조차 없을 것이니 정신이 강건하기가 어려울 것이다. 아무데나 기어다니고 재롱을 부릴 아기조차 옷 속에 갇혀 버렸다. 귀족은 귀족이란 계층에 갇히고, 옷 속에 갇히고, 인습에 갇힌 슬픈 역사의 주인공이다. 소문에 귀를 세우고, 주의를 하며 갇힌 본능의 분출은 그림과 문학으로 흘러든다. 후대의 사람들은 그들의 족적을 거울삼아 어떻게 영혼의 자유를 누리고 삶을 건강하게 영위할 것인가를 생각하게 돕는다. 그런 의미에서 역사는 미래를 포함하고 있다.

그럼에도 불구하고 이 세상 어느 누구도 사치의 욕구로부터 온전히 자유로울 수는 없다. 물질이 부족하면 희망은 있으되 넘치지 못하므로 지나친 사치가 불가능해진다. 부러우면서 욕하고, 욕하고 나서 몰래 흉내내다가 서서히 닮아간다. 그 다음 변명은 무가치하다. 묵묵히 바라보고, 어디까지일지 생각하고, 스스로 경계하며 살 수밖에 없다. 우리는 가끔 안 하는 것인지 못하는 것인지 착각하는 말을 하기도 한다.

다섯 번째 기능은 옷을 입어보이는 직업인 모델에게 옷은 직업적 도구이다. 만들어진 옷을 가장 멋스럽게 연출하여 보이는 프로로써 그들은 옷을 위해 헌신한다. 지나치게 반생명적 욕구를 충족시키기 위해 마른 몸을 만들다가 죽어간 모델도 등장하였다. 어떤 옷을 입던 살기 위해 입어야 할 것 같다.

이제 마지막으로 상업적 도구로 옷을 말해 보자.

형편이 어려운 사람들에게 옷을 팔려면 멋스러운 모델이 서 있어야 잘 팔린다. 대체로 충분히 갖추지 못하면 자신감이 줄어든다. 그럴 경우, 갖추고 있는 사람을 선망하며 그와 비슷해지기를 원하며 그가 권해 주는 옷을 사게 된다.

그런가 하면 부유촌의 옷가게에서는 화장기 없이 수더분한 점원이 옷을 잘 판다고 한다. 이는 비대한 몸일지라도 그 집 옷을 입어보았을 때 본인이 주인보다 멋스러워 보임으로써 만족도가 높아지며 구입양이 늘어난다. 안 가지면 선망하고, 가지면 지배하고 싶은 인간의 속성에 따라 옷을 사고 파는 현장에서의 풍속도가 다르다. 이 또한 후대 사람들에게 좋은 거울이 될 것이다.

이 모든 조건을 떠나 옷은 그 사람의 마음을 입는 것이다. 특히나 옷 색이나 디자인의 선택은 입는 사람의 성격을 드러낸다. 만드는 사람이 있어야 입는 사람이 있게 되고 그들은 성격적으로 인연의 합이 좋은 경우일 것이다.

사회적 신분적 강요에 의해 입는 옷은 갑옷일 것이며 마음 내키는 대로 입는 것은 옷입기를 즐기는 경우일 것이다. 아무튼 인류가 멸망하지 않는 한 사람과 옷은 운명을 함께할 것이다.

옷은 그 사람이다.

사치는 미래의 자화상이다

토요일 오후의 약속은 자칫하면 지각하기 일쑤다. 비가 오거나 예고없이 눈이라도 내리는 날이면 교통체증은 심하고 어버이날이나 크리스마스처럼 특정한 날이면 어김없이 예상이 빗나간다. 날씨가 궂으면 대중교통을 이용하려던 사람들조차 차를 가지고 나오는 바람에 거리는 승용차로 도배라도 한 듯 더욱 혼란스러워진다.

강남에서 종로로 가려던 날이다. 집에서 나설 때는 비가 오지 않았는데 이미 큰 길까지 오고나니 비가 추적추적 내리고 있다. 나는 반사적으로 대기 중이던 택시의 문을 열고 택시 안으로 올랐다. 기사는 어디로 가는지 묻지도 않고 시동을 건다. 자동승객이 되고 말았다.

얼마 가지 않아 거리는 마비되었다. 차는 요지부동이다. 노련한 기사는 골목길을 찾아 요리조리 뚫고 나가다가 어느 골목에서 여러 대의 승용차와 마주쳤다. 공교롭게도 그 차들

107

시몽 부에 〈부의 알레고리〉

은 외제차이며 건들면 택시가 손해라고 조심하느라고 긴장한다. 대부분 이런 경우, 기사들이 투덜거리는 정도를 넘어서 욕설로 변하기도 한다. 그러나 내가 탄 차의 기사는 여느 기사들과 달랐다.

다른 기사들은 외제차와 마주치기만 해도 마치 그 차들이 잘못이라도 저지른 듯 욕설을 퍼붓는데, 이 기사는 스스로 그 차에 상처내지 않기 위해서만 조심을 한다. 조금 특별하여 그런 태도에 대해 물었다. 그는 기다리는 질문에 답이라도 하듯 "사치는 우리 미래의 자화상입니다."라고 말했다. 너무나 가지기가 요원하면 부럽다 못해 욕으로 때우지만 어느 누구라도 가지고 넘치면 저런 차를 가지고 싶어할 것이라는 것이다. 그 기사는 결코 남의 일같이 나무라고 싶지 않다고 했다. 그는 남의 눈의 티도 보지만 자기 안의 들보도 볼 줄 아는 기사였다.

국가나 개인이나 소비할 수 있는 여력과 기능을 가졌다면 변할 가능성을 내포하고 있다. 아무도 타인을 비난하며 자신의 미래를 장담하기는 어렵다는 것을 그 기사는 알고 있다. 물론 나도 알고 있다. 나도 한때 특정 대상을 드러내놓고 욕하지는 않아도 거부감을 심하게 보인 적이 있다. 그런데 그런 대상이 내가 되어 인생을 변명해 가며 살 때가 있으므로 앞으로 더 변할 가능성도 배제할 수가 없다. 노인의 삶에 대하여, 못다 해 본 소비에 대하여, 남들이 사치라고 말할 수 있는 부분에 대하여 아직도 시간과 여력이 남아 있으므로 기사의 발언에 수긍하고 말았다. 특히 젊어서 바라던 것이 그다지 강도 높은 욕망이 아니면 얼마든지 접고 지나칠 수 있던 것들에는 보석류나 예술작품 등 사치품이 더러 끼어 있게 된다. 그러나 정신이 허기질 시간조차 없을 때는 그러한 욕망을 얼마든지 누를 수 있었지만, 나이 들며 은밀하게 그 욕망이 뚫고 올라오면 티내지 않고 하나씩 장만하기도 하고, 사람에 따라서는 아예 집착하는 정도가 지나쳐 병적인 모습까지도 보인다.

그러한 사회적 현상은 경제적 시간적 여유에서 나올 것이며 억압이 심할 수록 심하게 드러날 것이다. 둘만 낳아 잘 기르자는 구호 아래서 산 사람들은 안정의 시기가 앞당겨질 것이고, 한가한 때 은밀히 피어나는 욕망 앞에서 온전히 자유로운 사람은 드물 것이다. 어느 방면으로나 넘치고 치우치는 정도가 심하면 병리적 현상으로 드러날 것이다. 반생명적인 내용물에 마음이 기우는 것은 엄밀히 내적 충만감이 부족하기 때문이다.

1630년경 시몽 부에가 그린 <부의 알레고리> 라는 작품에는 이러한 여성의 심리가 그림으로 잘 표현되어 있다. 그림 속의 여주인공은 체형적으로 감성이 풍부한 여성이다. 그녀가 안고 있는 아기에게보다 등 뒤에서 보석류를 들어올려 보여주는 아기에게 관심을 보인다. 보석을 든 아기 앞에는 귀중품으로 보이는 항아리가 있고 땅에는 메달이 널부러져 있다.

화면을 중심으로 좌측에는 사치품이, 우측에는 아기와 책이 구겨진 채 놓여 있다. 본디 이 그림의 주인공은 어린이와 책으로 방향이 잡혀 있으나 반대편의 유혹에 고개를 돌린 셈이다.

이는 영업용 기사가 운전을 하기는 하지만 그리고 외제차에 무관심하지는 않다는 이야기와 맞물린다. 관심을 둔다고 다 가지는 것이 아니며 살고 있는 이면에는 그러한 욕구도 도사리고 있음을 그림을 통해 엿보게 한다. 그림에서 만나는 여성은 모성이 풍부하고 지성적인 여성으로 비추어지고 있으나 그녀에게도 은밀히 사치심은 깃든다. 지극히 자연스럽고 정상적인 현상이다. 잠재된 것은 어느 때인가 들추어지기 마련이다.

욕하는 자리가 자신의 욕망이 꿈틀거리는 자리이다. 세상을 너그럽게 대하는 것은 자신에게 너그러운 셈이다. 누가 누구에게 얼마만큼을 사치라고 말할 수 있을까. 그 잣대는 자신에게 달렸다.

자크 루이 다비드 〈구걸하고 있는 벨리재르〉

자비의 손

선행의 주인공으로 등장하는 사람은 대체로 여성이다. 얼마 전 인터넷을 뜨겁게 달군 미담의 주인공인 빵집 여성이 생각난다. 갓 구워낸 빵을 걸인에게 먹여주는 사진이 인터넷상에 등장하여 감동의 바람을 일으키고 떠다녔다. 가장 낮은 자세로 엎디어 기며 살아가는 사람에게 무릎을 꿇고 다가가는 일은 아무리 서늘한 시선으로 보아도 아름답다.

이 시대는 작가만 사진 활동을 하거나 그림활동을 하는 때가 아니다. 누구라도 아름답고 인류애가 피어나는 장면이면 발견하여 표현함으로써 작가정신을 들추어 보일 수 있다. 정치적으로나 경제적 격변기를 거치며 사람이 각박하고 메마르게 되면 진정으로 소중하게 여겨야 할 덕목이 평범한 사람들 사이에서 자연스럽게 피어나고 미담을 그리는 화가가 어느 나라 어느 시대에서나 등장할 것이다.

인간에 대한 연민이나 동정심이 남성보다 여성이 앞서고

113

있기는 하지만, 언제나 마음의 뿌리를 들여다보고 분별할 필요는 있다. 일순간에 흔들려서 대책없는 선량함으로 행동하다가 중심을 잃지는 말아야 할 것이며 한번의 행위가 세상에 알려져 지속적으로 기대하는 일이 벌어지면 오른손이 하는 일을 왼손이 모르게 하라는 성서의 의미를 잃게 될 것이다.

정식으로 구걸하는 걸인에게 가진 것의 일부를 내놓는 자비의 손길은 아름답다. 특히 누구라도 알만한 명성을 가졌던 사람이 신체의 일부를 잃고 걸식한다거나 행려자나 노숙자로 산다는 소식을 접하면 가슴이 아려온다.

바로 그런 내용의 그림이 자크 루이 다비드 작품에 등장한다. 한때 명성을 날리던 군인이 눈먼 걸인이 되어 있는 것을 그의 부하가 발견하고 화들짝 놀라 두 손을 펼쳐들고 입을 다물지 못한다. 그 병사 앞에서는 여성이 겸손하게 등을 굽히고 자비의 손을 내민다. 문자로는 '준다'로 표기할 수 있지만 그림에는 겸손하고 인정스러운 몸짓언어까지 드러난다. 여인의 전체에서 따뜻하고 자상한 풍모가 흠씬 풍긴다.

그림은 단순히 형태를 그리기만 하는 것이 아니라는 것을 이 그림에서 충분히 엿볼 수 있다. 보는 그림이며 읽는 그림이다. 사람이 품을 수 있는 인간성의 아름다움을 함축성있게 담고 있다. 그림 속의 인물에서 체온이 느껴질 것만 같고 눈먼 군인의 하얗게 센 수염이 까실까실하게 손 끝에 닿는 것만 같다. 여인이 두른 모포며 샌들을 신은 발은 사진을 찍어도 그렇게 정교하게 나오지 않을 듯 싶다. 나는 그림의 정교

한 터치를 실감하기 위해 돋보기를 그림에 들이대 보았다. 팔뚝에 튀어나온 핏줄이며 이마의 주름까지 놀랍도록 정교하다. 심지어 눈먼 군인의 부하였던 사람이 두 손을 펼쳐들고 섰는데 그 손 바닥의 손금이 보인다. 이렇게 섬세한 필치는 그림을 현실로 실감나게 느끼는데 도움을 준다.

나는 앞이 막막하여 길이 보이지 않아 신부님께 면담을 한 적이 있다. 아들아이가 선생님과 인연을 좋게 유지하지 못해 한 해 동안 곤혹스럽게 지내다가 성적이 감당 못하게 무너져 버렸다. 인생에 성적이 목적은 아니지만 성적으로 하여 험한 길로 가게 되기도 하기에 마음이 쓰였다. 한번 벌어진 일에 대해 되돌릴 수 없다면 탓하거나 고민에 빠져 있는 것은 아무 소용이 없다. 이런 경우 어머니가 아들에게 전해줄 메시지가 무엇인지 대안을 찾고 싶었다. 어떤 방법으로 추스르고 일어서야 할지 방법이 요원하여 상담을 했다가 너무나 뜻밖의 피드백에 놀라 정신이 깨어난 적이 있다.

"지금부터라도 어머니가 평화를 먼저 유지하세요. 마음은 정직해서 무늬만으로는 소통하지 않습니다. 사람사는데 욕심은 다 같습니다. 한계를 인정하고 다음 단계로 빨리 나아가는 게 중요합니다. 욕망을 내려놓고 주어진 시간 안에 열심히 공부하여 성적을 내고, 그 성적에 맞추어 차례차례 원서를 쓰고, 붙으면 다니고 합격 소식을 듣지 못하면 고졸로 끝내십시오. 그 능력으로 벌어먹다가 정히 안 되면 마지막에는 하느님의 자비로 사십시요."

나는 이렇게 단순 명쾌한 답이 있을 수도 있다는 것이 기가 막혔지만 전혀 틀리지 않았다. 처음에는 그 말씀을 받아들이기가 거북하여 심하게 저항한다는 것을 느꼈다. 아무리 아이를 낳아 키워보지 않은 신부님이라고 그렇게 말씀을 하느냐고 서운해 하였다. 그러다가 이내 정신이 바짝 들면서 깨어났다. 들어갈 학교가 없는 것도 아니고 그동안 공부한 능력이라면 세상의 어느 일을 하여도 남의 신세지고 살 일은 일어나지 않을 것이란 자신감이 혹 치밀고 올라왔다. 어쩌면 나약해진 자신감을 바로 일으켜 세우기 위해 정곡을 찌른 것은 아닌가 싶기도 하다.

그날 밤 나는 아이에게 희망을 불어넣었다. 살아온 세월이 없어지지는 않아도 기록에 나타난 성적의 수치는 어쩔 수 없으므로 하는 데까지 최선을 다하자고 일렀다. 이 세상에 자신을 이해하고 응원하는 한 사람이 있는 사람은 행복하다고 힘을 실어주었다. 그후 아들은 세상 사람들이 부러워하는 대학의 학생증을 갖게 되었다.

출렁거리는 배를 타 본 사람은 파도가 잠든 바다가 얼마나 고마운지 안다. 그만한 일이라도 우리에게는 마음 고생의 극에 달했다. 그러나 받아들이고부터는 단호하고 용감해졌다. 진심은 가슴을 관통하고 우리에게 빛은 찾아들었다. 그러나 세상에는 한번 잃은 빛을 다시 찾지 못하는 사람들도 무수히 있으며 나는 그들의 삶이 남의 일로 보이지 않았다. 결국 나는 중도장애인들의 삶과 인연이 닿았고 그들에게 희망을 불어넣는 일을 하며 4년차로 접어들었다. 아들을 통해 내 인생에 예기치 않은 길을 걸으며 아직 다 표현하지 못한 감사와 고마움을 일주일에 한 번씩 그들에게 퍼내고 있다.

과거는 떠난 자리다. 현재의 상황을 바로 인식하고 남과 공평한 입장에서 삶을 받아들이는 우리라면 자비의 손은 바로 우리에게 내미는 손이다. 크게 말해서 남은 나의 일부이기 때문이다.

들라크루아 〈민중을 이끄는 자유〉

Une Vie
여자의 일생

가슴을 드러낸 여인

나는 일찍이 초등학교 때부터 훌륭한 사람이 되기를 포기했다. 아무래도 훌륭한 사람이 되려면 제 명에 살지 못할 것 같은 두려움과 함께 늘 유관순이 생각났다. "3월 하늘 가만히 우러러보면 유관순 누나가 생각납니다. 옥 속에 갇혀서도 만세 부르다~"로 이어지는 3·1절 노래 또한 나를 우울하게 한 노래다.

유관순이라는 영화를 보고부터 그 생각은 더욱 심해졌다. 일본식 관사였던 우리집의 목욕탕에도 가기 싫었다. 유관순이 고문을 받던 무쇠욕조가 우리집의 것과 같아서 그 욕조를 보면 영화의 한 장면이 연상되고 진저리가 쳐졌다. 손톱이 뽑히고 고문을 당해도 그러한 일을 감당해야 내 이름자 앞에 '훌륭한'이란 수식어가 붙는다면 나는 아무래도 훌륭한 사람이 될 수 없을 것 같다고 판단했다.

유관순 뿐만 아니라, 초등학교 교과서에 등장하는 위인들은 모두가 나의 이상형이 아니었다. 살고 싶은 방향도 아직 불투명하고 무엇을 좋아하는지조차 알지 못하는 어린 나이에 교과서에서 만나는 위인들은 모두가 불행해 보였다.

　대동여지도를 만들어 남긴 김정호는 가족을 등한시하며 일에 매몰된 것 같아서 결코 건강한 가족이 될 수 없을 것 같았고, 이준 열사나 안중근 같은 인물도 모두가 일상의 성실성만으로 훌륭해질 수 없는 남성상이기에 무서웠다. 서예의 거장 한석봉 또한 그 엄한 어머니 아래서 단련되는 것을 보면서 끔찍했다. 어느 한 인물도 무엇을 남길 것인가보다 어떻게 살 것인가에 초점을 맞춘 인물이 없어서 훌륭한 인물이 되기를 포기했다. 한글 창제를 한 세종대왕은 왕족이 아닌 이상 이상형으로 삼기에 불가능하고, 신사임당은 나중에 만났으니 조회 때마다 교장선생님 훈화에 등장하는 '훌륭한 사람'이란 말에 콤플렉스가 걸리고도 남을 일이다.

　최근에 민주화 운동을 하다가 꽃다운 나이에 죽음으로 끝을 낸 '박선영'의 특집이 텔레비전에서 방영되었다. 이제는 그녀의 이름 뒤에 '열사'가 붙었지만 나에게는 또 한 사람의 유관순으로 다가들었다. 젊은이들이 참여한 학생운동으로 4·19혁명, 민주화 투쟁, 광주 항쟁 등이 내 생을 관통하고 있지만 이러한 사건이 나와 무관한 듯 살았으니 통탄할 일이다. 나는 어디에도 관여하지 않고 지금 자유를 누리며 살고 있다. 내 기준에 의하면 나는 늘 훌륭하지 못한 여성의 삶을 사는 셈이다. 아마도 죽기 전에는 그 '훌륭하다'라는 단어로부터 자유롭기가 어려울 것 같다. 어떤 일을 생각하고 진행하더라도 내 안에서는 본질적 가치를 저울질하게 되고 조금이라도 훌륭하게 되는 방향으로 나를 움직이려는 의지가 작동할 것이나, 깃발을 들고 군중들의 앞장서는 일에는 자신이 없다.

그 훌륭함이란 단어의 범위를 가장 작게는 자신으로부터 시작하여 점점 세상으로 넓혀가자는데 의미를 두었다. 주부가 되었으면 그 역할을 충실히 해내면 될 것이고, 선생님이면 임지에서 주어진 일을 충실히 하면 그것이 훌륭하게 사는 삶이라고 생각되었다. 결국 좋은 가치로 많은 사람들에게 영향을 미친 사람을 훌륭하다고 정의내렸다. 그렇게 정리하고 생각하니 인류를 위해 목숨을 바치는 사람 다음으로는 나라를 위해 목숨을 바치는 사람이 훌륭할 수밖에 없다. 동서양을 막론하고 위기에 남성을 이끄는 힘을 가진 여성이 등장한다.

들라크루아의 < 민중을 이끄는 자유> 에 등장하는 여인은 가슴이 드러나 있다. 가슴의 노출은 여성을 의식하지 않음이며 남성의 보호로부터 자유로운 몸짓이다. 혁명을 이끄는 투사 정신은 어디에 기인하는 것일까. 알 수 없으나, 저들의 가슴에 잠자던 남성성이 용기로 변하면 군중을 이끌고 나라를 구제하는 인물로 등장할 수도 있다. 그러나 그림이 기록화가 아닌 이상 저들을 이끄는 여신의 상징일 수도 있을 것이다.

여성은 위기에 강하고 남성은 일상에 강하다. 아무도 성차이를 두고 왈가왈부해서는 안 될 일이다. 이마가 보이면

뒤통수가 가려지듯 사람은 일상의 일부를 보이며 살고 있다. 자신이 못 본 이면이 언제나 있다고 전제하고 희망을 두는 일은 고무적이다. 열심히 산다면 남에게 큰 영향은 미치지 못할지라도 한 사람으로서 한 생을 훌륭하게 살다간 인물은 가능할 것 같아서 기분이 좋아진다. 열사나 투사가 아니어도 좋다. 나라를 위해 몸 바치지 않고 한 사람의 몫만이라도 충실히 살아낸다면 훌륭한 국민이 될 수 있다. 여자로 태어나 60년의 한 생을 살고나니 이제야 어른이 되었는가보다.

내가 작가가 된 이상 나는 글에 충실해야 한다. 이것이 남은 생의 가장 큰 명제이다. 그러한 내적 구호는 하루도 거르지 않고 4시간 이상 작업하게 만들고 사람에 대해 애정을 놓지 않게 한다. '훌륭함'이란 단어를 놓아버리고 내 글이 세상에서 가슴을 드러내놓고라도 깃발을 들고 지친 심혼에 기운을 불어넣는 역할을 하기를 기원한다.

추억이란 옷

영국의 양로원에 사는 96세 할머니 모델인 아이린 싱클레어가 뉴욕의 타임스퀘어의 대형 옥외 광고물에 등장하였다. 머리는 실크 머플러로 우아하게 동여매어 커버하였으나, 눈가의 주름이나 볼에 패인 주름계곡이며 실크천을 늘어뜨린 듯한 목의 주름은 막을 수 없이 노출되었다. 그녀는 동그란 어깨선까지 드러내놓고 갸름한 얼굴에 웃음을 한 가득 담았다.

그녀는 젊어서 단 한 번도 예쁘다는 말을 들어보지 못했다고 술회한다. 도브비누의 진짜미인 시리즈의 다섯 번째 모델인 그녀는 늙은 여성도 아름답다는 것을 유감없이 발휘하였다. 그 일 이후 회사의 연간 매출액은 700% 신장되었다고 전한다.

젊고 날씬하고 피부에 탄력이 있어야만 모델하는 것이 아니라는 것을 알려주는 소비자의 경고에서 고정관념은 깨졌다. 개미 허리의 여성이 멋진 원피스를 입고 등장한다고 중

프란시스코 데 고야 〈늙은 여인들, 혹은 시간〉

년의 여성이 매혹적으로 보지는 않는다. 허위에 휘둘리다가 낭패 본 경험은 두 번 겪고 싶어 하지 않을 것이다. 같은 신체 조건의 모델이 입어보고 써 봄으로써 간접적으로 시행착오를 겪어주면, 구입자는 불편하지 않게 믿고 구입하게 될 것이다. 동질감과 이질감의 차이는 연령대에서 드러났다. 8세에서 13세 아동들이 늙은 여성이 아름답다고 느껴보지 않았다고 답했지만, 그들은 소비자가 아니라서 참고의 대상이 못되었다.

나는 이 모델을 보고 만약 피부를 적나라하게 노출하지 않고 알맞게 치장하여 나이에 걸맞지 않게 위장하여도 소비자는 반응할까 생각하다가 프란시스코 데 고야의 그림 '늙은 여인들'을 만났다.

그 노인은 날씬하다. 아니 피골이 상접한 듯 말랐다. 이 지상에서 쓸어버릴 시간이 그리 멀지 않았다는 듯 영혼의 심부름꾼인 사자가 등 뒤에서 빗자루를 들고 행동개시를 할 듯 서있다. 그렇지만 그 노인은 금발을 손질하여 장식품까지 갖추었으며 커다란 귀걸이는 부담스러워 보인다. 합죽한 입 안에 이가 남아 있기나 한지 모르겠다. 그래도 그 노인은 손에 거울을 들고 얼굴을 들여다본다. 손가락에는 반지가 줄줄이 끼어져 있고 무엇보다 그녀가 입은 드레스가 재미나다. 갓 사교계에 등장하는 20대 초반의 여성이 입기에도 어려보이는 옷차림이지만, 가꾸고 꾸미는 일에 나이를 잊은 듯 몰입하고 있다. 앞가슴이 가슴선까지 패인 자리로 쇄골부터 뼈가 드러난다.

이 노인이 입고 있는 옷은 마음의 옷이다. 노인의 옷은 나이로 입지 육신이 아니고 마음으로 입은 옷이다. 다 지나간 젊은 시절을 회상하는 노인은 세상이 노인을 시체 취급할지라도 숨쉬는 시간 동안 젊은 날의 추억에 머무를 수 있는 자유가 있다. 마음은 나이를 더 먹기도 하고 제 자리 걸음을 하기도 한다. 죽음이 바짝 달라붙어 마치 하늘에서 불러오라는 명을 보여주기라도 하듯 일러주어도 노인은 손거울인지 사진인지에서 눈을 떼지 않는다.

누가 이 늙은 여인을 나무랄 것인가. 과거의 아름다운 추억을 덧입고 나이들어 서서히 소멸해 가는 여인에게 돌을 던질 필요는 없다. 끝까지 의지를 놓지 않는 여인은 아름답다.

'그냥'과 '우연'은 없다

전시장 전관을 돌고 나올 때면 반드시 해보는 질문이 있다.
"내가 공짜로 줄테니 한 작품씩 골라 가지라면 어느 것을 가지겠습니까."

동행한 일행들은 다시 한 바퀴를 돌며 그날의 감상을 정리해 본다. 그들의 선택에서 상업적 잣대가 배제되었기에 그들은 마음을 투사하여 골라들었다. 색깔 중심, 내용 중심, 크기 중심으로 그들이 선택한 그림들은 다양했다. 나는 거기에서도 한 번의 선택을 바꾸었다. 첫 번의 선택을 발표하기 전에 두 번째로 옮겨 가지기로 하였다. 그 그림이 바로 '피리부는 소년'이었다. 다른 사람의 선택에서는 왜 그 그림을 골랐는지 이내 알 것 같았는데, 정작 내가 그 그림을 선택한 특별한 이유를 찾지 못하여 '그냥 좋아서' 라고 답하였다. 그리고 나서 곰곰 생각하니 그 그림 앞에서 "아, 이제 내 노래를 불러야 한다고 했지. 저 그림을 걸어두고 내가 피리를 분다고 생

127

에두아르 마네 〈피리 부는 소년〉

각해야지."라는 속엣말을 흘린 기억이 난다. 나는 답을 내 안에서 찾아내었다.

모든 기호에는 마음이 작용한다. 어떤 가치에 기호가 걸리면 객관적인 값은 의미가 사라진다. 내가 좋다는데 무슨 이유가 필요하냐고 반문하면 '그냥'이란 단어의 값은 무량수가 될 수도 있다. 그러나 '그냥'은 모르거나 감각이 둔할 뿐이다. 살아 있는 한 내면 여행은 진행 중이고 내면이 외부로 투사되기도 하고 외부에서 내면화되기도 하면서 인생은 굴러간다.

나는 엊그제 꾼 꿈을 기억해냈다. 잠에서 깨어났는데도 꿈속에 있는 듯 생생하여 글로 써두었다.

여행을 떠나는데 아들이 운전대를 잡지 않고 자전거를 굴린다고 자랑 삼는다. 처음에는 내가 아들 자전거 뒤에 탔는데 핸들을 잡지 않고 손으로 바퀴를 굴리면서 낑낑거린다. 방향을 잡지 못해 흔들리다가 떨어질 것 같아 불안하고 답답하여 내가 운전하겠다고 아들더러 내 뒤에 타라고 일렀다.

우리 둘이 가는 것을 보고 딸이 그 뒤에 바짝 붙었다. 나는 산길 들길을 지나 사람들이 북새통인 장터거리를 지나 진땀을 흘리면서 평탄한 길을 찾아들었다. 얼마 지나 다시 좁은 골목길로 접어들었다. 가다가 보니 이미 딸은 제 방식으로 다른 길을 택해 가버렸다. 아슬아슬하게 운전을 하며 간신히 길 끝에 이르니 뚝방 안에 맑은 물이 찰방거리고 있고 그 오른쪽 솟을대문 안으로는 텅 빈 마당이 펼쳐져 있다. 끝까지 달려 도달한 지점에서 안심하고 뒤돌아보니 아무도 내 뒤에 타지 않았다.

곧 이어 아들이 이마의 땀을 닦으며 "뛰어오느라고 고생만 했네."라고 말한다. 딸은 그 풍경 안에 보이지 않았다.

나는 자전거를 한 곁에 뉘어놓고 넓은 마당으로 들어갔는데 아들은 나를 따라 오지 않았다. 마당 한가운데에 하얀 옷을 차려입고 왕관을 쓰신 분이 왕관을 쓴 아기를 바라보며 나더러 취재하라고 하였다. 덧붙여 사진도 찍어두라고 일렀다. 노트를 꺼내들고 집중하는데 평탄하게 난 길로 대형버스를 이용하여 올라온 사람들은 마당에 들어서자마자 흩어져 들어섰다. 그들은 일제히 검정 망토에 빨강 머플러를 목에 둘렀다. 그들은 하얀 옷을 입은 그분께 관심을 보이지 않고 내가 사진을 찍으려고 하자 줄지어 섰다가 이내 흩어졌다. 하얀 옷을 입은 아기의 왕관이 없어졌기에 쓰고 오라고 하며 다른 사람들을 보았더니, 어느새 버스로 돌아갔다.

나는 잠시 잊고 있던 아들을 찾았으나 보이지 않았다. 검정 망토 부대를 보고난 나는 일상복 차림으로 허둥대고 있다. 아기가 왕관을 찾으러 간 사이 나는 자전거와 아들을 찾느라고 분주했다. 삽시간에 망토 부대는 대형버스를 타고 온 길로 돌아가고 나도 오던 길로 집으로 갔다. 길은 험준하였지만 홀가분했고 풍경은 아름다웠으나 집에 와 생각하니 아무것도 건진 게 없는데 단지 평화롭다.

그런데 다음날 나는 '행복한 사람'이란 글을 발표하였다. 어렵고 힘든 대상과 함께 구하는 것은 평화와 자유였으며 그 것은 바깥에서 구해지는 것이 아니라 내면에서 만나야 했다. 꿈의 내용과 '행복한 사람'이란 글은 연장선상에 있었는데 미처 눈치채지 못했다. 오래도록 내 의식 속에 동행하던 아 들을 내 의식으로부터 해방시킨 날의 꿈이었으며 놓아버림 으로써 얻은 행복은 글로 태어났다.

꿈속에서는 자전거 여행의 끝 장소가 물과 땅, 두 공간으 로 경계지어졌고 땅에서 만난 색은 검정과 빨강색, 하얀색이 다. 왕관 쓴 아기는 꿈을 꾼 나였다.

자전거와 대형버스는 바퀴가 구르며 움직이는 물건으로 '인생이 굴러간다'에서 '구르다'와 맞물린 상징이 되었다. 자전거는 어렵사리 구른 것이고 대형버스는 쉽게 굴러간 인 생의 내용이다.

흰 옷을 입은 어른은 내 안의 완전성 내지 신성일 것이며 나는 내 인생에 매달린 것을 덜어내고 힘든 여정을 거쳐 마 침내 그분께 도달하였던게다.

내 인생에서 수월하게 굴린 것들의 총화는 대형버스에 탄 검정 망토 부대들로 상징되고 누군가 낸 길로 왔으니 굳이 그들은 신성에 의존하지 않아도 되는 것들이다. 어렵게 굴린 사안은 자전거를 탄 나이며 자식들도 내 자전거에서 내렸으 니 상징의 집합 같은 꿈이 재미나지 않을 수가 없다.

내 나이 60에 무의식 안의 '참 자아'가 '참 나'를 만난 셈이다. 거기까지 올라온 내가 왕관을 쓴 아기로, 내 안의 신성은 나에 주력하라는 내적 명령을 내렸다. 사진까지 찍으라는 것은 거짓됨 없이 나의 생명을 표출하라는 명령으로 해석된다.

내가 편승하려다가 오히려 운전하게 되는 문제는 아들이 아니라 아들만큼 힘들게 놓지 않은 것들의 상징이었고 그 문제로 하여 나는 도달하여야 하는 지점에 이르게 되었으니 그 길은 험난하고 좁았으며 고단했다.

꿈은 초현실주의 영화와 그림의 속성을 닮아 있다. 그 문안, 내 무의식의 마당에는 자전거도 들어가지 못하고 오직 진정한 나만이 가능했다.

결국, '피리부는 소년'을 선택한 것은 꿈에서 본 색―검정과 빨강, 흰색의 투사였다. 내 꿈에서는 흩어졌던 색이 한 사람이 입은 옷 색깔에 모여 대비를 이루고 있다. '피리부는 소년'은 마네의 작품 중 대표작이라 할 수 있다. 이 그림이 오래도록 사랑받고 인정받는 것은 화가의 정신이 정점에 이르러 그린 것은 아닌가 싶다.

놀라운 것은 꿈에서 본 듯한 하얀 블라우스를 길거리에서 만나 즉흥적으로 구입하였다. 이 또한 무의식의 역사일게다. 옷을 입은 것이 아니라 내 마음을 옷 색으로 선택한 셈이다.

인물이 입은 옷 색과 서서 피리부는 동작이 내 마음을 합성해놓은 듯하여 선택한 것이다. 주제를 간결하게 그려낸 마네에게 이제 드러내놓고 말하고 싶다.

"라마스테!!! 내 안의 신이 당신 안의 신에게 감사드립니다. 마네님."

이 그림의 모자에 두 줄기 노랑색이 깃들어서 더욱 좋다. 밝은 생각의 출현이 되어 주었다. 자신이 선택한 것 중에 '그냥'이나 '우연'은 없다. 다만 왜 그랬는지 자각하지 못할 뿐이다.

여자의 일생

1

짐을 다 싸고 난 잔느는 창가로 다가갔다. 비는 아직도 계속 내리고 있었다.

어젯밤에도 세찬 비가 내내 유리창과 지붕을 요란하게 두드렸었다. 물기를 잔뜩 머금고 낮게 드리워진 하늘이, 마치 구멍이라도 나서 머금었던 물을 온통 바닥에 쏟아부어, 온 대지를 모조리 진흙탕으로 만들고 설탕처럼 끈적하게 녹여 버릴 듯했다. 이따금씩 잔뜩 열기띤 돌풍이 불기도 했다. 인적 없는 거리에는 거세게 흘러가는 도랑물 소리만이 가득 차 있었다. 길가의 집들은 스폰지처럼 습기를 빨아들였고, 그것이 집 안까지 스며들어서 지하실이든 벽이든, 지붕까지도 음습한 땀을 흘리게 하고 있었다.

방금 수녀원의 기숙사를 나온 잔느는 마침내 영원히 자유로운 몸이 되어, 그토록 오래 꿈꾸어 왔던 이 세상의 온갖 행복을 잡으려 하고 있는 것이었다. 만약 이 비가 그치지 않아서 아버지가 출발을 연기하면 어쩌나 하고, 그녀는 몹시 걱정을 하였다. 때문에 그녀는 아침부터 계속해서 지평선 쪽을 힐끗거리고 있었다.

순간적으로 그녀는, 자기가 지금까지 보던 달력을 가방에 챙겨 넣지 않았다는 사실을 깨달았다. 그녀는 벽에 붙은 자그마한 달력을 떼어냈다. 달력의 한가운데에는 1819년이란, 글자가 금색으로 찍혀 있었다. 그녀는 연필로 최초의 4단을 지워버렸다. 그것은 성자들의 이름을 하나하나 지워가는 것이었다. 그렇게 해서 5월 2일에 이르렀는데, 이 날은 바로 그녀가 수녀원을 하직하는 날이었다.

그때 문 밖에서 그녀를 부르는 소리가 들려왔다.

"자네트!"

"아버지, 들어오세요."

아버지는 금방 모습을 나타냈다.

시몽 자크 르 페르튀 데 보 남작은, 좀 괴짜이긴 했지만 사람좋은 전세대의 귀족이었다. 그는 장 자크 루소의 열렬한 숭배자였는데, 숲과 들판과 동물 따위의 자연적인 것에 대해 마치 연인과도 같은 무한한 애정을 지니고 있었다.

원래 귀족 태생인 그는, 본능적으로 1973년(프랑스 대혁명)을 증오하고 있었다. 하지만 천성적인 기질이 철학적인 데다가 자유주의적 교육을 받았기 때문에, 별다른 악의 없이 다만 전제주의라는 것을 싫어할 뿐이었다.

그의 커다란 장점이기도 하고 동시에 큰 약점이기도 한 것은, 그의 선량함이었다. 남에게 베풀고 도와주며 관대하게 포용하는데 자신의 기력이 모자랄 정도로 헌신적이었으나, 저항력이 전혀 없으며 의지력도 없고 산만하기까지 한, 일종의 악덕과도 비슷한 선량함이었다.

이론가이기도 한 남작은, 자신의 딸이 선량하고 정숙하며 상냥한 여성이 되길 바라며 완벽한 계획을 세워놓았었다.

딸은 열두 살 때까지 집에서 자라다가, 아버지인 남작에 의해 성심(聖心) 수녀원에 맡겨지게 되었다. 물론 남작 부인은 울며 만류했으나 허사였다.

남작은 딸을 수녀원에 거의 가두어버린 것이나 다름없었다. 그곳에선 세상 돌아가는 일을 전혀 알 수 없었기 때문이다. 남작은 열일곱 살 때까지 순결하게 생활한 딸을, 자기 손으로 시적(詩的)인 부드러운 분위기에 젖어들게 하고, 풍요로운 자연의 품에서 마음껏 뛰놀며 영혼을 세척하고 자연과 생의 모든 법칙과 동무들의 순순한 애정 따위를 깨달아, 딸이 아직 깨부수지 못한 내면의 무지의 껍질을 벗겨주려 하였다.

이제 그 딸은, 기쁨 넘치는 얼굴로 미지의 행복에 대한 욕구에 충만하여 수녀원을 나서는 길이었다. 지루하기만 하던 낮과 밤, 가느다란 희망만이 고독에 찬 그녀의 가슴속을 들락거릴 때에, 셀 수도 없이 그려보던 행복과 아름다운 우연을 당장 손에 쥘 수 있기라도 하듯.

그녀는 베로네즈(16세기 이탈리아 화가)가 그린 초상화와 흡사한 얼굴을 지니고 있었다. 그녀는 피부와 잘 어울리는 윤기 흐르는 금발 머리에, 태양이 장미빛 살갗을 살짝 애무할 때에만 오스스 내비치는 비로드 같은 솜털, 네덜란드제 사기 인형의 눈처럼 불투명한 파란색의 눈은 역시 귀족의 딸다웠다.

그녀는 왼쪽 콧날과 오른쪽의 턱 위에 검은 점이 있었는데, 그곳엔 피부색과 거의 똑같은 짧은 털이 몇 개 나 있었다. 그녀는 키가 훤칠하고 가슴은 풍만했으며 가는 허리는 매우 율동성있게 보였다. 그녀의 맑고 또렷한 목소리는 가끔 날카롭게 들릴 때도 있었다. 그러나 몹시도 즐거운 듯한 그녀의 웃음소리는 주위 사람들까지도 기쁘게 하였다. 또 그녀는 무의식중에 관자놀이에 두 손을 갖다대곤 하였는데, 그 행동은 사람들에게 친밀감을 주었다.

그녀는 방금 들어온 아버지 쪽으로 몸을 돌려 와락 껴안으며 키스를 했다.

"이제 떠날 거죠?"

그녀는 아버지를 바라보며 물었다.

남작은 미소를 지으며, 이미 허옇게 되기 시작한 긴 머리를 가로저었다. 그리고는 창 밖을 가리켰다.

"저런 날씨에 어떻게 떠날 수 있겠니."

그러나 그녀는 상냥한 목소리로 응석부리듯 졸라댔다.

"아버지, 제발. 네? 오후엔 틀림없이 갤 거예요."

"그러나 네 어머니는 안 된다고 할 거야."

잔느는 재빨리 어머니의 방으로 달려갔다. 그녀는 큰 기대에 부풀어서 오늘을 기다려 왔던 것이다.

수녀원에 들어간 이래 그녀는 단 하루도 루앙을 떠나본 적이 없었다. 남작은 자기가 정한 17세란 나이에 이르기 전엔 딸에게 어떠한 여행이나 유흥도 금지하고 있었다. 오직 두 번, 자신이 파리에 갈 때 딸을 데리고 간 적은 있었으나 그녀는 그런 화려한 도시엔 흥미가 없었다. 그녀는 전원을 동경하고 있었다.

잔느는 가족들과 함께 이포르 근처의 절벽 위에 있는 레 퍼플에서 여름을 지내려고 계획을 세워놓았었다. 그곳은 조상 대대로 물려져 내려온 고풍스런 집이었다. 그녀는 무한한 기쁨에 젖은 채, 해변에서의 자유스런 생활을 꿈꾸었다. 또한 그 저택은 그녀 앞으로 상속된 것으로, 그녀는 결혼 전까지 그곳에서 살 생각이었다. 그런 까닭에 어제 저녁부터 쏟아지는 비는 태어나서 처음 겪는 커다란 슬픔이었다.

그러나 잠시 후 그녀는 집이 떠나갈 정도로 소리치며 어머니 방에서 뛰어나왔다.

"아버지, 아버지! 어머니도 승낙했어요. 마차 준비를 시켜야죠."

폭우는 전혀 기세를 누그러뜨리지 않았다. 사륜마차가 현관 앞에 당도했을 때는 오히려 더욱 세차게 쏟아지는 듯했다.

남작 부인이 한쪽에는 남편, 또 한쪽에는 젊은이처럼 건장하고 키가 큰 하녀의 부축을 받으며 계단을 내려왔다. 코오 지방의 노르망디 출신인 하녀는 고작 열여덟 살밖에 되지 않았으나, 보기에 스무 살은 된 것 같았다. 그녀는 잔느의 유모의 딸로, 가족들은 그녀를 딸처럼 대우해 주었다. 그녀의 이름은 로잘리였다.

그녀의 가장 중요한 임무는, 남작 부인의 거동을 시중드는 일이었는데, 부인은 몇 년 전부터 심장 비대증을 앓고 있었던 것이다.

남작 부인은 숨을 헐떡거리며 낡은 저택의 층계에 다가와 빗물이 흐르는 뜰을 바라보며 중얼거렸다.

"정말 정신들이 나갔군요."

남작은 계속 미소를 띤 채 대답했다.

"하지만 당신이 좋다고 했잖소, 아델라이드 부인."

부인은 아델라이드라는 멋진 이름을 갖고 있었는데, 남편은 다소 놀리는 듯한 경외심을 가지고 '부인'이라는 칭호를 붙여서 불렀다.

그녀는 다시 걸어서 겨우 마차에 올라탔다. 그러자 마차의 용수철이 모두 휘었다. 남작은 아내 옆에 자리잡고, 잔느와 로잘리는 그 맞은 편으로 나란히 앉았다.

식모인 뤼디빈느가 무릎을 감쌀 망토 몇 개를 가지고 왔다. 또 바구니도 두 개를 가져다 의자 밑에 넣었다. 그리고 그녀는 마부인 시몽 영감 옆자리로 기어올라가 커다란 담요를 전신에 뒤집어썼다. 문지기 부부가 문을 닫을 겸 인사를 하러 나왔다가, 짐마차로 올 짐에 대한 마지막 지시를 받았다. 드디어 마차는 떠났다.

마부 시몽 영감은 빗속에 머리를 숙이고 등을 구부린 채, 칼라가 세 개나 달린 외투 속에 몸을 파묻고 있었다. 세찬 바람이 마차의 창을 때리고 보도에 물이 넘치게 했다.

사륜마차는 두 마리의 말이 달리는데 따라 전속력으로 강 쪽으로 달려 커다란 배들이 줄지어 서 있는 곳으로 갔다. 마차는 몽리부데 거리로 접어들었다.

잠시 후 마차는 들판을 지났다. 가끔 비에 흠뻑 젖은 버드나무가 시체처럼 가지를 축 늘어뜨리고 안개비 속에 나타났다. 말발굽의 편자는 물을 튀겼고 바퀴는 모두 진흙투성이가 되어버렸다.

모두들 말없이 앉아 있었다. 그들의 마음도 대지처럼 젖어 있는 듯했다. 남작 부인은 뒤로 몸을 젖혀서 의자 등에 머리를 기대고 눈을 감았다. 남작은 우울한 시선으로 단조롭게 비에 젖어 있는 들판을 바라보았다. 로잘리는 무릎에 짐을 놓은 채, 서민층의 특권이다시피한 동물적인 몽상에 잠겨 있었다. 그러나 잔느는 미지근한 폭우 속에서 이제까지 갇혀 있던 식물이 대기의 공기를 흠뻑 쐬듯 생기가 솟아나는 것을 느꼈다. 커다란 즐거움이 활짝 핀 나뭇잎처럼 그녀의 마음을 슬픔에서 격리시키고 있었다. 비록 입 밖으로 말은 내뱉지 않고 있으나, 그녀는 노래를 부르고, 창 밖으로 손을 뻗쳐 빗물을 마시고 싶었다. 잔느는 마차의 흔들림에 몸을 맡긴 채, 쓸쓸한 풍경의 폭우 속에서 안전하게 보호받고 있는 데 기쁨을 느꼈다.

억수같이 쏟아지는 빗물에 젖은 두 마리의 말 엉덩이가 번들거리며 김을 피워올리고 있었다.

남작 부인은 점점 잠에 빠져들었다. 숨을 쉴 때마다 들썩이는 그녀의 머리는 자꾸 아래로 처졌다. 뺨은 부풀어 오르고 반쯤 벌린 입 사이로는 코고는 소리가 시끄럽게 새어나왔다. 남작은 부인 쪽으로 몸을 굽혀 풍만한 배 위에서 깍지 낀두 손 안에 살며시 작은 가죽 지갑을 올려놓았다. 이 감촉으로 부인은 깨어났다. 그녀는 선잠을 깬 사람들이 늘 그러듯이 몽롱한 의식으로, 아래의 물체를 바라보았다. 그녀는 완전히 잠에서 깼다. 딸의 들떴던 마음이 웃음의 불꽃으로 폭발했다.

남작은 돈을 주워 부인의 무릎 위에 놓으며 말했다.

"이건 엘르토 농장을 팔고 남은 돈이오. 레 푀플을 수리하려고 팔았소. 이제는 가끔 거기에 가서 살 테니까."

부인은 6천 4백 프랑을 받아 슬며시 주머니 속에 넣었다.

그 농장은 부모가 물려준 서른한 개의 농장 중에 아홉 번째로 팔린 것이었다. 그러나 그들은 아직도 일 년에 약 2만프랑의 수입이 있는 농장을 가지고 있었고, 관리를 더 잘만 하면 일 년에 3만 프랑은 거뜬히 벌 수 있었다.

남작 부부는 사치스럽지 않았으므로 집 안에서 항상 입을 벌리고 있는 밑빠진 구멍만 없었다면 그 수입만으로도 넉넉하였을 것이다. 그것은 다름아닌 선량함이라는 구멍이었다. 그들은 마치 태양이 늪의 물을 말리듯, 가지고 있는 돈을 흐지부지 말려버렸다. 돈은 흘러가고 사라져버렸다. 어떻게 해서 없어지는 것인지 아무도 그 이유를 몰랐다. 부부 중의 누군가는 항상 이렇게 말하는 것이었다.

"왜 그런지 모르겠군. 그리 비싼 것도 사지 않았는데, 오늘 백 프랑이나 썼어."

하지만 쉽게 돈을 쓴다는 것은 어쨌든 그들 생활에 있어서 커다란 행복의 하나였다. 그들은 이 점에 대해서 감동할 만큼 서로를 이해하고 있었다.

"내 집은 아름다워요?"

잔느가 물었다.

남작은 유쾌하게 대답했다.

"곧 알게 될 거다."

빗발은 이제 점점 약해져갔다. 그것은 안개처럼 흩날리는 이슬비로 변했다. 구름의 천장이 점점 높아지고 희어지는 듯했다. 그때 갑자기 눈에 띄지 않던 구멍으로부터 한 줄기 기다란 태양 광선이 목장 위로 비스듬히 비쳐졌다.

드디어 구름은 뿔뿔이 흩어지고 하늘의 푸른 천장이 보였다. 서서히 막이 열리듯 균열은 점점 커졌다. 그리고 선명하게 푸른, 맑고 아름다운 하늘이 드넓은 지상 위로 커다랗게 펼쳐지고 있었다.

상쾌하고 부드러운 미풍이 대지의 행복한 숨결처럼 살랑거리고 지나갔다. 들과 숲을 따라 마차가 달릴 때, 가끔 날개를 말리고 있던 새의 명랑한 지저귐이 들려왔다.

황혼이 찾아들었다. 이제 마차 안의 사람들은 잔느를 제외하고 모두 잠들어 있었다. 말을 좀 쉬게 하고 물과 귀리를 약간 먹이기 위하여 마차는 여인숙 앞에서 두 번쯤 멈추었다.

해는 이미 거의 다 기울었다. 멀리서 종소리가 들려왔다. 어느 작은 마을에서 마부는 마차의 등잔에 불을 켰다. 하늘에도 별들이 찬란하게 빛나고 있었다. 불 켜진 집들이, 그 자체가 하나의 불인 양 어둠을 뚫고 군데군데 나타났다. 그러다 갑자기 언덕 너머에서 전나무 가지 사이로 붉고 커다란 달이 졸린 듯한 모습으로 불쑥 솟아올랐다.

날씨가 따뜻한 까닭에 창문은 내린 채였다. 잔느는 행복한 환상에 만족하여 이제는 쉬고 있었다. 같은 자세로 오랫동안 앉아 있었으므로 몸이 저려와 잔느는 가끔씩 눈을 떴다. 그 때마다 창밖을 내다보는 그녀의 눈에, 달빛 아래로 농장의 나무들이 휙휙 지나가는 것과 들판 이곳저곳에서 자던 소들이 머리를 쳐드는 것이 보였다. 그녀는 자세를 가다듬고 이제 희미해진 꿈을 다시 꾸어보려고 애썼다. 그러나 끊임없이 마차 바퀴 소리가 들려와서 생각하는 것이 피곤해지자, 그녀는 다시 눈을 감았다. 그녀는 몸과 마음이 모두 지쳐 가라앉는 것을 느꼈다.

마차가 멈추었다. 하인과 하녀들이 어느 틈에 등불을 들고 문 앞에 나와 있었다. 드디어 당도한 것이었다. 갑자기 잠에서 깨어난 잔느는 재빨리 마차에서 뛰어내렸다. 남작과 로잘리는 한 하인이 비추는 등불에 의지하여, 축 늘어진 채 고통을 호소하며 가냘픈 목소리로 끊임없이 투덜거리는 남작 부인을 부축하였다. 안으로 들어간 부인은 아무것도 마시려 하거나 먹으려 하지 않고 자리에 눕더니 이내 잠 속으로 빠져들었다.

남작과 잔느만이 마주 앉아 밤참을 먹었다.

그들은 서로 미소띤 얼굴로 마주 보거나 식탁 너머로 손을 잡기도 했다. 그러다가 그들은 마치 어린아이와도 같은 기쁨에 젖어서 새롭게 수리한 저택을 보러 나갔다.

그것은 농원이며 저택인 노르망디식의 으리으리한 집이었다. 이미 회색으로 변한 흰 돌로 지어진 그곳은 일가 친척을 모두 수용할 수 있을 만큼 넓었다. 집은 넓은 복도에 의해 둘로 나뉘어 있었으며 끝에서 끝을 통하게 했고 앞뒤 양쪽 정면에 커다란 문이 나 있었다. 이중계단이 가운데를 공간으로 해서 마치 다리처럼 이층에서 만나고 있었다.

아래층 오른쪽에는 작은 새들이 노니는 나뭇잎들이 수놓인 카페트가 깔려 있는 커다란 거실이 있었다. 정성껏 수놓은 천으로 둘러씌운 가구에는 모두 다 퐁텐의 우화 그림이 있었다. 여우와 황새 이야기를 그린, 어렸을 때 좋아하던 의자를 본 잔느는 기쁨으로 몸을 떨었다.

객실 옆에는 고서가 가득한 도서실과 지금은 쓰지 않는 방이 두 개 있었다. 왼쪽에는 새 판자로 갈아붙인 식당과 테이블보나 냅킨 등을 넣어 두는 곳과 찬방과 주방, 그리고 목욕탕이 딸린 작은 방이 있었다.

이층은 복도를 사이에 두고 둘로 나뉘어져 있는데, 열 개의 방에 달린 열 개의 문이 복도로 죽 늘어서 있었다. 그 복도 깊숙이로 들어간 오른쪽에 잔느의 방이 있었다. 부녀는 그 방으로 들어갔다. 남작은 쓰지 않고 다락에 남겨둔 가구를 이용해서 최근에 방을 새로 단장했던 것이다.

네덜란드산의 퍽 오래된, 이상한 인물로 채워진 태피스트리도 있었다.

그러나 자신의 침대를 발견한 잔느는 기뻐서 소리쳤다. 떡갈나무로 만들어진 검고 윤이 나는 네 마리의 커다란 새가 침대 네 귀퉁이를 지탱하고 있어, 마치 침대를 지키는 파수꾼처럼 보였다. 침대 양쪽에는 꽃과 과일을 조각한 커다란 장식이 있었다. 섬세하게 물결 모양으로 판 네 개의 기둥 위에 코린트식의 기둥머리가 있었는데, 장미와 큐핏이 얽히어 달라붙은 코니스를 받치고 있었다.

침대는 마치 기념비처럼 서 있었는데, 오랜 세월에 거무스름하게 윤이 나는 위엄성에도 불구하고 아주 우아하게 보였다.

무릎 덮개와 침대 천장의 덮개는 마치 두 개의 하늘처럼 반짝거리고 있었다. 그것은 군데군데 금실로 수놓은 커다란 백합꽃이 별을 뿌린 듯 빛나는 짙은 감색의 비단으로 만들어져 있었다.

잔느는 침대의 아름다움을 충분히 감상하고 난 뒤 등불을 높이 들고 벽걸이를 살피며 주제를 이해하려고 했다. 초록과 빨강, 노랑색의 기이한 옷을 입은 젊은 영주와 귀부인이 흰 과일이 열리니 푸른 나무 아래서 이야기를 하고 있었으며 그 아래로는 희고 통통한 토끼 한 마리가 회색 풀을 뜯어먹고 있었다.

그들의 머리 바로 위, 지붕이 뾰족한 조그맣고 둥근 집이 다섯 채 보였다. 그리고 그 위에 있는 하늘에는 시뻘건 풍차가 서 있었다.

꽃이 달린 나뭇가지 장식이 이 모든 것을 감싸고 있었다.

다른 두 개의 벽걸이도 처음 것과 아주 비슷했다. 단지 네덜란드식으로 옷을 입은 네 명의 난장이 노인들이 집에서 나와 극도의 놀라움과 분노의 표시로 하늘을 향해 두 팔을 쳐들고 있는 것이 다를 뿐이었다.

그러나 마지막 벽걸이에는 하나의 비극적인 이야기가 있었다. 여전히 풀을 뜯어먹고 있는 토끼 옆에 젊은이가 죽은 듯이 쓰러져 있었는데, 젊은 귀부인이 그 젊은이를 바라보며 단검으로 자신의 가슴을 찌르고 있었다. 그리고 나무 열매는 시커멓게 변해 있었다.

잔느는 그림의 뜻을 이해하기를 단념하다가, 그림 한구석에서 자그마한 동물 한 마리를 발견했다. 만약에 토끼가 살아 있다면 풀잎인 줄 알고 쉽게 먹어치울 만큼 작은 동물이었는데, 그래도 그것은 사자였다.

그때 그녀는 이것이 피람과 티스베의 비극 — 티스베가 뽕나무 밑에서 피람을 기다리고 있는데 사자가 나타났다. 티스베는 자기가 썼던 베일을 버리고 도망간다. 피람이 와서 보니 사자가 피 묻은 입으로 베일을 찢고 있었다. 피람은 연인이 잡아먹힌 줄 알고 자살하는데, 거기에 티스베가 돌아와 같은 칼로 자살해 버린다. 그러나 뽕나무의 흰 열매가 검게 변했다 — 를 그린 그림이라는 것을 알았다. 그녀는 단순한 도안에 웃음이 나왔지만, 이런 사랑의 모험이 담긴 그림이 옆에 있다는 것이 행복하게 느껴졌다. 이것은 그녀의 가슴에 아름다운 희망을 이야기해 주고, 매일밤 그녀의 꿈속에서 전설적인 사랑을 보여주리라.

그밖의 가구는 각각 다른 양식을 지니고 있었다. 이 가구들은 여러 세대에 걸쳐 남겨진 것들로, 오래된 집안을 마치 골동품이 섞인 일종의 박물관처럼 보이게 했다. 루이 14세 시대의 옷장은 번쩍거리는 구리 장식으로 덮여 있고, 양쪽에는 당시의 꽃무늬 비단으로 싸인 두 개의 의자가 있었다. 나무로 만든 책상이 둥근 유리 뚜껑 아래 제정시대의 탁상시계가 놓여 있는 벽난로와 마주보고 있었다. 이 시계는 황금색의 꽃이 피어나는 정원에 네 개의 대리석 기둥이 있는, 청동제로 벌집을 본뜬 것이었다. 가느다란 틈에서 벌집 밖으로 튀어나온 길고 얇은 추가 채색된 날개를 가진 작은 꿀벌을 정원 위에서 영원히 오락가락하게 만들고 있었다.

숫자판은 사기인데 벌집의 옆구리에 붙어 있었다.

시계가 열한 시를 쳤다. 남작은 딸에게 키스를 하고 그녀의 방에서 나갔다.

잔느는 아쉬움을 느끼며 잠자리에 들었다.

마지막으로 방을 둘러보고 난 그녀는 촛불을 껐다. 침대는 머리 쪽만 벽에 붙어 있고 왼쪽에 창문이 하나 있었다. 그곳으로 달빛이 바닷물처럼 흘러들어와서 바닥에 빛의 웅덩이를 만들고 있었다.

빛의 반사는 벽에서 다시 반사되었다. 그 창백한 반사광은 피람과 티스베의 움직이지 않는 사랑을 부드럽게 애무하고 있었다.

침대 발치의 다른 창문을 통해 잔느는 부드러운 달빛을 흠뻑 받고 있는 커다란 나무를 바라보았다. 그녀는 돌아누워서 눈을 감았다. 그러나 잠시 후에 다시 눈을 떴다.

그녀는 머릿속에서 마차 바퀴 소리가 들리고 마차의 흔들림에 아직도 몸이 흔들리고 있는 것 같은 기분을 느꼈다. 그녀는 조금 뒤엔 잠이 오리라 생각하고 꼼짝 않고 누워 있었다. 그러나 묘한 조바심이 온몸에 퍼져갔다.

다리가 저리고 열이 높아지기 시작하자, 그녀는 침대에서 일어났다. 그리고 팔과 다리를 내놓은 채 그녀를 유령같이 보이게 하는 긴 잠옷만 입고 땅바닥에 깔려 있는 빛의 늪을 가로질러 가 창문을 열고 밖을 내다보았다.

밤은 대낮처럼 밝았다. 잔느는 그녀가 어렸을 때부터 사랑하던 그 근처의 모든 것이 눈에 익었다.

지금 그녀 앞에는 달빛 아래로 버터처럼 노랗고 넓은 잔디밭이 있었다. 거대한 두 그루의 나무는 저택 앞에 높이 솟아

있었는데, 북쪽에 있는 것은 플라타너스였고 남쪽에 있는 것은 보리수였다.

잔디밭 끝으로 작은 숲이 있는데, 그것이 이 영지의 경계를 이루고 있었다. 이곳 영지는 미친 듯 불어오는 해풍으로 비틀어지고 갉히고 물어뜯기어 지붕처럼 경사가 진 채 서 있는데, 다섯 줄의 늙은 느릅나무에 의해 보호되고 있었다.

이 일종의 등산은 키가 엄청나게 큰 포플러가 심어진 두 줄의 가로수 길이 좌우 양쪽으로 나뉘어져 있었다. 이 포플러가 노르망디 지방에서는 푀플이라고 불리며 주민들의 집과 거기 인접한 두 농장을 나누고 있었다. 한 곳에는 쿠이야르네가 살고, 다른 농장에는 마르탱네가 살고 있었다.

이 푀플이 바로 저택 이름이 되어버린 것이다. 이 영지 너머에는 여기저기에 금잔화가 피어 있는 개간되지 않은 넓은 들판이 펼쳐져 있고, 그 위로 밤낮없이 해풍이 소리내며 불어대고 있었다. 그리고 그 뒤편으로는 갑자기 언덕이 끝나며 새하얗게 깎아지른 듯한 100m 가량의 절벽이 그 발치를 파도에 내맡기고 있었다.

잔느는 멀리 별빛 아래로 잠자고 있는 듯한 끝이 없을 것 같은 바다의 물결이 무늬를 이루는 표면을 바라보았다.

태양이 없는 고요함 속에 대지의 모든 내음이 스며 있었다. 아래에서부터 기어오르는 재스민은 새 잎의 감미로운 향기에 뒤섞인 찌를 듯한 내음을 끊임없이 풍겨내고 있었다. 가끔씩 시원한 해풍이 소금기의 끈적거리는 듯한 강렬한 해

초 내음을 싣고 스쳐갔다.

그녀는 지금 공기를 들이마시는 행복감에 젖어 있었다. 그러자 시골의 조용한 휴식이 신선한 대기의 목욕처럼 그녀를 편안하게 해주었다.

저녁이 되자, 그 미미한 생명을 밤의 어둠 속에 숨기고 있던 모든 동물들이 눈을 뜨고 소리없는 움직임으로 희미하게 채우고 있었다. 커다란 새들이 소리도 내지 않고 무수한 점들처럼 그림자를 만들며 하늘을 날아갔다. 눈에 보이지 않는 날벌레들의 소리가 귀를 스쳤으며, 이슬 맺힌 풀밭과 인적없는 길가의 모래 위에서 무언의 기척이 들려왔다.

단지 두꺼비들만이 달을 쳐다보며 우울하게 짧고 단조로운 울음을 토해내고 있었다.

잔느는 가슴이 마냥 부풀어오르는 것 같았다. 또한 그 밤의 생물들처럼 자기를 에워싸고 부질없으면서도 무수한 욕망이 불현듯 솟아오르는 듯한 생각이 들었다. 그 어떤 희미한 밤 가운데서 그녀는 초인적인 힘을 느끼고 잡을 수 있을 듯한 희망을 느끼며 행복한 마음이 되어 생을 새삼스레 깨닫는 것이다.

그리고 그녀는 사랑을 꿈꾸기 시작하였다.

사랑! 지난 2년 동안 그녀는 사랑이 자신에게로 가까이 온다는, 점점 더 가까이 다가오는 것 같은 안타까움에 마음을 떨고 있었다. 이제 그녀는 자유롭게 사랑을 할 수 있었다. 만나기만 하면 되는 것이다. 그이를!

어떤 사람일까? 그러나 분명히 알 수는 없었다. 하지만 그는 바로 그녀가 그리던 사람일 것이다. 그것으로 그만이었다.

다만 그녀는 오직 그만을 전력을 다해 사랑할 것이고, 그 또한 자신을 진심으로 귀여워해 줄 것이다. 두 사람은 오늘 같은 이런 밤, 별빛이 쏟아져내리는 하늘 아래에서 산책을 하리라. 둘은 손에 손을 맞잡고 서로 바짝 다가가서 심장의 뛰는 소리를 듣고, 따스한 어깨의 온기를 느끼며, 감미로운 여름밤에 둘의 사랑을 녹이고 또한 사랑의, 그 하나의 힘으로 서로의 가슴속 깊은 곳의 비밀까지도 들여다볼 수 있을 만큼 완전히 맺어져서 거닐 것이다.

그리고 그것은 영원불멸의 애정 안에서 영구히 지속될 것이다.

그러자 그녀는 갑자기 꿈속의 그이가 바로 앞에 서 있는 것 같은 기분이 들었다. 그러면서 알 수 없는 전율이 온몸을 꿰뚫고 스쳐가는 것을 느꼈다. 그녀는 무의식중에 자기 가슴을 감싸안았다. 그 아름다운 꿈을 품에 안으려는 듯이.

그녀가 꿈속의 그이에게로 내민 입술 위를 무엇인가가 살짝 스치고 지나가서, 거의 정신을 잃을 뻔했다. 부드러운 봄의 미풍이 그녀에게 사랑의 입맞춤을 보낸 것이리라.

그때 갑자기 집 뒤의 길 쪽에서 사람 발자국 소리가 들려왔다. 그녀의 황홀감에 거의 미친 듯한 영혼은 신의 예감, 운명의 우연성, 낭만적인 만남 등에 대한 믿음의 정열로 이렇게 생각하는 것이었다. '혹시 나와 그이라면?' 그래서 그녀

154

는 숨을 죽이고 길가는 사람의 규칙적인 발소리에 신경을 집중시켰다.

그 사람은 틀림없이 집 앞에 와서 하룻밤 묵어가기를 청할 것 같았다.

그러나 발자국소리가 멀리 사라지고 말자, 그녀는 마치 누군가에게 속임을 당하기라도 한 것처럼 슬퍼하였다. 그러나 곧 자신의 희망이 얼마나 어리석었는지 생각하자 그녀는 스스로 흥분했던 것이 우스워서 미소를 지었다.

잠시 후 마음이 좀 진정되자, 그녀는 좀더 이성적이 되어 냉철하게 자신의 미래를 꿈꿔보려고 하였다.

그와 함께 그녀는 바다로 향한 이 조용한 저택에서 살아갈 것이다. 아마도 두 명쯤의 아이가 생길 것이다. 아들은 그이를 위해, 자신을 위해서는 딸 하나. 그녀는 아이들이 플라타너스와 보리수 사이의 잔디밭 위를 뛰어다니는 모습이 보이는 듯했다. 아이들의 부모는 그 애들의 머리 위로 애정에 찬 시선을 교환하며 환희에 찬 눈으로 아이들의 뒤를 따를 것이다.

그녀는 오랫동안 공상에 잠겨 있었다. 그동안 달은 하늘의 여행을 마치고 바다 속으로 사라지려 하고 있었다. 대지는 한층 신선해졌다. 동쪽 지평선이 희뿌옇게 훤해지고 있었다. 오른편 농장에서 수탉 한 마리가 울었다. 왼편 농장에서 다른 수탉들이 그 소리에 답했다. 수탉들의 쉰 소리는 닭장을 넘어 아주 먼 데서 들려오는 듯했다. 어느새 밝아진 넓디넓은 하늘에서는 별들이 점점 사라졌다.

어디선지 작은 새들의 지저귐이 들려왔다. 그 소리는 처음에는 조심스레 나뭇잎 사이에서 들려오더니, 차츰 대담해져서 떨리는 듯한 환희의 소리로 변해, 이 가지에서 저 가지 사이로, 이 나무에서 저 나무 사이로 퍼져나갔다.

잔느는 갑자기 자신이 빛 속에 있는 것을 느꼈다. 그래서 두 손으로 가리고 있던 얼굴을 들었다. 그러나 여명의 찬란함에 눈이 부셔 그녀는 두 눈을 감고 말았다.

커다란 포플러의 가로수에 일부가 가려져 있던 진홍빛 구름의 봉우리가 깨어 있는 대지 위에 핏빛을 던지고 있었다.

그리고 천천히 빛나는 구름을 가르고 나무와 들판과 바다와 지평선에 온통 불을 지를 듯이 타오르는 듯한 태양이 나타났다.

잔느는 미칠 듯한 행복감을 느꼈다. 찬연한 자연의 이 모든 사물 앞에서의 황홀한 기쁨, 무한한 감동이 그녀의 마음을 흠뻑 적셔 그녀는 넋이 달아날 듯했다. 그것은 그녀의 태양, 그녀의 새벽이었다. 그녀의 인생의 시작이며, 그녀의 희망의 출발점이었다. 태양을 포옹하려는 욕망으로 그녀는 빛나는 자신의 공간을 향해 두 팔을 펼쳤다. 그녀는 이야기하고 싶었다. 이 아침의 탄생과 같은 신성한 어떤 말을 힘껏 외치고 싶었다. 그러나 그녀는 황홀한 열광 속에서 마비된 듯이 그대로 서 있었다. 이윽고 그녀는 두 손에 얼굴을 묻었다. 그러면서 눈에 눈물이 가득 괸 것을 느꼈다. 그녀는 행복한 마음으로 울었다.

그녀가 다시 고개를 들었을 때 이미 여명의 찬연한 무대장치는 사라져버린 뒤였다. 그녀는 몸이 싸늘해진 것처럼 마음이 진정되고 약간 피로한 것을 느꼈다. 창문을 열어놓은 채 그녀는 침대로 가 누워 잠시 공상을 더하다가, 여덟 시가 되자 남작이 그녀를 불렀는데 그 소리도 못 들을 정도로 깊은 잠에 빠졌다. 그녀는 남작이 방에 들어섰을 때에야 겨우 잠에서 깨어났다.

남작은 딸에게, 아름다운 그녀의 집을 보여주고 싶다고 했다.

바다 반대쪽에 면해 있는 현관은 사과나무가 심어져 있는 넓은 뜰을 사이에 두고 길과 멀리 떨어져 있었다. 이 시골길은 농가의 울타리 사이로 뻗어 5미터쯤 더 가서 르아브르에서 패캉에 이르는 국도와 닿아 있었다.

똑바르게 뻗은 한 가닥의 샛길이 숲 언저리에서 현관 앞의 층계에까지 뻗어 있었고, 바닷가의 자갈길 위에 짚으로 지붕을 이은 작은 부속건물들이 두 농장을 따라 뜰의 양쪽에 늘어서 있었다.

지붕은 깨끗이 수리되어 있었다. 나무로 된 곳도 다시 고쳤고, 벽도 수리됐으며, 방의 도배도 새로 했고, 내부는 구석구석 새로 칠해졌다. 이 퇴색한 낡은 집에서는 은백색의 새 덧문과 햇빛이 비치는 현관 벽 위에 새로 칠한 칠이 마치 흰 얼룩처럼 보였다. 또 하나, 잔느의 방은 창문 하나가 달려 있는 쪽 현관에 서면 숲과 바람에 시달리는 느릅나무의 벽 너머로 멀리 바다가 바라보였다.

잔느와 남작은 서로 팔을 끼고 한구석도 빼놓지 않고 전부 둘러보았다. 그리고 공원이라고 불리우는 뜰을 둘러싸고 있는 포플러 가로수 길을 천천히 거닐었다. 나무 아래서 자라는 풀은 녹색의 양탄자를 깔아 놓은 듯 곱게 자라 있었다. 뜰의 끝 쪽에 있는 숲은 퍽 아름다웠다. 그 숲속엔 미로 같은 좁은 길이 여러 갈래로 나 있었다. 갑자기 토끼 한 마리가 뛰어나와 잔느를 놀라게 하였다. 토끼는 비탈을 달려가 갈대 속을 더듬더니 절벽을 향해 도망쳤다.

점심을 먹은 뒤, 아직도 지쳐 있는 아델라이드 부인이 더 쉬겠다고 하자, 남작은 딸에게 이포르까지 내려가보자고 말했다.

두 사람은 집을 나섰다. 그들은 먼저 레 푀플이 있는 에트방 마을을 지나갔다. 세 명의 농부가 마치 오래 전부터 그들을 알고 있다는 듯 인사를 했다.

그들은 비탈진 숲속을 들어섰다. 숲은 계곡을 끼고 돌아 내려가 있었다.

곧 이포르 마을이 나타났다. 문턱에 앉아 옷을 꿰매고 있던 여자들이 두 사람이 지나가는 것을 바라보았다. 마을의 한가운데로 도랑이 있고, 집집마다 문 앞에 난파선의 파편 같은 쓰레기가 쌓여 있는 경사진 거리에서는 구질구질한 냄새가 풍기고 있었다. 드문드문 은같이 반짝이는 비늘이 여기저기 붙어 있는 갈색 그물들을 집 문 앞에다 말리고 있었는

데, 그런 누추한 집에서는 한 방에서 여러 식구가 바글거리
며 사는지, 악취가 새어나오고 있었다.

도랑 옆에는 비둘기 몇 마리가 먹이를 찾으러 돌아다니고
있었다.

잔느는 극장 무대처럼 신기하고 새롭게 보이는 이러한 모
든 것을 신기한 듯 바라보았다.

어느 집의 돌담을 돌자 그들의 눈앞에 바다가 펼쳐졌다.
불투명하고 매끄러워서 푸른색의 바다는 끝이 없을 듯 아득
히 펼쳐져 있었다. 오른편과 왼편에는 가파른 절벽이 있었으
며 곶처럼 튀어나온 곳이 한쪽 시야를 가리고 있었지만, 다
른 한쪽은 더 이상 바라보지 못할 정도로 무한한 수평선이
뻗어 있었다.

절벽 사이로 항구와 몇 채의 집들이 보였다. 바다에 흰 거
품을 일으키는 파도들이 가벼운 소리를 내며 자갈 위에 부딪
혔다가 밀려가고 있었다.

그 지방 특유의 배들이 동그란 자갈의 경사지 위에 끌어올
려져 타르를 칠한 둥그스름한 뱃전을 태양에 드러낸 채 옆으
로 누워 쉬고 있었다. 몇몇 어부들이 저녁 조수 때에 대비하
여 배를 손질하고 있었다.

한 뱃사공이 생선을 팔려고 그들에게로 다가왔다. 잔느는
가자미 한 마리를 샀다. 그녀는 자기가 직접 레 푀플에 가지
고 가고 싶어했다.

그러나 그 남자는 그들이 뱃놀이를 할 때는 꼭 자기 배를

이용해 달라고 부탁하며 자신의 이름을 상대편의 기억에 남기려고 자꾸 되풀이해서 말했다.

"라스티크예요, 조제팽 라스티크입니다."

남작은 그를 잊지 않겠다고 약속했다.

두 사람은 다시 집을 향해 발길을 돌렸다.

생선이 무거워 피곤해졌으므로 잔느는 생선의 아가미를 남작의 지팡이에 꿰어 서로 한쪽 끝을 들고서 즐겁게 언덕을 올라갔다. 얼굴에 바람을 맞으며 그들은 기쁨에 눈을 빛내면서 마치 두 명의 어린아이처럼 즐겁게 재잘대며 걸었다. 큰 가자미는 점점 두 사람의 팔 힘을 빼어 결국에는 커다란 생선 꼬리가 풀밭 위로 질질 끌려갔다.

2

잔느에게 아름답고 자유스러운 생이 시작되었다. 그녀는 책을 읽고, 몽상에 잠기고, 혼자서 이리저리 돌아다니곤 했다. 그녀는 꿈을 꾸듯, 길을 따라 천천히 거닐었다. 어떤 때는 양쪽 산등성이가 비단 법의처럼 금빛으로 빛나는 갈대가 무성한 구불구불한 자그마한 골짜기를 깡충깡충 뛰어내려가기도 했다. 부드러운 풀잎의 향기는 더위 때문에 더욱 강렬해져서 향기로운 술처럼 그녀를 취하게 했다. 해변가로 밀려오는 희미한 파도소리를 들으면 그녀의 마음에도 파도가 일듯 둥실둥실 뜨는 것만 같았다.

좀 피곤해지면 그녀는 가끔씩 언덕 중턱의 우거진 풀밭에 누울 때도 있었다. 어떤 때는 계곡 옆으로 돌아가면 잔디밭이 움푹 패어 있는 곳 저쪽으로 햇빛에 빛나는 삼각형의 푸른 바다가 돛단배를 띄우고 있는 것을 볼 때도 있었다. 그런 때면 그녀 곁에서 맴돌던 행복이 신비스럽게 다가온 것처럼 여겨져 그녀는 환희에 들뜨는 것이었다.

고독을 사랑하는 마음이 신성한 땅의 부드러움 속에서, 둥그런 지평선의 고요함 속에서 그녀에게 스며들었다. 그녀는 오랫동안 언덕 꼭대기에 앉아 미동도 하지 않았으므로 작은 산토끼들이 그녀의 발 근처를 지나다니기도 했다.

그녀는 또 물 속에서 헤엄치는 물고기들처럼, 하늘을 나는 제비들처럼 지칠 줄 모르고 움직일 수 있다는 환희에 온몸을 떨며, 가끔씩 바다에서 불어오는 미풍을 맞으며 절벽 위를 뛰어다니기 시작했다.

그녀는 농부가 땅에 씨앗을 뿌리듯 곳곳에 언제까지든 없어지지 않을 추억의 씨앗을 뿌렸다. 그녀는 자신이 이 골짜기의 모든 갈피마다 자신의 마음을 조금씩 뿌려놓는 듯이 느껴졌다.

그녀는 또 열심히 해수욕에 빠져들기 시작했다. 그녀는 건강한데다가 대담하고 위험을 몰랐기 때문에 바다 멀리까지도 헤엄쳐 나갔다. 자기의 몸을 흔들면서 띄워 주는 이 차고 맑은 푸른 물 속에 있으면 너무도 기분이 좋았다. 해변에서 멀리 나가면 하늘을 보고 물 위에 누워서 가슴 위에 두 손을 올려놓고 제비나 갈매기의 흰 그림자가 스치는 허공을 바라보기도 하였다. 들리는 소리라고는 오직 해안에 부딪치는 파도의 속삭임과 멀리에서 희미하게 다가오는 육지의 미미한 소음뿐이었다. 그러나 그 소리는 거의 잡을 수 없는 것이었다. 잔느는 다시 몸을 뒤집어 커다란 환희에 잠겨 두 손으로 물장구를 치며 날카로운 소리를 질렀다.

가끔 그녀가 너무 멀리 바다로 나가면 작은 배가 그녀를 찾으러 오기도 했다.

그녀는 배가 고파서 약간 창백해졌지만 가볍고 탄력있는 동작으로 미소를 띠며 행복이 가득 찬 눈으로 집에 돌아왔다.

남작은 남작대로 농장 관리에 커다란 계획을 세워놓고 있었다. 남작은 시험재배 계획을 세우거나 새로운 기계를 시험해 보고 외국 종자를 이식해 보고 싶어했다. 그는 하루에 몇 시간을 농부들과 대화하는데 쓰고 있었다. 그러나 농부들은 그의 시도에 대해 고개를 저으며 믿지 않았다.

그리고 남작은 가끔씩 이포르의 뱃사람들과 함께 바다로 나갔다. 그는 근처의 동굴과 샘터와 기이한 암석들을 구경하고 나면 곧 자기도 어부가 되어 고기를 낚으려 했다.

바람이 부는 날, 돛이 바람을 안고 배가 볼록한 선체를 파도 위로 미끄러지게 했다. 남작이 양쪽 뱃전에서 깊은 바다 속까지 낚시줄을 늘어뜨리면 고등어떼가 바로 뒤쫓아 온다. 잔뜩 긴장된 손으로 남작은 낚시줄을 잡는다. 그러면 줄에 걸린 고기가 몸부림치는 것이 생생하게 느껴졌다.

그는 또 전날 밤에 쳐두었던 그물을 걷으려고 달 밝은 밤에 나가는 적도 있었다. 남작은 돛대가 삐걱거리는 소리를 듣는 것이나 차디차고 신선한 밤의 대기를 들이마시는 것을 좋아했다. 그리고 남작은, 바위의 돌출부나 종각의 지붕, 페캉의 등대 따위를 목표물로 하여 부표를 찾기 위해 오랫동안 항해한 후에, 갑판 위에 잡아올려진 부채 모양의 넓적한 줄무늬 가자미의 끈적거릴 듯한 등과 기름진 배를 번쩍이게 하는, 솟아오르는 아침해의 첫 햇살 아래 미동도 하지 않고 서 있기를 좋아하였다.

남작은 식사 때마다 신이 나서 뱃놀이 이야기를 했다. 그러면 부인도 지지 않고 자신이 포플러가 있는 가로수 길을 몇 번이나 왕복했는가를 남작에게 이야기하는 것이었다. 부인이 반복해서 왕복하는 길은 쿠이야르 농장의 오른쪽 길이었다. 왼쪽 길은 햇빛이 충분히 비치지 않는다는 것이다. '운동을 해야 한다'는 충고를 받은 부인은 산보에 열을 내고 있었다. 밤의 냉기가 사라지기 무섭게 부인은 로잘리의 팔에 기대어 집을 나섰다. 망토 하나와 두 개의 숄로 온몸을 감싸고 검은 두건을 두른 머리에 또 붉은 모자를 쓴 채였다.

그리고 왼발을 끌며 왼쪽이 약간 무거워서 길 전체에 줄을 만들며 걸었는데, 하나는 갈 때 하나는 돌아올 때 먼지 않은 두 줄이 나 있었고, 그 줄에는 풀이 말라 죽어 있었다. 부인은 집 앞에서 숲의 입구 언저리까지 일직선의 끝없는 여행을 되풀이했다. 부인은 이 산책로 양쪽의 한계선에다 의자를 하나씩 놓아두게 했다. 그리고는 오 분마다 걸음을 멈추고는 자기를 부축하고 있는 참을성있는 가엾은 하녀에게 이렇게 말했다.

"얘 좀 앉았다 가자, 난 피곤하다."

그리고 길 끝에서 쉴 때마다 의자 위에다 머리에 썼던 털모자, 다음에는 숄, 또다시 숄을 그리고는 두건, 망토를 차례차례 벗어던졌다. 그리하여 산책로의 양쪽에는 옷 보따리가 두 개 생기게 되는데, 점심 먹으러 돌아갈 때 로잘리가 그것들을 안고 갔다. 남작 부인은 오후에 좀더 느릿한 걸음으로 다시 산책을 시작한다. 휴식시간도 아침보다 훨씬 길어지고, 때로는 부인을 위해 밖에 내놓은 긴 의자 위에서 한 시간이나 앉아 졸기도 하였다.

부인은 이 일을 '나의 운동'이라고 했다. 그것은 마치 '나의 심장 비대증'이라고 하는 말과도 비슷했다.

가슴이 몹시 답답하여 십 년 전에 진찰을 받았을 때 의사는 심장 비대증이라고 진단을 내렸다. 의미는 이해하지 못했지만, 그때부터 이 말은 부인의 머릿속에 깊이 박혀 있었다. 부인은 남편과 딸, 심지어 로잘리에게까지 자기의 심장을 만져보라고 법석을 떨었으며, 아무도 그 무언가를 느끼지 못했다. 그것은 그토록 깊게 팽창된 가슴속에 파묻혀 있었던 것이다. 그러나 부인은 다른 의사에게 진찰받기를 완강히 거절했다. 혹시 다른 병이 발견될까 봐 겁을 먹은 것이었다. 그리고 걸핏하면 '나의 심장 비대증'에 대해 얘기했다. 너무나 자주 거기에 대해 얘기를 했기 때문에 이 병은 마치 부인에게만 있는 특별한 것으로, 다른 사람은 그 병에 대해 얘기할 아무런 권리도 없는 것같이 생각되어졌다.

때문에 마치 '옷'이나 '모자'나 '우산'에 대해 말하듯 남

작은 '내 부인은 심장 비대증'이라고 하고, 잔느는 '어머니의 심장 비대증'이라고 말했다.

남작 부인은 젊었을 때엔 매우 아름다웠고 갈대보다 더 날씬했었다. 제정시대의 제복을 입은 군인들의 가슴에 안겨 왈츠를 추고 나서는 '코린느' 고대 그리스의 여류시인이 지은 로맨틱한 소설을 읽고 눈물을 흘렸다. 그때부터 부인은 이 책에서 깊은 영향을 받은 것이었다.

허리가 굵어지면서 부인의 영혼은 더 시적인 충동에 사로잡혔다. 그리고 너무 뚱뚱해져서 의자에 못박힌 듯 앉아 움직이지 못하게 되었을 때, 부인의 생각은 사랑의 모험 사이를 헤엄치며 자신을 아름다운 여주인공이라고 믿었다. 이 모험 중에서도 특히 부인의 마음을 끄는 것이 있어, 핸들을 돌리면 끊임없이 같은 곡을 반복하는 음악 상자처럼 부인은 항상 그것을 자신의 생각 속에 되담곤 하였다. 갇혀 있는 여자와 제비의 얘기가 나오는 고뇌에 찬 사랑 이야기는 반드시 부인의 눈시울을 적시고야 말았다. 그리고 부인은, 사랑의 슬픔이 내포되었다고 해서 베랑제 프랑스의 유명한 시인의 저속한 노래까지도 좋아했다.

부인은 종종 공상 속에 파묻혀 몇 시간 동안 꼼짝 않고 앉아 있기도 했다. 그녀는 이 레 푀플의 집이 퍽 마음에 들었는데, 그것은 부인의 공상적인 이야기의 무대가 제공되기 때문이었다. 다시 말해, 집 주위의 숲과 황량한 들판, 그리고 가까운 바다 등이 그녀가 몇 달 전에 읽었던 월터 스코트의 소설을 연상시키기 때문이었다.

　부인은 비가 오는 날이면 방에 틀어박혀서 이른바 그녀가 '기념물'이라고 지칭하는 것을 뒤적거리며 시간을 보냈다. 기념물이란 부인이 받았던 모든 옛날 편지들이었다. 아버지와 어머니가 보냈던 편지들, 약혼 시절 남작이 보낸 편지들, 그밖에도 여러 통의 편지가 있었다.

　부인은 그 편지들을 네 귀에 구리로 만든 스핑크스가 달린 마호가니 책상 안에 넣어두고 있었다. 그녀는 좀 특이한 목소리로 이렇게 말하곤 했다.

　"로잘리, 내 기념물이 들어 있는 서랍을 가져 오너라!"

　하녀가 책상을 열고 서랍을 빼 부인 옆에 있는 의자 위에 놓았다. 그러면 부인은 그 편지들을 한 장 한 장 천천히 읽어 나간다. 그리고 가끔 눈물방울을 편지 위에 떨어뜨리기도 하였다.

　잔느는 가끔 로잘리 대신 어머니를 산책시켰다. 그럴 때면 부인은 딸에게 어린시절의 추억을 이야기해 주었다. 잔느는 이러한 옛날 이야기 속에서 자기 자신을 발견하였다. 그러면서 두 사람의 생각과 소망이 비슷하다는 것을 깨닫고 놀랐다. 그것은 누구나 거의 최초의 인간의 심장을 뛰게 하고 또 인류 최후의 남녀의 심장을 두근거리게 할 무수한 감각을 경험할 경우, 자신이 다른 사람들보다 가장 먼저 이것을 느끼고 전율한 듯이 생각하기 때문이다.

　두 사람의 느린 걸음걸이는 그들의 느린 이야기에 보조를 맞추었다. 부인은 가끔 숨이 가빠서 몇 초 동안 이야기를 멈출 때가 있었다. 그럴 때면 잔느의 생각은 이미 시작된 어머니의 이야기를 뛰어넘어, 기쁨에 가득 찬 미래를 향해 돌진하여 희망 속으로 굴러가곤 하였다.

어느 날 오후 두 여인이 의자에 깊숙이 앉아 쉬고 있을 때, 갑자기 산책로 끝 쪽에서 나타나 그들 쪽으로 오고 있는 뚱뚱한 신부가 눈에 띄었다.

그는 멀리서 인사를 했다. 그리고 그들에게서 세 걸음쯤 앞에 다다르자 다시 머리 숙여 인사하며 큰 소리로 말했다.

"남작 부인, 안녕하셨습니까?"

그는 이 교구의 주임신부였다.

부인은 철학 전성시대에 태어나, 혁명시대에 신앙심이 없는 부친 밑에서 자랐으므로, 비록 여성 특유의 본능적인 신앙심에서 사제들을 좋아하기는 했으나 교회에는 잘 나가지 않았다.

부인은 자기 구의 피코 신부를 완전히 잊고 있었으므로 그와 마주치자 얼굴을 붉혔다. 그러나 호인인 신부는 기분 상한 것 같지는 않았다. 사제는 잔느를 보며 이제 훌륭한 숙녀가 되었다고 칭찬하고 의자에 걸터앉아 삼각모를 무릎 위에 놓은 뒤 이마의 땀을 닦았다. 몹시 뚱뚱하고 붉은 얼굴을 가진 신부는 쉴새없이 땀을 흘렸다. 그는 주머니에서 땀에 젖은 바둑 무늬의 커다란 손수건을 꺼내 얼굴과 목을 닦았다. 그러나 손수건을 법의의 주머니 속에 넣자마자 새로운 땀방울이 솟아나 튀어나온 배의 법의 위에 떨어져, 길가의 먼지를 흡수하여 작고 동그란 얼룩을 만들었다.

그는 쾌활하고 전형적인 시골 성직자로서 관대하고 이야기를 좋아하며 친절한 사람이었다. 신부는 여러 가지 이 지방 사람들에 대해 이야기하면서도, 이 두 여자가 아직도 미사에 참석하지 않은 것을 모르고 있는 듯했다. 남작 부인은 신앙심도 모호하며 게을렀고, 잔느는 수도원의 지루한 종교의식에서 해방된 것에 너무 행복해 있었던 것이다.

남작이 나타났다. 그는 범신론자였기 때문에 교리에 무관심했다. 그러나 그는 전부터 잘 알고 있던 신부에게는 친절을 베풀어 만찬을 들고 가도록 붙들었다.

인간의 영혼을 다룬다는 것은, 운명에 의해 자기와 비슷한 사람들에게 권력을 행사할 수 있게 된 평범한 사람까지도, 무의식적으로 교활함을 주는 것인데, 이 신부도 이런 교활함 덕택으로 여러 신도들의 마음에 들 수 있었다.

남작 부인은 신부를 극진히 대접했다. 아마 비슷한 사람들이 서로 가까이 하려는 친화력에 이끌린 듯했다. 뚱뚱한 신부의 붉은 얼굴과 거북스럽게 들리는 짧은 숨소리는, 숨이 차서 헐떡거리는 부인의 마음에 들었던 것이다.

디저트를 들 무렵 신부는 한 잔 한 얼큰한 기분으로, 유쾌한 식사를 끝낼 무렵에 늘 그렇듯이 허물없는 태도로 얘기를 시작했다.

갑자기 그는 근사한 기분이라도 떠오른 듯 큰 소리로 외쳤다.

"우리 교구에 새 신도가 한 사람 생겼는데 여러분에게 꼭 소개하고 싶군요, 라마르 자작님입니다!"

남작 부인은 이 지방 귀족의 족보를 훤히 알고 있었으므로 재빨리 물었다,

"혹시 들뢰르 라마르 집안 분이 아닌지요?"

신부는 머리를 끄덕였다.

"그렇습니다, 부인. 작년에 작고하신 장 드 라마르 자작의 자제분입니다."

그러자 귀족이라면 무조건 좋아하는 아델라이드 부인은 신부에게 여러 가지를 질문하여 다음과 같은 사실을 알아냈다. 그 청년은 부친의 빚을 모두 갚고 가문의 저택을 팔아서 에투방 마을에 갖고 있던 세 개의 농장 중 한 곳에 조그만 집을 마련했다. 농장에서 연간 5,6천 프랑이 나오는데, 자작은 검소하고 현명했으므로, 앞으로 2,3년 동안 이곳에서 절약해가며 살다가 사교계에 나아갈 것이라고 했다. 그런 다음, 빚을 지거나 농장을 저당잡히지 않고 유리한 결혼을 할 생각이라는 것이다.

거기다 신부가 덧붙였다.

"아주 훌륭한 분입니다. 매우 똑똑하고 상냥하지요. 그렇지만 이런 곳에서야 별로 재미있게 지낼 수가 없겠지요."

남작이 말했다.

"신부님, 그분을 우리 집에 한번 데려오십시오. 가끔 그분

에게도 기분전환이 필요할 테니까요."

그리고 나서 그들은 화제를 돌렸다.

모두들 객실로 옮겨가서 커피를 마신 후에 신부는 정원을 한바퀴 돌아보겠다고 말했다. 그는 식사 후에 꼭 운동을 하는 버릇이 있었던 것이다. 남작이 그와 동행했다. 두 사람은 저택의 현관을 따라 느린 걸음으로 산책을 하였다. 신부는 주머니에서 담배 같은 것을 꺼내어 씹곤 하였다. 그는 그것의 효능을 시골 사람답게 솔직한 말투로 설명했다.

"소화를 시키는 거죠. 전 소화가 잘 안 되어서요."

그리고 나서 갑자기 밝은 달이 걸려 있는 하늘을 올려다보며 말했다.

"이런 경치는 언제 봐도 근사하지요."

이윽고 신부는 가족들에게 작별인사를 하러 집 안으로 들어갔다.

3

다음 일요일, 남작 부인과 잔느는 신부에 대한 미묘한 존경심이 우러나 미사에 참석했다.

미사 후, 두 여자는 목요일의 점심 식사에 초대하려고 신부를 기다리고 있었다. 신부는 곧 훤칠하고 잘생긴 청년과 함께 다정하게 팔을 끼고 걸어 나왔다. 두 여자를 보자, 신부는 기쁜 듯 놀란 몸짓을 하며 외쳤다.

"아, 마침 잘됐어요! 남작 부인과 잔느 양, 지난번에 얘기했던 이웃인 라마르 자작님을 소개하겠습니다."

자작은 머리를 숙여 인사하고 진작부터 두 분을 뵙고 싶었다고 말했다. 그리고는 이미 생활 경험이 있는 신사답게 상냥한 투로 이야기를 시작했다. 그는 남자들에겐 호감을 주지 못하지만 모든 여자들에겐 동경의 대상이 될 만한 그런 아름다움을 지니고 있었다. 새까만 곱슬머리는 햇볕에 그을은 이

마를 살짝 가렸고, 인조 눈썹같이 보이는 반듯하고 굵은 눈썹은 흰자위가 약간 파르스름한 검은 눈동자를 깊고 부드럽게 보이게 했다.

길고도 짙은 속눈썹은, 샬롱에서는 거만하고 아름다운 귀부인의 마음을 설레게 하고 바구니를 끼고 거리를 활보하는 보넷모자를 쓴 아가씨들을 돌아다보게 하는 열정적인 의미를 시선에 더해 주고 있었다.

나른한 듯한 눈의 매력은 그의 생각의 심오함을 믿게 해주고, 아무리 사소한 얘기일지라도 엄청난 중요성을 포함한 듯 여기게 했다.

부드럽고 윤기있는 수염은 무성해서 좀 모난 듯이 느껴지는 턱을 가려주었다.

그들은 야단스럽게 인사를 나눈 뒤 헤어졌다.

이틀 후에 라마르 씨는 처음으로 레 푀플을 방문하였다.

그날 아침, 거실 맞은편의 커다란 플라타너스 밑에 시골풍의 의자를 내어다 놓으려 할 때였다. 남작은 한 쌍을 이루도록 보리수 아래에도 의자를 갖다 놓자고 하였다. 그러나 균형을 맞추는 따위는 질색인 남작 부인이 반대하였다. 자작에게 의견을 구하자, 그는 남작 부인의 의견에 동의하였다.

그리고 나서 자작은 이 지방에 대해 얘기를 시작했다. 그는 이 곳이 마치 '그림같이' 아름답다고 하며, 혼자 산책하면서 황홀할 정도의 근사한 '경치'들을 많이 보았다고 했다. 이따금씩 그의 시선은 우연인 것처럼 잔느의 시선과 마주쳤다.

그럴 때 그녀는 이 갑작스런 시선에서 미묘한 감정을 느꼈다. 그런 순간마다 잔느는 재빨리 시선을 거두었다. 그 눈빛에는 애무하는 듯한 찬미와 새로 눈뜨기 시작한 공감이 서려 있었다.

작년에 작고한 라마르 씨의 부친은 남작 부인의 아버지인 퀴르토 씨의 친구 한 사람을 알고 있었다. 이런 관계가 발견되자, 혼사 관계나 탄생, 친척 사이의 관계에 대해 무궁무진한 대화가 이루어졌다. 남작 부인은 뛰어난 기억력을 발휘하여 그 복잡한 족보의 미궁 속을 전혀 헛짚은 일 없이 돌아다니며 다른 가문의 혈통 관계를 헤집어 내었다.

"자작님, 혹시 호느와 드 바르플뢰르 집안에 대하여 소문을 들으셨나요? 맏이 공트락 씨는 쿠르빌의 쿠르실 가의 한 아가씨와 결혼을 했지요. 그리고 차남은 내 사촌 중의 한 사람인 라로쉬 오베르 양과 결혼했는데, 그녀는 크리상즈 집안과 인척 관계랍니다. 또 크리상즈 씨는 내 아버님의 친구이신데, 아마 댁의 아버님도 알고 계실 거예요."

"네, 부인. 이민을 가신 크리상즈 씨를 말씀하시는 거지요. 그 아들은 파산을 했다죠?"

"네, 맞아요. 그분이 우리 아주머니가 남편 에르트리 백작을 여읜 뒤에 청혼을 했었죠. 그러나 그가 코담배를 즐긴다고 해서 아주머니가 거절했어요. 그런데 빌르와즈 집안이 어떻게 됐는지 아세요? 1813년 경에 파산한 뒤 오베르뉴에 정착하려고 투렌을 떠났는데 그 이후로는 통 소식을 듣지 못했어요."

"제가 알기로는, 늙은 후작님은 말에서 떨어져 돌아가시고, 따님 한 사람은 영국인과 결혼하고, 다른 따님은 바솔이라는 상인과 결혼했답니다. 소문으로 그 상인은 무척 부자인데 그 따님을 유혹해서 차지했다고들 하던데요."

남작 부부의 머리엔 어렸을 적부터 부모들의 대화에서 들어 알고 있던 이름들이 되살아났다. 이러한 동격의 가문들끼리의 결혼은 그들에겐 공적으로 커다란 사건 같은 중요성을 띠었다. 그들은 한 번도 본 적이 없는 사람들의 일을 아주 잘 알고 있는 사람의 일처럼 이야기했다. 그리고 다른 지방에서도 다른 사람들이 역시 이들처럼 이야기를 할 것이다. 그들은 멀리 떨어져 살면서도 친근하게 느낄 뿐만 아니라 거의 친구나 친척처럼 생각하였다. 같은 계급과 대등한 혈통이라는 한 가지 사실만으로 그렇게 된 것이다.

남작은 비사교적인 데다가 계급 사회의 신앙이나 편견과 맞지 않는 교육을 받았기 때문에 주위에 사는 귀족 가문에 대해서 거의 모르고 있었다. 그래서 그는 자작에게 물었다.

라마르 자작은, '이 근처에는 귀족이 별로 없다'고 대답했는데, 그것은 마치 이 산의 비탈에는 토끼가 별로 없다고 말하는 듯한 투였다. 그리고 그는 자세히 얘기했다. 이 근처에 귀족은 오직 세 집밖에 없다. 쿠틀리에 후작, 이 사람은 노르망디 귀족의 두목격이었다. 다음, 브리즈빌 자작 내외, 이 사람은 가문이 훌륭했지만 너무 고립된 생활을 하고 있었다. 그리고 마지막으로 푸르빌 백작, 이 사람은 일종의 괴물로서, 부인을 몹시 학대하고 있다고 한다. 그는 연못가에 지은 브리에트 성에 살며 사냥으로 날을 지새우고 있다는 것이었다.

그밖에도 자기들끼리만 교제하는 두세 명의 벼락부자가 여기저기에 땅을 개척하고 있었다. 그러나 자작은 그들을 전혀 알지 못했다.

자작은 작별 인사를 했다. 그의 마지막 눈길은 잔느에게서 멈추었다. 그 시선에는 마치 특별하게 부드럽고 간절한 인사말이 담긴 것 같았다.

남작 부인은 자작을 아주 매력적이고, 특히 훌륭한 사람이라고 말했다. 남작도 맞장구쳤다.

"그래, 분명히 그는 교양있는 청년이야."

다음 주에 그들은 자작을 만찬에 초대하였다. 그후로 그는 규칙적으로 찾아오게 되었다.

자작은 대개 오후 4시경에 '부인의 산책로'에 와서 부인과 만나 '그녀의 운동'을 도와주었다. 잔느가 외출하지 않았을 때엔 반대쪽에서 그녀가 남작 부인을 부축하여, 셋이서 산책로 끝에서 끝까지 천천히, 계속해서 오락가락하는 것이었다. 자작은 잔느에게 거의 말을 걸지 않았다. 그러나 검은 비로도 같은 그의 눈은, 에메랄드 같은 잔느의 눈과 자주 마주쳤다.

이따금 두 사람은 남작과 함께 이포르로 가보기도 했다.

어느 날 저녁, 세 사람이 해변에 있을 때 라스티크 영감이

다가왔다. 그리고는 파이프를 문 채 파이프를 물지 않은 그를 본다는 건 코가 없어진 그를 보기보다 더 놀라운 일일 것이라고 말했다.

"남작님, 이런 바람이면 내일은 에트르타까지 갔다가도 쉽사리 돌아올 수 있을 겁니다."

잔느는 두 손을 가슴 앞에서 모으며 말했다.

"아버지, 가요, 네?"

남작은 자작 쪽으로 고개를 돌렸다.

"같이 가겠소, 자작? 거기 가서 점심을 먹읍시다."

이 계획은 금방 결정되었다.

잔느는 새벽부터 일어나 외출 준비에 시간이 걸리는 아버지를 기다렸다. 두 사람은 아침 이슬을 밟으며 떠났다. 그들은 들판을 가로질러 새들이 지저귀는 소리에 떨고 있는 숲속을 지나갔다. 자작과 라스티크 영감은 갑판 위에 앉아 있었다.

다른 두 뱃사람이 배의 출발을 거들었다. 그들은 어깨를 뱃전에 대고 있는 힘을 다하여 배를 밀었다. 자갈투성이의 해변으로 배를 밀고 가기란 쉬운 일이 아니었다. 라스티크는 용골 밑에 기름 먹인 통나무를 밀어넣고 먼저 장소로 돌아와 "영차, 영 차!" 하고 길게 꼬리를 끄는 소리로 장단을 맞춰 다른 사람들이 힘을 동시에 쓰도록 하였다.

간신히 경사진 곳에 이르자, 배는 갑자기 내리막길을 구르기 시작하여 비단이 찢어지는 듯한 시끄러운 소리를 내며 자갈 위로 미끄러졌다. 배는 잔물결이 찰랑거리고 있는 데서 멈추었다. 드디어 모두들 배에 올라 자리에 앉았다. 배 밖에 있던 두 사람이 배를 파도 위로 밀어냈다.

앞쪽에서 계속 불어오는 가벼운 미풍이 파도를 쓰다듬어 잔물결을 일으키고 있었다. 돛을 올리자, 곧 바람을 맞아 부풀었다. 그리고 배는 조금씩 파도에 흔들리면서 조용히 전진했다.

약간 어지러움을 느낀 잔느는, 한 손으로 파도에 흔들리는 뱃전을 잡고 바다 먼 곳을 바라보았다. 그녀에게, 신의 창조물 중에 참으로 아름다운 것은 세 가지뿐이라는 생각이 들었다. 빛과 공간과 물이었다.

아무도 말을 하지 않았다. 라스티크 영감은 키와 돛줄을 잡고 있었다. 그는 이따금 의자 밑에 넣어 둔 술병을 꺼내어 병째 들이마셨다. 그리고는 영원히 불이 꺼지지 않을 듯한 몸의 일부분 같은 파이프를 연신 피워대고 있었다. 파이프에서는 푸르고 가느다란 연기가 계속 토해졌고, 동시에 그 같은 연기가 입술 귀퉁이에서도 한 가닥씩 뿜어지고 있었다.

남작은 뱃머리에 앉아 뱃사람처럼 돛을 살펴보고 있었다. 잔느와 자작은 나란히 앉아 있었으며 두 사람 모두 조금 흥분한 기색이었다. 알 수 없는 어떤 힘이 두 사람의 시선을 얽히게 하여, 마치 이상한 친화력이 일러주기라도 하듯 두 사람은 동시에 눈을 들어 상대를 바라보는 것이었다. 두 사람 사이에는 이미 공감을 느끼는 젊은이들 사이에 반드시 생기게 마련인 미묘하고 막연한 애정이 싹트고 있었기 때문이다.

두 사람은 서로 가까이 있는 것이 즐거웠다. 아마도 서로가 상대방의 생각을 하고 있었기 때문이리라.

해는, 제 아래 누워 있는 망망한 바다를 더 높은 곳에서 내려다보려는 듯이 점점 더 높이 솟았다. 그러나 바다는 아양이라도 떠는 듯, 엷은 안개로 태양의 빛으로부터 몸을 숨기고 있었다. 그러다가 태양이 강렬한 빛을 내리쬐자, 수증기는 증발하여 사라지고 바다는 거울처럼 매끈해져서 반짝반짝 빛을 내기 시작했다.

잔느는 몹시 감동하여 중얼거렸다.

"아아, 정말 아름답다!"

자작이 대꾸하였다.

"정말 아름답군요!"

아침의 맑은 빛이 두 사람에게 메아리와 같은 것을 보내주고 있었다.

그때 별안간 바다 속으로 걸어 들어오는 벼랑의 두 다리와도 같은 에트르타의 크고 둥근 문이 눈앞에 나타났다. 그것은 배가 지나갈 만한 높이의 아치였다. 그리고 끝이 뾰족하고 하얀 바위가 맨 앞의 둥그런 문 앞에 서 있었다.

이윽고 배는 기슭에 닿았다. 먼저 내린 남작이 밧줄을 당겨 배를 해안으로 끌어올리는 사이에 자작은 잔느의 발이 젖지 않도록 두 팔로 안아 땅에 내려놓았다. 그리고 그들은 이 짧은 포옹에 흥분하며 나란히 단단한 자갈길을 걸어 올라갔다. 그때 두 사람의 귀에 라스티크가 남작에게 하는 말이 들려왔다.

"내 생각으로는 저 두 분이 훌륭한 한 쌍이 될 것 같습니다."

바닷가의 작은 여인숙에서 먹는 점심은 아주 유쾌했다.

바다는 목소리와 뇌의 작용을 중단시켜 모두가 잠잠하였으나, 훌륭한 식탁은 그들을 휴가를 즐기러 온 학생들처럼 만들었다.

아주 사소한 일을 가지고도 그들은 끝없이 떠들어대었다.

라스티크 영감은 식탁에 앉으며 아직도 연기가 피어오르는 파이프를 베레모 속에 소중하게 간직했다. 모두들 그것을 보고 웃었다. 분명히 그의 붉은 코에 이끌린 것인 듯, 파리 한 마리가 날아와서는 되풀이해 그 위에 앉으려 했다. 그가 파리를 잡기에는 너무 느린 동작으로 그것을 쫓자, 파리는 저의 동료가 이미 지저분하게 만들어 놓은 모슬린 커튼 쪽으로 날아갔다. 그러나 파리는 끈덕지게 영감의 코를 노리고 있는 듯 금방 또 날아와서 앉으려고 하는 것이었다.

파리가 다시 날아올 때마다 폭소가 터졌다. 영감이 드디어 짜증을 내듯, '정말로 악착스런 놈이로군!' 하고 중얼거리자, 잔느와 자작은 미칠 듯이 몸을 비틀며 웃어댔고, 결국은 냅킨으로 자신들의 입을 틀어막기까지 하였다.

커피를 마시고 난 뒤에 잔느가, '산책을 좀 하면 어떨까요?' 하고 물었다.

자작은 자리에서 일어섰다. 그러나 남작은 차라리 물가에

서 일광욕을 하는 게 낫겠다고 하며 덧붙였다,

"둘이서 가도록 해요. 한 시간 뒤에 이곳에서 만나기로 하지."

두 사람은 대여섯 채의 초가집 사이를 가로질러 간 다음 큰 농장처럼 보이는 작은 저택을 지나 앞쪽에 길게 뻗은 넓은 골짜기로 들어섰다.

일렁이는 파도는 몸의 균형을 잃게 하여 그들을 지치게 했고, 소금기를 머금은 대기는 그들을 허기지게 만들었으며, 점심식사가 그들을 멍하게 했고, 수다스럽게 마음껏 웃고 떠든 그들은 이제 나른해져 있었다. 그들은 왠지 머리가 이상해진 듯한 기분이 들어 마음대로 들판을 뛰어다니고 싶은 생각뿐이었다. 잔느는 새롭고 갑작스러운 감정에 흥분하여 귀에서 이명조차 울리고 있었다.

이글거리듯 타오르는 뜨거운 햇살이 두 사람을 내리비치고 있었다. 길 양쪽으로는 잘 익은 열매들이 축 늘어져 있었으며 풀잎만큼이나 많은 여치들이 목청껏 노래하고 있었다.

모든 것을 녹여버릴 듯한 하늘 아래서 그 소리 이외에는 아무것도 들리지 않았다. 하늘은 빛나는 푸르름을 띠고, 용광로에 가까이 갖다 댄 금속처럼 벌개지려는 것같이 누런 빛깔을 보이고 있었다.

앞의 오른쪽으로 작은 숲이 눈에 띄자, 두 사람은 그쪽으로 걸어갔다.

양쪽이 비탈진 사이로 움푹 들어간 좁다란 길이, 햇빛이 새어 들지 못하는 무성한 나무 밑으로 뻗어 있었다. 그곳에 들어서는 순간 눅눅하게 곰팡내 섞인 냉기가 두 사람을 휘감았다. 그 습기는 온몸에 소름이 돋게 하더니 폐까지 스며들었다. 빛과 맑은 공기가 부족하여 풀은 자라고 있지 않았으나 이끼가 땅거죽을 덮고 있었다.

두 사람은 앞으로 나아갔다.

"저기 가서 잠깐 앉을까요?"

잔느가 말했다.

두 그루의 고목이 죽어 있었다. 그래서 생긴 공간에서 빛이 쏟아져 내려와 대지에 온기를 주고, 잔디와 민들레와 담쟁이덩굴의 새싹을 키우며, 안개 같은 흰 꽃과 실꾸리 비슷한 디기탈리스 꽃을 피우고 있었다. 나비와 꿀벌과 통통한 호박벌, 파리의 해골 같은 엄청나게 큰 모기, 무수한 날벌레와 몸에 점이 있는 핑크빛의 무당벌레, 혹은 이름도 모를 검은 벌레 따위가 울창한 숲의 차가운 그늘 속에 움푹 패인 이 뜨거운 햇볕이 내리쬐는 우물 속에서 우글대고 있었다.

두 사람은 머리를 그늘에 두고 다리는 햇빛에 내놓고 앉았다. 그들은 한 줄기의 빛이 드러내 보여주는 꼼질거리고 있는 작은 생명들을 바라보고 있었다. 잔느는 감동한 목소리로 몇 번이나 말했다.

"정말 기분이 좋군요! 시골은 정말로 좋아요. 난 벌이나 나비가 되어 꽃 속에 숨고 싶어질 때가 있답니다."

그들은 서로 자신에 대해서 이야기했다. 자작은 마치 비밀

182

을 고백할 때와 같이 목소리를 낮추어 친근한 목소리로 자신은 이미 사교계에 실망했고, 자신의 헛된 생활에 싫증이 난다고 말했다. 언제나 똑같은 일의 반복으로써, 진실한 것과 성실함에 접할 기회가 전혀 없다는 것이었다.

사교계! 잔느도 그것을 알고는 싶었다. 그러나 그것이 이토록 아름다운 전원보다 가치가 없다는 것을 이미 확신하고 있었다.

마음이 더 가까워질수록 그들은 더욱 존중하는 마음으로 서로를 '무슈, 마드므와젤' 하고 조심스레 호칭했다. 두 사람의 시선은 정다운 미소를 띠고 때때로 얽혔다. 그들에겐 새로운 호의와 넘칠 듯한 애정을 담고 지금까지 마음쓴 적이 없던 많은 것에 대한 흥미가 솟아오르는 듯 느껴졌다.

두 사람은 여인숙으로 돌아왔다. 그러나 남작은 '샹브르오드므와젤'이라는 절벽 맨 꼭대기에 매달리듯이 있는 동굴을 구경하러 갔기 때문에 그들은 거기서 기다리기로 했다.

남작은 싫증이 날 때까지 해안을 산책하다가, 저녁 다섯시에야 돌아왔다.

그들 일행은 다시 배를 탔다. 배는 뒤로 바람을 받으며 전진하고 있다고 생각되지 않을 만큼 부드럽게 나아갔다. 미지근하고 흐릿한 숨결처럼 미풍이 불어와서 돛을 부풀렸다가는 다시 축 늘어뜨렸다. 불투명한 바닷물은 마치 죽은 것 같았으며 이제 다 타버린 태양은 반원의 여정을 거의 끝내고 바다로 들어가 누우려 하고 있었다.

바다의 권태로움이 다시 일행을 침묵 속에 빠뜨렸다.

마침내 잔느가 입을 열었다.

"아, 전 여행을 하고 싶어요!"

그러자 자작이 말했다.

"저도 그렇답니다. 하지만 혼자서 여행하는 것은 쓸쓸한 일이지요. 여행의 인상을 이야기하기 위해선 적어도 몇 사람은 함께 가야지요."

그녀는 생각했다.

"정말 그렇군요…… 하지만 저는 혼자서 산책하는 것이 좋아요. 혼자서 공상하는 것은 기분이 좋거든요……."

자작은 오랫동안 그녀를 물끄러미 바라보았다.

"두 사람이 함께 공상할 수도 있는 것입니다."

그녀는 시선을 내리깔았다. 이것은 어떤 암시일까? 아마 그럴 것이다. 그녀는 멀리 바라보려는 것처럼 수평선으로 시선을 돌렸다. 그러고는 천천히 말했다.

"전 이탈리아에 가고 싶어요…… 그리고 그리스에도…… 그래요, 그리스에요. 그리스 코르시카! 코르시카는 아마 자연적인 아름다움을 그대로 지니고 있을 거예요."

자작은 산장과 호수가 있는 스위스가 더 좋다고 말했다. 잔느는 말했다.

"저는 코르시카처럼 완전히 새로운 나라나 그리스처럼 추억이 가득한 나라가 좋아요. 어려서부터 그 역사를 알고 있는 민족의 유적을 찾아보고, 위대한 역사의 발자취를 구경하는 것은 기분좋을 거예요."

자작은 별로 흥분하지 않고 이렇게 말했다.

"나는 영국에 흥미를 느낍니다. 배울 점이 퍽 많은 나라거든요."

그리고는 두 사람은 양극에서 적도에 이르기까지 지구 곳곳을 여행했다. 각 나라의 특징을 얘기하고 공상적인 풍경이나 중국인과 라플란드인 같은 민족의 진기한 풍습을 신기해했다. 그러나 끝에 가서, 세계에서 가장 아름다운 나라는 역시 프랑스라는 결론을 내렸다. 프랑스는 온화한 기후, 여름에는 서늘하고 겨울에는 따스하며, 풍요한 전원, 푸른 숲, 고요히 흐르는 큰 강이 있고, 그리고 아테네인의 위대한 세기이래, 다른 어느 지방에도 없는 미술문화가 있었다.

마침내 두 사람은 입을 다물었다.

낮게 드리워진 태양은 피라도 흘리고 있는 것 같았다. 폭넓은 한 가닥의 빛줄기, 눈부신 한 가닥의 길이 바다 끝에서부터 배의 바로 밑에까지 수면 위에 뻗어 있었다.

바람의 마지막 숨결마저도 잠들었다. 잔물결조차 없는 해면은 그대로 잠잠했고 움직이지 않는 돛은 발갛게 태양빛을 반사하고 있었다. 끝없는 고요가 우주를 마비시키고, 자연의 온갖 요소가 서로 만나는 주위에 침묵을 퍼뜨리고 있었다. 젖어서 반짝이는 배는 활처럼 휘고, 별난 신부처럼 바다는, 자기를 향해 내려오는 불의 애인을 기다리고 있었다. 태양은 포옹의 욕망에 불타고 있기나 한 것처럼 서둘러 지고 있었다. 이윽고 태양은 바다와 합쳐졌다. 바다는 태양을 조금씩 삼켜버렸다.

수평선으로부터 서늘한 바람이 불어왔다. 가라앉은 태양이 이 세계를 향하여 안도의 숨결을 내뿜기라도 하듯 전율이, 흔들리는 바다의 가슴에 잔물결을 일으켰다.

황혼은 짧았다. 밤하늘에 무수히 많은 별이 박혀 있었다. 라스티크 영감이 노를 잡았다. 바다는 안광을 내쏘고 있었다. 잔느와 자작은 나란히 앉아, 배가 뒤로 밀어놓고 가는 움직이는 빛을 바라보고 있었다. 두 사람은 이제 거의 아무것도 생각하지 않고 있었다. 그저 멍하니 물결을 바라보면서, 안락함 속에 젖어 저녁 공기를 들이마셨다. 잔느가 한 손을 의자 위에 놓고 있었기 때문에, 우연인 것처럼 옆에 있는 자작의 손가락 하나가 그녀의 살갗에 닿았다. 그녀는 이 가벼운 접촉에 놀라고 기쁘기도 하고 당황하여 꼼짝도 못했다.

밤에 자작이 방에 돌아갔을 때, 그녀는 가슴이 이상하게 혼란스러운 것을 느꼈다. 그녀는 탁상시계를 보고, 그 조그만 꿀벌의 심장처럼 다정한 친구의 심장처럼 움직이고 있다고 생각했다. 그것은 자기 일생의 증인이 되어 줄 것이다. 이 날렵하고 규칙적인 똑딱 소리로 자기의 기쁨과 슬픔의 동반자가 되어 줄 것이라고 생각했다. 그래서 그녀는 금빛 꿀벌을 세우고 날개 위에 입을 맞추었다. 아무것에나 키스하고 싶었다. 그녀는 서랍 속에 옛날의 낡은 인형을 간직해 둔 것이 생각났다. 그녀는 그것이 눈에 띄자, 다정한 친구를 만나기라도 한 듯한 기쁨으로 가슴에 꼭 끌어 안고 인형의 분칠해진 뺨과 곱슬곱슬한 연갈색 머리 위에 뜨거운 키스세례를 퍼부었다.

그리고 나서 그녀는 인형을 끌어안은 채 생각에 잠겼다.

그분일까? 그 무수한 은밀한 목소리에 의해 마음속에 약속된 남편, 다시 없이 친절한 하느님이 자기의 인생 위에 점지해 주신 남편일까? 진실로 그는 자신을 위해 만들어지고, 우리는 서로의 애정으로 포옹하고 단단한 부부의 인연을 맺도록 운명지어진 두 사람일까?

잔느는 아직 사랑이라고 믿고 있는 것 같은, 생명이 온통 설레는 것 같은 충동, 미칠 듯한 황홀감과 마음속으로부터 치밀어오르는 것 같은 흥분을 실제로 경험한 적은 없었다. 그러나 그녀는 어쩐지 자작을 사랑하기 시작한 것 같이 생각되었다. 왜냐하면 이따금 자작을 생각할 때면 정신이 혼미해지기 때문이었다. 그녀는 계속 자작에 대해서 생각하고 있었다. 자작이 곁에 있으면 가슴이 두근거렸고 눈길이 마주치면 얼굴이 달아오르곤 했다. 그의 목소리를 들으면 온몸이 전율하는 것이었다.

그날 밤, 잔느는 거의 잠을 자지 못했다.

날이 갈수록 사랑하고자 하는 혼란스러운 욕망이 그녀의 마음속에 강렬해져 갔다. 그녀는 끊임없이 자신의 마음에게 물었다. 그리고 또 데이지꽃이나 구름에게까지도 물었고, 동전을 공중에 던져 점쳐 보기도 했다.

그러던 어느 날 저녁, 남작이 그녀에게 말했다.

"내일 아침에는 예쁘게 하고 있어라."

"왜요, 아버지?"

"그건 비밀이야."

다음 날, 환하게 화장하고 날아갈 듯한 모습으로 그녀가 충계를 내려가자, 거실의 테이블이 봉봉상자로 온통 덮여 있고, 의자 위에 커다란 꽃다발이 하나 놓여 있었다.

마차 한 대가 안뜰로 들어왔다. 마차 위에는 이렇게 씌어 있었다. '페캉 읍 과자점, 르라. 결혼 피로연의 식사' 뤼디비느가 전용 요리사의 도움을 받아 마차 뒤에 있는 창으로부터 근사한 냄새를 풍기는 커다란 바구니를 여러 개 꺼내고 있었다.

라마르 자작이 나타났다. 바지는 빳빳이 줄이 서 있었고, 발이 작은 것을 뚜렷이 알 수 있는 예쁜 에나멜 장화가 보였다. 긴 프록코트는, 가슴의 둥그렇게 패인 곳으로 가슴 장식의 레이스를 드러내 보이고 있었다. 여러 겹으로 감은 넥타이가 고상한 품위를 지닌 그의 아름다운 갈색 머리를 꼿꼿이 들지 않을 수 없게 하고 있었다. 자작은 평소와는 다른 모습이었다. 잔느는 지금까지 본 적이 없는 얼굴을 보듯 그를 멍하니 쳐다보았다. 그녀는 자작을 티없이 훌륭한 귀족이라고 생각했다.

자작은 미소 지으면서 고갯짓으로 인사했다.

"그런데 대모님 준비는 되셨나요?"

그녀는 더듬거렸다.

"무슨 일이에요? 무슨 말씀이시죠?"

"곧 알게 된다."

남작이 가로채어 말했다.

말을 맨 사륜마차가 현관으로 나왔다. 멋진 차림으로 성장한 아델라이드 부인이 로잘리의 팔에 의지하여 내려왔다. 로잘리는 라마르 자작의 우아한 모습에 몹시 감동하고 있는 눈치였다. 남작이 자작에게 말했다.

"이봐요, 자작. 우리 하녀가 당신이 마음에 든 모양이오."

자작은 귀 밑까지 빨개졌으나 못 들은 척하고는, 커다란 꽃다발을 들어 잔느에게 주었다. 잔느는 깜짝 놀라며 그것을 받았다. 네 사람은 마차에 올랐다. 남작 부인의 기운을 북돋기위해 찬 스프를 가져온 뤼디빈느가 커다란 소리로 말했다.

"마님, 정말 결혼식 같군요."

이포르 마을에 들어서서 그들은 마차에 내렸다. 그러고는 마을을 가로질러감에 따라, 접은 자국이 있는 새 옷을 입은 어부들이 집에서 나와 인사를 하고, 남작의 손을 잡아 악수하고는 행렬의 뒤를 따라 걷기 시작하였다.

자작은 잔느에게 팔을 주고 그녀와 함께 앞에서 걷고 있었다.

교회 앞까지 와서 일행은 멈추었다. 그러자 커다란 은 십자가가 나타났다. 성가대의 한 소년이 그것을 꼿꼿이 받쳐들고 있었고 그 뒤로 빨간 옷을 입은 다른 소년이 관수기가 담긴 성수 단지를 들고 왔다.

이어 세 명의 나이 든 기수가 지나갔는데, 그 중 한 사람은 다리를 절었다. 그 다음에는 악사, 그리고 그 다음에는 불룩한 아랫배 위에 황금빛 영대를 받쳐 들고 있는 신부였다. 신부는 미소를 머금고 고갯짓으로 인사했다. 그러고는 두 눈을 반쯤 감고 기도문이라도 외는 듯 입술을 달싹이며, 승모를 코가 덮일 만큼 눌러쓰고, 흰 옷을 입은 수행들의 뒤를 따라 바다 쪽으로 걸어갔다.

해변가에서는 화환으로 장식한 새 배 주위에서 사람들이 기다리고 있었다. 배의 돛대, 돛과 밧줄은 미풍에 나부끼는 긴 리본으로 덮여 있었다. 그리고 선미에는 '잔느'라는 황금빛 글자가 씌어 있었다.

남작의 돈으로 건조된 이 배의 선장인 라스티크 영감이 행렬 앞으로 나섰다. 남자들은 모두 약속이라도 한 듯 모자를 벗었다. 큰 주름이 어깨로부터 내려온 검은 망토를 걸친 선심 깊은 여자들이 일렬로 서 있다가, 십자가를 보자 원형으로 무릎을 꿇었다.

신부가 성가대의 두 소년 사이에 끼어 배의 한 끝으로 다가갔다. 그러자 맞은편 끝에서는 이미 더러워진 흰 옷으로 몸을 감싼 세 늙은 기수가, 근엄한 얼굴로 악보를 바라보면서 맑은 아침 공기 속에서 입을 벌리며 음정이 맞지 않는 노래를 불렀다.

그들이 숨을 돌리는 동안 악사는 혼자 소리를 내었다. 그러면 공기를 잔뜩 머금은 양 볼에 묻혀 그의 작은 회색 눈은 거의 보이지가 않았다. 이마의 가죽이, 그리고 목의 가죽까지도 살에서 떨어져 나온 것 같아 보였다. 그 약사는 나팔을 부는 데 그만큼 온 몸을 부풀리는 것이었다.

투명하고 움직임이 없는 바다는, 묵묵히 자기의 작은 배의 세례식에라도 참석하고 있는 것 같았다. 날개를 활짝 편 커다랗고 흰 갈매기들이 창공을 유연하게 날아 멀어지더니, 무릎을 꿇고 있는 갈매기들이 무엇을 하는지 궁금한 듯 둥글게 선회하여 다시 날아 돌아왔다.

5분이나 지나서 아멘을 외친 뒤에 노래는 그쳤다. 그러자 신부는 혀 꼬부라진 목소리로 라틴어를 두세 마디 외웠는데, 사람들의 귀에는 잘 울리는 끝마디밖에 들리지 않았다.

이어 신부는 성수를 뿌리면서 배를 한 바퀴 돌고 나서 손을 맞잡고 꼼짝도 않고 서 있는 대부모의 정면에 서서 기도문을 입 속으로 중얼거리기 시작했다.

청년은 침착하고 청년다운 우아한 얼굴을 하고 있었으니, 아가씨는 갑작스런 감동에 가슴이 죄어들어서 쓰러질 것만 같아 이가 부딪칠 만큼 떨기 시작했다. 얼마 전부터 그녀가 그려오던 그 꿈이, 갑자기 일종의 환각 속에서 현실적인 모습을 갖추고 나타난 것이다. 사람들은 결혼이야기를 하고 있었다. 신부는 그 자리에서 축복을 하고 있다. 그리고 흰 옷을 입은 사람이 기도문을 외우고 있다. 자신의 결혼식이 올려지고 있는 것이 아닌가!

그녀의 손가락이 떨렸던 것일까? 그녀의 고뇌가 혈관을 통해 남자의 심장에까지 전해진 것일까? 그녀는 이해했을까? 짐작한 것일까? 그녀와 마찬가지로 그도 일종의 사랑의 도취에 빠졌을까? 그녀는 별안간 자작이 자기 손을 잡는 것을 깨달았다. 처음에는 살며시, 이어서 세게, 더욱 세게 하여 마지막에는 으스러져라 하고 강하게 쥐는 것이었다. 그러고는 표정을 조금도 바꾸지 않고, 아무도 눈치채지 못하게 말했다. 그렇다. 그는 분명하게 말했다.

"잔느, 당신만 좋다면 이것은 바로 우리의 약혼식이 되는 겁니다."

잔느는 아주 천천히 고개를 숙였다. 아마도 이것은 승낙을 의미하는 것이었다. 그러자 아직도 성수를 뿌리고 있던 신부가 그들의 손가락 위에도 몇 방울 뿌려주었다.

식이 끝났다. 여자들은 다시 일어섰다. 돌아갈 때는 뿔뿔이 흩어져서 갔다. 성가대 소년의 손에 있는 십자가는 그 권위를 잃고 있었다. 그것은 좌우로, 앞으로 쏠어질 듯하면서 황급하게 가는 것이었다. 이미 기도를 끝낸 신부도 그 뒤를 뛰듯이 쫓아가고 있었다. 가수들과 악사는 빨리 의상을 벗고 싶어서 이미 지름길로 질러가고 없었다. 어부들도 삼삼오오 떼를 지어 서두르고 있었다. 그들로 하여금 음식 냄새 같은 공통된 생각이 다리를 부지런히 놀리게 하고, 입에 침이 괴게 하고는 뱃속까지 내려가서 창자로 하여금 괴상한 소리를 내게 하는 것이었다.

맛있는 점심이 레 퓌플에서 그들을 기다리고 있었다.

커다란 식탁이 뜰의 사과나무 밑에 차려져 있었다. 어부와 농민들이 60여 명이나 되었다. 남작 부인이 식탁 한가운데 앉고, 그 양쪽에 이포르의 신부와 레 퓌플의 신부가 앉았다. 읍장 부인은 이미 노경에 접어든 시골 여자로서, 이쪽 저쪽에 인사를 하고 있었다. 그녀는 야윈 얼굴에 노르망디풍의 큰 모자를 쓰고 있었는데 그것과 늘 놀란 것 같은 동그란 눈이 마치 흰 암탉의 머리와 비슷했다. 그녀는 마치 코로 접시를 쪼듯 바지런히 음식을 먹고 있었다.

잔느는, 오늘 자기와 같이 대부가 된 자작과 나란히 앉아서 행복한 세계를 꿈꾸고 있었다. 그녀에게는 이미 거의 보이는 것이 없고, 아무것도 알 수가 없었다. 그녀는 그저 기쁨에 멍해진 채 말없이 앉아 있었다.

그녀는 자작에게 물었다.

"당신의 이름은 무엇인가요?"

"줄리앙입니다. 아직 모르고 계셨군요."

그러나 그녀는 속으로 이런 생각을 하느라고 대답도 하지 못했다.

'앞으로 얼마나 이 이름을 부르게 될 것인가!'

식사가 끝나자, 뜰은 어부들에게 맡기고 사람들은 집의 뒤쪽으로 몰려갔다. 남작 부인은 두 신부의 호위를 받으며 남작의 팔에 기대어 운동을 시작했다. 잔느와 줄리앙은 숲으로 가서 풀이 우거진 오솔길로 들어섰다. 그때 갑자기 자작이 그녀의 손을 잡았다.

"제 아내가 되어 주시겠습니까?"

그녀는 다시금 고개를 숙였다. 자작은 더듬거리며 말했다.

"대답해 주십시오, 제발!"

그러자 그녀는 고개를 들고 그를 바라보았다. 자작은 그녀의 눈 속에서 대답을 읽을 수 있었다.

4

어느 날 아침, 남작은 잔느가 일어나기도 전에 그녀의 방으로 들어와 침대 발치에 앉으면서 말했다.

"라마르 자작이 너와의 결혼을 청해왔다."

그녀는 이불 밑으로 얼굴을 숨기고 싶었다.

남작은 계속해서 말했다.

"나중에 대답해 주겠다고 말해 두었다."

그녀는 감동으로 숨이 탁 막혔다. 잠시 후, 남작이 미소를 지으며 덧붙였다.

"무슨 일이건 네게 의논하지 않고는 결정하고 싶지 않다. 네 어머니와 나는 이 결혼에 반대하지 않는다. 하지만 네게 강요할 생각은 없다. 너는 자작보다 훨씬 부자다. 그러나 일생의 행복이란 돈만 가지고 따질 수는 없는 거야. 자작에겐 딸린 식구가 하나도 없어. 만일 네가 자작과 결혼한다면 우리 집안에 아들 하나가 들어오게 되는 것이고, 딴 남자와 결혼하면 우리 딸인 네가 다른 집에 가게 되는 것이다. 자작은 우리 마음에 들었다. 하지만 네 마음에도 드는지…… 어떠냐, 넌?"

그녀는 머리 밑까지 빨개져서 더듬거리며 말했다.

"저도 좋아요, 아버지."

그러자 남작은 딸의 눈 속을 들여다보며 여전히 웃으면서 중얼거렸다.

"분명 너도 같은 생각일 거라 믿었지, 아가씨."

그녀는 저녁 때까지 술에 취한 듯이 몽롱했다. 그녀는 자신이 무엇을 하는지도 몰랐다. 그저 기계적으로 물건을 집으면, 그것은 생각했던 것이 아니었다. 걸음을 걷지도 않았는데, 다리는 축축 처졌다.

6시경, 그녀가 어머니와 플라타너스 밑에 앉아 있는데 자작이 나타났다.

잔느의 심장은 미친 듯 뛰기 시작했다. 자작은 별다른 기색도 보이지 않고 앞으로 다가왔다. 그는 남작 부인의 손을 잡고 상냥하게 입을 맞추었다. 그리고 나서 이번에는 아가씨의 떨리는 손을 잡고 입술 전체로 감사의 마음이 깃든 부드럽고 긴 키스를 하였다.

빛나는 약혼 시절이 시작되었다. 두 사람은 단둘이서 거실 구석이나 또는 황무지 앞에 있는 숲의 경사지에서 이야기를 나누었다. 때로는 남작 부인의 산책로를 거닐기도 하였다.

자작은 미래를 이야기하고, 잔느는 남작 부인의 발자국으로 생긴 먼지투성이의 길을 내려다보았다.

일단 정해진 이상, 모두들 일의 결말을 빨리 보고 싶어 했다. 그래서 6주일 뒤인 8월 15일에 결혼식을 거행하기로 했다. 그리고 신혼부부는 신혼여행을 떠나기로 결정이 되었다. 행선지를 의논할 때 잔느는 코르시카로 결정했다. 거기에는 이탈리아보다는 단둘이 있을 시간이 훨씬 더 많으리라고 생각되었던 것이다.

그들은 견딜 수 없을 정도로 초조해 하진 않았다. 그저 의미도 없는 포옹의 매력을 생각하며 달콤한 애정에 둘러싸여 그 속에 잠겨 있었다. 서로 손을 마주 잡는다든가, 영혼이 하나가 된다고 여겨질 만큼 정열적으로 마주 보는 것 따위에서 황홀한 감정을 맛보면서, 그리고 또 강렬한 포옹에의 막연한 욕망에 작은 고통을 느끼고 있었다.

결혼식에는, 남작 부인의 여동생인 리종 이모 외엔 아무도 초대하지 않기로 했다. 리종 이모는 베르사이유의 어느 수녀원의 기숙생이었다.

아버지가 돌아가신 뒤, 남작 부인은 그 여동생을 자기네하고 같이 지내도록 했다. 그러나 노처녀는, 자기가 남에게 방해가 되는 쓸모없고 귀찮은 존재라는 생각에 사로잡혀서 외롭게 살아가는 가엾은 사람들에게 방을 빌려주는 수녀원에 은거해 버렸던 것이다.

그녀는 이따금씩 와서 한두 달 동안 가족들과 지내기도 하였다.

거의 말이 없고 몸매가 작은 리종 이모는, 항상 자신이 남의 눈에 띄지 않도록 식사 때에만 나타났다가 식사가 끝나면 곧 다시 자기 방으로 올라가버렸다.

그녀는 아직 42세밖에 되지 않았는데도 선량한 노인 같은 모습에, 상냥하고 서글퍼 보이는 눈을 하고 있었다. 그녀는 집안에서 한 번도 가족의 일원으로 생각된 적이 없었다. 어렸을 때도 예쁘지도 않고 장난꾸러기도 아니어서, 안아주는 사람은 거의 없었다. 그녀는 언제든 구석에서 얌전하게 있었다. 그 이후, 그녀는 언제나 무시되어버린 삶을 살아왔다. 아가씨가 되어서도 누구 한 사람 관심을 보이지 않았다.

마치 그림자 같고, 평소에 낯익은 물건 또는 매일 보는 살아 있는 가구 같은 것, 하지만 별로 나타나지 않는 존재였다.

남작 부인은 어려서 함께 살았을 때부터의 습관으로 동생을 완전히 무의미한 존재로 여기고 있었다. 일종의 경멸적인 친절을 품고 함부로 대하고 있었다. 그녀의 이름은 리즈였는데, 이 근사하고 젊어 뵈는 이름을 거북스러워하고 있는 듯했다. 그녀가 결혼하지 않고, 아마도 결혼하지 않으리라고 생각되자, 사람들은 리즈를 리종이라고 불렀다. 잔느가 태어난 이후로 그녀는 '리종 이모'로 되어 있었다. 리종 이모는 깔끔하고 몹시 조심스러웠다. 하긴 사랑이라 해도 그것은 무의식적인 동정, 자연스런 호의라고나 할 막연한 애정이었다.

가끔 남작 부인이 자기의 젊은 시절 이야기를 할 때, 시기를 분명히 하기 위해 이렇게 말했다.

'그건 리종이 무분별했던 때였지요.'

그 이상의 말은 언급되지 않았다. 그래서 이 '무분별'이란 말은 안개에 싸인 것처럼 남아 있었다.

어느 날 밤, 스무 살이었던 리즈는 물에 뛰어들었다. 원인은 알 수 없었다. 그녀의 생활태도에서 이 미치광이 같은 짓을 알아차리게 할 만한 것이라곤 아무것도 없었다. 그녀는 절반쯤 죽은 상태로 구출되었다. 부모는 이 행동의 비밀스런 원인 같은 것은 밝히려고도 하지 않고 분개해서 두 팔을 올리며 '무분별한 짓' 어쩌고 하는 것으로 만족했다. 그것은 '코코'라는 말의 재난을 얘기하는 것과 같은 말투였다. 이 말은 얼마 전에 마차의 바퀴 자국에 빠져 다리를 부러뜨렸으므로 어쩔 수 없이 도살되었던 것이다.

그 일이 있은 뒤로 리즈는 곧 리종으로 불렸다가 약한 정신의 소유자로 생각하게 되었다. 가까운 친척들이 지닌 부드러운 경멸은, 차츰 주위의 모든 사람들에게 전파되어 갔다. 어린 잔느까지도 어린애의 천부적인 감수성으로 이모를 따르지 않고 잘 때 침대로 키스하러 가는 일도 없거니와 그녀의 방에 들어간 적도 없었다. 그 방의 잔일을 하는 하녀 로잘리만이 그 방이 어디 있는지 아는 정도였다.

리종 이모가 점심 먹으러 식당에 들어오면, 잔느는 그저 습관적으로 이모에게 이마를 내밀었다. 오직 그것뿐이었다.

누군가가 그녀한테 할 말이라도 있으면 하녀를 시켜 부르러 보냈다. 그리고 그녀가 없어도 그 이상 알아보려 하지 않았다. '어디 갔지? 오늘 아침엔 리종이 보이지 않는데.' 하고 걱정하거나 물어보려고 생각하는 사람은 없었다.

그녀는 어떤 위치를 차지하는 일이 없었다. 마치 미지의 땅처럼 가까운 친척들에게도 전혀 알려지지 않아서, 죽더라도 결코 집안 작은 구멍이나 빈 자리 하나 내지 않을 그런 사람이었다. 자기와 함께 살고 있는 사람들의 생활이나 습관, 마음속에도 들어갈 수 없는 사람 중의 하나였다.

'리종 이모'라고 발음할 때, 이 두 음절은 누구의 마음에 어떤 애정도 일깨우지 못했다. 마치 '커피포트'나 '설탕 그릇'이라고 말하는 것과 같았다.

그녀는 언제나 소리없이 종종걸음을 쳤다. 절대로 소리를 내지 않았고, 물건에 부딪히는 일도 없었다. 마치 어떤 소리도 내지 않는다는 자신의 특성을 물건들에게까지 전달하는 듯 싶었다. 손이 솜으로 만들어져 있는 게 아닌가 싶을 정도로 자신이 만지는 모든 것을 부드럽게 만지는 것이었다.

그녀는 이 결혼식에 정신이 온통 나간 듯 흥분하여 7월 중순경에 도착했다. 선물을 많이 가지고 왔지만 그녀가 가져왔다 하여 거의 무시되고 말았다.

그녀가 도착한 다음 날부터 벌써 그녀가 와 있다는 사실을 모두들 잊어버렸다.

그러나 그녀의 가슴속에는 엄청난 감동이 불러일으켜졌으며, 그녀의 눈은 약혼자들로부터 떠나지 않았다. 그녀는 신기할 정도의 정력과 열띤 활동력으로 혼수 준비를 거들었다. 누구도 찾아오지 않는 자기 방에 틀어박혀서 그녀는 한낱 침모처럼 일만 하고 있었다.

자기 손으로 만든 손수건이나 수놓은 냅킨 따위를 이따금 남작 부인한테 보여주면서 묻는 것이었다.

"이렇게 하면 될까, 아델라이드?"

그러면 부인은 무심히 살펴보고는 대답하였다.

"너무 걱정하지 마라, 리종."

그 달 말경의 어느 날, 무더운 하루가 저물고 훈훈한 맑은 밤이 되면서 달이 떴다. 사람의 마음을 온통 감동시키고 흥분시켜 비밀스런 영혼의 시정을 일깨워주는 밤이었다. 들판을 쓸고 불어오는 부드러운 바람이 조용한 거실로 흘러들어 왔다. 남작 부인과 남작은, 램프의 갓이 만들어 놓은 테이블 위의 둥그런 불빛 안에서 별 재미도 없는 트럼프를 치고 있었다. 리종 이모는 그 두 사람 사이에 앉아 뜨개질을 하고 있었으며 두 약혼자는, 열려진 창문 턱에 팔꿈치를 괴고 달빛이 쏟아지는 뜰을 내다보고 있었다.

보리수와 플라타너스가 넓은 잔디밭에 제 그림자를 던지고 서 있었고, 잔디밭은 희끄무레한 빛을 내쏘며 시꺼먼 숲에까지 뻗어 있었다.

밤의 부드러운 매력과 흐릿하게 비치는 나무와 숲을 바라보다가 거기에 이끌려 잔느가 부모 쪽을 돌아보았다.

"아버지, 우리, 저 잔디밭을 한 바퀴 돌고 올께요."

남작은 트럼프에서 눈을 떼지 않은 채 "갔다 와라." 하고 말했다.

그리고 다시 트럼프를 계속했다.

두 사람은 밖으로 나와 달빛에 하얗게 빛나는 잔디밭 위를 천천히 걸어서 안쪽의 작은 숲까지 다가갔다.

시간이 지나도 두 사람은 돌아갈 생각을 하지 않았다.

남작 부인은 피곤해서 자기 방으로 올라가고 싶어 했다.

"저 연인들을 불러들여야죠."

남작은 밝고 넓은 뜰을 힐끗 내다보았다. 거기에는 두 개의 그림자가 아른거리고 있었다. 남작은 말했다.

"그냥 둬요. 밖은 정말 기분이 좋을 거요! 리종이 기다리고 있겠지. 그렇죠, 리종?"

노처녀는 불안한 듯이 눈을 들고 더듬거리며 대답했다.

"네, 제가 기다릴게요."

남작은 부인을 부축해서 일으켰다. 그리고 자기도 낮의 더위에 지쳐 있었으므로, "나도 가서 자야겠군." 하고 말했다.

그리고 나서 그는 부인과 같이 방을 나갔다.

리종 이모도 일어나 하다 만 뜨개질거리와 털실, 대바늘을 팔걸이 의자 위에 올려놓고는 창가로 다가가 팔꿈치를 괴고, 아름다운 밤을 바라보았다.

두 약혼자는 잔디밭을 가로질러 숲에서 층계까지, 다시 층계에서 숲까지 계속해서 걷고 있었다. 두 사람은 손을 꼭 잡은 채 한마디 말도 없이, 마치 자기 자신으로부터 빠져나간 듯이 대지로부터 발산되는, 눈에 보이는 시에 완전히 녹아든 것 같았다.

잔느는 별안간 창문 틈에서, 램프빛을 배경으로 뚜렷이 떠오른 노처녀의 그림자를 발견했다. 그녀는 말했다.

"어머나, 리종 이모가 우리를 바라보고 있어요."

자작은 머리를 들어 무관심한 소리로 말했다.

"그렇군요. 리종 이모가 우리를 바라보고 있군요."

그리고 두 사람은 다시 계속하여 꿈을 꾸고, 천천히 걸으며 서로 사랑을 속삭였다.

풀에 이슬이 맺혀 있었다. 두 사람은 냉기에 몸이 오싹 떨려왔다.

"이제 돌아가요." 그녀는 말했다.

두 사람은 다시 돌아섰다.

거실에 들어왔을 때, 리종 이모는 다시 뜨개질을 하고 있었다.

그녀는 뜨개질거리에 얼굴을 숙이고 있었는데, 여윈 손가락이 몹시 지친 듯이 조금 떨리고 있었다.

잔느가 다가갔다.

"이모, 이제 그만 자야겠어요."

노처녀는 눈을 들었다. 그 눈은 운 것처럼 빨갰다. 두 연인은 전혀 그것을 깨닫지 못했다.

그는 걱정이 되는 듯 상냥하게 물었다.

"당신의 예쁘고 조그만 발이 차갑지 않아요?"

그러자 별안간 이모의 손가락이 부들부들 떨기 시작하더니 일감이 손에서 떨어졌다. 털실뭉치가 마룻바닥으로 굴러갔다. 리종 이모는 갑자기 두 손으로 얼굴을 가리고는 히스테리 발작이라도 하듯 흐느끼기 시작했다.

두 약혼자는 놀라서 그 자리에 멍하니 선 채 그녀를 보고 있었다. 잔느가 급히 무릎을 꿇고 이모의 두 손을 잡아 떼며 물었다.

"아니, 왜 그래요? 왜 그래요? 리종 이모?"

그러자 그 가엾은 여자는 슬픔으로 경련을 일으키며, 눈물 어린 당황한 목소리로 더듬거리며 대답했다.

"저분이 너한테 물었을 때…… 차갑지 않느냐고…… 그…… 그 예쁘고 조그만 발이 말이지…… 그런 말을…… 해준 사람이…… 지금까지 한 사람도…… 없었단다.…… 한 사람도……."

잔느는 놀랍기도 하고 가엾기도 했지만, 리종 이모에게 상냥한 말을 해주는 연인을 생각하자, 웃음이 터져나오려고 했다. 자작도 웃음을 참기 위해서 고개를 돌리고 있었다.

그러자 이모가 별안간 일어서더니, 바닥에 떨어진 털실이나 의자 위의 뜨개질거리는 쳐다보지도 않고 램프도 들지 않고 어두운 층계로 도망치듯 가버렸다. 그녀는 더듬대며 방을 찾았다.

두 사람만이 남게 되자, 그들은 가엾기도 하고 유쾌하기도 하여 서로 마주 보았다. 잔느가 중얼거렸다.

"아, 불쌍한 이모!"

그러자 줄리앙이 대답했다.

"오늘 밤엔 마음이 좀 이상해지신 모양이에요."

두 사람은 헤어질 생각을 못하고 손을 잡고 있었다. 그리고 부드럽게 살며시, 아주 살며시, 리종 이모가 가버린 빈 의자 앞에서 첫 키스를 하였다.

다음 날, 두 사람은 이미 노처녀의 눈물 따위는 잊고 있었다.

결혼 전 2주일 동안 잔느는, 감미로운 감동에 지친 것처럼 조용하고 침착했다.

기대하던 날 아침나절, 잔느는 무엇을 생각할 마음이 아니었다. 마치 살과 피와 뼈가 피부 밑에서 녹아버리고 만 것 같은 커다란 공허감을 느낄 뿐이었다. 그리고 무엇을 만지는 자신의 손가락이 몹시 떨리는 것을 알았다.

교회 안에서 예식이 진행될 때에야 그녀는 겨우 자신을 찾을 수 있었다.

이제 결혼한 것이다! 이렇게 그녀는 결혼했다. 그 새벽 이후로 있었던 일, 움직임, 사건의 연속이 그녀에게는 하나의 꿈, 정말 꿈처럼 생각되었다. 우리들 주변의 모든 사물이 변한 듯이 보이는 순간이 있다. 사람들의 몸짓까지도 새로운 의미를 가진 듯싶었다. 시간마저도 이미 평소와는 다른 것 같았다.

잔느는 정신을 차릴 수 없을 만큼 놀라운 기분이었다. 어제까지만 해도 생활이 달라진 것은 전혀 없었다. 그런데 이 제는 남의 아내인 것이다.

그리하여 그녀는 모든 기쁨과 꿈꾸어왔던 행복이 깃든 앞 날을 숨기고 있는 듯이 보이는 장벽을 뛰어넘은 것이다. 그 녀는 자신 앞에 문이 활짝 열린 것처럼 느꼈다. 그리고 이제 그녀는 '기대하고 있던 것' 속으로 들어가려 하고 있었다.

결혼식이 끝났다. 모두들 거의 텅 빈 제기실로 들어갔다. 아무도 초대하지 않았기 때문이었다. 그리고 다시 밖으로 나 왔다. 모두들 교회 입구로 오자, 느닷없는 폭음이 터져 신부 를 펄쩍 뛰게 했고, 남작 부인은 큰 소리를 질렀다. 그것은 농 부들이 쏜 축포였다. 그 소리는 레 푀플에 도착할 때까지도 그치지 않았다.

가족들과 이 고장의 신부와 이포르의 신부, 읍장과 근방의 부농 중에서 뽑힌 입회인을 위해 간단한 식사가 마련되었다.

그리고 나서 일동은 만찬이 준비될 때까지 정원을 한 바퀴 돌았다. 남작, 남작 부인, 리종 이모, 읍장, 그리고 피코 신부는 남작 부인의 산책로를 걷기 시작했다. 또다른 신부는 그 맞은 편에 있는 길을 성큼성큼 걸으며 기도서를 읽고 있었다.

저택의 다른 쪽에서는 사과나무 밑에서 사과술을 마시고 있는 농부들의 요란스럽고 쾌활한 목소리가 들려왔다. 나들 이웃을 입은 마을 사람들이 뜰 안을 가득 메웠다. 젊은 남녀 들은 즐거운 듯 쫓고 쫓기고 있었다.

잔느와 줄리앙은 숲을 지나서 경사진 언덕 위로 올라갔다.

그들은 말없이 바다를 바라보기 시작했다. 8월 중순인데도 약간 싸늘했다. 북풍이 불어왔다. 커다란 태양은 새파란 하늘에서 눈부시게 빛나고 있었다.

두 젊은이는 그늘을 찾기 위해 오른쪽으로 돌아서 들판을 가로 질렀다. 이포르 쪽으로 내려가는, 나무가 무성한 골짜기로 가려고 했던 것이다. 그들이 덤불에 뒤덮인 곳에 이르자, 바람 한 점 불어오지 않았다. 겨우 두 사람이 나란히 걸을 수 있을 정도였다. 그때 그녀는, 자기의 허리에 살며시 감기는 그의 팔을 느꼈다.

그녀는 아무 말도 하지 않았다. 숨이 가쁘고, 가슴이 두근거리고 목이 메었다. 낮게 드리워진 나뭇가지가 두 사람의 머리를 간지럽혔다. 두 사람은 때때로 몸을 숙이고 지나가야만 했다. 그녀가 나뭇잎을 한 장 뜯었다. 뒷면엔 깨지기 쉬운 두 개의 빨간 조개껍질처럼 동그랗게 몸을 오그린 딱정벌레 두 마리가 붙어 있었다. 그것을 보고 순진한 그녀는 다소 침착해져서 말했다.

"이것 봐요, 부부예요."

줄리앙은 그녀의 귓전에 입을 갖다대었다.

"오늘 밤 당신은 내 아내가 되는 거요."

이 들에서 지내는 동안 갖가지의 것을 알았다고는 하지만, 아직 그녀는 사랑하는 연인외에는 생각해 보지 않았었다. 그래서 그의 말을 듣고는 깜짝 놀랐다. 아내가 된다고? 이미 아내가 되지 않았던가?

그러자 그는, 그녀의 관자놀이와 솜털이 보스스한 목덜미에 가벼운 키스세례를 퍼부었다. 이제까지 경험하지 못했던 이런 키스를 받고 그녀는 본능적으로 고개를 반대쪽으로 기울여서 이 애무를 피하고자 했다. 그러나 그 키스는 그녀를 황홀하게 했다.

두 사람은 어느새 숲 끝에 와 있었다. 그녀는 이렇게 멀리 온 것에 당황하여 걸음을 멈추었다. 모두들 어떻게 생각할까? 그녀는 말했다.

"이제 돌아가요."

그는 그녀의 허리를 안고 있던 팔을 풀었다. 두 사람이 몸을 돌리자 서로 얼굴을 마주 보게 되었다. 너무도 가까이 있어서 서로의 숨결이 느껴질 정도였다. 두 사람은 물끄러미 서로를 바라보았다. 날카롭게 상대방의 마음을 꿰뚫어볼 듯한 시선으로, 두 영혼이 한데 얽히고 드디어는 하나로 녹아드는 것을 보고 있는 듯한 눈으로 마주 보았다. 그들은 서로의 눈 속에서, 눈의 너머에서, 존재의 꿰뚫을 수 없는 미지의 것 안에서 상대방을 찾았다. 말없고 집요한 질문으로 서로의 심중을 헤아렸다. 자신들은 상대방에 있어 각기 무엇이 되는 것일까? 지금부터 같이 시작하려는 이 생활은 대체 무엇이란 말인가? 결혼이라는 풀리지 않는 긴 대담에서, 서로가 얼마나 많은 기쁨과 행복을 또는 환멸을 지니고 있는 것일까? 그러자 두 사람은 지금까지 만난 적이 없는 사람 같은 감정을 느꼈다.

그때 별안간 줄리앙이 두 손을 아내의 어깨 위에 얹으며 입술을 짓누르는 듯한 격렬한 키스를 퍼부었다. 그녀로선 아직 받아보지 못한 그런 키스였다. 이것은 몸 전체로 퍼져서 혈관과 골수에까지 스며들었다. 말할 수 없이 이상스런 자극을 느낀 그녀가 두 팔로 정신없이 줄리앙을 떠미는 바람에, 하마터면 제 힘에 겨워 넘어질 뻔하였다.

"돌아가요, 이제 돌아가요." 하고 그녀는 더듬거렸다.

그는 대답하지 않고 그녀의 손을 잡아 꽉 쥐었다.

두 사람은 집에 도착할 때까지 한 마디도 하지 않았다. 남은 오후 시간은 지루하게 느껴졌다. 해가 질 무렵 모두 식탁에 둘러 앉았다.

노르망디의 습관과는 반대로 만찬은 간단하고도 짧았다. 서먹한 공기가 참석자들을 거북하게 만들었다. 다만 두 명의 신부와 읍장, 초대받아 온 네 명의 소작인만이 결혼식에 따르게 마련인 즐거운 기분을 약간 보이고 있을 뿐이었다.

웃음소리가 그치면 읍장이 무슨 말인가를 해서 다시 요란하게 했다. 9시경이었다. 모두들 커피를 마시려는 참이었다. 바깥 뜰의 사과나무 아래에서는 시골풍의 무도회가 시작되었다. 열린 창으로 이 요란한 축제 광경이 환히 보였다. 나뭇가지에 매달린 등불이 빙 둘러서서 무대처럼 커다란 부엌 테이블에 놓인 두 개의 바이올린과 클라리넷의 반주에 맞춰 원시적인 무용곡을 큰 소리로 부르며 뛰고 있었다. 농부들의 소란스런 노래는 가끔씩 악기 소리를 완전히 덮어버렸다. 미친 듯한 목소리에 찢긴 가냘픈 음악은 어쩐지 낱낱이 흩어져, 악보의 몇몇 조각들이 하늘에서 떨어져 내리는 것같이 들렸다.

타오르는 횃불에 둘러싸인 커다란 술통 두 개가 손님들이 마실 것으로 제공되었다. 하녀 둘이 설거지통에서 공기와 술잔을 적당히 씻어서 빨간 포도주나 금빛의 사과술이 흘러나오고 있는 술통 주둥이로 가져가기에 바빴다. 춤추다 목이 마른 사람이나 점잖은 노인들, 땀을 흘리는 처녀들이 몰려와서 팔을 내밀고 자기가 좋아하는 음료수를 받아 고개를 젖히고 꿀꺽꿀꺽 마시고 있었다.

테이블 위에는 빵과 버터와 치즈, 소시지가 놓여 있었다. 제각기 가끔 와서는 한 번씩 집어먹고 갔다. 등불이 장식된 나뭇잎 천장 아래의 건전하고 격렬한 축제는, 식당 안의 우울한 회식자들로 하여금, 함께 춤을 추고, 버터 바른 빵 한 조각과 날양파를 안주삼아 커다란 술통에서 술을 따라 마시고 싶은 욕망을 자아내게 했다.

나이프로 장단을 맞추고 있던 읍장이 외쳤다.

"거참! 잘들 논다. 가나슈의 피로연 같군."

억누른 듯한 웃음이 장내를 휩쓸었다. 그러나 세속적인 권위에 천성적으로 적대감을 갖고 있는 피코 신부가 말했다.

"카나라고 말씀하시려던 것이었겠지요?"

상대방은 그 말에도 아랑곳하지 않았다.

"아니오, 신부님. 나도 그 정도는 알고 있어요. 가나슈라면 가나슈인 거예요."

일동은 일어나서 거실로 갔다. 그리고 소란스런 농부들 사이에 끼어들기 위해 나가는 사람도 있었다. 이윽고 초대되었던 손님들은 모두 돌아갔다

남작과 남작 부인은 낮은 소리로 말다툼을 하였다. 평소보다 숨차하며 아델라이드 부인이, 남편의 요구를 거절하고 있는 듯했다. 마침내 부인은 큰 소리로 말했다.

"안돼요, 여보. 나는 할 수 없어요. 어떻게 말을 꺼내야 할지도 모르겠는데요."

그러자 남작이 부인의 곁에서 급히 일어나더니 잔느에게로 다가갔다.

"애야, 잠시 한 바퀴 돌고 올까?"

알지 못할 가슴의 동요에 설레면서 그녀는 대답했다.

"예, 아버지."

두 사람은 밖으로 나왔다.

문 앞으로 나오자, 갑자기 바다 쪽으로부터 건조한 바람이 불어왔다. 그것은 벌써 가을을 느끼게 하는 차가운 여름바람이었다. 하늘에는 구름의 흐름에 따라 별들이 숨었다가 다시 나타나곤 했다.

남작은 딸의 팔을 꼭 끼고, 손을 정답게 쥐었다. 두 사람은 몇 분 동안 거닐었다. 남작은 왠지 결심이 서지 않는 눈치였다. 마침내 그는 겨우 말을 하기 시작하였다.

"귀여운 내 딸아, 지금부터 나는 어려운 말을 해야만 한다.

원래 네 어머니의 소원이었지만 싫다니 하는 수 있겠니. 네가 인생의 여러 일에 대해서 얼마나 알고 있는지 나는 모른다. 부모가 자식들에게, 특히 딸에게는 아주 조심해서 숨기고 있는 비밀이 있단다. 딸들은, 그들의 인생을 돌보아줄 남자의 품에 안길 때까지 무엇보다도 인생의 달콤한 비밀 위에 덮인 이 베일을 벗기는 것은 그 남자의 임무인 것이다. 그러나 아직도 그런 일을 전혀 모르는 처녀들은 꿈 뒤에 숨겨진, 약간은 야수적인 현실을 앞에 놓고 종종 반항하곤 한다. 영혼에 상처받고, 육체까지 상처를 입고서, 인간의 법칙, 자연의 법칙이 절대적인 권리로 남편에게 허락하고 있는 것을 거부하려고 해. 난 이제 더 이상은 말할 수 없구나, 애야. 하지만 이 말만은 잊지 말아라. 너의 몸도 마음도 이젠 모두 네 남편의 것이라는 사실 말이다."

정확히 말해서 그녀는 무엇을 알았을까? 무엇을 생각했을까? 그녀는 예감 같은, 답답하고 괴로운 우울에 떨기 시작했다.

그들은 집으로 돌아왔다. 그런데 뜻밖의 광경이 그들을 거실 입구에서 멈추게 했다. 아델라이드 부인이 줄리앙의 가슴에 얼굴을 파묻고 흐느끼고 있는 것이었다. 부인의 눈물은, 대장간의 풀무에서 쏟아지는 듯한 소란스러운 그 눈물은 코와 입과 눈에서 동시에 흘러나오는 것만 같았다. 청년은 가슴에 기대어 우는 뚱뚱한 여인을 어설프게 안고 있었다. 사랑스럽고 어여쁜 딸을, 잘 부탁한다고 호소하고 있는 것이다.

남작이 급히 달려갔다.

"아니, 이런 추태를 보이다니? 제발 진정해요. 울지 말아요."

그렇게 말하고, 남작은 아내를 안아 팔걸이 의자에 앉혔다. 부인은 얼굴을 닦고 있었다.

그리고 나서 남작은 잔느 쪽으로 향했다.

"자, 애야, 빨리 네 어머니께 키스하고 가서 자거라."

잔느는 자기도 울음이 터질 듯해 재빨리 부모한테 키스하고는 도망치듯 방을 나갔다.

리종 이모는 이미 자기 방에 틀어박혀 있었다. 남작과 부인만이 줄리앙과 함께 남았다. 세 사람은 모두 거북스러워서 말을 하지 않았다. 야회복을 입은 두 남자는 뻣뻣이 선 채 다른 곳을 보고 있고, 아델라이드 부인은 팔걸이 의자에 쓰러진 채 아직도 이따금 목구멍 너머로 흐느끼고 있었다. 거북스런 자리를 더 이상 참을 수 없게 된 남작은, 두 젊은이가 며칠 뒤에 떠나게 되어 있는 여행에 대해 이야기를 시작했다.

잔느는 자기 방에서 로잘리의 도움으로 옷을 벗고 있었다. 로잘리는 샘물이 솟듯 눈물을 흘리고 있어, 손은 허공을 더듬고 리본도 핀도 제대로 찾지 못했다. 그녀는 주인보다도 더 흥분하고 있는 것 같았다. 그러나 잔느는 그녀의 눈물 따위에 신경쓸 겨를이 없었다. 그녀는 어쩐지 자기가 딴 세계에 와 있는 것 같았다. 이제까지 알고 있던 모든 것, 사랑했던 모든 것에서 떠나 다른 땅, 다른 세계로 들어선 것도 같았고,

Une Vie **213**
여자의 일생

더구나 이런 기이한 생각까지 떠올랐다. '나는 과연 남편을 사랑하고 있는 것일까?'

그녀는 별안간 남편이 거의 모르는 사람같이 생각되었다. 석 달 전만 해도 그녀는 그가 세상에 존재한다는 사실도 몰랐었다. 그런데 지금 그는 남편인 것이다, 어쩌된 일인가? 어떻게 해서 이렇게 빨리 발 밑에 패인 구멍에라도 빠지듯이 결혼 속으로 빠진 것일까?

밤화장이 끝나자, 그녀는 침대로 기어들어갔다. 약간 싸늘한 시트가 몸을 한 차례 떨리게 했고, 두 시간 전부터 그녀의 영혼을 무겁게 누르던 으스스한 느낌, 고독감과 슬픈 느낌을 증폭시켰다.

로잘리는 여전히 울면서 도망치듯 방에서 나갔다. 잔느는 기다렸다. 불안한 가슴이 꽉 죄어드는 기분으로, 아버지가 애매하게 말해준 어떤 것, 사랑의 크나큰 비밀의 신비로운 계시를 기다리고 있었다.

계단을 올라오는 소리도 없었는데, 세 번의 가벼운 노크소리가 났다. 잔느는 몸이 몹시 떨려서 아무 대답도 하지 않았다. 다시 두드리는 소리가 나더니, 연이어 손잡이를 비트는 소리가 들려왔다. 그녀는 도둑이 들어오기라도 한 듯 담요 밑으로 얼굴을 감췄다. 드디어 마룻바닥에 조심스런 장화소리가 나더니 갑자기 누군가가 침대에 손을 대었다.

그녀는 반사적으로 몸을 움츠리며 조그맣게 소리를 질렀다. 그리고 얼굴을 내밀고 미소를 짓는 줄리앙의 모습을 보았다.

"아, 당신이로군요, 놀랐어요!" 하고 그녀는 말했다.

그러자 그가 말했다.

"그럼 나를 기다리지 않았소?"

그녀는 대답하지 않았다. 그는 미모의 청년이 한층 점잖은, 그런 훌륭한 모습이었다. 그녀는 이토록 단정한 사람 앞에서 이렇게 누워 있는 자신이 몹시 수치스럽게 느껴졌다.

그들은 무슨 말을 해야 할지, 어떻게 해야 할지를 몰랐다. 모든 인생에의 행복이 달려 있는 이 귀중한 결정적인 순간에 감히 얼굴을 마주 볼 수조차 없었다. 줄리앙은 이 싸움이 어떤 위험을 가져올지, 꿈으로만 감싸여진 처녀의 미묘한 수치심과 무한한 섬세함을 손상시키지 않으려면 얼마나 부드러운 자제와 애정의 책략이 필요한 것인지를 막연히 생각하고 있었다.

그래서 그는 조용히 그녀의 손을 잡고 거기에 키스하였다. 그리고는 제단 앞에 무릎을 꿇듯 침대 옆에 앉아 숨결 같은 나직한 목소리로 중얼거렸다.

"나를 사랑해 주겠소?"

그녀는 이제 안심이 되어 레이스 장식 모자를 베개 위로 들어 올리고 미소를 지었다.

"전 이미 사랑하고 있는데요, 여보."

그는 아내의 가는 손가락에 입술을 댔다. 그리고 육체의 욕망 때문에 변한 목소리로 말했다.

Une Vi

215

"사랑하고 있다는 증거를 보여주겠소?"

그녀는 다시 불안해져서, 자신이 무슨 소리를 하는지도 깨닫지 못하고 오직 아버지의 말을 생각하며 대답했다.

"저는 당신 거예요, 여보."

그는 아내의 손목에 젖은 입술을 연거푸 갖다 대고 나서 천천히 일어서며 다시 숨기려고 하는 아내의 얼굴 위로 다가갔다.

그는 갑자기 한쪽 팔을 침대 위로 뻗어서 담요 위로 아내를 껴안고, 다른 팔을 베개 밑으로 넣어 아내의 허리를 쳐들었다. 그리고는 나직하게 아주 나직하게 말했다.

"그럼 당신 옆에 조금만 내 자리를 만들어 주겠소?"

그녀는 두려웠다. 본능적인 공포를 느끼고 더듬거리면서 말했다.

"아니, 아직 안 돼요. 제발!"

남편은 실망한 듯, 약간 감정이 상한 듯했지만, 여전히 애원조의, 그러나 먼저보다는 다소 무뚝뚝하게 말했다.

"무엇 때문에 뒤로 미루는 거요? 어차피 그렇게 될 게 아닙니까?"

그녀는 그런 말을 하는 남편이 원망스러웠다. 그러나 순순히 체념하고 아까 했던 말을 되풀이하였다.

"저는 당신 거예요, 여보."

그러자 그는 재빨리 화장실로 들어갔다. 그녀는, 옷을 벗는 소리, 주머니에서 잔돈이 딸랑대는 소리, 장화가 한 짝씩

바닥에 떨어지는 소리 따위의 동작이 분명히 보이는 듯했다.

그리고 나서 갑자기 속내의에 양말 차림의 남편이 급히 방을 가로질러 회중시계를 벽난로 위에 놓으러 갔다. 그리고는 또 뛰다시피 옆의 작은 방으로 들어가, 잠시동안 꾸물거리고 있었다. 잔느는 얼른 돌아누워서 눈을 감았다. 그 순간 등 뒤에서 남편이 온 것이 느껴졌다.

자기 다리에, 차갑고 털이 많이 난 다리가 와 닿았을 때, 그녀는 마룻바닥으로 뛰어내리기라도 할 듯이 펄쩍 뛰었다. 그러고는 손으로 얼굴을 가리면서 두려움과 놀라움에 소리를 지르고 싶은 기분으로 침대 깊숙이 파고들어 몸을 웅크렸다.

그녀가 등을 돌리고 있었지만, 남편은 곧 위에서 팔을 벌려 안아들었다. 그리고는 목덜미와 레이스 모자, 수놓은 잠옷 따위에 키스를 퍼부었다.

그녀는 무서운 불안감으로 몸이 굳어져 움직이지 않았다. 그녀는 두 팔꿈치 사이에 숨긴 유방을 찾는 억센 손길을 느꼈다. 이러한 난폭한 접촉에 정신을 잃을 것만 같은 기분으로 그녀는 헐떡이고 있었다. 무엇보다도 그녀는 여기서 달아나고 싶었다. 집을 빠져 나가서, 이 남자로부터 멀리 떨어진 어디론가에 가서 숨어버리고 싶었다.

남편은 움직이지 않았다. 그녀는 등에 남편의 체온을 느꼈다. 그러자 다시금 공포가 가라앉고, 문득 이런 생각을 하였다. 돌아누워서 입만 맞추면 되리라는 것이었다.

마침내 남편은 초조한 듯 안타까운 목소리로 말했다.

"당신은 나의 귀여운 아내가 되지 않겠다는 거요?"

그녀는 손가락 사이로 소곤거렸다.

"전 이미 당신의 아내잖아요?"

그는 기분이 나쁜 듯한 목소리로 대답했다.

"천만에, 자, 사람을 놀리지 말아요."

그녀는 남편의 목소리가 불쾌한 데에 몹시 혼란스러워졌다. 그래서 사과하려고 불쑥 남편 쪽으로 돌아누웠다.

순간, 남편은 그녀의 허리를 양팔로 꽉 끌어안았다. 마치 그녀의 육체에 굶주리기나 한 듯 억세게. 그러고는 재빠르게 온 얼굴과 가슴에 미친 듯이 키스를 퍼부었다. 그 격렬한 애무는 그녀를 망연하게 만들었다. 그녀는 두 팔을 벌리고 남편이 하는 대로 가만히 있었다. 머릿속이 몹시 어지러워서 자기가 무엇을 하고 있는지, 남편은 무엇을 하고 있는지, 뒤죽박죽한 생각에 잠겨 있었다. 그때 별안간, 찢어지는 듯한 아픔이 그녀의 몸을 훑어내려 갔다.

남편이 난폭하게 몸을 소유하고 있는 동안 그녀는 그의 팔 안에서 몸부림을 치면서 신음하기 시작했다.

그 후에 무슨 일이 있었던가? 그녀는 거의 기억을 할 수가 없었다. 머리가 좀 이상해졌던 것이다. 단지 남편이 자기 입술 위에 감사의 가벼운 키스를 무수히 쏟아부었던 것 같은 생각뿐이었다.

그러고 나서 남편이 그녀에게 말을 건넸고, 그녀도 대답했을 것이다. 그 다음에 남편은 또 그 일을 시도했으나, 그녀는 필사적으로 거부했다. 한창 몸부림을 치는 중에 아까 다리에 느꼈던 그 짙은 털을 이번에는 가슴 위에 느끼고 그녀는 깜짝 놀라서 홱 몸을 뺐다.

마침내, 아무리 애원해도 들어주지 않자, 남편은 지친 듯 벌렁 누운 채 꼼짝도 하지 않았다.

그래서 그녀는 생각에 잠겼다. 그토록 꿈에 그리던 사랑의 도취는 자취도 없이 사라지고, 기대는 무너졌으며, 행복은 허물어져서 영혼의 밑바닥까지 실망에 사로잡혀 중얼거렸다.

'이것이 바로 그가 말하던, 아내가 되는 것이란 말인가. 이것이! 이것이!'

그녀는 슬픔에 잠겨 오랫동안 가만히 있었다. 슬픔에 잠긴 그녀의 시선은 사방 벽의 벽장식과 방을 둘러싸고 있는 사랑의 옛 전설 위를 더듬고 있었다.

그러나 줄리앙이 아무 말도 하지 않고 또 움직이지도 않아 그녀는 살며시 그쪽으로 눈길을 돌렸다. 남편은 자고 있었다. 자고 있는 것이다!

그녀는 그것을 믿을 수가 없었다. 그 짐승 같은 행위보다도 이 잠에 더욱 모욕을 당하는 것 같아 분노가 치밀어오르는 것이었다. 이런 날 밤에 어떻게 잠을 잘 수 있단 말인가? 두 사람 사이에 오늘 일어났던 일이 그에게는 전혀 놀랄 일이 아니었단 말인가? 아아! 이럴 바에 그녀는 두들겨 맞고, 난폭하게 취급당하고, 정신을 잃을 정도로 끔찍한 애무로 상처를 입는 편이 차라리 나을 듯했다.

그녀는 한쪽 팔꿈치를 짚고 몸을 일으켜, 남편의 입술 사이로 새어 나오는 숨소리와 그것이 가끔 코고는 소리처럼 들리는 것에 귀를 기울이며 꼼짝도 않고 있었다.

날이 새었다. 처음에는 희미하고 어둠침침하다가 이어 밝아지며 장미빛이 되더니, 드디어 찬란한 아침이 되었다. 줄리앙은 눈을 뜨고 하품을 하며 기지개를 켰다. 그는 아내 쪽을 바라보며 한번 웃고는 물었다.

"여보, 잘 잤소?"

그녀는 남편이 지금 '여보' 하고 부른 것을 깨닫고 놀라며 대답했다.

"잘 잤어요, 당신은?"

"아, 나는 아주 잘 잤지."

이렇게 말하고, 그녀 쪽으로 돌아누워 입을 맞춘 그는 침착하게 이야기하기 시작했다. 그는 경제 관념에 근거한 생활 설계의 이모저모를 얘기했다. 몇 번이나 남편의 입에서 나온 이 경제 관념이라는 말은 잔느를 놀라게 했다. 그녀는 말의 의미도 잘 모르는 채 남편의 이야기에 귀를 기울이고, 자신의 마음을 스치는 여러 가지 생각들에 혼란스러워하며 그의 얼굴을 보고 있었다.

시계가 8시를 쳤다.

"자, 일어나야지. 늦게까지 누워 있다가는 흉을 잡힐 테니."

그는 먼저 침대를 내려갔다. 남편은 자기의 몸치장을 마치자 아내를 세밀히 돌봐주고, 화장을 하는 데도 꼼꼼히 신경을 써 주며 로잘리를 부르는 것을 허락하지 않았다.

 침실을 나오려 할 때에 남편은 아내를 불러세웠다.

 "당신도 알겠지만, 우리끼리는 허물없이 말해도 괜찮아요. 그러나 부모님 앞에서는 당분간 조심하는 것이 좋아요. 신혼 여행을 다녀 온 뒤부터는 극히 자연스럽겠지."

 잔느는 점심 때에 겨우 모습을 나타냈다. 그리고 그날은 평소와 다름없이, 마치 달라진 것이라곤 아무것도 없는 것처럼 지나갔다. 다만 집 안에 남자가 하나 늘었을 뿐이었다.

5

그로부터 나흘 뒤에 두 사람을 마르세이유로 데려갈 사륜 마차가 도착했다.

첫날 밤의 그 고통 뒤에 잔느는 이미 줄리앙과의 접촉, 그의 키스나 다정한 각가지 애무에는 익숙해져 있었다. 더 밀접한 관계에 대한 반발심은 여전했지만.

잔느는 남편을 미남이라고 생각했고, 그를 사랑하고 있었다. 그녀는 행복을 느꼈고, 즐거워했다.

작별의 인사는 짧았고, 슬플 것도 없었다. 오직 남작 부인만이 흥분하고 있는 것 같았다. 그녀는 마차가 떠나려 할 때에 마치 납덩이처럼 무거운 큰 지갑을 딸의 손에 들려주며 말했다.

"이건 네 용돈이다."

잔느는 그것을 주머니에 넣었다. 말들이 달리기 시작했다.

저녁 무렵에 줄리앙이 말했다.

"어머님이 그 지갑에 얼마나 넣어 주셨소?"

그녀는 돈에 대해서는 이미 잊고 있었다. 그의 말에 잔느는 지갑을 무릎 위에 쏟아 놓았다. 금화가 물흐르듯 흘러나왔다. 2천 프랑이었다. 그녀는 손뼉을 치며 말했다.

"원하는 것을 다 할 수 있겠네요."

두 사람은 맹렬한 더위 속을 1주일 간 달린 끝에 마르세이유에 도착했다.

그리고 다음 날, 아쟈치오를 거쳐 나폴리로 가는 작은 여객선 '르와 루이' 호가 두 사람을 코르시카로 실어다주고 있었다.

코르시카! 관목의 밀림! 산적들! 산! 나폴레옹의 고향! 잔느는 지금 자신이 현실 속에서 빠져나와 분명한 의식으로 뛰어들어가는 듯한 기분이었다.

두 사람은 갑판에 나란히 서서, 프로방스 지방의 가파른 절벽들이 뒤로 달려가듯 지나가는 것을 보고 있었다. 태양의 쏟아대는 강렬한 빛에 응결되어 굳은 것 같은, 움직이지 않는 짙푸른 바다는, 비할 데 없이 푸른, 끝없는 하늘 밑에 펼쳐져 있었다.

"라스티크 영감의 배를 타고 놀러갔던 일이 생각나세요?"
하고 그녀가 말했다.

대답 대신 남편은 재빨리 아내의 귓전에 입을 맞추었다.

증기선 옆에 달린 바퀴가 바다의 깊은 잠을 방해하며 물결을 헤치고 있었다. 그리고 뒤쪽에서는 파도를 휘저어서 일으켜 놓은, 샴페인처럼 거품이 이는 거대한 뱃자국이 아득하게 보였다.

갑자기 뱃머리에서 불과 얼마 안 되는 거리에, 커다란 물고기, 돌고래 한 마리가 물 위로 뛰어올랐다가 다시 머리로부터 바다로 곤두박질을 쳤다. 깜짝 놀란 잔느는 비명을 지르면서 줄리앙의 가슴으로 뛰어들었다. 그녀는 곧 무서워했던 일이 스스로 우스워서 웃다가 돌고래가 다시 나오지 않을까 불안해 하며 바라보았다. 몇 초가 지나자 돌고래는 커다란 태엽인형처럼 뛰어올랐다가 곤두박질치더니 이내 다시 나타났다. 이어 두 마리가 세 마리가 되더니, 여섯 마리가 되어 육중한 배의 주위에서 날뛰며, 괴물 같은 자기들 형제, 쇠지느러미를 가진 나무물고기를 호위라도 하는 듯이 배의 왼쪽으로 돌다가 다시 오른쪽으로 돌아왔다. 어느 때는 함께, 어느 때는 한 마리씩, 마치 장난을 하듯, 즐겁게 술래잡기라도 하는 듯이 곡선을 그리며 뛰어올랐다가는 한 줄로 늘어서서 물 속으로 곤두박질치는 것이었다.

이 크고 민첩한 물고기가 나타날 때마다 잔느는 기뻐서 손뼉을 치며 전율하였다. 그녀의 가슴도 이 돌고래들처럼 미칠 듯한, 어린아이 같은 기쁨에 뛰었다.

갑자기 돌고래들은 사라져버렸다. 다시 저 앞쪽 멀리에 그 모습이 보였다. 그리고 다시는 보이지 않았다. 잔느는 잠시 동안 돌고래가 아주 가버린 것을 슬퍼했다.

저녁 때가 되었다. 조용하고 빛나며 밝음과 행복과 평화가 가득한 저녁이었다. 대기 중에도 바다 속에도 이 영혼 속에도 바람 하나 일지 않았다.

커다란 태양은 조용히, 저 보이지 않는 아프리카 쪽으로 잠겨 들었다. 아프리카, 말만 들어도 벌써 그 찌는 듯한 열기를 느낄 수 있을 것 같은 불타는 대지, 그러나 태양이 지고 나자, 일종의 애무와도 같은 상쾌함이 사람들의 얼굴을 스쳤다.

두 사람은 여객선 특유의 온갖 냄새가 나는 선실로 돌아가고 싶지 않았다. 그래서 그들은 갑판 위에 나란히 누워 망토를 몸에 둘렀다. 줄리앙은 바로 잠이 들었다. 그러나 잔느는 앞으로 보게 될 여행의 진기한 것들에 미리 흥분되어 눈을 뜨고 누워 있었다. 단조로운 배의 바퀴소리가 그녀를 흔들고 있었다. 그녀는 머리 위에 빛나는 별들을 쳐다보고 있었다. 남국의 청명한 하늘에서 그것은 물에 젖기라도 한 듯 예리한 빛을 발하고 있었다.

새벽녘에 그녀는 어슴푸레 잠이 들었다가 시끄러운 여러 소리와 사람의 말소리에 잠이 깨었다. 선원들이 노래를 부르며 배를 청소하고 있었다. 그녀는 깊이 잠들어 움직이지 않는 남편을 흔들어 깨웠다. 두 사람은 자리에서 일어섰다. 잔느는 소금기를 잔뜩 머금은 바다 안개를 흥분해서 들이마셨다. 그것은 손가락 끝에까지 스며드는 듯하였다. 사면이 온통 바다였다. 그러나 배의 앞쪽에, 막 밝아 오는 여명 속에, 무언지 모르는 잿빛의 물체가 보였다. 마치 이상하게 생긴 구름의 산맥과도 같이 뾰족뾰족한 것이 파도 위에 얹혀 있는 듯한 모습이었다.

그러나 차츰 그것이 똑똑히 보이기 시작했다. 훤히 밝아지는 바다 위로 그 형태는 점점 더 뚜렷이 떠올랐다. 뿔이 돋은 것 같은 이상한 모양의 커다란 산맥이 불쑥 솟아올랐다. 그것은 얇은 베일 같은 것에 싸인 코르시카였다.

이윽고 태양이 떠올랐다. 곧 그 산봉우리들이 불타오르기 시작했고, 섬의 다른 부분은 안개에 싸여 뿌연 채로 있었다.

선장이 갑판으로 나왔다. 그는 소금기 품은 억센 바다 바람에 몸이 졸아들고 강한 바다 기운에 검게 그을린 바싹 마른 노인으로, 30년 동안이나 호령을 해왔기 때문에 거칠고도 쉰 목소리로 잔느에게 말했다.

"부인, 저 아가씨의 냄새를 느낄 수 있습니까?"

사실 그녀도 강한 식물의 냄새 같은 야생의 향기를 맡고 있었다. 선장은 계속 말했다.

"코르시카가 이런 좋은 향기를 내는 겁니다. 부인, 꼭 아름다운 아가씨의 냄새 같지 않습니까? 20년 동안을 떠나 있다가 5마일 밖의 앞바다까지지만 와도 영락없이 이 냄새를 맡을 수가 있다오. 물론 그분께서도 저 세인트헬레나에서 고향의 이 냄새를 그리워하신답니다. 그분은 내 친척이지요."

선장은 모자를 벗고 코르시카 섬에게 경례를 하더니, 바다 저 멀리에 있는 그의 친척인 죄수가 된 황제에게도 경례를 했다.

잔느는 커다란 감동으로 울음을 터뜨릴 뻔하였다.

"저것이 상기네르입니다!"

줄리앙은 아내 옆에 서서 그녀의 허리를 안았다. 두 사람은 선장이 가리키는 곳을 찾으려고 멀리 바라보았다.

마침내 그들은 피라밋 모양의 바위 몇 개를 볼 수 있었다. 배는 그 바위를 돌아 크고 조용한 항만으로 다가갔다. 만은 높은 봉우리로 에워싸여 있고, 그 산의 나직한 경사지에는 이끼가 뒤덮여 있는 것 같았다.

선장은 그 초록의 경사면을 가리키며 말했다.

"저것이 관목 밀립입니다."

배가 점점 나아감에 따라 산들이 둥글게 에워싸는 듯했다. 배는 바닥이 들여다보일 만큼 맑고 새파란 호수 같은 만 안으로 천천히 미끄러져 들어갔다.

갑자기 만 깊숙이로 해안의 산기슭에 깨끗한 마을 하나가 나타났다.

항구에는 조그만 이탈리아 배 몇 척이 닻을 내리고 있었다. 4, 5척의 보트가 노를 저어 다가와 손님을 맞으려고 르와루이호의 주위를 왔다갔다하고 있었다.

줄리앙은 짐을 챙기고 있다가 낮은 목소리로 아내에게 말했다.

"보이에게 20수우만 주면 충분하겠지?"

지난 1주일 동안 그는 언제나 똑같은 말을 되풀이 물었는데, 잔느는 그 말을 들을 때마다 매우 괴로웠다. 그녀는 조금 짜증스럽게 대답했다.

"얼마나 주어야 할지 모를 때는 좀 넉넉하게 주세요."

남편은 항상 여관집 주인과 봉, 마부와 모든 장사꾼들과 언쟁을 하였다. 그리하여 어떻게든 물건 값을 얼마라도 에누리하면 손바닥을 비비면서 아내에게 말하는 것이었다.

"어쨌든 바가지를 쓸 수는 없으니까."

계산서가 올 때마다 그녀는 마음이 떨렸다. 남편이 꼬치꼬치 물고 늘어질 것을 미리 알고 있었기 때문이었다. 이렇게 값을 깎는 것이 굴욕적으로 생각되었다. 너무나 형편없는 팁을 손에 쥐고 남편을 보는 하인들의 경멸하는 눈초리를 보면 그녀는 머리밑까지 빨개지는 것이었다.

줄리앙은 두 사람을 육지까지 데려다 준 뱃사람과 또 언쟁을 했다.

잔느가 처음으로 본 나무는 종려나무였다!

두 사람은 광장 한구석의 조용하고 커다란 호텔로 들어가서 점심식사를 주문했다.

디저트를 끝내고, 잔느가 시내를 산보하려고 일어섰을 때 줄리앙이 그녀를 가볍게 안더니 부드럽게 속삭였다.

"여보, 잠깐 누워 자지 않겠소?"

그녀는 깜짝 놀랐다.

"자다니요? 전혀 피곤하지 않은데요."

줄리앙은 아내를 바짝 끌어안았다.

"당신을 원해요, 벌써 이틀 전부터!"

그녀는 부끄러워서 얼굴을 붉히며 중얼거렸다.

"어머! 지금 어떻게요! 남들이 뭐라고 말하겠어요? 대낮에 방을 빌리다니, 어떻게 그렇게 할 수가 있겠어요? 줄리앙, 제발 부탁이에요."

그러나 그는 아내의 말을 가로막았다.

"호텔 녀석들이 뭐라고 하든, 어떻게 생각하든 내가 그런 데 구애받을 것 같소? 두고 보시오."

그리고 그는 벨을 눌렀다.

그녀는 눈을 내리깔고 아무 말도 하지 않았다, 남편의 그 끝없는 욕망에 그녀의 정신이나 육체는 거부감을 느끼고 있었다. 때문에 기분나쁜 것을 체념하고 복종할 때도 부끄럽지 않을 때는 거의 없었다. 무엇인가 짐승 같은 것, 품위를 손상시키는 것, 불결한 것을 거기서 느끼는 것이었다.

그녀의 관능은 아직도 잠을 자고 있었다. 그러나 남편은, 아내도 자기와 똑같이 정열을 함께 나눌 수 있는 것처럼 다루고 있었다.

종업원이 오자 줄리앙은 방으로 안내해 달라고 했다. 그는 눈을 온통 뒤덮듯이 무성한 전형적인 코르시카인이었는데, 줄리앙의 말을 이해하지 못하고 저녁 때까지는 방을 준비해 놓겠다고 말했다.

줄리앙은 짜증을 내며 설명했다.

"아니야, 지금 당장 말이야. 여행으로 몹시 피곤해져서 우린 좀 쉬어야 한다고."

그러자 그 보이의 수염 속으로 의미 있는 미소가 스쳐갔다. 잔느는 도망이라도 치고 싶었다.

그로부터 1시간 후 두 사람이 다시 내려올 때, 그녀는 감히 호텔 사람들 앞을 지나갈 용기가 없었다. 그들이 등 뒤에서 비웃고 수군거릴 것이 틀림없었다. 그녀는 줄리앙이 그러한 것을 이해하지 못한다는 것, 그런 섬세한 수치심이나 미묘한 본능이 없는 점을 속으로 원망했다. 그리고 자기와 남편 사이에 베일과도 같은 장애물을 느꼈다. 두 사람은 결코 영혼 깊숙한 곳까지 이해할 수 없음을, 어깨를 나란히 하면서 걷고 서로 몸을 섞는 일은 있어도 결코 육신이 완전히 융화되는 사이가 아님을, 인간 각자의 영혼은 일생동안 영원히 고독하리라는 것임을 그녀는 처음으로 깨달았다.

두 사람은 사흘 동안 푸른 항만 깊숙이에 숨어 있는 이 조그만 마을, 바람 한 점 들어오지 못하게 병풍처럼 산이 둘러싸여 마치 가마 속처럼 무더운 이곳에 머물렀다.

두 사람은 여행을 위해 계획을 세웠다. 아무리 험한 길에서도 물러나지 않기 위해, 아주 억세 보이는 눈매의, 여위었지만 피로를 모르는 코르시카산 종마를 두 마리 세내어 타고 어느 날 아침 해가 뜰 무렵에 길을 떠났다. 나귀를 탄 안내인 한 사람이 식료품을 싣고 그들을 뒤따랐다. 이 미개한 곳에는 여관이 없었기 때문이었다.

길은 처음 항만을 따라 뻗어갔으나 얼마 안가 높은 산 쪽으로 꺾여 그다지 깊지 않은 계곡 속으로 들어갔다. 물이 거의 말라버린 급류를 가끔 가로지르기도 했지만, 제법 돌 밑에서 작은 짐승이라도 숨어 있는 것처럼 조심스러운 소리를 내며 흐르는 시내도 있었다.

이 미개지는 마치 벌거벗고 있는 것처럼 보였다. 산허리는 키가 큰 풀들로 덮여 있었지만 찌는 듯한 계절 탓에 풀 빛깔이 노랬다. 가끔 산 속에 사는 사람을 만났다. 그들은 걸어가기도 했고, 종마를 탄 사람도 있고, 큰 개만한 나귀를 타기도 했다. 그들은 모두 총알을 장전한 총을 어깨에 메고 있었다. 녹이 슨 낡은 총이었지만, 그들 손에 들면 무거운 무기가 될 수 있었다.

섬 전체를 덮고 있는 향기를 뿜는 식물들 냄새가 오히려 공기를 혼탁하게 만들고 있는 듯했다. 길은 까마득히 높은 산에서 그 아래로 기다란 주름살처럼 흘러내렸으며, 그들은 그 중의 하나를 느리게 올라가고 있었다.

분홍색이나 푸른색을 띤 화강암 산봉우리가 펼쳐진 풍경은 신선이 사는 분위기를 자아내었다. 그리고 아래쪽 경사면에서는 거대한 밤나무의 숲이 초록빛 풀숲으로 보였다. 그만큼 이 지방은 대지의 기복이 엄청났다.

이따금 안내인이 가파른 곳을 손으로 가리키며 이름을 얘기해 주곤 하였다. 잔느와 줄리앙은 그곳을 찾아보았지만 아무것도 보이지 않았다. 그러다가 마침내 산꼭대기에서 떨어져내린 돌의 무더기와도 같은 잿빛의 물체가 눈에 띄었다. 그것은 마을이었다. 화강암으로 지어진 조그만 집들이 부락을 이루며 마치 새둥우리처럼 꼭대기에 매달려 있는 것이었다. 그것은 거의 사람들 눈에 띄지 않는 위치였다.

천천히 걸어가는 이 긴 여행이 잔느는 지루해졌다.

"좀 달려요." 하고 그녀는 말했다. 그러고는 달리기 시작했다. 잠시 후 남편이 곁에 오는 기색이 없어서 뒤돌아본 그녀는 웃음을 터뜨리지 않을 수가 없었다. 남편은 파랗게 질려서 말갈기를 꽉 거머쥐고는 뛰어오는 말 위에 이상한 모습으로 달라붙어 있었던 것이다. 남편의 잘생긴 용모나 '아름다운 기사'의 모습이, 도리어 그의 우스꽝스런 승마 솜씨나 두려움에 질린 얼굴을 우스워 보이게 하였다.

두 사람은 이제 속도를 늦추어 걷기 시작했다. 길은 산 허리를 망토처럼 뒤덮고 있는 끝없는 숲속으로 뻗쳐 있었다.

숲은 발도 디디어볼 수 없이 빽빽한 밀림이었다. 푸른 참나무, 노간주나무, 소귀나무, 유향나무, 알라테르느, 히이드, 월계수, 도금양, 회양목 등으로 이루어졌으며 이것들에 엉겨붙은 양치류, 인동덩굴, 시스트, 로즈마리, 라벤드, 산딸기 등 머리카락처럼 서로를 휘어감으며 산등성이를 빗어내릴 수도 풀 수도 없는 매듭처럼 뒤덮고 있었다.

두 사람은 시장기를 느꼈다. 안내인이 그들을 따라와서 아름다운 샘터로 안내했다. 그것은 벼랑이 있는 지방에서 흔히 볼 수 있는, 조그만 바위 틈에서 흘러나오는 얼음같이 차갑고 맑은 물이었다. 지나가던 사람이 가느다란 물줄기가 입에 닿도록 이끌어 놓은 밤나무 잎사귀 끝에서 흘러내리고 있었다.

잔느는 너무나 기뻐서 크게 소리 지르고 싶은 심정이었다.

그들은 다시 떠나, 사곤느 만을 빙 돌아 내려오기 시작했다.

저녁 무렵에는 카르제즈를 가로질렀다. 그곳은 옛날에 고국을 쫓겨난 그리스인들이 개척한 마을이었다. 늘씬한 허리에 긴 팔과 날씬한 몸매를 가진 우아하고 아름다운 처녀들이 떼를 지어 우물가에 모여 있었다. 줄리앙이 "안녕하십니까." 하고 큰 소리로 인사하자, 처녀들은 마치 노래하는 것 같은 목소리로 버리고 온 고국의 아름다운 언어로 대답하였다.

피아나에 이르렀을 때, 옛날에 하던 것처럼, 또 지금도 오지에서는 종종 그러하듯 낯선 집에 하룻밤의 잠자리를 청하지 않으면 안 되었다. 줄리앙이 노크한 어느 집의 문이 열리기를 기다리며 잔느는 기쁨에 몸을 떨었다. 오오! 이것이야말로 진짜 여행이다! 인적 드문 이런 곳에는 예기치 못할 일들이 있는 것이다!

마침 집주인도 젊은 부부였다. 그들은 마치 신께서 보낸 손님이라도 맞듯이 우리 일행을 반갑게 맞아들였다. 두 사람은 옥수수 짚단 위에서 잤다. 벌레들이 파먹고 있는 낡은 집이었다.

일행은 해가 뜰 무렵에 다시 길을 떠났다. 이윽고 숲에, 문자 그대로 진홍빛 화강암의 숲 앞에서 멈추었다. 뾰족한 것과 원기둥 모양, 작은 종탑들이 모두 오랜 세월의 풍화작용과 바다의 짙은 안개 따위에 의해 패이고 깎여서 기이한 모양들을 이루고 있었다. 높이가 3백 미터나 되는 것과 가느다랗고 둥근 것, 뒤틀린 것, 굽은 것, 기형적인 것 등의 기암들은 나무나 식물로, 짐승으로, 비석이나 인간으로, 법의를 입은 신부나 뿔돋힌 악마로, 또 거대한 새로도 보였다. 한 무리의 괴물 같기도 하고 또는 악몽에 나오는 짐승의 무리가 어떤 신의 원한에 의해서 화석으로 굳어버린 것 같이 보이기도 하였다.

잔느는 감동에 벅차서 말을 하지 못하고, 줄리앙의 손을 잡아 꼭 쥐었다. 비할 데 없는 자연의 아름다움 앞에서 사랑을 하고 싶은 욕구가 솟아올랐던 것이다.

그러한 혼란에서 빠져나왔을 때, 갑자기 그들은 빨간 피를 흘리는 것 같은 화강암 절벽에 둘러싸인 또다른 만을 보았다. 그 진홍빛 바위는 파란 물 속에 제 그림자를 만들었다.

그녀는 중얼거렸다. "아아, 줄리앙!" 다른 말을 할 수가 없었다. 감동에 젖어들어 목이 메었던 것이다. 그리고는 두 줄기 눈물이 눈에서 흘러내렸다. 줄리앙은 그런 아내를 보고는 어리둥절해 하며 물었다.

"여보, 왜 그래요?"

잔느는 볼의 눈물을 닦으며 미소짓고는 조금 떨리는 목소리로 말했다.

"아무것도 아녜요…… 신경 때문이에요…… 저도 몰라요…… 가슴이 벅차 올라요…… 너무나 행복해서 작은 일에도 흥분하게 되는군요."

줄리앙은 여자의 이러한 감정을 이해하지 못했다. 아무것도 아닌 일에 마음을 떨며, 기쁨이나 실망에 금세 미친 듯이 열광하고, 별로 놀랄 것 없는 일에도 정신을 잃을 듯 전율하는 여자의 마음을 도대체 이해할 수가 없었다.

아내의 눈물이 그에게는 우습게 생각되었다. 그는 험한 길에만 신경을 집중하며 말했다.

"그보다는 말이나 조심시키는 게 낫겠소."

그들은 거의 막혀 있는 길을 뚫고 만의 아래로 내려왔다. 거기서 오른쪽으로 꺾어 어두운 오타 계곡으로 기어올라가려 하였다. 그러나 그곳은 몹시 험난했다. 줄리앙이 제안했다.

"걸어서 올라가는 게 어떨까?"

그녀로서도 바라던 일이었다. 조금 전에 그런 감동을 받은 뒤에 남편과 단둘이 걷는다는데 다시 없는 황홀감을 느꼈다. 안내인이 나귀와 말을 끌고 앞서 가고 두 사람은 천천히 걸어갔다.

산은 꼭대기에서 밑바닥까지 두 쪽으로 갈라져 있었다. 산길은 갈라진 틈 안쪽으로 나 있었다. 거대한 두 벽 사이에 긴 골짜기의 밑바닥을 따라 계속되고 있는 것이다. 공기는 얼음같이 차갑고 화강암은 검게 보였다. 저 높은 곳에 조금 보이는 푸른 하늘은 밑에서 올려다보니 너무 놀라워 현기증을 일으키게 하였다.

갑작스런 소리에 잔느는 몸을 떨었다. 그녀는 눈을 들어 위를 보았다. 한 마리의 거대한 새가 벽 구멍에서 나와 날아갔다. 독수리였다. 활짝 펼친 두 날개는 우물 속 같은 골짜기의 양쪽 벽에 닿을 듯했다. 독수리는 푸른 하늘 높이 날아가 사라져버렸다.

좀더 안으로 들어가니까, 갈라진 산이 다시 둘로 갈라져 있었고 길은 험하게 굴곡을 이루며 두 골짜기 사이로 이어져 올라갔다. 몸이 가벼운 잔느는 정신없이 기어올라가며 발 밑의 돌멩이를 굴러내리며, 무서운 기색도 없이 절벽 밑을 내려다보기도 했다. 그러나 줄리앙은 숨을 약간 헐떡이며 현기증이 날까 두려워 땅만 내려다보며 아내의 뒤를 따라갔다.

그들은 갑자기 밝은 햇빛 속으로 나서게 되었다. 마치 지옥에서 빠져나온 것만 같았다. 두 사람은 목이 말랐다. 촉촉이 습기찬 데를 더듬어 바위들이 모여 있는 사이를 빠져나가자 작은 샘터가 있었다. 주위의 땅에는 양탄자 같은 이끼가 덮여 있었다. 목동들이 움푹 패인 통나무를 물길로 만들어 놓은 곳이었다. 잔느는 무릎을 꿇고 물을 마셨다. 줄리앙도 그대로 했다.

그녀가 그 신선한 물맛을 즐기고 있을 때 남편이 그녀 허리를 안고 홈통 끝의 아내 자리를 빼앗으려 하였다. 그녀는 자리를 내어주지 않았다. 두 사람의 입술은 서로 합쳐졌다, 부딪치고 밀어내었다. 싸움의 형세에 따라 그들은 번갈아 홈통의 끝을 입으로 물고는 놓지 않으려고 하였다. 실낱같이 흘러나오는 물줄기를 계속해서 잡았다 놓았다 하는 바람에 두 사람의 얼굴과 손, 옷 할 것 없이 온통 물에 젖었다. 진주 알맹이 같은 물방울이 두 사람의 머리카락 속에서 반짝거렸다. 키스가 물줄기를 따라 흘러가고 있었다.

잔느는 갑자기 사랑의 영감을 느꼈다. 그녀는 맑은 물을 입에 가득 머금고 양볼을 가죽주머니처럼 불룩이 해서는 입으로 물을 옮겨 주겠다는 뜻을 줄리앙에게 전했다.

줄리앙은 미소를 지으며 고개를 젖히고, 두 팔을 벌리고 목을 내밀었다. 그리고 이 육체의 샘물을 받아 마셨다. 그것은 불타는 욕망을 그의 창자에까지 부어넣어 주었다.

잔느는 처음 느껴보는 애정으로 남편에게 몸을 기대었다. 심장이 거세게 뛰고 가슴이 한껏 부풀어 올랐다. 눈물에 젖은 눈이 한없이 부드럽게 보였다. 그녀는 낮은 목소리로 속삭였다.

"줄리앙…… 사랑해요."

그러면서 이번엔 남편을 끌어당겨 위를 보고 눕고는 부끄러움으로 빨개진 얼굴을 두 손으로 가렸다. 줄리앙은 그녀를 정신없이 껴안았다. 그녀는 흥분된 기대감으로 숨을 헐떡이고 있었다. 갑자기 자신이 바라고 있던 벼락과도 같은 감각에 놀라서 그녀는 소리를 질렀다.

언덕의 꼭대기까지는 시간이 오래 걸렸다. 그만큼 그녀는 가슴이 뛰고 기진맥진해 있었다. 저녁 때가 다 되어서 간신히 에비자에, 안내원의 친척인 파울리 팔라브레티의 집에 도착했다.

파울리는 큰 키에 허리가 약간 구부러졌으며 마치 폐병환자와도 같이 우울한 얼굴을 하고 있었다. 그는 두 사람을 방

안으로 안내하였다. 거친 돌로 지은 초라한 방이었지만, 도대체가 우아함이라는 것은 전혀 모르는 이 지방에서는 그래도 아름다운 방이었다. 그는 자기네 말로, 즉 프랑스어와 이탈리아어가 섞인 코르시카 사투리로 두 사람을 만나 기쁘다고 애기했다. 그때 맑은 목소리가 그것을 가로막았다. 이윽고 갈색 머리에 커다란 검은 눈, 햇빛에 그을러 거무스름한 피부에 날씬한 허리의 자그마한 여자가 끊임없이 웃으며 뛰어나왔다. 그녀는 잔느에게 키스하고 줄리앙과 악수를 하며 되풀이하여 인사를 하였다.

"안녕하십니까, 부인. 안녕하십니까, 나리."

그녀는 한쪽 손으로 잔느의 모자와 숄을 받아 모두 처리하였다. 다른 팔은 붕대가 감겨져 있었기 때문이었다. 그리고 그녀는 남편을 향해서 "저녁 식사 때까지 손님들을 안내해 드리세요." 하고 말하며 모두들 밖으로 내보냈다.

팔라브레티는 아내의 말에 따라 신혼부부 사이에 끼어서 마을 구경을 시켜주고 다녔다. 그는 걸음걸이나 말하는 것을 힘들어 하는 것 같았다. 가끔 기침을 하면서 애기를 하는 것이었다.

"골짜기의 공기가 차가워요. 내 가슴까지 스며들지요."

그는 커다란 밤나무 밑의 한적한 오솔길로 그들을 안내했다. 그는 갑자기 걸음을 멈추더니 단조로운 목소리로 말했다.

"바로 여기예요. 내 사촌 장 리날디가 마티에 로리한테 살해당한 곳 말예요. 그때 나는 저기 있었고 장이 옆에 서 있었지요. 그런데 느닷없이 마티에가 열 걸음쯤 떨어진 곳에 나타나서 '장, 너는 알베르타스에는 가지 마라. 거기 가지 마. 네게 분명히 말해두지만 또 거기에 간다면 너를 살려두지 않겠다!' 하고 소리를 쳤어요. 나는 장의 팔을 잡고 '그놈 말을 들어라, 장. 그는 너를 죽이려 할 테니까!' 하고 말했지요. 그 이유라는 게 폴리나 사나쿠피라는 처녀 때문이었어요. 둘 다 그녀를 좋아했지요. 하지만 오히려 이렇게 말하는 거였어요. '마티에, 나는 가겠다. 너에게 복종할 수는 없다.' 하고 말예요. 그러자 마티에는 불쑥 총을 내밀더니 내가 총을 겨눌 사이도 없이 쏘아버렸지요. 장은 줄넘기를 하는 아이처럼 공중으로 펄쩍 뛰어올랐습니다. 그리곤 내 몸 위로 털썩 떨어졌고, 그 바람에 내 총은 떨어져, 저기 저 큰밤나무 아래로 굴러가버렸어요. 장은 입을 벌린 채 한 마디도 못하고 그대로 죽어버렸지요."

젊은 부부는 깜짝 놀라 끔찍한 범죄의 증인인 이 침착한 사내를 멍하니 바라보았다. 잔느가 물었다.

"그러면 그 살인범은요?"

파올리 팔라브레티는 오랫동안 기침을 하더니 말을 이었다.

"산으로 도망을 쳤지요. 그러나 이듬 해에 내 형이 찾아내어 죽여버렸답니다. 아시겠지만은 내 형 필리피 팔라브레티라는 산적입니다."

잔느는 몸서리를 쳤다.

"당신의 형이 산적이라고요?"

그 침착한 코르시카인의 눈에 잠시 자랑스러운 빛이 스쳤다.

"그렇습니다, 부인. 유명한 산적이었지요. 형은 6명의 헌병을 쓰러뜨렸어요. 엿새 동안이나 헌병을 상대로 싸우다가 나올로에서 포위를 당하여 굶어죽을 지경이 되자, 니콜로 모랄리와 서로 쏘아 죽었답니다."

그러고 나서 그는 허탈한 표정에 억양이 없는 말투로 "이곳은 그런 고장이랍니다." 하고 덧붙였다.

그들은 저녁 식사를 하러 돌아왔다. 자그마한 코르시카 여자는 두 사람을 마치 20년 전부터 아는 사이인 양 대접하는 것이었다.

그러나 한 가지의 불안감이 잔느를 괴롭혔다. 아까 샘터의 이끼 위에서 느꼈던 그 이상의 강렬한 관능의 쾌감을 줄리앙에게 안겼을 때 다시 느낄 수 있을까 하는 것이었다.

밤에 둘만 남게 되자, 남편의 키스를 받아도 먼지처럼 감각도 느끼지 못하는 것이 아닐까 하고 그녀는 두려워하였다. 그러나 이내 안심하게 되었다. 그날은 그녀의 최초의 진정한 사랑의 밤이었다.

이튿날 떠날 무렵에 잔느는 자기로서는 새로운 행복이 시작된 것처럼 생각되는 이 작은 오두막을 떠나기가 몹시도 섭섭했다.

잔느는 자그마한 주인 여자를 불렀다. 그리고 대단한 선물은 아니겠지만 돌아가면 파리에서 바로 기념품을 사서 보내 주겠다고 했다. 상대방이 자꾸만 사양을 하자, 그녀는 화까지 내었다. 그녀는 이 기념품에 거의 미신적인 의미를 부여하고 있었던 것이다.

젊은 코르시카 여인은 오랫동안 버티다가 마침내 승낙을 했다.

"그렇다면 조그만 권총 한 자루만 보내주세요. 아주 작은 것으로요."

잔느는 눈을 휘둥그렇게 떴다. 그녀는 달콤한 비밀이야기라도 하듯이 잔느의 귓가에 대고 낮은 목소리로 말했다.

"시동생을 죽이려고 그래요."

그러더니 생긋 웃으며 한쪽 팔에 감겨 있는 붕대를 풀고 하얗고 통통한 살을 보여 주었다. 예리한 칼에 찍힌 상처가 뒤쪽에까지 나 있었으나, 이젠 거의 아문 듯했다.

"만일 제가 그 녀석처럼 힘이 세지 않았다면 난 이미 죽었을 거예요. 남편은 결코 질투 따위는 하지 않아요. 나를 잘 알고 있으니까요. 그렇지만 아시다시피 병이 심하지 않아요? 그이의 피는 끓어오를 때가 없어요. 그러나 나는 행실이 올바른 여자예요, 부인. 그런데 시동생은 남들이 근거도 없이 떠드는 말을 그대로 믿고는 남편 대신에 질투를 하는 거예요. 틀림없이 또 무슨 일이 생길 거예요. 그런 때 조그만 권총이라도 있으면 안심이 되겠지요. 복수도 할 수 있을 거고요."

잔느는 꼭 권총을 보내주겠다고 약속하고, 이 새 친구에게 다정한 키스를 하였다. 그리고는 다시 여행을 계속했다.

남은 여정은 그녀로서 꿈같은, 끝없는 포옹과 애무의 도취였다. 그녀에게는 이미 아무것도 보이지 않았다. 그녀는 줄곧 줄리앙만 바라보았다.

그들은 어린애 같은 사랑의 게임에 빠져들었다. 별 의미없는 즐겁고 간단한 사랑의 말, 두 사람의 입술이 즐겁게 찾는 육체의 모든 굴곡과 구석구석마다에 사랑스런 이름을 붙여주는 일 따위였다.

잔느는 오른쪽으로 누워 자는 습관이 있어 왼쪽 유방이 드러나 있을 때가 있었다. 줄리앙은 그것을 알고 왼쪽 유방을 '외박 대장'이라 부르고 다른 쪽은 '연애 대장'이라고 했다. 그것은 오른쪽의 장밋빛 젖꼭지가 키스에 대해 더 민감한 반응을 보였기 때문이었다. 유방과 유방 사이의 깊숙한 길은 '어머니의 산책로'가 되었다. 줄리앙이 늘 그 길을 산책하였기 때문이다. 그리고 좀더 깊이 숨겨진 비밀의 길은 오타 계곡의 추억을 따라 '다마스커스에의 길'로 명명되었다.

바스티아에 돌아오자, 안내인에게 돈을 치러야 했다. 줄리앙은 주머니를 뒤져보고 돈이 모자라는 것을 알자, 잔느에게 이렇게 말했다.

"어머니가 주신 2천 프랑을 내게 맡겨 둬요. 내 주머니 속에 넣어두면 안전하지. 나 역시 큰 돈을 바꾸지 않아도 될테니 말이오."

그래서 잔느는 지갑을 남편에게 건네주었다.

그들은 리부르느로 가서 플로렌스와 제노바와 코르니쉬를 전부 구경했다.

북동풍이 부는 어느 날 아침에 두 사람은 다시 마르세이유로 돌아왔다.

레 푀플을 나온 지 두 달이 지난 10월 15일이었다.

저 멀리 노르망디에서 불어오는 듯한 싸늘한 바람이 몸에 스미자, 잔느는 애수를 느꼈다. 줄리앙은 얼마 전부터 전과 좀 달라진 듯, 피곤한 표정에 그녀에게조차 무관심한 것 같았다. 그래서 잔느는 왠지 두려워졌다.

태양이 빛나는 아름다운 지방을 떠날 결심이 서지 않아 잔느는 나흘이나 더 그곳에 머뭇거렸다. 그녀에게는 마치 행복의 여로는 모두 끝이 나버린 듯한 느낌이었다.

마침내 그들은 마르세이유를 떠났다. 파리에서 레 푀플에 살림을 차리는 데 필요한 모든 물건을 사야 했다. 잔느는 어머니가 주신 돈으로 여러 가지 훌륭한 물건들을 사가지고 돌아갈 생각에 매우 즐거워하고 있었다. 그녀가 사려고 한 맨 처음의 물건은, 에비자의 젊은 코르시카 여인에게 약속한 작은 권총이었다.

파리에 도착한 다음 날, 그녀는 줄리앙에게 말했다.

"여보, 물건들을 사야 하니 어머니가 주신 돈을 돌려주시겠어요?"

줄리앙은 불쾌한 얼굴로 아내를 돌아보았다.

"얼마나 필요하오?"

그녀는 놀라서 머뭇거리며 말했다.

"그건…… 얼마든지 좋아요."

남편이 말했다.

"백 프랑을 줄 테니 낭비하지 말아요."

잔느는 아연해져서 말도 이을 수가 없었다. 마침내 그녀는 주저하며 말했다.

"하지만…… 내가…… 당신에게 맡긴 것은…… ."

남편은 그녀의 말을 가로챘다.

"물론, 틀림없지. 하지만 당신 주머니에 있든 내 주머니에 있든 무슨 상관이오? 또 돈을 주지 않겠다는 게 아니고, 백 프랑은 주겠소."

잔느는 더 이상 말도 못하고 금화 다섯 닢을 받았다. 감히 더 달라고 할 수가 없었다. 그녀는 결국 권총 외엔 아무것도 사지 못했다.

1주일 후 두 사람은 레 푀플을 향해 귀로에 올랐다.

6

벽돌 기둥이 붙은 하얀 목책문 앞에 가족들과 하인들이 기다리고 있었다. 역마차가 멈췄다. 포옹은 오랜 시간이 걸렸다. 어머니는 울고 있었다. 잔느도 감동의 두 줄기 눈물을 닦았다. 아버지는 흥분한 듯한 가족들 주위를 서성이고 있었다.

하인들에 의해 짐들이 내려지고 있는 동안, 거실의 벽난로 앞에서는 여행담이 쏟아졌다. 수다스러울 만큼 많은 말들이 잔느의 입에서 흘러나왔다. 그리하여 반 시간쯤 후에는, 급히 지껄이느라 빼먹은 몇 가지의 사소한 일을 제외하고는 모든 것이 거의 다 보고되어 있었다.

그런 뒤, 잔느는 자기 방으로 짐을 풀러 갔다. 로잘리도 흥분해서 새신부를 도와주었다, 속옷들과 의상들과 화장도구가 각기의 제자리에 놓이고 모든 일이 끝나자, 하녀는 여주인의 방에서 나갔다. 잔느는 조금 피곤하여 걸터앉았다.

그녀는 이제 무엇을 할 것인가 하고 중얼거렸다. 마음을 써야 할 데와 손으로 할 일들을 이것저것 생각해 보았다. 거실에서 졸고 있을 어머니 곁으로 가고 싶지는 않았다. 그녀는 산책을 할까 생각했다. 그러나 밖은 너무나 삭막해서 창너머로 내다보기만 해도 마음이 우울해지는 듯하였다. 그 순간 그녀는, 결국 이제 자신에겐 아무것도 할 일이 없다는 것을 깨달았다. 영원히 없을 것이다. 수녀원에 있을 때엔 그녀는 미래에 마음을 빼앗겼고 공상하기에만도 바빴다. 그때는 희망의 끝없는 설레임이 그녀의 시간을 메꾸었었고, 그녀는 시간이 지나는 것도 느끼지 못할 정도였다. 그 뒤 그녀의 환상이 갇혀 있던 엄중한 벽에서 나서자마자 그녀의 사랑의 꿈이 이루어졌다. 불과 몇 주일 사이에 기대에 차서 기다리던 남자를 만났고, 그를 사랑하고, 그와 결혼하였다. 그러나 너무나 성급하게 결혼하였기 때문에, 그 남자는 그녀에게 아무것도 돌아보고 생각할 여유를 주지 않고 품안으로 휘감아 넣고 말았던 것이다.

그러나 이제 신혼의 달콤한 꿈이 일상적인 현실로 바뀌려 하고 있었다. 이 일상적인 현실은 앞날의 희망, 미지의 것에 대한 아름답고도 불안스런 기대에 대해 문을 닫아버리려 하고 있는 것이었다. 그렇다. 기다린다는 것은 이제 끝난 것이다.

이제 아무것도 할 일이 없는 것이다. 오늘도, 내일도, 영원히 없을 것이다. 그녀는 그 모든 것을 막연히 깨닫고 어떤 환멸과 함께 자기의 꿈이 무너져내리는 것을 느꼈다.

그녀는 일어서서 문 앞으로 다가가 차가운 유리에 이마를 대었다. 그리고 한참 동안 검은 구름이 흘러가는 하늘을 바라보다가 밖으로 나갈 결심을 하였다.

이것이 저 5월과 같은 들판, 같은 풀, 같은 나무들인가? 햇빛에 반짝이는 나뭇잎의 그 기쁨과 민들레가 타오르고, 양귀비가 붉게 피어나고, 데이지가 빛나고, 꿈에서 본 듯한 노랑나비가 눈에 띄지 않는 실 끝에 매달린 듯 하늘하늘 춤을 추던, 초록빛 잔디밭의 5월의 시는 어찌 되었나? 생명과 향기와 수많은 원자들이 넘치던 대기의 도취도 이젠 사라져버렸다.

가로수 길은 계속되는 가을비에 축축히 젖은 채 두꺼운 낙엽 양탄자로 덮여, 포플라가 여위어 떨고 있는 아래로 뻗어 있었다. 가냘픈 가지는 이제라도 곧 바람에 날려 떨어질 듯한 몇 장의 잎을 흔들고 있었다.

잔느는 숲으로 가보았다. 숲은 마치 죽어가는 환자의 방처럼 황량했다. 구불구불한 오솔길을 감추어주던 초록빛 장벽도 이제는 모두 사라져버렸다. 아름다운 레이스처럼 서로 얽혀 있던 작은 나무들은 이젠 서로의 앙상한 가지들만 부딪치고 있었다. 바람에 밀려나고 흩날리던 메마른 낙엽들이 수북이 쌓여 내는 소리는 임종 때의 괴로운 한숨과도 같았다.

아주 작은 새들이 차갑고 날카로운 소리를 내며, 비의 피난처를 찾아 이리저리 날아다니고 있었다.

바닷바람의 방풍목으로 늘어선 느릅나무 숲의 보호를 받아 보리수와 플라타너스는 아직도 여름철 옷차림을 그대로 하고 있었는데 하나는 빨간 비로도 망토를 걸치고 또 하나는 오렌지 빛 비단외투를 입고 있는 것 같았다. 첫 추위를 만난 나무들이 제각기 수액의 성질에 따라 이렇게 물이 든 것이다.

잔느는 쿠이야르네 농장을 따라서 어머니의 산책로를 느린 걸음으로 왔다갔다 하였다. 이제부터 시작되는 단조로운 생활이 앞으로 닥칠 권태의 예감과도 같이 무겁게 마음을 짓누르는 것이었다.

그녀는 줄리앙이 처음으로 그녀에게 사랑을 고백했던 비탈에 앉았다. 그녀는 아무것도 하지 않고 그저 막연한 우울을 떨쳐버리기 위해 누워서 자고 싶다고 생각했다.

그때 갑자기 돌풍에 휩쓸려 하늘을 가로지르는 듯 한 마리의 갈매기가 눈에 띄었다. 그러자 저 먼 코르시카의 음울한 오타 계곡에서 보았던 독수리가 생각났다. 그녀는 일말의 설레임을 느꼈다. 이젠 끝나 버린 즐거운 추억이었다. 그리고 그녀는 문득 빛나던 섬의 모습을 떠올렸다. 야생 식물의 향기, 오렌지와 세드라는 익히는 태양, 장미빛 봉우리의 숱한 산들, 푸른 항만과 급류가 내리쏟아지고 있는 계곡을 지닌 그 아름다운 섬.

그러자 자신을 둘러싸고 있는 축축하고 차가운 풍경이, 서글픈 낙엽과 바람에 이끌려 떠도는 회색 구름처럼 삭막하기 이를 데 없는 풍경이 슬퍼서 그녀는 울음을 터뜨리지 않으려고 뛰듯이 집으로 갔다.

어머니는 여전히 벽난로 앞에서 졸고 있었다. 그녀는 나날의 우울한 날씨에도 익숙해져서 아무것도 느끼지 못하는 것이다. 아버지와 줄리앙은 무슨 의논을 하기 위해서 산책을 나가 아직 돌아오지 않았다. 이윽고 넓은 거실에 무겁고 우울한 그림자를 펼치며 밤이 찾아왔다.

창 밖에는 저물어가는 한 해의 지저분한 자연과 거기까지도 흙투성이가 되어버린 듯한 잿빛 하늘을 희뿌옇게 남은 빛으로 겨우 분간할 수가 있었다.

이윽고 남작이 들어오고 이어서 줄리앙도 들어왔다. 어두운 방안에 들어서자마자 남작은 초인종을 누르며 소리질렀다.

"빨리빨리 등불을 가져와! 몹시 침침하구나."

그리고는 벽난로 앞에 앉았다. 젖은 두 발이 열을 받아 김을 내고, 열기로 인해 구두 밑창의 진흙이 말라 떨어지는 동안에 남작은 기쁜 듯 두 손을 비비면서 이렇게 말했다.

"틀림없이 서리가 내릴 것 같다. 북쪽 하늘이 트여 있고, 보름달이 뜰 터인데. 오늘 밤은 몹시 춥겠구나."

그리고는 딸 쪽을 돌아보며 물었다.

"애야, 이렇게 네 고향의 늙은이들한테 다시 돌아와서 기쁘냐?"

이 간단한 물음은 잔느의 마음을 뒤흔들어 놓았다. 그녀는 금세 눈물을 글썽이며 아버지의 품안에 뛰어들어 용서를 구하듯 신경질적으로 키스하였다.

그녀는 아무리 쾌활해지려고 노력해도 어찌할 수 없는 슬픔을 느꼈던 것이다. 그녀는 부모를 다시 만나면 얼마나 기뻘까 하고 기대했던 일을 생각해 보았다. 그러나 막상 부모를 만나고는 그녀의 애정을 얼어붙게 한 그 냉정함에 놀랐었다. 그것은 마치 아무리 사랑하는 사람을 항시 생각하고 있어도 먼 곳에 떨어져 날마다 만나는 습관을 잃게 되면 다시 만났을 때 공동생활의 관계가 이어지기까지 애정이 잠시 정체되는 것과 마찬가지였다.

저녁식사는 오래 계속되었다. 아무도 거의 입을 열지 않았다. 줄리앙은 아내의 존재를 잊어버린 것 같았다. 식사 후 거실에서, 잔느는 완전히 잠든 어머니의 맞은쪽에 앉아서 벽난로의 불을 쬐다가 졸고 있었다. 그런데 무언지 논쟁을 벌이고 있는 두 남자의 목소리에 정신이 들었다. 졸음을 쫓으려 애쓰면서, 그녀는 자기도 역시 아무것으로도 없앨 수 없는 습관의 우울한 늪으로 빠져드는 것이 아닌가 하고 자문해 보았다. 낮에는 그저 희미하게 타던 벽난로의 장작은 생기있고 밝게 타오르고 있었다. 불빛은 팔걸이 의자에 바랜 덮개 위에 그려진 여우와 황새 위에, 혹은 우울한 왜가리며 매미와 개미 위에 갑자기 그 환한 빛을 던지고 하였다.

남작이 미소를 띠우고 빨갛게 타오르는 난롯불에 손바닥을 펴 가까이 대며 말했다.

"아! 오늘 밤엔 잘 타는군. 서리가 내린다, 애들아, 서리가 내린다니까."

그리고는 잔느의 어깨 위에 손을 얹고 불을 가리키면서 말했다.

"얘야, 아가. 이것이 이 세상에서 제일 좋은 것이다. 벽난로 가가 말이야. 항상 난로 주위엔 모든 가족들이 모이지. 이보다 더 좋은 건 없단다. 그건 그렇고, 이제 그만 자야지? 너희들은 몹시 피곤할 텐데."

자기 방으로 돌아온 잔느는 혼잣소리로 중얼거렸다. 사랑하고 있다고 믿는 똑같은 장소에 돌아왔는데, 전과 오늘이 이토록 다를 수가 있단 말인가? 왜 이렇게 상처받은 듯한 생각이 드는 것일까? 왜 이 집, 친근한 고장, 지금까지 마음을 기쁘게 하던 모든 것들이 오늘은 이렇게 서글프게만 느껴지는 것일까?

문득 그녀의 시선은 시계 위에 가 닿았다. 조그만 꿀벌은 여전히 끊임없는 동작으로 재빠르게 꽃 위를 날고 있었다. 그때 잔느는 갑자기 진한 애정을 느꼈다. 자기를 위하여 시간을 알려주고, 살아 있는 가슴처럼 고동치며, 살아 있는 듯한 작은 기계 앞에서 눈물이 날 것 같은 감동을 느꼈다.

분명히 아까 아버지나 어머니와 포옹했을 때에도 이런 큰 감동은 느끼지 못했었다. 마음이란 것은 냉철한 이성으로는 가려낼 수 없는 신비를 지닌 것이었다.

결혼 후 처음으로 그녀는 혼자 침대에 누웠다. 줄리앙은 피곤하다며 다른 방으로 자러 갔다. 그리고 그들은 각자의 방을 가지기로 합의했었다.

그녀는 쉽게 잠들 수가 없었다. 혼자 자는 버릇을 잃어버려서 자기의 몸과 바싹 붙어서 자던 다른 몸이 없다는 것이 너무 이상했다. 또한 심술궂은 북풍이 계속해서 지붕을 휩쓰는 통에 더욱 마음이 혼란스러워지는 것이었다.

아침에 그녀는 침대를 핏빛으로 물들인 환한 햇빛에 잠을 깼다. 지평선이 온통 불타고 있는 것처럼 새빨간 빛이 서리 긴 창문을 통해 방 안에 흘러들었다. 잔느는 큼직한 화장복으로 몸을 감싸고 창으로 급히 다가가 창을 열었다.

얼음같이 차갑고도 상쾌한 바람이 방 안으로 달려들어와, 눈물이 날 것만 같은 예리한 차가움이 살을 에이었다. 이윽고 새빨갛게 빛나는 태양이 진홍빛 하늘 한복판에서 나무들을 굽어보며 나타나고 있었다. 대지는 하얀 서리로 뒤덮여, 농부들의 발 밑에서 메마른 소리를 내었다.

플라타너스와 보리수는 몰아치는 돌풍에 급속히 잎을 떨어뜨리고 있었다. 얼음같이 찬 바람이 지나칠 때마다 갑작스런 서리에 떨어져 내린 나뭇잎의 회오리바람이, 마치 새가 날 듯 날아다니고 있었다. 잔느는 옷을 입고 밖으로 나가 뭐든 해야겠다는 생각으로 소작인들의 집을 향해 걸어갔다.

마르탱네 가족들은 두 팔을 들고 환영했다. 그 부인은 잔느에게 키스를 하였다. 그리고 과일의 씨로 담근 술을 조그만 잔으로 한 잔 가득 주며 마시라고 거의 강요하다시피 했다. 잔느는 다른 한 농장에도 들렀다. 쿠이야르네도 대환영이었다. 부인은 그녀의 귀에 가벼운 키스를 해주었다. 거기에서도 술 한 잔을 마시지 않을 수가 없었다. 그리고 나서, 잔느는 아침 식사를 하러 집으로 돌아왔다.

그리고 이 날 하루도 전날과 마찬가지로 지나갔다. 축축한 대신에 추운 날씨였다. 또한 그 주일의 다른 날들도 이 두 날과 비슷했으며, 그 달의 모든 주일들도 첫 주일과 거의 똑같았다.

그러는 동안에 먼 나라를 그리워하는 마음은 차차 사그라들었다. 습관이 그녀의 생활에 마치 어떤 종류의 물이 물체 위에 남기는 석회질의 층 같은 체념의 층을 덮은 것이었다. 단지 나날의 사소한 일에 대한 흥미나 평범하고 간단한 규칙적인 일에 대한 주의 같은 것이 그녀의 마음에 다시 싹튼 것이다. 그녀의 가슴 속에는 어쩔 수 없는 우울과 삶에 대한 막연한 환멸이 자라고 있었다. 무엇을 해야 할지, 무엇을 기대하는 것인지, 그녀 자신도 알 수가 없었다. 세속적인 어떤 욕심도 없었다. 욕망에 대한 어떤 갈망도, 구하면 얻을 수 있을 쾌락에 대한 충동조차도 그녀의 마음을 사로잡지 못했다. 그 이상 또 뭐가 있을 것인가? 시간이 지남에 따라 색이 바래버린 거실의 낡은 팔걸이 의자처럼 모든 것이 그녀의 눈에는 조용히 퇴색되어 갔다. 모든 것이 사라지고 창백하게 우울한 색조를 띠었다.

줄리앙과의 관계도 완전히 달라졌다. 그는 자신의 역을 끝낸 배우가 본래의 자신으로 돌아가듯 신혼여행에서 돌아온 뒤로는 완전히 다른 사람 같았다. 아내에게 관심을 보이지도 않았고 말을 시키는 때도 거의 없었으며 사랑의 모든 흔적은 급격하게 사라져버렸다. 그가 밤에 아내의 방에 들어오는 일도 드물었다.

그는 재산과 가사의 관리를 맡아 하였으며 임대차 계약을 검토하고 소작인들을 귀찮게 들볶고, 모든 경비를 줄여갔다. 그리고 자신도 귀족이 농부 차림을 하고 있어서, 약혼 시절의 그 훌륭한 맵시와 우아함은 다시 볼 수 없게 되었다.

그는 결혼 전에 쓰던 옷장에서 발견한 구리 단추가 달린 낡은 비로도 사냥복을, 얼룩덜룩 더러운 것에도 신경쓰지 않고 입고 다니더니 다른 옷으로 갈아입으려 하지도 않았다. 그리고 이제 여자의 환심을 살 필요가 없는 남자의 무관심으로 면도조차 하지 않아, 마구 자라난 긴 턱수염이 믿을 수 없을 정도로 그를 추해 보이게 하였다. 손을 다듬지도 않고, 식사가 끝나면 항상 조그만 잔으로 너댓 잔의 코냑을 마셨다.

잔느가 몇 번 부드럽게 충고를 하자, 그는 '그냥 내버려 둬, 제발.' 하고 너무나 퉁명스럽게 말하는 바람에 그녀는 다시 말을 꺼낼 수조차 없었다.

잔느는 이런 변화에 대해 스스로도 놀랄 만큼 쉽게 체념하였다. 줄리앙은 이제 완전히 남 같았다. 그녀는 가끔 그 일에 대해 생각해 보았다. 그렇게 둘이 만나서 마음을 다 쏟아 사랑한 끝에 결혼한 두 사람이 갑자기 한 번도 함께 잔 적이 없는 남처럼 되다니 도대체 어찌 된 일일까 하고 거듭거듭 생각했다.

게다가 어떻게 되어서 남편의 무관심이 고통스럽지 않은 것일까? 이제 자신의 미래는 아무것도 없다는 것일까? 만약 줄리앙이 전처럼 아름답고, 자신을 가꾸고, 기품있고, 매력적이라면 자신은 덜 괴로웠을까?

새해가 되면, 신혼부부만 남기고 아버지와 어머니는 루앙의 집으로 돌아가 몇 달 지내기로 되어 있었다. 젊은 부부는 일생을 지낼 이 장소를 어서 익히고 습관을 들여 마음까지 정착할 수 있도록 이번 겨울에 레 푀플을 떠나지 않기로 결정했다. 그리고 그들은 이웃도 사귀었는데, 줄리앙은 그들에게 아내를 소개하겠다고 했다. 그들은 브리즈빌과 쿠틀리에, 푸르빌가의 사람들이었다.

그러나 신혼부부는 아직 방문을 시작할 수가 없었다. 마차의 문장을 새로 칠할 칠장이를 아직 구하지 못했기 때문이었다. 그 낡은 마차는 남작이 사위에게 물려준 것인데, 라마르가의 문장이 르페르튀 데 보가의 문장과 나란히 그려지지 않는 한, 줄리앙은 무슨 일이 있어도 그 마차를 타지 않겠다는 것이었다.

그런데 이 지방에는 문장을 전문으로 그리는 사람이 단 한 사람밖에 없었다. 그는 볼베크의 칠장이로 바타이유라는 이름을 가졌으며, 노르망디의 귀족들은 마차의 문마다에 귀중한 가문의 장식을 그려넣기 위해 차례로 그를 불러갔다.

마침내 12월의 어느 날, 아침 식사가 끝날 무렵에 한 남자가 목책을 지나 똑바로 걸어들어오는 것이 보였다. 그는 등에 상자 하나를 짊어지고 있었는데 그가 바로 바타이유였다.

그는 식당으로 안내받아 마치 어엿한 신사처럼 식사대접

을 받았다. 그의 전문성과 이 지방 귀족들과의 끊임없는 접촉, 문장과 신성한 글자며 표장 같은 것에 대한 깊은 지식이 그를 일종의 문장의 대가로 만들어 놓아서 어떤 귀족들도 그와 대등한 악수를 주고 받았다.

곧 연필과 종이를 가져오게 해서, 그가 식사를 하고 있는 동안 남작과 줄리앙은 넷으로 나눈 방패 모양의 문장을 그리기 시작했다. 이런 일이라면 완전히 흥분해 버리는 남작 부인은 이런저런 참견을 하며 자기 의견을 내세웠다. 잔느까지도 갑자기 신비스런 관심이 솟는 것 같아서 그 의논에 끼어 들었다.

바타이유도 식사를 하며 자기 의견을 말하고, 가끔 연필을 집어 그림을 그리면서 여러 예를 든다든가 이 지방 귀족들의 마차에 대해서 설명하였다. 그럴 때의 그는 자기의 정신과 목소리에까지도 일종의 귀족적인 분위기를 띠고 있는 것처럼 보였다.

그는 흰 머리칼이 드문드문한 자그마한 사내로, 손에는 도료투성이었고 몸에서는 휘발유 냄새를 풍겼다. 소문으로는 옛날엔 품행이 바르지 못했었지만, 귀족들의 집안으로부터 존경을 받고 있었기 때문에 벌써 오래 전에 그 오점을 지워 버렸다.

커피까지 다 마시고 나자, 그를 마찻간으로 안내하여 마차에 씌워두었던 밀랍 칠한 덮개를 벗겼다. 바타이유는 마차를 세심하게 살펴보고 나서 자기가 그릴 그림의 치수에 대해 신중히 애기했다. 그리고 나서 다시 새로운 의견을 주고 받은 뒤 그는 일을 시작했다.

날씨가 추운데도 남작 부인은 그가 일하는 것을 보기 위해 의자를 가져오게 했다. 그리고는 발이 시리다고 화로도 가져 오라고 분부했다. 그리고 나서 칠장이와 여유있게 이야기를 시작했다. 그녀는 자기가 아직 모르고 있는 결혼과 죽은 사람이나 새로운 탄생에 대해 칠장이에게 물었고, 그 새로운 정보에 의해서 자기의 기억 속에 있는 귀족 가계의 도표를 더욱 완전한 것으로 만드는 것이었다.

줄리앙은 옆에 앉아, 파이프를 피우며 바닥에 침을 뱉고 이야기에 귀를 기울이며 자기의 귀족 신분이 그림으로 되어 가는 것을 지켜보고 있었다.

잠시 후, 어깨에 삽을 메고 채소밭으로 가던 시몽 영감도 걸음을 멈추고 일하는 것을 들여다보았다. 그리고 바타이유 가 왔다는 소문은 두 농장에까지 퍼져 두 소작인의 아내들도 서둘러 구경하러 왔다. 그들은 남작 부인의 양쪽에 서서 바 타이유의 솜씨를 황홀한 듯 바라보며 되풀이 말했다.

"저렇게 잘 그리자면, 글쎄요, 보통 뛰어난 솜씨가 아녜요."

양쪽 문에 문장을 그리기 때문에 작업은 다음 날 11시경 에야 모두 끝났다. 금세 사람들이 모여들었다. 그리고 더 자 세히 보고 싶다고들 해서 마차를 아예 밖으로 끌어내었다.

완전하였다. 사람들은 모두 상자를 짊어지고 돌아가는 바 타이유를 칭찬했다. 남작과 남작 부인, 잔느와 줄리앙도 그

칠장이가 훌륭한 솜씨를 가진 사람이며 여러 사정만 괜찮았다면 틀림없이 예술가가 되어 있으리라는 데에 의견을 일치시켰다.

경제적인 생활을 위해서 줄리앙은 여러 가지 개혁을 추진하고 있었는데, 그것은 새로운 변화를 필요로 하였다.

이제 노인이 된 마부는 정원사가 되었다. 자작이 손수 마차를 부리기로 하고 마차의 말은 사료비를 절약하기 위해 팔아버렸다.

그리고 주인들이 내리는 동안에 말을 잡고 있을 사람이 필요해서 마리우스라는 소치던 아이를 하인으로 삼았다.

또한 마차에 맬 말을 얻기 위해서 줄리앙은 쿠이야르네와 마르탱네와의 임대차 계약서에, 두 소작인은 한 달에 하루씩 줄리앙이 정하는 날에 자기 말을 한 필씩 제공해야 한다는 특별 조항을 삽입하였다. 대신 가금을 바칠 의무가 면제되었다.

쿠이야르네는 누런 빛깔의 커다란 말을, 마르탱네서는 흰색의 긴 털을 가진 말을 끌고 왔다.

두 말은 나란히 마차에 묶여졌다. 마리우스는 시몽 영감이 입던 낡은 마부복에 푹 파묻혀 마차를 층계 앞으로 끌고 나왔다.

깨끗한 옷차림에 어깨를 젖힌 줄리앙은 어느 정도 옛날의 우아함을 되찾고 있었다. 그러나 긴 수염 때문에 아무래도 평민으로밖엔 보이지 않았다.

줄리앙은 말과 마차와 어린 마부를 살펴보고는, 이만하면

258

만족스럽다고 생각했다. 그에게는 다시 칠해진 마차의 문장만이 중요한 의미를 띠는 것이었다.

남편에게 기대어 방에서 나온 남작 부인은 간신히 마차에 올라앉았다. 등에는 쿠션을 대었다. 이어서 잔느가 나왔다. 그녀는 걸맞지 않은 두 마리의 말을 보고는 웃음을 터뜨렸다. 그러면서 흰 말이 누런 말의 손자 같다고 했다. 그러고는 마리우스를 보더니 이번에는 더욱 크게 터져나오는 웃음을 참지 못했다.

마리우스는 장식이 달린 모자 속에 얼굴이 온통 파묻혀, 눈은 뵈지도 않고 코까지 반쯤 가려져 있었다. 두 팔은 긴 소매 어딘가로 숨었고, 두 다리는 프록코트 자락에 감추어져 치마를 두른 것 같았으며, 그 아래로 커다란 단화를 신은 두 발이 삐죽 나와 있었다. 그래서 뭔가를 보려 할 때는 머리를 뒤로 한껏 젖혔고, 걸음을 걸을 때는 냇물이라도 건너듯 한 걸음마다 루플을 쳐들어올렸으며, 명령을 하면 커다란 옷 속에 파묻혀 마치 장님처럼 허우적거리는 것이었다. 잔느는 아무래도 참을 수가 없어 마구 웃어대었고 웃음은 그칠 줄을 몰랐다.

남작도 돌아서서 이 꼬마 마부를 바라보았다. 그리고는 그도 곧 큰 소리로 웃음을 터뜨렸다. 그는 더듬거리며 부인을 불렀다.

"저, 저, 저것, 좀 봐요, 마, 마 마리우스를! 우습지! 죽겠군! 아이고 우스워라!"

그러자 남작 부인도 문 밖으로 몸을 내밀고 마부의 모습을 보더니 온몸을 뒤흔들어대며 웃기 시작했다. 그 바람에 마차가 울퉁불퉁한 길을 마구 달릴 때처럼 용수철 위에서 춤을 추었다.

그러나 줄리앙은 얼굴이 창백해져서 말했다.

"무엇이 그렇게 우스워요! 정신이 모두 이상해진 것 같군요!"

잔느는 배가 아파 경련을 일으키는데도 그 웃음을 진정시킬 수가 없어서 현관 앞 돌층계 위에 주저앉았다. 남작도 그녀 옆에 앉았다. 마차 안에서는 경련을 일으킨 듯한 딸꾹질과 킬킬대는 웃음소리가 계속 들려왔다. 남작 부인이 숨이 막히도록 웃고 있다는 증거였다. 그러자 갑자기 마리우스의 프록코트가 들먹거리기 시작했다. 아마 그도 모두들 왜 그렇게 웃고 있는지를 깨달은 모양이었다. 그도 그 커다란 모자 안에서 큰 소리를 내어 웃고 있었던 것이다.

그러자 줄리앙은 화를 내며 마리우스에게 달려들어 그의 뺨을 한 대 갈겼다. 마리우스의 머리에서 커다란 모자가 벗겨져 잔디 위로 떨어졌다. 줄리앙은 장인을 돌아보고는, 노기 찬 목소리로 더듬거리며 말했다.

"장인께선 웃으실 일이 아니라고 생각하는데요. 장인께서 낭비만 하시지 않았더라면, 또 재산 관리를 잘 하셨더라면 이 모양이 되진 않았을 겁니다. 이처럼 형편없이 된 것이 도대체 누구 탓입니까?"

웃음소리는 얼어붙은 것처럼 일시에 그쳤다. 아무도 말을 하지 않았다. 잔느는 금방이라도 울음이 터질 것 같아 소리 없이 어머니 곁으로 올라가 앉았다. 남작은 너무 놀라서 입을 굳게 다물고 두 여자와 마주 앉았다. 줄리앙은 볼이 불어서 울고 있는 소년을 자기 옆으로 끌어올린 뒤 마부석에 앉았다.

가는 길은 쓸쓸하고 지루했다. 마차에 탄 사람들은 모두 입을 다물고 있었다. 세 사람 다 우울하고 어색해서 지금 마음에 품고 있는 일을 이야기할 엄두를 내지 못했다. 또한 다른 이야기를 할 기분도 아니었다. 그만큼 종전에 있었던 그 일은 세 사람의 마음을 아프게 하였던 것이다. 그들은 쓰라린 문제를 얘기하기보다는 차라리 아무말 없이 앉아 있는 것이 나았다.

두 마리의 말은 잘 맞지 않는 걸음으로 농장을 따라 달려갔다. 놀란 검은 암탉들이 울타리 속으로 달려가 몸을 숨겼다. 가끔 개가 짖으며 따라왔다. 그러다가 제 집으로 가면서도 털을 곤두세우고 돌아보며 마차를 향해 짖어댔다. 진흙투성이의 나막신을 신은 한 젊은이가 긴 다리를 질질 끌며 손을 주머니에 쿡 찌른 채 푸른 작업복의 등을 바람에 부풀리며 걷고 있다가, 마차에게 길을 비켜주었다. 그리고는 서투른 솜씨로 모자를 벗어 들었을 때 머리에 착 달라붙은 머리카락이 보였다.

농장과 다음 농장 사이에는 들판이 있었고, 멀리로 다른 농장들이 띄엄띄엄 보였다.

이윽고 마차는 커다란 전나무가 죽 심어져 있는 가로수 길로 들어섰다. 바퀴 자국으로 푹 패인 진창에 빠지며 마차가 크게 기울자 어머니가 비명을 질렀다. 가로수 길 끝에 흰 울타리 문이 닫혀 있었다. 마리우스가 뛰어내려가서 그것을 열었다. 마차는 둥글게 커브를 그린 길을 지나 넓은 잔디밭을 돌아서 덧문이 모두 닫혀 있는 지붕이 넓고 큰 우중충한 건물 앞에 섰다.

그러자 현관이 활짝 열렸다. 빨간 바탕에 검은색 줄무늬 조끼를 입고 앞치마를 입은 반신불수의 늙은 하인이 뒤뚱거리며 현관 층계를 내려왔다. 그는 방문객의 이름을 묻고는 그들을 넓은 거실로 안내하고, 항상 닫혀 있던 덧문을 겨우 열었다. 가구들은 모두 덮개를 씌워 놓았고 시계와 촛대는 하얀 천으로 싸놓았다. 곰팡내가 섞인 공기, 차갑고 축축한 고풍스런 공기가 허파와 가슴과 피부에 슬픔을 베이게 하는 것 같았다.

그들은 의자에 앉아서 기다렸다. 위층의 복도에서 혼란스러운 발소리가 들려왔다. 뜻밖의 사태에 당황하고 있다는 증거였다. 저택의 가족들이 모두 허둥지둥 옷을 갈아입고 있었다. 시간이 오래 걸렸다. 초인종이 여러번 울려졌다. 여러 발소리가 계단을 오르내렸다.

남작 부인은 몸에 스미는 한기에 계속해서 재채기를 했다. 줄리앙은 방 안을 서성거렸다. 잔느는 우울해져 어머니 옆에 가만히 앉아 있었다. 남작도 벽난로의 대리석에 등을 기댄 채 고개를 숙이고 있었다.

마침내 높다란 문 하나가 열리면서 브리즈빌 자작 부부가 나타났다. 둘 다 작은 키에 말랐으며, 껑충껑충 뛰는 것처럼 걷고 있었는데 나이를 짐작할 수가 없었다. 그들은 형식을 갖추어 인사를 주고 받았는데, 조금 당황한 것 같았다. 꽃무늬의 비단옷을 걸치고 리본이 달린 작은 모자를 쓴 부인은 날카로운 목소리로 재빨리 지껄였다.

남편은 몸에 꼭 끼는 화려한 프록코트를 입고 무릎을 굽히며 인사를 했다. 그의 코와 눈과 잇몸이 드러난 이는 마치 밀랍을 칠해 놓은 것 같았고 아름답고 고급스런 옷은 공들여 손질한 물건들처럼 윤이 나고 있었다.

환영의 첫 인사와 이웃으로서의 인사가 오가고 나자, 양쪽 다 더 할 말이 없었다. 그래서 별 의미도 없는 축하의 말을 서로 주고받았다. 그리고 양쪽 다 이런 훌륭한 교제를 오래 지속시키자고 말했다. 이처럼 1년 내내 시골에 있으면 이렇게 서로 만나는 것이 큰 위안이 된다는 것이었다. 거실의 꽁꽁 얼어붙은 공기가 뼛속까지 파고들어와 목소리까지도 쉬게 만들었다. 남작 부인은 재채기를 계속하더니 드디어 기침을 하기 시작했다. 그러자 남작이 이제 그만 가자는 눈짓을 했다. 브리즈빌 부부는 "아니, 오 벌써 일어나십니까? 조금만 더 있다 가십시오." 하고 일행을 만류하였다.

그러나 잔느는, 줄리앙이 이렇게 금방 가서야 되겠느냐고 말리는 눈짓도 못 본 체하고 일어섰다. 마차를 현관 앞에 갖다 대게 하기 위해서 초인종을 울렸으나 초인종이 울리지 않았다. 그러자 주인이 나갔다 돌아오더니 말은 마굿간에 매어져 있으니 잠시 기다리라고 하였다.

그들은 좀 기다려야 했다. 모두들 할 말과 적당한 문구를 찾기에 애를 썼다. 누군가 올 겨울엔 비가 자주 온다고 말했다. 가슴이 답답하고 불안한 잔느는, 두 분은 1년 내내 무슨 일로 시간을 보내느냐고 물어보았다. 그러나 브리즈빌 부부는 그런 질문을 받고 깜짝 놀랐다. 그들은 항상 바빴기 때문이었다. 그들은 프랑스 전국에 흩어져서 사는 귀족 친척들에게 쉴새없이 편지를 써 보냈고 날마다 마주 대하는 부부가 마치 남을 대하듯 격식을 차리기도 하고, 아무것도 아닌 일을 임금님이라도 된 듯 과대평가하여 처리하느라고 늘 시간에 쫓겼다.

모든 세간들을 덮개로 씌워놓고 있는, 사람이 살지 않는 듯한 넓은 거실의 검고 높은 천장 아래에 있는 이 자그마하고, 깨끗하고, 예절바른 부부가 잔느에게는 마치 귀족의 통조림같이 생각되었다.

마침내 짝이 맞지 않는 두 필의 말이 끄는 마차가 현관 앞에 대어졌다. 그러나 마리우스의 모습은 보이지 않았다. 아마 주인이 저녁 때까지 머무를 줄 알고 들판을 한바탕 돌고 오려고 나간 듯했다.

줄리앙은 화가 나서 마리우스에게 걸어서 돌아오라고 일

러달라고 부탁했다. 그리고는 진저리가 날 만큼 예의 바른 인사를 오래 오래 주고받은 뒤에 레 푀플로 향했다.

마차에 타자마자 잔느와 남작은, 아까 줄리앙이 보냈던 난폭함이 가슴을 짓누름에도 불구하고 브리즈빌 부부의 몸짓과 목소리를 흉내내며 웃기 시작했다. 남작은 남편의 흉내를 내고 잔느는 부인의 흉내를 냈다. 그러나 남작 부인은 마치 자기가 존경하는 귀족들이 모두 조롱을 당하는 것 같아 얼굴을 찌푸리고 두 사람에게 말했다.

"그렇게 남을 놀린다는 건 잘못이에요. 그들은 훌륭한 가문의 착실한 사람들이에요."

남작 부인을 거역하지 않으려고 두 사람은 입을 다물었으나, 아무래도 참을 수가 없어서, 부녀는 가끔씩 얼굴을 마주보며 다시 흉내를 내었다. 남작은 지나칠 정도로 격식을 차려 엄숙한 목소리로 말했다.

"부인, 레 푀플의 저택은 몹시 추우시겠습니다. 하루종일 저렇게 바다에서 세찬 바람이 불어오고 있으니 말이죠."

그러자 잔느가 새침한 얼굴에 목욕하는 오리가 물 밖으로 고개를 내민 듯 머리를 휘휘 내저으며 말했다.

"천만에요. 여기는 1년 내내 할 일이 많답니다. 우리는 편지를 보내야 할 친척들이 꽤 많거든요. 브리즈빌은 모든 일을 다 제게 미루지요. 그는 펠 신부님과 공동으로 노르망디의 종교사를 저술하고 있답니다."

이번에는 남작 부인도 미소지었다. 기분이 썩 좋진 않으면서도 부드러운 표정으로 '그렇게 비슷한 계층의 사람들을 조롱하는 게 아니에요.' 하고 말했다.

그때 갑자기 마차가 멈추었다. 줄리앙이 뒤를 돌아보며 누군가에게 소리를 질렀다. 잔느와 남작이 문 밖으로 몸을 내밀고 내다보니까, 마차를 향해서 구르듯이 뛰어오는 이상한 모습이 보였다. 그 커다란 마부복의 옷자락에 자꾸 다리가 걸리고, 앞으로 흘러내리는 모자는 눈을 내리덮고, 기다란 옷소매를 풍차의 날개처럼 휘휘 돌리며 큼직한 물구덩이를 정신없이 뛰어건너려다 흙탕물을 뒤집어쓰고, 길가의 돌에 채여서 비틀거리며 넘어졌다가 일어나고 하며 진흙투성이가 된 마리우스가 다리가 낼 수 있는 속력을 다하여 마차를 따라오고 있었다.

마리우스가 마차 옆에 다다르자, 줄리앙은 몸을 숙여 소년의 목덜미를 잡고 자기 옆자리로 끌어올렸다. 그리고 고삐를 놓은 다음 소년의 모자 위를 주먹으로 사정없이 때리기 시작했다. 북 같은 소리를 내며 모자는 소년의 어깨까지 내려왔다. 소년은 울부짖으며 달아나려고 마부석에서 뛰어내리려 했다. 그러나 주인은 한 손으로 그를 잡고 다른 손으로 여전히 때리는 것이었다.

잔느는 너무 놀라 더듬거렸다.

"아버지…… 아아! 아버지!"

남작 부인도 화가 나서 남편의 팔을 잡아 마구 흔들었다.

"여보, 자크, 저걸 좀 말리란 말예요!"

그러자 남작은 재빨리 앞유리창을 내리고 사위의 소매를 잡아 채더니 떨리는 목소리로 악을 썼다.

"그 애를 때리는 걸 그만두지 못하겠나?"

줄리앙은 당황한 듯 돌아보았다.

"이 녀석이 제 옷을 어떻게 해놓았는지 못 보셨습니까?"

그러나 남작은 두 사람 사이에 고개를 들이밀고 말했다.

"그게 그렇게 중요한가! 그런 식으로 사람을 부리는 게 아니야."

줄리앙은 또 화를 내었다.

"그냥 내버려 두십시오. 이것은 장인 어른과 상관 없는 일입니다."

그리고는 또 손을 치켜들었다. 장인이 그 손을 힘껏 잡아채었기 때문에 그의 손이 마부석의 판자에 부딪혔다. 그리고 장인은 격렬하게 화를 내며 외쳤다.

"그만두지 않으면 내가 내려가겠네. 아직 그럴 만한 힘은 있어!"

그러자 자작은 갑자기 아무 대꾸도 하지 않고 어깨를 으쓱하더니 말에 채찍질을 했다. 말은 엄청난 속도로 달리기 시작했다.

두 여인은 얼굴이 하얗게 질려 꼼짝도 못했다. 남작 부인의 심장이 무겁게 뛰는 소리만이 똑똑히 들려왔다.

저녁 식사 때 줄리앙은 여느 때보다 훨씬 상냥해져 있었다. 마치 아무 일도 없었던 것 같았다. 잔느와 남작 부부도 낮의 일은 금방 잊어버리고 줄리앙이 상냥해진 것에 안심하여 회복기의 병자처럼 행복감에 싸였다. 잔느가 다시 브리즈빌 부부의 이야기를 꺼내자, 이번에는 줄리앙도 함께 농담을 했다. 그러나 그는 이렇게 덧붙였다.

"어쨌든 그들의 태도는 매우 훌륭했어."

그런 뒤로, 다시는 이웃을 방문하지 않았다. 누구나 저 마리우스 사건이 되풀이될까 봐 두려웠던 것이다. 새해에는 이웃들에게 그저 연하장만 보내기로 하고, 방문하는 일은 돌아오는 봄에 하기로 결정했다. 크리스마스가 되었다. 잔느네는 신부와 읍장 부부를 만찬에 초대했다. 그것이 단조로운 나날의 침묵을 깨는 오직 한 가지 심심풀이였다.

아버지와 어머니는 1월 9일에 레 푀플을 떠나기로 되어 있었다. 잔느는 어떻게든 그들을 잡고자 했으나, 줄리앙은 응하지 않았다. 나날이 더해 가는 사위의 냉담함에 질린 남작은 루앙으로부터 역마차를 불렀다.

떠나기 전날 짐이 다 꾸려지자, 춥기는 하였으나 활짝 갠 날씨였기 때문에 잔느와 아버지는 이포르까지 가보기로 하였다. 코르시카에서 돌아온 후로는 한 번도 가본 적이 없었다.

두 사람은 결혼식날 잔느가 일생의 반려자가 될 사람과 몸과 마음이 하나가 된 듯한 기분으로 산보했던 그 숲을 가로질렀다. 그 숲에서 그녀는 첫 애무에 전율을 느끼며 처음으로 몸을 떨었었다. 그리고 그때 오타의 깊은 계곡 샘가에서 물과 키스를 함께 마시며 비로소 알게 된 저 관능적인 사랑

268

을 이미 예감했던 것이다. 이제는 나뭇잎도 없고 덩굴도 없었다. 오직 나뭇가지들이 스치는 소리와 겨울에 잡목림이 내는 메마른 소리뿐이었다.

두 사람은 작은 마을로 들어섰다. 조용히 가라앉은, 인적도 없는 길에는 바다 냄새와 해초 냄새만 떠돌고 있었다. 커다란 적갈색 그물은 전처럼 집 문 앞에 걸려 있거나 자갈밭에 펼쳐져 있었다. 회색의 차가운 바다는 영원히 그치지 않을 파도소리를 내며 밀려나갈 때마다 페캉을 향한 절벽 밑의 푸르스름한 바위를 드러내었다. 기슭에 옆으로 뉘어진 커다란 배들은 마치 죽어 있는 거대한 물고기들 같았다. 저녁이 되었다. 어부들이 무리를 지어 바닷가로 나오고 있었다. 그들은 긴 장화를 무겁게 끌며 목에는 털목도리를 두르고 한 손에는 1리터들이 브랜디 병을, 다른 한 손엔 배의 등불을 들고 있었다. 그들은 한참 동안 뉘어 있는 배 주위를 돌아다녔다. 그들은 노르망디 사람 특유의 느릿한 동작으로 그물과 낚싯대와 커다란 빵, 버터 단지, 술병과 술잔 같은 것을 배에 실었다. 그리고 나서 그들은 일으켜 세운 배를 바다 속으로 밀어넣었다. 배는 요란스러운 소리를 내며 자갈밭을 미끄러져 내려 흰 파도를 헤치고 들어가 물결 위에서 한동안 흔들리더니, 갈색 돛을 올리고 돛대 끝에 작은 등불을 달고는 어둠속으로 사라졌다.

몸집이 큰 어부의 아내들은 얇은 옷 위로 단단한 뼈대를 드러내며 마지막 어부가 떠날 때까지 서 있다가 졸고 있는 것 같은 마을로 들어갔다. 그녀들의 수다스런 목소리는 어두운 마을의 무거운 잠을 흔들어 깨웠다.

남작과 잔느는 꼼짝도 않고 어부들이 탄 배가 멀어져 가는 것을 보고 있었다. 그들은 굶지 않으려고 매일 저녁 목숨을 내걸고 바다로 나갔다. 그러나 여전히 고기를 사먹을 수 없을 정도로 가난했다.

남작은 바다 앞에서 흥분한 목소리로 중얼거렸다.

"바다는 참으로 무섭고도 아름답다. 어둠이 온통 내리덮인 바다, 많은 사람들이 생명에 위험을 느끼는 바다, 하지만 이 얼마나 아름다운가! 그렇지 않니, 자네트?"

잔느는 냉랭한 미소를 지으며 대답했다.

"하지만 지중해보다는 못해요."

그러자 아버지는 분한 듯이 말했다.

"지중해라니! 그건 기름이나 설탕물 같은 거야. 아무리 해봤자, 잿물 넣은 빨래통 속의 푸른 물이지. 자, 좀 봐라! 저 흰 파도가 얼마나 놀라운가를! 그리고 상상해 봐라. 바다로 나간 어부들 말이야. 이젠 보이지도 않잖니."

잔느는 한숨을 쉬면서 동의하였다.

"그렇군요, 아버지 말씀대로예요."

그녀는 우연히 자기 입에서 튀어나온 '지중해'라는 말이 다시 가슴을 찌르는 것을 느끼며 모든 생각은 꿈이 묻혀 있는 저 먼 곳으로 달려가는 것이었다.

그런 뒤, 아버지와 딸은 숲이 아닌 큰 길로 나와 천천히 언덕을 올라갔다. 이별의 시간이 가까워지는 슬픔에 부녀는 아무 말도 하지 않았다.

농장의 도랑을 따라 가노라니까 때때로 짓이겨진 사과 냄새가 풍겨왔다. 이 계절이면 노르망디 어디서나 맡을 수 있는 싱싱한 사과술의 냄새였다. 또 외양간의 텁텁한 냄새, 가축들의 배설물에서 나는 따뜻하고도 정겨운 냄새가 코를 찔렀다. 불빛이 흘러나오는 조그만 창문 너머 사람이 살고 있음을 말해 주고 있었다.

잔느는 문득 자기의 영혼이 무한히 커져서 눈에 보이지 않는 것까지도 알 수 있을 것만 같았다. 그리고 들판 이곳저곳에서 비치는 작은 불빛들이 갑자기 그녀에게 견딜 수 없는 고독감을 주었다. 사랑하는 사람들로부터 갈라져 헤어지고 멀리 떨어져 있는 사람이라면 누구나 맛볼 수 있는 그 참담한 고독감.

잔느는 마침내 체념한 듯한 목소리로 말했다.

"인생이란 항상 즐겁기만 한 것도 아니군요."

남작은 한숨을 내쉬었다.

"애야, 할 수 없는 일이란다. 우리 힘으로는 어떻게 할 수가 없단다."

다음 날 아버지와 어머니는 떠났다. 잔느와 줄리앙만 집에 남았다.

7

얼마 후 젊은 부부의 생활에 카드놀이가 끼어들었다. 날마다 점심식사가 끝나면 줄리앙은 파이프를 입에 물고 일고여덟 잔의 코냑을 조금씩 마셔가며 아내를 상대로 여러 가지 트럼프놀이를 했다. 그러고 나면 잔느는 자기 방으로 가 창가에 앉아, 비가 유리창을 두드리고 바람에 흔들리는 것을 바라보며 열심히 속옷에다 수를 놓았다. 가끔씩 피로한 눈과 고개를 들어 멀리 파도치는 바다를 바라보았다. 얼마 동안 그렇게 멍하니 바라보다가 또 수놓는 일을 열심히 하였다.

잔느에겐 그 이외에 할 일이라곤 아무것도 없었다. 줄리앙이 권위에의 욕망과 검소한 생활로 이끈다는 원칙을 내세워 가사를 모두 혼자서 처리해 나갔기 때문이었다. 그는 잔인할 만큼 인색하게 규정된 급료 외에 하인에게 팁을 주는 법도 없고 식량조차 겨우 필요한 양만큼으로 통제해 버렸다. 잔느는 레 푀플에 온 이후로는 아침마다 빵집에 노르망디식의 조그만 빵과자인 걀레뜨를 주문해다 먹었는데, 줄리앙은 그것은 중단시키고 보통 구운 빵을 먹도록 강요했다.

잔느는 설명이나 토론이나 논쟁이 싫어서 아무런 이의도 제기하지 않았으나, 남편의 새로운 탐욕성이 보일 적마다 마치 바늘로 찔리는 듯한 고통을 맛보았다. 돈에 대해 그리 중요한 비중을 두지 않는 집에서 성장한 그녀로서는 남편의 그런 행동은 비열하고 구역질나는 일로 생각되었다. 그녀는 '돈이란 쓰기 위해서 만들어진 거란다.'라고 하던 어머니의 말을 얼마나 자주 들어왔던가!

그런데 이제 줄리앙으로부터 '당신은 아직도 돈을 창 밖으로 뿌리는 못된 버릇을 고치지 못하고 있소?'라는 말을 되풀이하여 듣게 되었다. 그리고 하인들의 급료나 무슨 계산서에다 단 몇 수우라도 깎게 되면 미소를 짓고 돈을 주머니에 얼른 집어넣으며 말하는 것이었다.

"작은 시냇물이 합쳐져서 큰 강이 되는 거라고."

잔느는 이따금씩 다시 공상에 빠져드는 때가 있었다. 그녀는 어느 사이엔가 일손을 멈추어 두 팔을 아래로 늘어뜨리고는 초점 잃은 눈으로 멍하니 밖을 내다보며 아름다운 모험세계였던 처녀시절 자기의 소설 속으로 다시 한 번 들어서곤 하였다. 그러다가 갑자기 시몽 영감에게 뭔가를 설명하는 줄리앙의 목소리가 들리면, 퍼뜩 현실로 돌아오는 것이었다. 그러면 그녀는 다시 하던 일감을 집어들면서 중얼거렸다.

'이제 모두 끝난 일이야.' 그러면 눈물이 한 방울 바느질하고 있는 손가락 위에 똑 떨어지는 것이었다.

로잘리 역시 전에는 그리도 쾌활하고 항상 노래를 그치지 않았으나 요즘은 많이 달라져 있었다. 통통하던 양 볼은 혈색 하나 없이 거의 움푹 들어갔으며 어떤 땐 흙칠이라도 한 것처럼 피부색이 안 좋았다.

잔느는 가끔씩 물었다.

"너 어디 아프니, 로잘리?"

하녀는 언제나 같은 대답을 하였다.

"아니에요, 아씨."

그리고는 잠시 희미하게 볼을 붉히다가 도망치듯 가버리는 것이었다. 또 전처럼 뜀박질하듯 경쾌하게 걸어다니지 않고 볼 때마다 피곤한 듯 발을 끌고 다녔다. 몸치장에도 아무 관심을 보이지 않았다. 행상인들이 비단 리본이며 코르셋, 여러 가지 향수병 따위를 펼쳐보여도 사려고 하지 않았다.

커다란 저택은 마치 빈 집 같았다. 항상 우울한 공기가 감돌고 벽에는 빗물이 잿빛 얼룩을 만들어 놓았다.

1월도 다 지날 무렵에 눈이 내렸다. 북쪽의 어두운 바다 위로부터 커다란 구름이 몰려왔다. 그러더니 하얀 눈송이가 내리기 시작했다. 아침에 보니 하룻밤 사이에 들판은 온통 하얗게 뒤덮였고 나무들은 마치 얼음 거품에 휘감긴 듯한 모습이었다.

줄리앙은 기다란 장화를 신고 사냥꾼 같은 모습으로 관목

숲의 도랑 가에 숨어 철새를 노리며 시간을 보내고 있었다. 가끔 총소리가 얼어붙은 들판의 차가운 침묵을 흐트러뜨렸다. 그러면 놀란 까마귀떼들이 커다란 나무를 빙빙 돌면서 날아오르곤 했다.

잔느는 권태를 못 이겨 가끔씩 현관 앞 층계에까지 내려갔다. 저 멀리서 살아 있는 생활의 소리가 들려오는 것 같았다. 그것은 창백하고 우울한 눈 덮인 세계의 잠든 것 같은 적막을 조금씩 깨뜨리기도 하였다.

그와 함께 코고는 소리 같은 파도소리와 쉼없이 내려 쌓이는 눈송이의 흐릿한 소리 외엔 아무것도 들리지 않았다. 눈송이는 계속 떨어져 들에 두껍게 쌓여갔다.

이런 창백한 계절의 어느 날 아침에 잔느는 자기 방의 벽난로 옆에서 꼼짝도 않고 발을 쬐고 있었다. 그동안 나날이 모습이 달라져가던 로잘리는 오늘도 느릿한 몸짓으로 침대 시트를 정리하고 있었다. 그때 갑자기 잔느는 등 뒤에서 괴로운 듯한 숨소리를 들었다. 잔느는 쳐다보지도 않고 물었다.

"왜 그러니?"

하녀는 언제나처럼 대답을 하였다.

"아무것도 아녜요, 아씨."

그러나 그 목소리는 점점 꺼져들어가는 듯했다.

잔느는 이미 다른 것을 생각하고 있었으나, 갑자기 하녀가 움직이는 기척이 없는 것을 깨달았다.

"로잘리!" 하고 불렀으나 아무 대답도 없었다. 그녀가 소

리도 없이 살짝 나갔으리라는 생각에 잔느는 더 큰 소리로
불렀다.

"로잘리!"

그리고 초인종을 울리려고 팔을 뻗는 순간, 바로 자기 옆
에서 고통스러운 신음소리가 났기 때문에 잔느는 깜짝 놀라
벌떡 일어섰다.

하녀는 얼굴이 하얗게 질려서 핏발 선 눈을 부릅뜨고, 침
대 다리에 등을 기댄 채 두 다리를 쭉 뻗고 주저앉아 있었다.

잔느는 그녀 곁으로 달려갔다.

"왜 그러니? 왜 그러니?"

로잘리는 한 마디도 못하고 꼼짝도 하지 않았다. 그저 광
기어린 시선으로 물끄러미 여주인을 바라보았다. 엄청난 고
통으로 몸이 찢겨나가기라도 하는 듯 가쁘게 숨을 헐떡이더
니, 갑자기 온몸에 있는 대로 힘을 주고는 이를 악물고 비명
을 삼키더니 뒤로 벌렁 넘어졌다.

그때 벌린 가랑이 사이의 착 달라붙은 옷 속에서 무언가
움직이는 게 보였다. 그러더니 거기에서도 물이 찰랑거리는
소리 같기도 하고, 목을 죄는 괴로운 숨소리 같기도 한 이상
스런 소리가 났다. 그리고는 그 소리가 고양이의 긴 울음소
리 같은, 연약하고 고통스러운 소리로 바뀌어 들려왔다. 세
상에 갓 태어난 어린아이의 첫 울음소리였다.

잔느는 순간 모든 것을 알아차렸다. 그러자 갑자기 머리가
혼란해져서 그녀는 층계로 달려가며 외쳤다.

"줄리앙! 줄리앙!"

줄리앙이 아래층에서 대답했다.

"왜 그래?"

잔느는 가까스로 말을 이었다.

"저…… 저…… 로잘리가……."

줄리앙은 계단을 두 단씩 뛰어서 올라와 방 안으로 들어오더니, 재빨리 하녀의 옷을 걷어냈다. 거기엔 주름투성이의 추악한 작은 살덩이가 있었다. 가냘픈 소리로 울며 꼼지락거리는 끈적끈적한 살덩어리였다.

줄리앙은 불쾌한 얼굴로 일어서더니, 정신나간 듯 멍하니 서있는 아내를 밖으로 밀어내며 말했다.

"당신은 참견할 것 없어. 자, 가서 뤼디비느와 시몽 영감을 이리 보내줘."

잔느는 온몸을 떨면서 부엌으로 갔다. 그리고 다시 2층에 올라갈 용기가 없어 부모님이 떠난 후로 한 번도 불을 지피지 않았던 거실로 들어가 불안에 떨며 소식을 기다리고 있었다.

곧 밖으로 뛰어나가는 하인의 모습이 보였다. 5분쯤 뒤에 하인은 이 고장의 산파인 당튀 과부를 앞세우고 돌아왔다.

그리고 층계 쪽에서 마치 부상자를 실어나르는 것 같은 큰 소동이 벌어졌다. 잠시 후 줄리앙이 와서 이제 방으로 돌아가도 괜찮다고 말했다.

잔느는 마치 불길한 사건 현장이라도 목격한 사람처럼 몸을 떨었다. 그녀는 다시 불 앞에 앉아서 남편에게 물었다.

"그 애는 어때요?"

줄리앙은 깊은 생각에 잠긴 것처럼 신경질적으로 방 안을 서성거리고 있었다. 몹시 화가 나 있는 것 같았다. 그는 대답을 하지 않더니, 몇 초 후에 발을 멈추고는 잔느에게 물었다.

"당신은 저 계집애를 어떻게 할 생각이오?"

잔느는 무슨 뜻인지 얼른 이해하지 못하고 남편의 얼굴을 바라보며 물었다.

"뭐라고요? 무슨 말이에요? 나, 잘 모르겠군요."

그러자 그는 갑자기 화가 치밀어오르는 듯 외쳤다.

"어쨌든 사생아를 우리 집 안에 둘 수는 없지 않소!"

그 말에 잔느는 당황하여 대답을 못 하다가 한참 뒤에 말했다.

"하지만 여보, 그 애를 어디 유모에게라도 맡기면 되잖아요?"

줄리앙은 아내의 말을 가로챘다.

"그럼 누가 그 비용을 댈 거지? 물론 당신이 댈 작정이겠지?"

잔느는 또 오랫동안 생각에 잠겼다. 그리고는 마침내 이렇게 말했다.

"그것은 그 아이의 아버지가 맡겠지요. 그리고 그가 로잘리와 결혼하면 별다른 문제는 없겠군요."

줄리앙은 더 이상 참을 수가 없다는 듯 격분해서 말했다.

"아버지! 아버지라니…… 당신은 그게 누군지 아오? 그

애 아버지를…… 물론 모를 테지? 그렇다면 어떻게 하지?"

잔느도 흥분해서 목소리가 커졌다.

"하지만 그 남자도 로잘리를 저렇게 버리진 않을 거예요. 만일 그렇다면 그는 비열한 인간이죠! 이름을 물어보고 가서 만나 봐야 해요. 그러면 어떤 얘기든 하겠지요."

줄리앙은 어느새 침착해져서 다시 방 안을 돌아다니기 시작했다.

"여보, 그 애는 말하지 않을 거요. 그 사내를 말이오. 나한테도 말을 하지 않았는데, 당신한테 하겠소? 그리고 또 그 남자가 로잘리와 결혼하기 싫다고 하면…… 그렇다고 우리가 아비 없는 자식과 그 애미를 거두어줄 수는 없단 말이오. 알아 듣겠소?"

그러나 잔느는 끈질기게 설득하려 했다.

"그렇다면 그는 비굴한 인간이죠. 무슨 일이 있어도 그게 누군지 알아야 해요. 그리고 우리가 그 사람과 문제를 상의해야 해요."

그러자 줄리앙은 얼굴이 새빨개져서 더욱 짜증을 내기 시작했다.

"그러나…… 그 동안은?"

잔느는 어떻게 하면 좋을지 몰라 그에게 되물었다.

"당신 생각은 어때요?"

줄리앙은 기다렸다는 듯이 자신의 의견을 내놓았다.

"아! 내 생각은 퍽 간단하지. 돈을 얼마 주어서 애와 함께 내보내는 거야."

그러나 젊은 아내는 화를 내며 반대하였다.

"그것은 절대 안 돼요. 로잘리는 내 형제예요. 우리는 함께 자랐어요. 그 애가 잘못을 저지르긴 했지만, 그렇다고 그 애를 쫓아낼 수는 없어요. 어떻게 해도 안 된다면 그 아일 내가 기르겠어요."

그 말에 줄리앙은 고함을 쳤다.

"그렇게 되면 우린 좋은 평판을 얻게 되겠군. 훌륭한 가문의 우리가 말이야! 우리가 불의를 감싸 주고 행실 나쁜 계집아이를 숨겨줬다고 수군대겠지? 그리고 명예를 중히 여기는 사람들은 우리 집에 발을 들여놓지 않으려 할 것 아닌가? 도대체 어떻게 그런 생각을 하지? 당신은 지금 제정신이 아냐."

잔느는 침착하게 대꾸했다.

"나는 절대로 로잘리를 쫓아내지 않겠어요. 만약 당신이 집에 두지 않겠다면 어머니께 보낼 거예요. 그러니 무슨 일이 있어도 우리는 아기 아버지 이름을 밝혀내야 해요."

그러자 줄리앙은 분노에 어쩔 줄 모르고 문을 소리나게 닫고 나가며 소리쳤다.

"계집들이란 참 멍청하단 말이야. 바보 같은 생각들만 하고 있다니까!"

잔느는 오후에 산모의 방으로 올라갔다. 로잘리는 당튀 과부의 보살핌을 받으면서 눈을 뜬 채로 침대에 꼼짝 않고 누워 있었다. 과부는 그 옆에서 아기를 팔에 안고 흔들어 주고 있었다.

여주인의 모습을 보자, 로잘리는 담요로 얼굴을 가리고 절망적으로 몸부림치며 흐느껴 울기 시작했다. 잔느는 포옹을 해주고 싶었으나, 로잘리는 저항을 하며 얼굴을 가렸다. 산파가 사이에 끼어서 얼굴을 보이게 했다. 그러자 로잘리는 저항을 그쳤다. 계속 울고는 있지만 조용한 흐느낌이었다.

벽난로의 불이 희미하여 방 안은 몹시 추웠다. 갓난아기는 쉬지 않고 울어대었다. 로잘리가 또 미친 듯 울어댈 것이 두려워 잔느는 아기에 대해서 이야기를 할 수가 없었다. 잔느는 하녀의 손을 잡고 기계적인 목소리로 반복했다.

"아무 일도 아니야, 아무 일도 아니라고."

가엾은 하녀는 산파의 눈치를 힐끔대기도 하고 아기의 울음소리에 전율하기도 했다. 억제하던 울음이 이따금 목을 죄이는 듯한 소리로 새어나왔다. 눈물 삼키는 소리가 목구멍 안에서 가끔씩 울리고 있었다.

잔느는 다시 한 번 로잘리를 포옹하고 나직한 목소리로 귓가에다 속삭였다.

"아기는 우리가 잘 돌봐줄 테니까 걱정하지 마."

그러자 하녀의 눈에 눈물이 차올랐기 때문에 잔느는 재빨리 그 곳에서 나왔다.

잔느는 매일 하녀를 보러 갔다. 로잘리는 여주인의 모습을 볼 때마다 울음을 터뜨렸다.

아기는 이웃의 유모에게 맡겨졌다. 그동안 줄리앙은 아내와 거의 얘기를 하지 않았다. 하녀를 내쫓는데 반대했다는 이유로 아내에게 큰 분노를 느끼고 있는 것 같았다.

어느 날, 줄리앙은 다시 그 문제를 거론하였다. 그러자 잔느는 남작 부인으로부터 온 편지를 꺼냈다. 로잘리를 레 푀플에 그대로 둘 수 없으면 곧 자기한테 보내라고 씌어 있었다. 줄리앙은 화가 나서 소리를 질렀다.

"당신처럼 당신의 어머니도 돌았어."

그러나 그는 더 이상 고집하지는 않았다.

보름이 지나자, 산모는 다시 일어나서 일을 시작하였다. 어느 날 아침에 잔느는 로잘리를 불러들여 앞에 앉히고 두 손을 잡은 채 뚫어질 듯 쳐다보며 말했다.

"자, 로잘리. 내게 모든 걸 다 털어놓아라."

로잘리는 온몸을 떨기 시작했다. 그리고는 중얼거렸다.

"무엇을 말씀예요, 아씨?"

"누구의 아이지? 그 아기 말이다."

그러자 하녀는 다시 엄청난 절망 상태에 빠져서 얼굴을 가리기 위해 두 손을 빼내려고 버둥거렸다.

그러나 잔느는 로잘리를 포용해 주고 위로했다.

"매우 불쌍한 일이긴 하지만 이제 어떻게 하겠니? 네 마음이 약했던 거야. 그리고 누구에게든 닥칠 수 있는 일이야. 만일 아기의 아버지가 너와 결혼한다면, 아무도 흉보지 않을 게다. 그리고 그 사람은 너와 함께 우리 집의 일을 돌보라고 하면 되잖겠니?"

로잘리는 마치 고문이라도 당하는 것처럼 신음하며 때때로 도망치려고 몸부림을 쳤다.

잔느는 다시 말을 계속했다.

"네가 부끄러워하는 건 나도 잘 알아. 하지만 내가 화를 내고 있는 게 아니잖니? 이렇게 조용히 얘기하고 있잖아? 내가 그 남자의 이름을 묻는 건 결국 너를 위해서야. 네가 슬퍼하고 있는 것을 보니, 그 사내가 너를 버리려는 것을 알 수 있어. 나는 결코 가만두지 않겠어. 틀림없이 줄리앙이 그 사내를 만나서 잘 얘기를 하여 네가 그 남자와 결혼할 수 있게 할거야. 그리고 너희들 두 사람을 다 고용하여, 억지로라도 그 남자가 너를 행복하게 해주도록 노력할 거야."

로잘리는 갑자기 몸부림을 쳐서 여주인의 손을 거칠게 뿌리치고는 미친 사람처럼 방에서 뛰쳐나갔다.

그날 저녁에 식사를 하면서, 잔느는 줄리앙에게 말했다.

"로잘리에게 유혹한 남자의 이름을 고백시키려고 했지만 실패했어요. 그러니 당신이 한 번 물어보세요. 어쨌든 그 비겁자와 로잘리를 결혼시켜야 하지 않겠어요?"

그 말에 줄리앙은 파르르 화를 냈다.

"아! 이것 봐요. 난 이제 그런 얘기는 듣고 싶지 않아. 당신이 저 계집아이를 두어 두고 싶어 했으니 마음대로 해. 그러나 그 문제로 내 신경을 건드리진 말아."

로잘리의 해산 이후로 줄리앙은 왠지 전보다 더 짜증을 잘 내는 것 같았다. 그리고 그는 마치 언제나 화가 나 있는 사람처럼 아내에게 말을 할 때는 큰 소리를 치는 것이 습관으로 되어버렸다. 그와 반대로 잔느는 말다툼을 피하기 위해 목소리를 낮추고 부드럽게 타협적인 태도로 대했다. 그리고는 빈번히 밤에 혼자 눈물을 흘리는 것이었다.

짜증을 내면서도 남편은 신혼여행에서 돌아온 후 거의 잊고 있었던 사랑의 습관을 다시 찾게 되었다. 사흘 밤을 내리 아내의 방에 들어오지 않고 넘기는 일은 드물었다.

로잘리는 얼마 되지 않아 몸을 완전히 회복했다. 무엇인가 알 수 없는 공포에 시달려 항상 겁을 먹은 듯했으나 그래도 전보다는 덜 슬픈 모습이었다.

그 뒤로 두 번이나 로잘리는 불러서 질문하려 하였으나, 그때마다 그녀는 도망쳐버리는 것이었다.

줄리앙은 다시 전처럼 기분이 좋아 보였다. 그래서 젊은 아내 역시 다시 막연한 희망에 매달려 쾌활함을 되찾고 있었다. 그런데 가끔 묘한 거북함을 느끼고 고통스러워질 때가 있었다.

눈이 다 녹으려면 아직 더 있어야 했다. 5주일 간이나 지나도록 하늘은 푸른 수정처럼 맑았고 밤에는 얼음꽃이 핀 듯싶게 별들이 총총한 하늘 그렇게도 넓은 공간을 가혹한 추위가 가득 차 있었다. 이 단단하고 평평한, 빛나는 눈의 벌판 위에 펼쳐져 있었다.

얼음꽃으로 뒤덮인 커다란 나무들의 병풍에 둘러싸여 네모진 뜰 안에 외로이 서 있는 농가는 마치 흰 내의바람으로 자고 있는 것같이 보였다. 사람도 짐승도 밖으로 나오지 않았다. 오직 오막집의 굴뚝만이 얼어붙은 대기 속으로 가냘픈 연기 가닥을 하늘로 올려보내며 생활이 영위되고 있다는 것을 나타낼 뿐이었다.

들판과 울타리 대신 늘어선 느릅나무도 추위에 얼어죽은 것처럼 보였다. 때때로 나무들이 탁탁 소리를 냈다. 마치 나무의 가지들이 껍질 속에서 꺾이는 것 같은 소리였다. 또 이따금 커다란 가지가 뚝 부러져 떨어질 때도 있었다. 너무나 지독한 추위로 수액이 얼어붙어 섬유질을 부서지게 하는 것이었다.

잔느는 따뜻한 바람이 불어오기를 초조하게 기다리고 있었다. 그녀는 자기의 몸에 나타난 이상한 징후를 끔찍스럽게 추운 기후 탓으로 돌리고 있었다.

때로는 보기만 해도 구토가 나서 아무것도 먹지 못할 적도 있었다. 또 어떤 때는 맥박이 미친 듯 빨라지기도 하였다. 그리고 어느 때는 조금밖에 먹지 않았는데도 소화가 되지 않아 토해 버리는 수도 있었다. 또한 신경이 항상 긴장이 되고 날카로워져 있었기 때문에 그녀는 지속되는 마음의 동요 속에서 지내고 있었다.

어느 날 밤이었다. 수은주가 더욱 내려가 있었다. 줄리앙은 식탁에서 일어서며 몸을 떨더니 (식당이 알맞게 따뜻해진 때는 한 번도 없었다. 그만큼 그는 장작을 아끼고 있었다) 두 손을 비비면서 속삭였다.

"오늘 밤엔 함께 자는 것이 좋겠는데, 당신은 어때?"

줄리앙은 예전의 착한 아이 같은 미소를 지었다. 잔느는 남편의 목을 껴안았다. 그러나 그날 저녁 따라 속이 몹시 안 좋았다. 몸이 매우 불편하고 묘하게 신경이 흔들리고 있었기 때문에, 그녀는 남편의 볼에 가볍게 키스하며 작은 소리로 오늘은 혼자 자게 해달라고 하며, 자신의 몸의 이상한 증세를 얘기했다.

"부탁이에요, 여보. 정말로 몸이 안 좋아요. 내일이면 틀림 없이 좋아질 거예요."

줄리앙은 굳이 고집하지 않았다.

"당신 좋을 대로 해. 몸이 불편하다면 잘 조리를 해야지."

그리고 나서 두 사람은 다른 것에 대해 이야기를 나누었다.

잔느는 일찌감치 자리에 들어갔다. 줄리앙은 이상하게도 자기 방에 불을 지피게 하였다.

"불이 잘 타고 있습니다."

하인이 와서 말했다. 그는 아내의 이마에 키스하고 곧 방을 나갔다.

온 집안이 추위에 시달리고 있는 것 같았다. 냉기가 스며든 벽은 전율하듯 희미한 소리를 내었다. 잔느는 침대 속에서 오들오들 떨고 있었다.

그녀는 두 번이나 일어나서 벽난로에 장작을 넣고는, 옷이며 속옷, 낡은 옷가지를 찾아서 침대 위에 덮었다. 하지만 아무것도 몸을 훈훈하게 해주지는 못했다. 발이 시려오고, 종아리며 넓적 다리까지도 오한이 전율처럼 스쳤다. 잔느는 엎치락뒤치락하며 극도의 불안과 초조에 떨고 있었다.

얼마 후엔 이까지 딱딱 맞부딪치더니 손이 부들부들 떨리고 가슴이 죄어들었다.

느린 고동으로 심장이 크고 둔하게 뛰며, 때로는 금방이라도 멈추어 버릴 것만 같았다. 그리고 목구멍은 마치 공기를 더 들이킬 수 없는 것처럼 헐떡이고 있었다.

끔찍스런 추위가 뼛속까지 스며들면서 엄청난 불안감이 그녀를 사로잡았다. 그녀는 아직 한 번도 이런 상태에 빠졌던 일이 없었다. 이렇게 삶으로부터 버림당해 마지막 숨을 빼앗길 것같이 느껴본 적은 없었다. 잔느는 생각했다. '내가 죽는가 보다…… 그렇다, 죽는구나' 하고.

갑자기 공포에 질린 잔느는 침대에서 뛰쳐나와 초인종을 누르고 로잘리를 기다렸다. 그녀는 다시 한 번 초인종을 누르고는 얼음같이 찬 몸을 바들바들 떨며 기다렸다.

아무리 기다려도 하녀는 오지 않았다. 아마 무슨 소리로도 깨울 수 없는 곤한 첫잠에 빠진 모양이었다. 잔느는 거의 정신없이 맨발로 층계를 뛰어내려갔다.

그녀는 소리나지 않게 더듬어 문을 찾아 열고 "로잘리!" 하고 불렀다. 그리고 엉거주춤 방 안으로 들어가 앞으로 나가다가 침대에 부딪혔다. 손으로 그 위를 더듬다가 침대가 비어 있다는 것을 그녀는 알았다. 침대 안은 싸늘했다. 아무도 누웠던 자취가 없었다.

잔느는 놀라서 중얼거렸다. '어찌 된 일일까? 이렇게 추운 날씨에 아직도 밖에 있단 말인가?'

이때, 갑자기 심장이 몹시 요동치고 숨이 막혀왔기 때문에 잔느는 줄리앙을 깨우려고 마구 떨리는 다리로 다시 층계를 올라갔다.

틀림없이 자기는 죽으리라는 생각과 의식이 사라지기 전에 남편을 한번 봐야겠다는 생각에 쫓겨 잔느는 정신없이 남편의 방으로 뛰어들었다.

꺼져가는 벽난로의 흐릿한 불빛 속으로 잔느는 남편의 머리와 나란히 베개 위에 얹혀 있는 로잘리의 머리를 보았다. 그녀가 지른 비명소리에 두 사람 모두 자리 위에 벌떡 일어나 앉았다. 잔느는 뜻밖의 장면에 너무나 놀라 잠시 꼼짝도 못하고 서 있었다. 그리고 다음 순간, 그녀는 방을 뛰쳐나와 자기 방으로 돌아왔다. 당황한 줄리앙이 "잔느!" 하고 부르는 소리에, 그녀는 남편의 얼굴을 보고 남편의 목소리를 듣고 남편의 변명이나 거짓말을 들으며 얼굴을 마주 보고 시선을 마주칠 것이 소름 끼칠 만큼 무섭게 느껴져서 다시 층계를 내려가 아래층으로 내려갔다.

그녀는 층계에서 굴러 떨어지고 돌멩이에 걸려 넘어져 팔 다리가 부러질 위험도 불사하고 어둠속을 마냥 달리고 있었다. 그저 도망가자, 아무것도 듣지 않고 아무도 만나고 싶지 않다는 절대적인 생각에 쫓겨서 그저 달아날 뿐이었다.

아래층으로 내려오자, 잔느는 층계 위에 털썩 주저앉았다.

여전히 속옷바람에 맨발이었다. 그녀는 넋이 빠진 듯 가만히 앉아 있었다.

줄리앙은 침대에서 뛰쳐나와 정신없이 옷을 주워입는 듯했다. 남편에게서 도망쳐야 한다는 일념으로 그녀는 다시 벌떡 일어섰다. 남편도 층계를 뛰어내려오며 큰 소리로 외쳤다.

"잔느, 내 말 좀 들어봐!"

아니다. 듣고 싶지도 않고 손가락 끝 하나라도 닿는 것이 싫었다. 잔느는 마치 살인자에게라도 쫓기듯 급히 식당으로 뛰어들었다. 빠져나갈 곳이나, 숨을 곳, 어두운 구석은 없는가. 어떻게든 남편을 피할 방법을 찾아다니다 그녀는 식탁 아래에 쭈그리고 앉았다. 그러나 남편은 이미 램프를 들고 식당문을 열고 있었다. 잔느는 다시 토끼처럼 뛰쳐나와 부엌으로 뛰어들어 사냥꾼에게 쫓기는 짐승처럼 두어 번 부엌 안을 뱅글뱅글 돌았다. 남편이 계속 따라왔으므로 잔느는 재빨리 정원으로 나가는 문을 열어젖히고 들판으로 뛰쳐나갔다.

가끔 무릎까지 눈 속에 빠져 그 차가운 감촉이 갑자기 그녀에게 필사적인 힘을 주었다. 그녀는 벌거벗은 것이나 다름없었지만 추운 줄도 몰랐다. 그녀는 이제 아무것도 느끼지 못했다. 그만큼 정신의 경련은 육체를 마비시켰고, 때문에 그녀는 대지와 똑같이 하얀 몸으로 계속 달렸다. 그녀는 큰 길을 따라 숲을 지나고 도랑을 넘어서 벌판을 가로질렀다.

달도 없었다. 별만이 밤하늘에 보석을 뿌려놓은 것처럼 반짝이고 있었다. 그러나 들판은 밝았다. 희미한 빛이 어려 있는 들판은 얼어붙어 꼼짝도 않고 무한한 침묵만이 대기에 섞여 있었다.

잔느는 숨도 쉬지 않고 아무 생각도 없이, 아무것도 알지 못한 채 그저 달리고 또 달렸다. 그녀는 갑자기 절벽 끝에 이르렀다. 잔느는 본능적으로 발을 멈추었다. 그리고 거기에 주저앉았다. 모든 생각, 모든 의지가 그녀에게서 빠져나가 있었다. 눈앞의 어두운 공간 아래 보이지 않는 바다의 썰물로 생긴 개펄에 남은 해초가 짭쪼롬한 냄새를 풍기고 있었다. 잔느는 오랫동안 가만히 앉아 있었다. 몸도 마음도 기운이 다 빠져나간 채였다. 그러더니 갑자기 몸이 떨리기 시작했다. 마치 바람에 펄럭이는 돛처럼 미친 듯이 떨리는 것이었다. 손과 팔, 다리가 억제할 수 없는 힘에 다음 순간, 몸을 찌르는 듯한 아픔으로 의식이 분명하게 되살아났다.

그리고 지나간 남의 환영이 그녀의 눈앞을 스쳐갔다. '그이'와 함께 라스티크 영감의 배를 타고 즐겼던 그 뱃놀이, 둘만의 대화, 싹트던 사랑, 배의 명명식, 잔느는 그보다 훨씬 더 거슬러 올라가 수녀원에서 레 퍼플에 도착한 날 밤, 온통 행복한 미래의 꿈에 잠겨 있던 그 밤의 일까지 생각났다. 그것이 지금은! 지금은! 아아! 자기의 인생은 짓밟혀지고 모든 기쁨은 끝나고 모든 기대는 헛된 것이 되어버렸다. 그리고 고통과 배신과 절망에 찬 무서운 미래의 모습이 눈앞에 나타났다. 차라리 죽는 편이 낫다. 그러면 모든 것이 한순간에 끝나버릴 것이다.

그때 멀리서 외치는 소리가 들려왔다.

"여기다. 여기 발자국이 있다. 빨리빨리 이쪽으로!"

그것은 그녀를 찾고 있는 줄리앙의 목소리였다.

아아! 두 번 다시 그의 얼굴을 보고 싶지 않다. 그녀 앞의 저 깊은 심연에서 바위에 부딪히며 흐르는 물결의 희미한 소리가 들려왔다.

그곳으로 뛰어내리려고 잔느는 일어섰다. 그리고 절망에 빠진 인간들이 이 세상에 마지막으로 던지는 최후의 한 마디, 전쟁터에서 치명상을 입고 죽어가는 젊은 병사의 마지막 한 마디, '어머니' 라는 단어를 신음하듯 내뱉었다.

갑자기 어머니 모습이 그녀의 머리에 떠오르며, 흐느껴 우는 어머니가 보이는 것이었다. 또 익사한 자신의 시체 앞에 무릎 꿇고 있는 아버지의 모습도 보였다. 그녀는 일순간에 어머니와 아버지의 절망을 고스란히 맛보았다.

그녀는 힘없이 눈 속으로 쓰러졌다. 그녀는 더 이상 앞으로 나갈 수가 없었다. 그때 줄리앙과 시몽 영감이 램프를 든 마리우스를 데리고 달려왔다. 그들은 그녀의 팔을 잡아 뒤로 힘껏 끌어당겼다. 그토록 그녀는 절벽 끝에 바싹 다가가 있었던 것이다.

그들은 그녀의 몸을 마음대로 다루었다. 그녀는 더 이상 움직일 수가 없었던 것이다. 그녀는 자기 몸이 사람들에 의해 실려가는 것을 느꼈다. 또한 침대에 뉘어지고 뜨거운 수건으로 몸을 문질러대는 것도 느꼈다. 그 뒤로는 모든 기억이 사라지고 의식이 없어졌다.

그리고는 악몽이 — 과연 그것이 악몽이었을까? — 계속 그녀를 괴롭혔다. 그녀는 자기 방에 누워 있었다. 날이 훤히 밝았지만 그녀는 일어날 수가 없었다. 어째서 그런지 도대체 알 수가 없었다. 그러자 마루 위에서 무언가 조그만 소리가 들려왔다. 뭔가를 긁거나 서로 스치는 소리였다. 갑자기 한 마리의 생쥐가, 회색의 작은 생쥐가 담요 위로 날쌔게 지나 갔다. 다른 한 마리가 바로 그 뒤를 따랐다. 다음 세 번째의 생쥐가 날쌔고 방정맞은 걸음으로 그녀의 가슴 쪽으로 다가 왔다. 잔느는 무섭지가 않았다. 그것을 붙잡으려고 손을 뻗 었으나 아무래도 잡을 수가 없었다.

그러자 또 다른 쥐들이, 열 마리, 스무 마리, 수백 수천 마리가 한꺼번에 여기저기서 나타났다. 쥐들은 기둥에 기어오 르고, 벽 위를 줄지어 달리고, 침대를 덮어버렸다. 그리고는 이불 속으로 기어들었다. 잔느는 그것들이 자기 몸 위를 걸 어다니고 다리를 간질이고, 몸을 따라 머리 쪽으로 올라왔 다, 다리 쪽으로 내려갔다 하는 것을 느꼈다. 잔느는 쥐들이 침대를 기어올라와 목을 향해서 달려드는 것을 보았다. 그녀 는 몸부림을 치며 한 마리를 붙잡으려고 손을 뻗었으나, 언 제나 빈 손이었다.

잔느는 흥분해서 도망치려고 소리를 질렀다. 누군가 자기 몸을 움직이지 못하게 붙들고 있는 것 같았다. 그러나 아무 도 보이지는 않았다. 그녀에게는 시간 관념이 전혀 없었다.

오랜, 매우 오랜 시간이 지났음에 틀림없었다. 그녀는 문득 잠에서 깨어났다. 피곤하고 기운이 없는, 그러면서도 산뜻한 기상이었다. 왠지 자신이 몹시 허약해져 있는 것 같았다. 그녀는 눈을 떴다. 그리고 어머니가 누군지 모를 뚱뚱한 남자와 함께 앉아 있는 것이 보였다. 그리고 그녀에게는 별로 놀랍지가 않았다.

도대체 자신은 몇 살인가? 그녀는 전혀 알 수가 없었다. 다만 어린 소녀인 것 같았다. 도무지 기억이라는 것이 없었다. 뚱뚱한 남자가 말했다.

"자, 의식이 회복되었습니다."

그러자 부인은 울기 시작했다. 뚱뚱한 남자가 말을 계속했다.

"진정하십시오, 남작 부인. 제가 책임질 수 있다고 했잖습니까. 하지만 아직 말을 시키면 안 됩니다. 아무런 얘기도요. 그저 자게 내버려두십시오."

잔느는 무언가를 생각하려 하였으나, 곧 깊은 잠에 빠져들었다. 그리고는 꽤 오랫동안 수면 상태가 계속되었다. 그녀는 현실이 다시 머릿속에 되살아나는 것을 막연히 두려워하고 있는 것 같았다.

한번은 눈을 떴을 때 줄리앙이 혼자 자기 옆에 있는 것을 보았다. 그러자 갑자기 지난 날들을 가리고 있던 장막이 걷혀진 것처럼 모든 기억이 그녀의 뇌리에 생생하게 되살아났다.

잔느는 가슴에 격심한 통증을 느끼고 그에게서 도망치려

고 생각했다. 그녀는 이불을 젖히고 마루로 뛰어내렸으나, 다리에 몸을 지탱할 만한 힘이 없어 그 자리에 쓰러져버렸다.

줄리앙이 달려왔다. 그러나 잔느는 줄리앙의 손이 자기에게 닿지 못하게 하려고 고래고래 소리지르며 몸부림을 쳤다. 문이 열리고 리종 이모가 당튀 과부와 함께 뛰어 들어왔다. 다음에 남작이 달려왔고 마침내 남작 부인도 숨을 헐떡이며 정신없이 들어왔다. 여럿이서 잔느를 다시 침대 위에 뉘었다. 그녀는 아무 말없이 눈을 감고 있었다. 그러면 묻는 말에 대답하지 않아도 될 것이며 여유를 가지고 생각할 수 있기 때문이었다.

어머니와 이모가 열심히 간호하며 몇 번이나 작은 소리로 물었다.

"우리를 알겠니, 잔느? 내 귀여운 아가야."

잔느는 안 들리는 체 대답을 하지 않았다. 그녀는 하루 해가 다 간 것을 확실히 느낄 수 있었다.

밤이 왔다. 과부가 옆에 앉아 가끔씩 그녀에게 약을 먹였다. 잔느는 아무 말도 하지 않고 그 약을 받아 마셨으나 잠을 자진 않았다. 그녀는 마치 기억 속에 커다란 구멍이 뚫리고 하얗게 빈 공간이 여기저기 생겨나 그 장소에서는 사건이 모두 백지화되어 있는 듯함을 느꼈다.

그러나 오랜 노력의 보람으로 조금씩 조금씩 기억이 되살아나 모든 일을 분명히 깨달았다. 그녀는 그것에 대해 끈질기게 생각하고 있었다.

어머니, 리종 이모, 아버지까지 온 걸 보면 자기는 예사로 아팠던 것이 아님에 틀림없다. 그런데 줄리앙은? 그는 모두에게 뭐라고 얘기했을까? 아버지와 어머니는 그 일을 알고 계실까? 그리고 로잘리는? 그 애는 지금 어디 있을까? 이제 어떻게 해야 할까? 어떻게 해야 좋을까? 하나의 생각이 그녀의 뇌리에 떠올랐다. 아버지와 어머니와 함께 루앙으로 돌아가는 것이다. 그리고 혼자 사는 거다.

잔느는 주위에서 사람들이 하는 이야기를 들으며 때를 기다리기로 하였다. 그녀는 자기의 이성이 회복된 것을 기뻐하면서도, 참을성있게 기다리며 약게 도사리고 있었다.

밤이 되어 마침내 어머니와 단둘이 있게 되었다. 그녀는 나직한 소리로 "어머니!" 하고 불렀다. 그리고는 자신도 스스로의 목소리에 깜짝 놀랐다. 전과 아주 다른 것 같았다. 남작 부인은 딸의 손을 잡았다.

"애야! 귀여운 잔느야! 내 딸아! 나를 알아보겠니?"

"네, 어머니. 하지만 우시면 안 돼요. 어머니께 찬찬히 드릴 말씀이 있어요. 내가 왜 그처럼 눈 속으로 도망쳤는지 줄리앙이 얘기했어요?"

"그래, 들었다. 넌 아주 위험한 열병에 걸렸었단다."

"그게 아니에요, 어머니. 열은 그 후에 난 거예요. 그보다 왜 내가 열병에 걸렸는지, 왜 내가 도망쳤었는지, 그가 얘기하지 않았어요?"

"아니다, 애야."

"그가 로잘리와 한 침대에 누워 있는 것을 봤기 때문이에 요."

남작 부인은 잔느가 또 헛소리를 하고 있는 줄 알고 딸을 부드럽게 포옹하며 말했다.

"애야, 좀더 잠을 자는 게 좋겠다. 진정하고 어서 좀 자도록 해라."

잔느는 끈기있게 말을 계속했다.

"어머니, 난 이제 다 나았어요. 지난 며칠 간 헛소리를 지껄였겠지만, 지금은 그렇지 않아요. 어느 날 밤에 몸이 너무 안 좋아서 줄리앙을 찾아갔어요. 그랬더니 그가 로잘리와 함께 자고 있는 게 아니겠어요? 나는 너무나 슬퍼서 정신까지 이상해져서 차라리 절벽에서 떨어져 죽으려고 눈 속으로 달려 나간 거예요."

그러나 남작 부인은 다시 말했다.

"그래, 아가. 너는 몹시 아팠지."

"그게 아니에요, 어머니. 줄리앙의 침대 속에 로잘리가 누워 있었어요. 그와 함께 살고 싶지 않아요. 옛날처럼 루앙으로 데려가 줘요."

남작 부인은 결코 환자의 말에 거슬리지 말라는 의사의 지시를 받았던 터라 시원스럽게 그러마고 대답했다. 그러자 환자는 짜증을 내었다.

"어머니가 내 말을 믿지 않는 줄 나도 잘 알아요. 가서 아버지를 불러다 주세요. 아버지는 틀림없이 내 말을 이해하실 거예요."

그래서 남작 부인은 힘들여 일어서서 두 손에 지팡이를 하나씩 짚고 다리를 끌며 방을 나갔다가 잠시 후 남작의 부축을 받으면서 다시 돌아왔다.

그들은 침대 앞에 앉았다. 잔느는 바로 이야기를 시작했다. 그녀는 가냘프지만 똑똑한 목소리로 모든 일을 이야기했다. 줄리앙의 이상한 성격과 차가운 태도와 인색함, 그리고 마지막으로 로잘리와의 불륜을.

잔느가 이야기를 끝마쳤을 때, 남작은 딸이 헛소리를 하고 있는 게 아니라는 사실을 알 수 있었다. 그러나 어떻게 해야 좋을지, 어떻게 대답해 주어야 좋을지를 몰랐다.

그는 마치 어린 딸에게 옛날 이야기를 들려주어 잠재우던 것처럼 부드럽게 딸의 손을 잡았다.

"애야, 내 애길 잘 들어라. 행동을 신중히 해야 한다. 무슨 일이든 너무 서두르면 안 된다. 우리가 뭔가 분명히 결정하기까지는 되도록 참고 있어야 돼. 그렇게 약속해 주겠니?"

잔느는 작은 목소리로 대답했다.

"네, 그렇지만 몸이 회복되면 여기에 있지 않겠어요."

그리고는 목소리를 낮추어 물었다.

"로잘리는 지금 어디에 있어요?"

남작이 대답했다.

"그 애를 다시는 만나지 말아라."

잔느는 고집을 부렸다.

"어디 있어요? 알고 싶어요."

그러자 남작은 로잘리가 아직도 집을 나가지 않았다고 말해 주었다. 하지만 곧 내보내겠다고 말했다.

환자의 방에서 나오는 남작은 부모로서 너무나 마음이 아프고 분노가 치밀어올라 줄리앙을 만나러 갔다. 그리고 대뜸 큰 소리로 말했다.

"여보게, 내 딸에 대한 자네의 배신행위에 대한 해명을 들으러 왔네. 자네는 내 딸을 배반하고 하녀와 불륜의 관계를 가졌지? 이것은 이중으로 비열한 행위야."

그러나 줄리앙은 자신의 결백함을 내세우기 위해 신의 이름을 부르기까지 했다. 거기다가 무슨 증거가 있기에 이렇게 몰아세우느냐, 잔느는 제 정신이 아니다, 그녀는 뇌막염에 걸렸다 간신히 살아난 것이며, 발병 초기에 정신착란의 발작을 일으켜 거의 옷을 벗은 채로 뛰어다니다가 결국엔 절벽으로까지 달려가지 않았는가? 자신의 침대 속에 로잘리가 있었다고 주장할 그 당시는 열이 많이 올랐을 때다.

그러면서 줄리앙은 화를 버럭 내며 소송을 제기하겠다고 큰 소리를 쳤다. 얘기를 듣고 난 남작은 어쩔 줄 몰라하며 용서를 구하고 신의의 표시로 악수를 청했으나 줄리앙은 그것을 거절했다.

잔느는 남편이 했다는 말을 듣고 침착하게 말했다.

"그는 거짓말쟁이에요, 아버지. 하지만 꼭 진실을 밝히겠어요."

그로부터 이틀 동안 잔느는 말없이 뭔가를 깊이 생각하는 눈치였다.

사흘 째 되는 날 아침에 잔느는 로잘리를 만나고 싶다고 말했다. 남작은 그녀가 이미 집을 나가버렸다고 말했다. 잔느는 결코 양보하지 않고 끈질기게 부탁했다.

"그럼 그 애네 집에 가서 찾아오라고 해주세요."

잔느는 몹시 흥분했고, 의사가 들어왔을 때 그녀는 온 신경이 다 곤두서 있었다. 남작은 의사의 판단을 청하기 위해서 그에게 모든 사실을 이야기했다. 그러자 잔느는 큰 소리로 울기 시작했다. 극도의 흥분으로 그녀는 울부짖었다.

"로잘리를 만나고 싶어요! 꼭 만나고 싶어요!"

의사가 잔느의 손을 잡고 부드러운 목소리로 얘기했다.

"진정하십시오, 부인. 흥분하시면 몹시 좋지 않은 결과가 나타납니다. 부인은 지금 임신 중이에요."

잔느는 한 대 얻어맞은 것처럼 멍청하니 있었다. 그러자 갑자기 몸 안에서 무언가가 꿈틀거리고 있는 듯한 느낌이 들었다. 그녀는 입을 다물고 깊은 생각에 잠겼다. 그녀는 자신의 뱃속에 어린아이가 살고 있다는 신비스럽고도 새로운 사실에 놀라서 그 밤을 꼬박 새웠다. 하지만 그 아이가 줄리앙의 자식이라는 사실이 슬프고 마음이 아팠다. 아이가 아버지를 닮으면 어떡하나 하는 불안에 휩싸였다. 날이 밝자, 그녀는 다시 아버지를 불러오라고 했다.

"아버지, 나는 굳게 결심했어요. 모든 것을 알고 싶어요. 특히 지금은 꼭 알아야 해요. 지금 이런 상태의 내 심정을 괴롭게 하면 좋지 않다는 걸 잘 아시죠? 아버지, 가셔서 신부님을 불러주세요. 로잘리가 거짓말하는 것을 막기 위해서는 신부님이 옆에 계셔야 해요. 신부님이 오시자마자 로잘리를 불러 올려서 모두 함께 방에 계세요. 특히 주의할 일은 줄리앙이 모르게 이 일을 진행해야 한다는 거예요."

한 시간 뒤에 신부가 방으로 들어왔다. 그는 전보다 더 뚱뚱해져서 남작 부인만큼이나 헐떡거리고 있었다. 그는 잔느 옆의 팔걸이 의자에 앉았는데, 벌린 두 다리 사이로 배가 축 늘어져 있었다. 그리고 언제나 가지고 다니는 줄무늬 손수건을 꺼내어 이마를 닦으면서 농담을 하는 것이었다.

"남작 부인, 우리 두 사람은 도대체가 살이 빠질 것 같지 않습니다. 제 생각에 우린 썩 잘 어울리는 짝인 것 같아요."

그리고는 침대 쪽으로 고개를 돌리고 말했다.

"아아! 아씨께선 머지않아 새 명명식을 가질 거라는 소문이 있던데요. 하하! 이번엔 배의 명명식은 아니겠지요."

그러더니 심각한 표정으로 덧붙였다.

"그건 조국의 수호자일 테지요." 하고는 잠시 생각하더니 "그렇지 않으면 현모양처겠죠? 마치 부인처럼 말입니다."라고 말하고는 남작 부인에게 살짝 고개를 숙여 보였다.

그때 문이 열렸다. 눈물로 범벅된 로잘리가 두려움에 질린 듯 문지방에 달라붙어 방으로 들어오지 않으려고 발버둥쳤다. 남작이 뒤에서 밀다가 짜증을 내며 그녀를 방 안으로 벌컥 떼밀었다. 그러자 그녀는 두 손으로 얼굴을 가리고 흐느끼며 서 있었다.

잔느는 그녀의 모습을 보자 몸을 벌떡 일으켜 세웠다. 시트보다 더 창백한 얼굴빛이었다. 심장이 미친 듯 고동치는 바람에 몸에 찰싹 붙은 얇은 내의가 달싹이고 있었다. 갑자기 목이 막힌 듯 숨쉬기가 몹시 힘들고 말도 나오지 않았다. 그녀는 치받치는 격정으로 괴로워하며 마침내 입을 열었다.

"난…… 난…… 네게 물어 볼…… 필요도…… 없구나. 네…… 네가…… 그렇게 내 앞에서…… 부끄러워하는 모습을…… 보기만 해도…… 충분히…… 알 수 있는…… 일이야."

그녀는 숨이 막혀서 잠시 호흡을 가다듬은 후 다시 말을 이었다.

"하지만 나는 모든 사실을 알고 싶다. 모든 걸 말이야. 나는 신부님께 오시라고 청을 드렸다. 너의 참회가 되도록 말이야. 알겠니?"

로잘리는 꼼짝 않고 서서 떨리는 두 손 사이로 거의 외침 같은 신음소리를 내었다.

분노를 이기지 못한 남작은 로잘리의 두 손을 난폭하게 얼굴에서 떼어내고는 힘껏 떠밀어서 침대 옆에 꿇어앉게 했다.

"자, 말해…… 대답해야 한단 말이야."

로잘리는 화가가 마들레느를 그릴 때 같은 자세로 모자를 비스듬히 쓰고 앞치마를 떨어뜨린 채 침대 옆에 웅크리고 앉앉다. 그리고는 자유롭게 된 두 손으로 다시 얼굴을 가리고 있었다.

신부가 그녀에게 말했다.

"자, 아가씨, 아씨가 하시는 말을 잘 듣고 대답해야 해. 우리는 아가씨를 괴롭히려고 그러는 게 아니야. 다만 사실을 알고 싶을 뿐이야."

잔느는 침대 끝으로 나앉아 몸을 굽히고 그녀를 내려다보았다. 그리고는 물었다

"내가 갑자기 그 방에 들어갔을 때, 네가 줄리앙의 침대에 있었던 게 사실이지?"

로잘리는 두 손 사이로 신음하듯 말했다.

"네, 아씨."

그러자 갑자기 남작 부인이 숨이 끊어질 듯한 소리로 울기 시작했다. 그 경련에 가까운 흐느낌은 로잘리의 울음소리의 반주처럼 들렸다.

잔느는 똑바로 하녀를 쳐다보며 또 물었다.

"언제부터 그런 일이 시작됐니?"

로잘리는 더듬거리며 대답했다.

"오시고 나서요."

잔느는 이해하지 못했다.

"오시고 나서라…… 그럼…… 봄…… 봄부터니?"

"네, 아씨."

"그이가 이 집에 처음 오면서부터란 말이니?"

"네, 아씨."

잔느는 수많은 의문이 한꺼번에 밀려오는 듯 재촉하였다.

"그래, 어떻게 해서 그렇게 되었니? 어떻게 네게 요구하든? 어떻게 너는 유혹했고 너는 언제 어떻게 말을 듣게 됐니? 어떻게 그 사람에게 몸을 내맡기게 되었느냐구."

그러자 이번엔 로잘리도 역시 대답하고 싶은 욕망에 사로잡혀 두 손을 얼굴에서 떼내고 말했다.

"그분이 여기에 처음 오셔서 식사하시던 날이었어요. 밤에 제방으로 찾아오셨어요. 그때까지 다락에 숨어 계셨던 거예요. 소문이라도 날까 봐 저는 큰 소리를 지를 수가 없었어요. 그리고는 저와 함께 주무셨어요. 저는 무엇을 하는 건지도 몰랐어요. 자신이 하고 싶은 대로 다 하셨지요. 전 그분을 잘난 분이라고 생각했기 때문에 아무 말도 못했어요."

그 순간, 잔느는 비명을 질렀다.

"그럼, 네…… 네…… 자식도…… 그 사람 거니?"

로잘리는 흐느꼈다.

"네, 아씨."

그리고는 두 사람 다 입을 다물었다. 방 안에는 로잘리와 남작 부인의 울음소리밖에 들리지 않았다.

가슴이 찢겨진 듯한 잔느는 자신의 눈에서 눈물이 마구 솟아나는 것을 느꼈다. 눈물은 소리없이 두 볼을 타고 뺨으로 흘러내렸다.

하녀의 아이가 자기가 낳을 아이와 같은 아버지를 가진 것이다. 별안간 그녀의 분노는 사라져버렸다. 잔느의 가슴을 가득 채운 것은 절망이었다. 깊고도 무한한 그 절망으로 그녀의 가슴은 터질 것만 같았다.

마침내 그녀는 입을 열었다. 마치 우는 듯한 목소리였다.

"그럼 우리가…… 거기에서…… 여행에서 돌아온 뒤엔…… 언제부터 시작했니?"

하녀는 이제 마룻바닥에 완전히 엎어져서 더듬거렸다.

"바로 그…… 돌아오신 날 밤이었어요."

한 마디 한 마디가 잔느의 가슴을 쥐어뜯었다. 그렇다면 그 첫날 밤에, 레 푀플로 돌아온 날 밤에 그는 이 애에게로 가기 위해 자신을 혼자 내버려두었던 것이다!

이제는 충분히 다 알았다. 더 이상 묻고 싶은 말도 없었다. 잔느는 소리질렀다.

"나가, 어서 나가!"

그러나 로잘리는 정신이 나간 것처럼 앉아서 꼼짝도 하지 않자, 잔느는 아버지를 불렀다.

"이 애를 데려가세요! 밖으로 내보내요!"

그러자 그때까지 아무 말도 하지 않고 있던 신부가 이제야말로 한 마디 설교를 할 때라고 판단한 듯 말했다.

"참으로 끔찍한 일을 했군. 아가씨가 한 짓은 정말 나쁜 일이야. 하느님께서도 그리 쉽게 용서하시지 않을 거야. 계속해서 선행을 쌓아가지 않으면 지옥으로 떨어지게 되지. 이제는 자식까지 생겼으니 더욱 올바른 일을 행하지 않으면 안 돼. 남작 부인께서 틀림없이 너를 위해서 도와 주실 것이다. 또 우리 모두 네 남편감을 찾아보겠다……."

신부는 장황하게 늘어놓고 있었으나 남작이 로잘리의 어깨를 잡아 일으키더니, 문 앞으로 끌고 가서 마치 짐짝이라도 내던지듯 그녀를 복도로 떠밀었다.

남작이 자기 딸보다 더 창백한 얼굴색으로 돌아오자, 신부는 다시 말을 이었다.

"이제 할 수 없는 일 아닙니까. 이 지방의 계집아이들은 모두 저 모양인걸요. 참으로 딱한 노릇이긴 하지만 어쩌겠습니까? 타고난 인간성의 약점에 대해서는 좀 관대하게 보아주셔야 합니다. 이 지방의 계집아이들 중 어린애를 배지 않고 결혼하는 아이는 구경조차 할 수 없답니다, 부인."

신부는 미소를 지으면서 덧붙였다.

"이 지방의 풍습이라고나 할까요."

그러더니 이번에는 분개한 듯이 말을 이었다.

"심지어 꼬마녀석들까지도 그런 흉내를 내고 있답니다. 지난해 나는 묘지에서 교리문답을 배우러 오는 조그만 애들 둘, 사내아이와 계집아이를 발견했답니다. 그래 그 부모를 불러서 애기했더니, 그들이 뭐라고 했는지 아십니까? '어떻게 합니까, 신부님. 우리가 그런 짓을 가르친 것도 아니고, 어쩔 수 없는 일이지요.' 하고 대답하는 거예요. 남작님, 댁의 하녀도 결국 다른 계집아이들처럼 그런 일을 저지른 거예요."

그러나 남작은 흥분으로 몸을 떨며 신부의 말을 가로 막

앉다.

"하녀라고요? 그 계집아인 상관이 없어요! 내가 그냥 참을
수 없는 것은 줄리앙이오. 그 놈은 추잡한 짓으로 내 딸을 배
신했소. 나는 딸을 데리고 돌아가겠소."

남작은 여전히 분노에 찬 얼굴로 방 안을 서성거렸다.

"이렇게 내 딸을 배신하다니, 파렴치한이오! 나쁜 놈이오!
악마 같은 놈이며, 비열한 인간이오! 그 녀석에게 가서 그렇게
말하겠소. 그 놈을 고소하고 지팡이로 때려 죽여 버리겠소!"

신부는 눈물에 젖어 있는 남작 부인 옆에 앉아 코담배 한
줌을 들이마시면서 어떻게 이 문제에 대해 자신이 조정자로
서의 역할을 제대로 할까 생각하다가 말했다.

"자, 남작님. 우리끼리 이야기지만, 그도 다른 사람들이 하
고 있는 짓을 한 것뿐입니다. 자기 아내밖에 모르는 충실한
남편을 몇이나 보셨소?"

그리고는 짓궂은 호인 같은 목소리로 덧붙였다.

"나와 내기를 해도 좋습니다. 남작님도 지난 날 그런 불장
난을 하신 일이 있겠지요? 자, 가슴에 손을 얹고 대답해 보십
시오. 사실이었죠?"

남작은 당황해서 꼼짝도 안하고 서 있었다. 그러나 신부는
말을 계속했다.

"아, 그렇죠. 남작께서도 다른 사람이나 똑같은 행동을 하
셨던 것입니다. 그 아이 같은 하녀에게 결코 손을 댄 일이 없
다고는 못하시겠지요. 남자들은 모두 그런 짓을 하고 있다고

했었죠. 그렇다고 부인께서 그것 때문에 덜 행복했다거나, 사랑을 덜 받지는 않으셨지요. 어떻습니까?"

남작은 당혹한 표정으로 움직이지 않았다. 그것은 모두 사실이었다. 그 역시 그 정도의 짓은 했던 것이다. 그것도 자주 그랬었다. 기회만 있으면 부부생활을 하고 있는 지붕 아래라고 해서 망설이지도 않았었다. 그리고 예쁘게만 생겼으면 아내의 하녀라도 상관하지 않았다. 그렇다고 해서 자기가 악한이었을까? 그는 그러한 자기의 행위가 처벌받을 짓이라고는 전혀 생각해 본 적이 없었다. 그렇다면 어째서 줄리앙의 행위는 그렇게 가혹하게 판단하는 것인가?

남작 부인은 흐느껴 우느라고 아직도 숨이 찼으나, 남편의 젊은 시절의 행실을 생각하고 입가에 미소를 떠올렸다. 부인은 사랑의 모험을 생활의 일부로 끌어들일 수 있는, 감수성이 예민하고 선량하며 감상적인 부류의 사람이었기 때문이다.

잔느는 맥이 빠져서 멍하니 허공을 응시한 채 누워서 두 팔을 늘어뜨리고 고통스런 생각에 잠겨 있었다. 로잘리의 한마디가 되살아나서 그녀의 영혼에 상처를 내고 송곳처럼 아프게 심장을 파고들었다.

'그분이 잘난 분이라고 생각했기 때문에 아무 말도 하지 않았어요.'

잔느 역시 그가 잘난 사람이라고 생각했었다. 오로지 그것 때문에 그녀는 그에게 자신을 맡기고 인생을 결정지었고, 다른 모든 희망이나 예상했던 계획을 버렸고, 언젠가 만날지도 모를 그 누구를 포기했던 것이다. 그리고는 이러한 결혼 생활에, 뭔가를 잡고 기어나올 수도 없는 함정 속에서, 불행, 슬픔, 절망 속에 그녀는 빠져버린 것이다. 로잘리와 마찬가지로 그가 잘난 사람이라고 생각했기 때문에!

문이 맹렬한 기세로 밀어 열려졌다. 거기에 사나운 표정의 줄리앙이 나타났다. 그는 로잘리가 울고 있는 것을 보고, 무언가 음모가 진행되고 하녀가 틀림없이 다 이야기해 버렸을 것이란 느낌에 어찌된 일인가를 보러 온 것이다. 신부의 모습을 보자 그는 못 박힌 듯 그 자리에 멈춰섰다.

그는 떨리면서도 침착한 목소리로 물었다.

"뭐예요? 무슨 일이 있었나요?"

좀전만 해도 그처럼 노기등등하던 남작도 이제는 감히 아무 말도 못했다. 신부의 입이, 자신의 행위를 사위에게 예를 들어 얘기할지도 모르는 신부가 두려웠던 것이다. 남작 부인은 더욱 심하게 울어대었다. 그러나 잔느는 두 팔을 짚고 몸을 일으켜 숨을 헐떡이며 자신을 고통속으로 몰아넣고 있는 사내를 물끄러미 바라보고 있었다. 그녀는 더듬거리며 말했다.

"무슨 일이 있었냐고요? 우리는 이제 모든 것을 다 알았어요…… 당신이 이 집에 처음 오던 날부터 저지른 그 파렴치한 행위를 다 알았다고요…… 그 하녀의 자식이…… 내 아이와 같은 아버지를 가졌다는 것…… 그 둘이 형제지간이라는 것……"

그 일을 생각하자 수습할 길 없는 고통이 밀려들어, 잔느는 이불 속에 파묻혀 미친 듯이 울었다. 줄리앙은 뭐라고 해야 좋을지, 어떻게 하면 좋을지 몰라서 그저 멍하니 서 있었다. 신부가 다시 끼어들었다.

"자, 자, 그렇게 슬퍼하지 마십시오. 냉정하게 생각합시다."

신부는 일어서서 침대 곁으로 다가와 따뜻한 손을 절망에 빠진 여자의 이마 위에 얹었다. 이 가벼운 접촉이 이상하게도 그녀의 기분을 좀 가라앉혀 주었다. 죄를 용서해 주거나 위로의 애무에 익숙해 있는 시골 신부의 따스한 손이 닿는 순간, 신기하게도 그녀는 금방 몸의 긴장이 풀리면서 마음이 편안해지는 것을 느꼈다.

"자, 우리는 언제나 용서해야만 합니다. 당신에게는 지금 커다란 불행이 찾아왔습니다. 하지만 자비로운 하느님께서는 커다란 행복으로 보상을 해주신 것입니다. 이제 곧 부인은 어머니가 되실 텐데 태어나는 아기는 당신의 위안이 될 것입니다. 그 아기의 이름으로 부탁하는 것입니다. 줄리앙 씨의 잘못을 용서해 주십시오. 아기는 두 사람 사이에 새로운 매듭이 될 것입니다. 몸 속에 그의 아기를 갖고 있으면서 그와 마음을 합하지 않는다는 게 옳은 일이겠습니까?"

잔느는 대답하지 않았다. 그녀는 이제 너무 지쳐서 화를 낼 힘도 원한을 품을 기력도 없었다. 그녀는 신경이 축 늘어진 채 몸에서 끊겨나간 것 같았고 겨우 숨만 붙어 있는 것 같았다.

남에게 원한을 품을 줄도 모르고 무슨 일이든 계속 고집할

끈기도 없는 남작 부인이 중얼거렸다.

"자, 잔느야."

그러자 신부가 줄리앙의 손을 잡아 침대 옆으로 끌어당겨 아내의 손 위에 얹었다. 그리고는 완전하게 결합시켜주는 행위처럼 그 위를 가볍게 두드렸다. 그리고 설교투의 목소리가 아닌 만족스런 태도로 말했다.

"자, 이제 됐소. 나를 믿어요. 이제 잘 됐습니다."

잠시 맞붙어 있던 두 손은 이내 또 떨어졌다. 줄리앙은 감히 잔느에게 키스하지 못하고 장모의 이마에 키스를 한 뒤 몸을 돌려 남작의 팔을 잡았다. 남작은 그가 하는 대로 내버려두었다. 이렇게 적당히 해결된 것을 내심 기뻐하고 있었던 것이다. 그리고 그들은 담배를 피우기 위해 함께 밖으로 나갔다. 지칠 대로 지친 환자는 잠에 빠져버리고 신부와 남작 부인은 작은 목소리로 이야기를 하고 있었다. 신부는 열심히 자기 생각을 설명하고 있었다.

남작 부인은 고개를 끄덕이며 동의하고 있었다. 마지막 결정을 내리기 위해 신부가 말했다.

"그러면 부인께서는 승낙을 하신 겁니다. 그 애에게 바르빌의 농장을 주십시오. 그럼 나는 그 애의 남편감을, 정직하고 건실한 청년을 찾아주겠어요. 아, 2만 프랑의 재산을 가지고 있다면 남자는 얼마든지 있지요. 골라잡아도 될 거예요."

남작 부인도 이젠 행복한 마음으로 미소를 지었다. 뺨으로 흐르던 눈물방울은 아직도 그녀의 얼굴에 남아 있었으나, 흐른 자국은 이미 말라 있었다.

부인은 다짐하듯 말했다.

"잘 알겠어요. 바르빌은 아무리 낮게 평가해도 2만 프랑은 되지요. 그러나 재산은 어린애의 명의로 해놔야 해요. 부모가 살아 있는 동안에는 거기서 나오는 수익을 마음대로 쓰라고 하고요."

마침내 신부는 만족한 듯 미소를 띠며 일어서서 남작 부인의 손을 잡았다.

"그대로 앉아 계십시오, 남작 부인. 그대로 앉아 계세요. 한 걸음이 얼마나 힘든지를 알고 있답니다."

신부는 방을 나설 때 리종 이모를 만났다.

그녀는 아무 일도 눈치채지 못하고 있었다. 아무도 말해 주지 않았던 것이다.

그녀는 여느 때처럼 아무 것도 몰랐다.

8

로잘리는 이미 내보냈고, 잔느는 고통스런 임신 기간을 보내고 있었다. 자신이 어머니가 된다는 사실이 그녀는 전혀 기쁘지 않았다. 너무나 크고 많은 슬픔이 그녀를 압박했던 것이다. 아직도 막연한 불행에 대한 두려움이 마음을 짓눌러서 아무런 호기심도 없이 아이가 태어나기를 기다렸다.

봄은 아무런 소리도 없이 조용히 왔다. 벌거숭이 나무들이 아직도 차가운 바람 속에서 떨었다. 그러나 도랑가의 습기를 머금은 풀 사이에서 노란 앵초의 싹이 트고 있었다. 넓은 들과 농가의 뜰, 그리고 눈이 녹은 밭에서는 무언가가 발효하고 있는 것 같은 습기찬 냄새가 퍼져나오고 있었다. 갈색의 흙에서는 자그마한 초록빛 새싹들이 한 무리씩 돋아나 햇빛에 반짝이고 있었다.

뚱뚱하고 단단한 체격의 여자가 로잘리 대신으로 들어와

가로수 길의 산책에 남작 부인을 부축하였다. 더욱 몸이 무거워진 부인의 발자국이 늘 질척대는 산책길에 항상 깊게 남아 있었다.

잔느는 아버지의 부축을 받았다. 그녀도 이제는 몸이 무거워서 늘 고통스러워하였다. 리종 이모는 다가오는 출산 준비를 위해 여러 가지 일로 바빴으나, 다른 쪽에서 잔느를 부축해 주었다. 그녀는 자기로서는 도무지 알 수 없는 신비로움에 가슴이 설레이고 있었다.

그들은 이렇게 거의 말도 없이 몇 시간이고 산책을 했다. 한편, 줄리앙은 새로운 취미를 들어 갑자기 말을 타고 사방으로 돌아다녔다.

이제 그들의 단조로운 생활을 어지럽히는 일은 하나도 없었다. 남작 부부와 자작은 한 번 푸르빌가를 방문했다. 어떻게 해서인지는 모르지만 줄리앙은 이미 그 가족들을 잘 알고 있는 듯했다. 그리고는 또 여전히 숨어 지내는 듯한 브리즈빌가와의 사이에 의례적인 방문이 한 번 있었다.

어느 날 오후 4시경에 말을 탄 두 남녀가 급히 말을 몰아 저택의 앞뜰에 나타났다. 줄리앙은 매우 흥분해서 잔느의 방에 들어섰다.

"빨리빨리 내려가 봐요. 푸르빌 부부가 왔어. 당신의 상태를 알고 간단한 인사를 하러 온 거야. 난 나가고 없는데 곧 돌아올 거라고 말해요. 옷을 갈아입고 올 테니까."

잔느는 깜짝 놀라서 내려갔다. 거기엔 얼굴이 창백하고 아름다운 여인이 남편과 함께 있었다. 그녀는 열기 띤 눈매에 한 번도 태양빛을 받아 본 적이 없는 것 같은 광택 없는 금박을 가지고 있었다. 그녀는 조용히 남편을 소개했다. 남자는 거인으로, 숱많은 붉은 수염을 기른 괴물 같은 사람이었다. 여자는 계속 말했다.

"라마르 씨는 여러 번 만나뵈었어요. 때문에 부인께서 몸이 불편하시다는 것을 들어 알고 있었지요. 그래서 이렇게 형식도 차리지 않고 가까운 이웃의 한 사람으로 찾아온 거예요. 빨리 뵙고 싶은 마음에 간단히 말을 타고 왔답니다. 요전에는 자작님과 남작님이 방문해 주셔서 정말 기뻤답니다."

그녀는 세련되고도 친근한, 기품있는 태도로 말했다. 잔느는 그녀에게 매력을 느꼈다. 그래서 '좋은 친구가 될 수 있겠다.'고 생각했다.

그와는 반대로 푸르빌 백작은 거실에 기어든 곰 같은 모습이었다. 그는 의자에 앉아 옆의 의자에 모자를 내려놓고 손을 어디다 놓아야 할까 주저하더니, 무릎 위에 놓았다 의자의 팔걸이 위에 놓았다 하다가 마침내 기도라도 하듯 두 손을 깍지 꼈다.

갑자기 줄리앙이 들어섰다. 잔느는 깜짝 놀랐다. 그는 얼른 알아볼 수 없을 만큼 달라져 있었다. 깨끗이 면도를 했고 그들의 약혼 때처럼 근사하고 우아하며 매력적인 모습으로 변해 있었던 것이다. 그가 들어왔기 때문에 잠이 확 깬 듯한 백작이 벌떡 일어서서 털북숭이 손을 잡아 입을 맞추었다.

부인의 상아빛 뺨이 좀 달아오르고 눈꺼풀이 바르르 떨렸다.

줄리앙은 신이 난 듯 얘기했다. 그는 옛날처럼 상냥했다. 사랑의 거울 같은 그의 커다란 눈은 부드러움을 띠었고 좀전까지만 해도 윤기없이 푸슬하던 머리칼은 빗질을 하고 향유를 바른 덕택으로 빛나는 웨이브를 이루고 있었다.

푸르빌 부부가 돌아가려 할 때 백작 부인이 줄리앙을 보며 말했다.

"자작님, 목요일에 승마를 하지 않으시겠어요?"

그리고 줄리앙이 '네, 좋아요, 부인.' 하고 찬성하며 고개 숙여 인사하는 동안, 백작 부인은 잔느를 포옹하며 다정스러운 미소를 띤 채 가슴에 와닿는 부드러운 목소리로 말했다.

"부인께서 몸이 회복되시면 모두 함께 승마를 즐기기로 해요. 퍽 즐거울 거예요."

백작 부인은 자연스럽게 승마복 자락을 걷어올리며 가볍게 안장 위에 올랐다. 그의 남편인 백작은 어색한 인사를 하고 커다란 노르망디 말에 올라탔다. 말 등에 올라타 버티고 있는 백작의 모습은 마치 신화 속에 나오는 반인반마와 같았다.

백작 부부의 모습이 사라지자, 줄리앙은 몹시 신이 나는 듯 큰 소리로 외쳤다.

"정말 기분 좋은 날이로군! 틀림없이 저들과의 교제는 매우 유익할 거야."

잔느도 흐뭇한 기분이 들어 대답했다.

"저 백작 부인은 참으로 아름답군요. 좋아지게 될 것 같아요. 하지만 백작은 영락없는 큰 곰 같군요. 언제 그분들을 알게 되었어요?"

줄리앙은 기쁜 듯 양 손바닥을 비비고 있었다.

"브리즈빌가에서 우연히 만났지. 백작은 좀 촌스러운 것 같아. 사냥에 빠져 있다더군. 하지만 그는 진짜 귀족이야."

저녁 식사 때는 분위기가 아주 좋았다. 마치 어딘가에 숨어 있던 행복이 되돌아온 것 같았다.

7월이 다 가기까지는 별다른 일 없는 나날이었다. 어느 화요일 저녁 무렵 가족들은 모두 플라타너스 아래에 모여 있었다. 조그만 잔 두 개와 브랜디병이 놓여 있는 나무 테이블 주위에 둘러앉아 서로 얘기들을 나누고 있을 때, 별안간 잔느가 창백한 얼굴로 비명을 지르더니 두 손으로 옆구리를 눌렀다. 갑작스럽고 예리한 아픔이 온몸을 꿰뚫는가 싶더니 이내 사라졌다.

그러나 10분 후 또 다른 아픔이 아까같이 심하지는 않지만 더 오래 지속되었다. 그녀는 아버지와 남편의 도움을 받아 간신히 집 안으로 들어갔다. 플라타너스에서 자기 방까지는 불과 얼마 안 되는 거리였지만 그녀에겐 끝없이 길게 느껴졌다. 무의식중에 신음소리가 나오며 배에 참을 수 없는 압박감이 느껴져 그녀는 좀 앉아 쉬게 해달라고 부탁했다.

아직 산달이 아니었다. 해산은 9월로 예정되어 있었다. 그러나 뜻밖의 일이라도 일어날지 몰라 마차에 말을 매고 시몽 영감이 의사를 데리러 전속력으로 달려갔다.

의사는 자정쯤에야 도착했다. 그는 한눈에 조산의 기미가 있다는 것을 알아채었다.

침대에 눕자 고통은 다소 가라앉았으나, 무서운 불안감이 잔느를 덮쳤다. 곧 온몸이 사그라질 듯한 괴로운 절망감과 무언가 죽음의 예감 같은 것이 느껴졌다. 죽음의 신비스러운 입김이 자기에게 뿜어지고 있는 듯한 느낌이었다.

방 안은 사람들로 가득했다. 어머니는 팔걸이 의자에 털썩 주저앉아 숨을 헐떡이고 있었다. 남작은 손을 떨면서 정신없이 뛰어다니며 필요한 물건을 찾아오고 의사에게 상의하는 등 어쩔 줄을 모르고 있었다. 줄리앙은 초조하게 방 안을 서성거렸으나, 기분은 냉담했다. 당튀 과부는 이런 경우에 으레 짓는 표정으로 침대 발치에 서 있었다. 많은 경험을 쌓아 어떤 일에도 놀라지 않는 여자의 얼굴이었다. 간호원, 산파, 더구나 초상집에서 밤샘까지하는 이 여자는, 이 세상에 처음 태어나는 아기를 받아서 그들의 첫 울음소리를 들어 주고, 새 살을 씻어 주고, 새 옷을 입히는가 하면, 이번에는 똑같이 침착한 태도로 저 세상으로 떠나는 사람의 마지막 말, 마지막 숨결, 마지막 전율에 귀를 기울여 주고, 또 그들의 닳아빠진 몸을 식초로 닦아 수의로 싸주고, 마지막 화장을 해 주는 등 출생과 죽음의 모든 사건에 조금도 동요되지 않는 태연함을 몸에 익히고 있었다.

찬모 뤼디버느와 리종 이모는 방문 뒤에 숨어서 보고 있었다.

잔느는 이따금 가냘픈 신음소리를 내었다.

두 시간이 지나자, 사람들은 아직도 오랜 시간이 지나야 될 것이라고 생각하게 되었다. 그러나 새벽 무렵에 갑자기 맹렬한 진통이 다시 시작되어 산모는 도저히 견딜 수가 없게 되었다.

잔느는 꼭 악문 이빨 사이로 비명을 지르면서 줄곧 로잘리에 대해서 생각했다. 로잘리는 별로 괴로워하지도 않았고 신음소리조차 내지 않았었다. 그 아비 모르는 자식은 고통도 없이 태어났던 것이다.

혼란스럽고 비참한 심정으로 잔느는 자신과 로잘리는 비교하고 있었다. 그리고 지금까지는 옳다고 믿었던 하느님의 운명에 대한 부당한 편애에 화를 내고, 정의와 선심에 대해 설교를 하던 사람들의 죄많은 거짓말에 대해 분노하고 있었다.

때때로 격심한 진통이 모든 생각들을 말살시킬 정도로 밀려왔다. 이제는 힘도, 생명도 없으며 오직 고통을 느끼는 의식밖엔 살아 있지 않았다.

고통이 조금이라도 멈춘 순간이면 그녀는 줄리앙으로부터 눈을 뗄 수가 없었다. 다른 마음의 아픔이 그녀를 괴롭혔다. 같은 침대의 발치에서 하녀가 두 다리 사이에 갓난아이, 지금 자기 태내에서 자기를 이렇게도 가혹하게 찢어대고 있는 아이의 형제를 끼고 쓰러져 있는 일이 자꾸 생각나서 그녀의 마음을 아프게 짓이기는 것이었다. 그리고 거울에 비친 듯이 또렷한 기억으로 그 날 쓰러져 있는 하녀 앞에 서 있던 남편의 몸짓과 말을 분명히 생각해 냈다. 지금 남편이 생각하는 것도 그 동작 하나하나에 뚜렷하게 나타나 모두 읽을 수 있었다. 그때나 마찬가지로 귀찮은 일이라는 심정, 로잘리에 대해서 가지고 있었던 것과 똑같은 무관심, 아버지가 되는 것이 짜증나는 이기적인 남자로서의 똑같은 냉담함을 느낄·수가 있었다.

다시금 무서운 경련이 그녀를 사로잡았다. '나는 죽는구나, 나는 죽어!' 하고 가슴 속에서 외칠 만큼 끔찍스런 경련이었다. 그러자 미칠 것 같은 반항심과 저주하고 싶은 마음이 가슴에 찼다. 자기를 파멸로 이끈 이 남자와 자기를 죽이려는 이 미지의 어린애에 대한 격렬한 증오심이 끓어올랐다.

그녀는 이 무거운 짐을 자기 몸에서 떼어내려고 마지막 안간힘을 다해서 배에 힘을 주었다.

그러자 갑자기 뱃속이 텅 비는 것 같은 느낌과 동시에 고통이 사라졌다.

산파와 의사가 몸을 숙이고 그녀의 몸을 다루고 있었다. 그들은 무언가를 들어내었다. 그러자 이내 숨막히는 것 같은 소리가 그녀를 전율하게 했다. 이 고통스러운 외침소리, 고양이 울음소리와도 같은 아기의 가냘픈 울음소리가 그녀의 마음에, 지칠대로 지쳐버린 연약한 육체 속으로 파고들었다. 그녀는 무의식적으로 두 팔을 뻗으려 하였다.

새로운 환희가 그녀의 온몸을 스치고 지나갔다. 그것은 갓 피어난 새로운 행복에의 도약이었다.

그녀는 행복한 기분이 들었다. 고통도 사라졌다. 이때까지 한번도 느껴본 적이 없는 행복감이었다. 자신이 어머니가 되었다는 사실을 느낀 것이다.

그녀는 아이가 보고 싶었다. 너무나 일찍 태어났기 때문에 아이는 머리칼도 손톱도 아직 나 있지 않았다. 그러나 그 작은 아기가 꼼지락거리는 것을 보았을 때, 입을 벌리고 우는 것을 보았을 때, 주름진 얼굴을 잔뜩 찌푸리고 있는 이 조산아를 만져보았을 때, 그녀는 말할 수 없는 기쁨에 잠겼다. 자기는 이제 구원받았고 모든 절망에서 헤어났다. 다른 모든 것을 내던져도 살아갈 수 있을 만한 것을 잡았다는 사실을 깨달았다.

그 이후 그녀에게는 오직 한 가지 생각밖에 없었다. 그것은 자기 아이에 대한 것이었다. 그녀는 갑자기 열광적인 어머니가 되어버렸다. 사랑에 배신당하고 희망에 속았으므로 그것은 더욱 광적인 것이었다. 어린애의 요람은 항상 자기 침대 옆에 있어야 했으며, 일어나 앉을 수 있게 되자, 하루종일 가벼운 요람을 흔들면서 창가에 앉아 있는 일이 계속되었다.

잔느는 유모를 질투하기까지 했다. 젖에 굶주린 조그만 생명이 파란 핏줄이 내비치는 커다란 가슴 쪽으로 팔을 뻗쳐 주름잡힌 갈색의 젖꼭지를 탐욕스럽게 입술 사이에 물고 있는 것을 보면, 잔느는 창백해지며 몸이 떨리는 것을 느꼈다. 그리고 그 튼튼하고 조용한 시골 아낙네를 노려보며, 자기 아들을 빼앗고, 아이가 정신없이 빨아먹고 있는 젖가슴을 때려주고 손톱으로 할퀴고 싶은 충동을 느끼는 것이었다.

그녀는 아기를 치장하기 위해서 비싼 천에 매우 복잡하고 아름다운 무늬를 자기 손으로 수놓겠다고 했다. 아기는 레이스의 안개로 둘러싸이고 훌륭한 모자를 썼다. 그녀는 이제 아기에 대한 일밖엔 이야기하지 않게 되었다. 다른 이야기를 하다가도 말을 돌려서 아기 옷이나 턱받이나 공들여 만든 리본 같은 것을 내보이며 자랑하는 것이었다. 자기 주위에서 무슨 이야기를 해도 전혀 들으려고 하지 않았다. 천조각을 오랫동안 열심히 살펴보다가는 갑자기 '이것이 우리 아이에게 어울릴까요?' 하고 묻는 것이었다.

남작과 부인은 이 열광적인 애정에 미소를 지었다. 하지만 줄리앙은, 시끄럽게 울어대는 이 전능한 전제군주의 출현으로 자기의 지배력이 줄어들고 습관이 엉망으로 되었기 때문에 짜증을 냈다. 자기의 절대적인 지위를 훔치려는 이 인간의 분신에 무의식적으로 질투심을 느끼며 분개하고 있었다. 그는 늘 이렇게 중얼거렸다.

"저 작은 녀석이 생겨나더니, 모든 것이 귀찮게 되었군."

그러나 잔느는 날이 갈수록 더욱 어린애에 대한 애정에 집착하여 밤에도 요람 옆에 붙어 앉아서 아이가 자는 모습을 바라보고만 있었다. 그러한 열광적이고 병적인 나날의 일과로 기운을 모두 써버리면서 전혀 휴식을 취하지 않아 몸은 극도로 쇠약해져 야위었고 기침까지 하게 되었다. 의사는 마침내 그녀를 아기로부터 떼어놓으라고 지시했다.

잔느는 화를 내며 울고 애원하였다. 그러나 그녀의 애원에 귀를 기울이는 사람은 없었다. 아기는 매일 밤 유모 옆에서 재워졌다. 그러자 잔느는 날마다 한밤중에 깨어 일어나 맨발로 아기의 방 앞까지 가서 열쇠구멍에 귀를 대고 아기가 잘 자고 있는지, 잠을 깨지 않았는지, 뭐 필요한 것은 없는지 살펴보는 것이었다.

어느 날 밤, 잔느는 푸르빌가의 만찬에 초대를 받아 갔다가 늦게 돌아오던 줄리앙에게 들켰다. 그 이후로 강제로라도 잠을 자도록 하기 위해 그녀의 방문에 자물쇠가 채워졌다.

아기의 세례식은 8월 말에 있었다. 남작은 대부가 되고, 리종 이모가 대모가 되었다. 아기는 피에르 시몽 폴이라고 이름지어졌는데, 그냥 폴이라고 불렀다.

9월 초에 리종 이모는 조용히 돌아갔다. 그녀가 떠난 것은, 있을 때나 마찬가지로 누구의 주의도 끌지 못했다. 어느 날 저녁 식사 뒤에 신부가 찾아왔다. 무슨 비밀이라도 있는지 여느 때 같지 않게 긴장된 모습이었다. 잠시 한가한 이야기가 오고 간 뒤, 신부는 남작 부인과 남작에게 특별히 할 이야기가 있으니 잠깐 시간을 내달라고 부탁했다. 세 사람은 천천히 걸어서 넓은 산책길까지 갔다. 한편 잔느와 함께 뒤에 남은 줄리앙은 그 비밀에 대해 마음이 불안하고 화가 나서 초조해 하고 있었다.

작별 인사를 하러 온 신부를 줄리앙이 바래다주겠다고 하며 같이 나섰다. 두 사람은 저녁 종소리가 울리고 있는 교회를 향해 걸음을 옮겼다.

날씨는 매우 쌀쌀하여 추위를 느낄 정도였다. 남작 부부는 곧 거실로 돌아왔다. 줄리앙이 분노로 빨개진 얼굴을 하고 갑자기 돌아왔을 때는 모두들 희미하게 졸고 있었다.

잔느가 있다는 것도 생각지 않고 그는 문간에서부터 장인, 장모에게 고함을 질렀다.

"도대체 정신이 있으십니까? 그런 계집에게 2만 프랑이나 주다니요!"

그 말에 아무도 대답이 없었다. 모두들 깜짝 놀랐던 것이다. 그는 분개한 목소리로 소리질렀다.

"이렇게 어리석은 일이 또 있겠습니까? 우리한테는 한 푼도 남겨주지 않겠다는 겁니까?"

그러자 남작이 침착을 되찾고 얘기했다.

"조용히 못하겠나! 그리고 자네 부인 앞이라는 걸 생각하게."

"아무려면 어때요. 이 사람도 그게 어떤 건지 잘 알고 있겠지요. 그것은 이 사람의 것을 훔쳐가는 도둑질과 다름없어요."

잔느는 놀라서 영문도 모른 채 더듬거리면서 물었다.

"도대체 뭐가 어찌 된 거예요?"

줄리앙은 아내에게 돌아서서, 자기네가 기대하고 있던 이익을 가로채인 같은 편으로서 설명을 시작했다. 그는 재빨리 로잘리를 결혼시키기 위한 음모와 적어도 2만 프랑의 가치가 있는 바르빌의 땅을 그녀에게 주려는 것에 대해 얘기했다.

"당신의 부모는 머리가 어떻게 되셨나 봐. 가두어 놓아야 할 정도로 미치신 거야. 2만 프랑! 2만 프랑! 어쨌든 머리가 이상해지셨지. 사생아에게 2만 프랑이라니!"

잔느는 그의 설명을 듣고 있었으나, 아무 감정도, 화도 일어나지 않았다. 자기가 그토록 냉정한 것이 스스로도 놀랄 정도였다. 이제는 자기 아이와 관계없는 일엔 전혀 관심이 없었다.

남작은 기가 막혀 대답할 말을 찾지 못하고 있었다. 그러나 마침내 화를 터뜨리고 발을 동동 구르며 고함을 쳤다.

"그 말이 무슨 뜻인지 다시 생각해 보는 게 좋아! 너무 심하지 않나. 그 아이가 딸린 계집아이에게 지참금을 주게 만든 게 도대체 누구 탓인가? 그 아이는 누구 자식이지? 이젠 자기 자식도 내버리겠다는 말인가?"

줄리앙은 남작의 난폭한 기세에 깜짝 놀라 멍하니 바라보고 있었다. 그러더니 조금 누그러진 목소리로 말했다.

"그렇지만 먼저 준 1천 5백 프랑이면 충분하지 않습니까? 이 지방엔 결혼하기 전에 아이를 낳지 않는 여자가 없어요. 누구의 아이든 그게 무슨 상관입니까? 2만 프랑이나 되는 땅을 주어서 그 일을 세상에다 알릴 건 없지 않습니까? 우리 가문과 지위에 대해서도 좀 생각하셔야지요."

자기 말의 논리와 이유에 대해서 자신감을 가진 남자답게 그는 엄숙한 목소리로 말했다. 남작은 이런 뜻하지 않은 공격을 받자 어리둥절하여 멍하니 입을 벌린 채 그의 앞에 서 있었다. 줄리앙은 자기가 우세한 형편임을 느끼고 결론짓듯 말했다.

"다행히 아직 아무것도 결정되어 있지 않고 있습니다. 나는 그 계집아이와 결혼하려는 젊은이를 알고 있어요. 정직한 놈이지요. 그 녀석과 의논하면 모든 일이 다 잘될 겁니다. 제게 맡기십시오."

그리고 나서 그는 재빨리 나가버렸다. 아마 가족들이 말이 없는 것을 그는 자기 의견에 동의한 것으로 알고 더 이상 의논이 계속되어 불리한 형세가 될 것이 두려웠던 것이다.

줄리앙이 나가자, 남작은 너무나 기가 막힌 듯 몸을 떨면서 외쳤다.

"아니, 정말 너무하다! 너무 해!"

그러나 잔느는 아버지의 어이없어하는 얼굴을 보더니 갑자기 웃음을 터뜨렸다. 어떤 굉장히 우스운 일을 보았을 때의, 예전의 그 맑은 웃음소리였다. 그녀는 말했다.

"아버지, 아버지, 그이가 '2만 프랑!' 하고 말할 때의 목소리 들으셨어요?"

남작 부인은 웃음도 눈물만큼이나 빨라서, 사위의 화난 얼굴과 격분하여 지른 소리, 자기가 유혹한 계집애에게 자기 것도 아닌 돈을 주는 것에 미친 듯 화를 내며 거절한 것을 생각하고, 또 잔느의 기분좋은 웃음이 기뻐서 눈물이 솟아날 정도로 그 숨찬 웃음을 몸을 뒤흔들며 웃어대었다. 그러자 이번에는 남작에게도 그 웃음이 전염되어 웃기 시작했다. 그리하여 세 사람은, 즐거웠던 지난날처럼 배가 아플 만큼 유쾌하게 웃었다.

웃음이 좀 가라앉자, 잔느가 이상하다는 듯이 말했다.

"참 이상하군요. 저는 아무렇지도 않아요. 이젠 그이가 마치 남과 같아요. 내가 그이의 아내라는 느낌은 전혀 없어요. 정말 이상해요. 보다시피 그이의…… 그이의…… 그이의 야비함에 이처럼 웃고 있잖아요."

그러고 나서 아직 감동에 휩싸여 있는 세 사람은 미소지으며 이유도 없이 서로 포옹을 했다.

그로부터 이틀 뒤, 점심 식사를 끝낸 줄리앙이 말을 타고 밖으로 나가자마자, 22세에서 25세 가량의 키가 큰 남자가 손목에 단추를 단 풍성하고 주름이 뚜렷이 잡힌 푸른색 작업복을 입고, 마치 아침부터 숨어서 기다리고 있었던 것처럼 몰래 울타리를 넘어 쿠이야르네 도랑을 따라서 살짝 들어와 저택을 돌아 발소리를 죽이며 여전히 플라타너스 아래에 앉아 있는 남작과 두 여자에게로 다가왔다.

세 사람의 모습을 보자 그는 모자를 벗고 당황한 듯한 얼굴로 인사를 하였다. 목소리가 들릴 정도로 가까이 오자, 그는 재빨리 말했다.

"안녕하십니까, 남작님, 마님, 그리고 아씨."

그러나 아무도 대꾸를 하지 않자 그는 다시 말했다.

"제가 바로 데지레 르콕입니다."

그의 이름을 듣고도 별로 생각나는 게 없었으므로, 남작이 물었다.

"도대체 무슨 일인가?"

정작 자기의 용건을 설명해야 할 자리가 마련되자, 젊은이는 당황한 듯 손에 들고 있는 모자를 보다가 저택의 지붕 꼭대기를 보다가 하면서 입 속으로 중얼대듯이 말했다.

"신부님이 그 일에 대해서 몇 마디 말씀하신 일이 있는데요……."

그리고 나서 그는 너무 많이 지껄여서 오히려 불리해지지는 않을까 걱정하는 듯 입을 다물었다.

남작은 여전히 무슨 소리를 하는지 알 수가 없어서 다시물었다.

"그 일이라니, 무슨 말인가? 도무지 짐작을 할 수가 없군."

그러자 그는 드디어 결심한 듯 목소리를 낮추어 말했다.

"댁의 하녀 로잘리에 대한 일입니다."

잔느는 무슨 일인지 눈치를 채고 일어서서 아기를 안고 자리를 비켰다. 그러자 남작이 '이리 가까이 오게.' 하고 딸이 앉았던 의자를 가리켰다.

"정말 친절하시군요."

젊은이는 중얼거리면서 의자에 걸터앉았다. 그리고는 더는 할 말이 없는 사람처럼 앉아서 기다리고 있었다. 상당히 오랜 침묵이 흐른 뒤에 그는 결심을 한 듯 푸른 하늘을 쳐다보았다.

"날씨가 퍽 좋군요. 이대로라면 올핸 틀림없는 풍년일 거예요."

그는 다시 입을 다물어버렸다.

남작은 짜증이 났다. 그래서 불쑥 무뚝뚝하게 물었다.

"로잘리와 결혼한다는 게 자네로군?"

젊은이는 노르망디 사람 특유의 교활한 수법의 순서가 어긋났기 때문에 불안해졌다. 그리하여 의심하는 태도보다 더 강한 목소리로 대답했다.

"그것이, 그 무엇에 따라서 할 수도 있고 안 할 수도 있어요. 그 무엇에 따라서는요."

남작은 엉성한 대답에 짜증이 나서 화를 내었다.

"제기랄! 솔직히 말해 봐! 도대체 무슨 말을 하러 왔나? 그 아이와 살겠다는 거야, 안 살겠다는거야?"

그는 당황한 듯 자기 발만 내려다보고 있었다.

"신부님 말씀대로라면 물론 그녀와 살 거고요. 하지만 줄리앙님의 말씀대로라면 살지 않겠어요."

"줄리앙이 자네에게 뭐라고 하던가?"

"줄리앙님은 1천5백 프랑 주시겠다고 하셨어요. 신부님은 2만 프랑이라고 하셨고요. 전 2만 프랑이라면 결혼하겠지만, 1천 5백 프랑이라면 하지 않으려고요."

그러자 팔걸이 의자에 앉아 있던 남작 부인이 이 시골뜨기의 불안한 모습이 우스워서 몸을 흔들며 웃기 시작했다. 그 웃음의 정체를 알 수가 없어 젊은이는 불쾌한 시선으로 부인을 곁눈질했다. 그리고 대답을 기다리고 있었다.

남작은 이런 거래가 거북스러워 딱 잘라서 말했다.

"나는 신부님에게 이야기했네. 자네가 살아 있는 동안은 바르빌의 농장을 자네에게 주고, 그 후엔 아이에게 물려준다고 말이야. 그건 2만 프랑이나 되는 농장이야. 나는 다른 말을 하지 않아. 자, 그럼 되었나? 살겠나, 안 살겠나?"

사내는 만족한 듯 비굴하게 웃었다. 그러고는 갑자기 떠들어 대었다.

"아! 그렇다면 싫다고는 안 하겠어요. 제 결심을 세우지 못하게 한 건 바로 그것이었으니까요. 신부님이 말씀하셨을 때 전 그러겠다고 했었지요. 남작님께서 제 일을 좋게 생각해 주실 줄은 짐작했었지요. 그렇지 않습니까? 사람이 서로 신세를 지게 되면, 나중에 반드시 은혜를 갚아야 하니까요. 그런데 줄리앙 님이 제게 오시더니 1천 5백 프랑밖에 주지 못하겠다고 하시는 거예요. 그래서 어떻게 되는지 알아봐야겠다고 생각하고 찾아온 것이지요. 물론 믿고는 있었습니다만, 확실한 것을 알고 싶어서요. 계산을 분명하게 해야만 결국 친구 사이라도 좋아지는 게 아닐까요? 남작님······."

그의 수다를 멈추게 해야 할 필요가 있어서 남작이 물었다.

"언제 결혼식을 할 생각인가?"

그러자 그는 갑자기 또 조심스러워지고 당황해 하다가 가까스로 말했다.

"그 전에 조그만 증서라도 한 장 써 주실 수 없겠어요?"

남작은 이번에는 화를 냈다.

"이런 제기랄! 결혼 증서가 있잖나? 그것보다 더 나은 증서가 뭐가 있나?"

그러나 그는 끈질기게 고집을 부렸다.

"하지만 그때까지라도 조그만 증서를 하나 마련해 주시면 좋겠어요. 별로 해가 되는 일도 아니지 않습니까?"

남작은 일의 결말을 내기 위해 일어섰다.

"할 건가 안 할 건가? 확실히 대답하게. 그 애를 데리고 가기 싫으면 싫다고 말하게. 다른 사람이 또 하나 있으니까 말이야."

그 말에 경쟁자에게 모든 걸 빼앗기면 큰일이라고 생각한 이 교활한 노르망디 사람은 당황해서 바로 결심하였다. 그리고 암소라도 매매하고 난 것처럼 손을 내밀었다.

"그렇게 결정하겠습니다, 남작님. 약속은 절대로 취소하지 않겠어요."

남작은 승낙하였다. 그리고 큰 소리로, '뤼디비느' 하고 외쳤다. 찬모가 창 밖으로 얼굴을 내밀었다.

"포도주 한 병만 가져와!"

계약 성립의 축하 인사로 두 사람을 건배를 했다. 젊은이는 올 때보다 훨씬 가벼워진 발걸음으로 돌아갔다. 이 방문에 관해 줄리앙에게는 전혀 내색하지 않았다. 재산 양도계약은 비밀리에 이루어졌다. 그리고 혼례에 대해 발표를 하고 어느 월요일 아침에 결혼식이 거행되었다.

이웃 아낙네가 신혼부부의 뒤를 따라 아기를 안고 교회로 갔다. 행운의 확실한 보증인 것처럼. 그 지방 사람들은 누구 하나 놀라지 않았다. 모두들 데지레 르콕을 부러워할 뿐이었다.

줄리앙은 불같이 화를 냈다. 그 때문에 남작 부부는 레 퍼플을 바로 떠나기로 하였다. 잔느는 크게 슬퍼하는 기색도 없이 부모의 귀향을 배웅하였다. 그녀에겐 이제 폴만이 영원한 행복의 샘이었던 것이다.

9

잔느는 이제 산후의 건강이 완전히 회복되어 줄리앙과 함께 푸르빌가로 답례의 방문을 가고, 쿠틀리에가에도 들리기로 하였다.

줄리앙은 경매에서 최근 새 마차를 하나 샀다. 덮개가 없는 네 바퀴 마차인데 말이 한 필밖에 필요치 않았으므로, 한 달에 두 번씩도 외출할 수가 있게 된 것이다.

10월의 맑은 날, 그는 떠날 차비를 하였다. 그들은 노르망디의 들판을 두 시간이나 마차로 달려서, 산중턱에 숲이 우거지고 바닥의 평지는 경작지로 된 자그마한 골짜기를 내려가기 시작했다. 씨를 뿌린 밭을 지나니 목장이 나오고, 목장을 지나니 마르고 키 큰 갈대가 가득 출렁이고 있는 연못이었다.

마차가 급한 산모퉁이를 돌아가자, 갑자기 눈앞에 라 브리에트 성이 나타났다. 이 성의 건물 한쪽은 나무가 우거진 대지에 잇닿아 다른 쪽은 성벽이 온통 물에 잠긴 채 서 있었다.

안뜰로 가려면 고색 창연한 도개교를 건너가 루이 13세식의 으리으리한 정면 현관을 지나가야 했다. 그곳을 빠져나가니 슬레이트 지붕의 작은 탑들이 달린 벽돌 문틀의 루이 13세식의 우아한 저택이 모습을 나타냈다.

줄리앙은 이 저택의 구석구석까지 알고 있는 사람처럼 건물의 여러 곳을 잔느에게 설명했다. 그는 황홀한 듯이 올려다보며 건물의 아름다움을 찬양하였다.

"저 정면 현관을 좀 봐요, 정말 굉장한 건물이지. 뒤쪽 방들은 모두 연못을 향해 있으며, 근사한 돌층계가 연못까지 내려가 있어. 그 층계 아래에는 4척의 보트를 대기시켜 놓았는데 두 척은 백작의 것이고, 두 척은 부인용이야. 저 오른쪽에, 저기 포플라 가로수가 보이지? 거기까지 연못이 뻗어 있는 거야. 그리고 거기서 강물이 흐르기 때문에 백작은 거기서 사냥하는 것을 즐기지. 정말 훌륭한 귀족의 저택이야."

현관이 열리더니 얼굴빛이 창백한 백작 부인이 나타났다. 그녀는 옛날의 성주 부인처럼 긴 옷자락을 끌면서 미소띤 얼굴로 방문객을 맞으러 나왔다.

그녀는 마치 이 백작의 저택을 위해서 태어난 호수의 미인과도 같았다.

거실에는 창문이 여덟 개나 있었는데, 그 중의 네 개는 연못 쪽을 향해 있었다. 마주 보이는 창문 밖으로는 건너편 언덕을 뒤덮고 있는 울창한 전나무숲을 바라볼 수 있었다. 어두운 색의 숲은 연못의 물을 더욱 깊어 보이게 하고, 장엄하고 우울한 정취를 더해주고 있었다. 바람이 불면 나무들의 수런거림이 숲의 목소리처럼 들려왔다.

백작 부인은 마치 어렸을 때부터의 친구라도 되는 것처럼 잔느의 두 손을 잡아 소파에 앉히고는, 자기도 그 옆의 낮은 의자에 앉았다. 한편 오랫동안 소홀히 하고 있던 우아한 맵시를 한 다섯 달 전부터 되찾은 줄리앙은, 오늘은 더욱 상냥하고 부드럽게 얘기하고 미소를 지었다.

백작 부인과 줄리앙은 두 사람의 승마 산책에 대해 웃으며 이야기했다.

그녀는 줄리앙의 승마 자세가 좀 이상하다고 말하며 '비틀거리는 기사'라고 놀리자 줄리앙도 지지 않고 '용맹스런 여왕님'이라고 응수하며 웃었다. 갑자기 창문 아래서 한 발의 총성이 울렸다. 잔느는 조그맣게 비명을 질렀다. 그것은 백작이 물오리를 잡느라 쏜 총소리였다.

부인은 곧 백작을 불렀다. 그러자 노젓는 소리가 들리고, 배가 돌층계에 부딪히는 소리가 나더니 장화를 신은 거구의 백작이, 물에 흠뻑 젖은 두 마리의 개를 데리고 나타났다. 개들은 문 앞 양탄자 위에 배를 깔고 비스듬히 누웠다.

백작은 자기 집이기 때문인지 훨씬 편안한 태도로 대했다.

그는 방문객을 보고는 퍽 반가워하며 벽난로에 불을 지피게 하고, 마데트 섬산의 포도주와 비스킷을 내오도록 시켰다. 그가 갑자기 외쳤다.

"물론 오늘 저녁 식사를 우리와 함께 하시겠지요. 준비도
되었어요."

어린애 생각이 한시도 떠나지 않던 잔느는 그것을 사양하
였다. 그러나 백작은 계속 권하는 것이었다. 잔느가 계속 사
양하자, 줄리앙이 갑자기 짜증난 몸짓을 해 보였다. 그것을
본 잔느는 그의 냉혹하고 도전적인 성질을 일깨울까 겁이 나
서, 내일까지 폴의 얼굴을 볼 수 없을 것을 생각하면 끔찍스
러울 정도였으나 어쩔 수 없이 승낙해 버렸다.

그 날의 오후는 참으로 즐거웠다. 먼저 모두들 그 연못의
수원지를 구경하러 갔다. 샘물은 투박한 수반에서 끓어오르
는 것처럼 이끼가 잔뜩 낀 바위 밑에서 솟아나고 있었다. 그
런 뒤 그들은 보트를 타고 시든 갈대 숲 사이로 난 수로를 따
라 연못을 한 바퀴 돌았다. 백작은 두 마리의 개 사이에 앉아
노를 저었는데, 개는 코를 허공에다 내밀고 냄새를 맡고 있
었다.

백작이 노를 저을 때마다 커다란 보트는 들먹거리며 앞으
로 나아갔다. 잔느는 때때로 맑은 물 속에 손을 담그고 손가
락 끝에서 심장까지 전해져 오는, 이 얼음 같은 차가움을 즐
겼다. 보트 뒤쪽에서는 줄리앙과 숄을 두른 백작 부인이 마
주 보며 미소를 짓고 있었다. 더 이상 바랄 것이 없을 만큼 행
복한 사람들에게만 있을 법한 영원의 미소였다.

시든 갈대숲 사이로 불어오는 미풍과 얼음같이 차가운 전

율을 느끼게 하는 냉기와 함께 저녁 때가 되었다. 태양은 전나무 숲 뒤로 떨어져 버렸다. 기묘한 모양의 진홍색 구름조각들이 흩어져 있는 붉은 하늘을 바라보기만 해도 오싹 몸이 떨렸다.

그들이 돌아왔을 때 넓은 거실의 벽난로에는 장작이 기세 좋게 타고 있었다. 방에 들어서자마자 따뜻한 방 안 공기와 즐거운 느낌이 사람들을 유쾌하게 하였다. 백작은 행복한 듯 떠들며 운동선수 같은 두 팔로 아내를 껴안아 마치 어린애를 들어올리듯이 자기 입 가까이까지 번쩍 들어올려 만족한 호인이 하듯 요란하게 두 번이나 아내의 볼에 키스를 하였다.

잔느는 미소를 띠고 수염만 보아도 식인종 같은 이 선량한 거인을 바라보며 생각했다. ─ 사람들은, 매일매일 남에 대해서 오해를 하고 있는 것이다. ─ 그리고는 무의식적으로 줄리앙을 쳐다보았다. 그는 무서울 만큼 얼굴이 창백해져서 백작을 노려보며 문간에 서 있었다. 잔느는 불안한 마음이 들어 남편 옆으로 다가가 살며시 물었다.

"어디 몸이 불편하세요? 무슨 일이에요?"

그러자 줄리앙은 무뚝뚝하게 대답하는 것이었다.

"아무것도 아니야. 그냥 내버려 둬. 추워서 그래."

식당으로 들어갈 때, 백작은 개를 함께 데려가는 것을 허락해 달라고 부탁했다. 개들은 곧 다가와 주인의 좌우에 앉았다. 백작은 식사 도중 줄곧 음식을 한 조각씩 개에게 주고는 비단결같이 반질반질한 길쭉한 귀를 쓰다듬어 주었다. 개는 목을 쭉 빼고 꼬리를 흔들면서 만족스런 듯이 몸을 흔들었다.

저녁을 마치고 잔느와 줄리앙이 떠날 준비를 하자, 푸르빌 백작이 횃불을 켜고 고기잡는 광경을 구경시켜 드리고 싶다면서 다시 두 사람을 붙드는 것이었다.

백작은 두 사람을 백작 부인과 함께 연못으로 내려가는 돌층계 위에 세워놓고, 자기는 그물과 횃불을 켜든 하인을 데리고 배를 탔다. 금가루를 뿌려놓은 것 같은 하늘 아래 밤은 맑았고 싸늘한 냉기가 피부에 스며들었다.

횃불은 이상하게 움직이는 괴상한 꼬리를 늘이고, 갈대 위로 춤을 추는 듯한 그늘을 던지고, 전나무 숲을 훤히 드러내었다. 배가 갑자기 한 바퀴 돌았는가 싶더니, 괴상한 커다란 사람의 그림자가 밝게 드러난 숲 가장자리에 떠올랐다. 그림자의 머리는 나무들을 넘어서 하늘로 사라졌고, 발은 물 속에 잠겨 있었다. 엄청나게 큰 인간의 그림자가 마치 별이라도 잡으려는 듯이 팔을 높이 치켜들었다. 그것은 갑자기 위로 힘껏 뻗쳤다가는 이내 아래로 내려왔다. 그러자 수면을 회초리로 친 것 같은 물소리가 들려왔다.

그때 배가 다시 천천히 방향을 돌리자 예의 이상한 실루엣은 불빛에 드러난 숲을 따라 주르르 달려가는 것처럼 보였다. 그리고는 어둠속으로 사라졌다. 그러더니 갑자기 아까처럼 크지는 않지만 선명한 윤곽을 드러내며 저택의 현관 아래로 다가왔다.

백작의 굵직한 목소리가 들려왔다.

"질베르트, 여덟 마리 잡았어."

노가 물결을 쳤다. 커다란 그림자는 벽 위에 움직이지 않고 가만히 서 있었다. 그러다가 점점 줄어들어갔다. 그러더니 푸르빌 백작이 여전히 횃불을 든 하인을 거느리고 돌층계 위로 올라올 무렵에는, 그림자는 백작의 몸짓만큼 줄어들어 백작의 동작 하나하나를 흉내내고 있었다.

잔느와 줄리앙은 백작 부인이 빌려준 망토와 담요로 몸을 푹 싸고 마차에 올랐다. 도중에 잔느는 무심결에 이렇게 말했다.

"그 거인은 정말 좋은 사람이에요."

그러자 말을 몰고 있던 줄리앙이 대답했다.

"그래. 하지만 다른 사람들 앞에서 예의를 잘 지킨다고는 할 수 없어."

3일 후에 두 사람은 쿠를리에가를 방문했다. 이 집은 이 지방에서 제일가는 가문으로 손꼽히는 귀족이었다. 르미닐 저택은 카니의 큰 성 가까이에 있었다. 루이 14세 때 세워진 이 새 저택은 담으로 둘러싸인 호화로운 정원 안에 파묻혀 있었다. 언덕 위에는 옛날 성의 폐허가 보였다.

제복을 입은 하인들이 으리으리한 방으로 두 사람을 안내하였다. 방 한가운데에는 일종의 원주가 세브르산의 커다란 술잔을 받치고 있었고, 그 받침대에는 왕의 친필 서한이 수정 판자 속에 끼워져 있었는데, 그것은 레오플에르베 조세프 제르메르 드 바르느빌 드 롤보스크 드 쿠틀리에 후작 앞으로 보내는 것이었다.

잔느와 줄리앙이 이 국왕의 선물 술잔을 바라보고 있을 때 후작 부부가 방 안에 들어왔다. 부인은 분화장을 하고 억지로 상냥하게 대하며 공손하게 보이려고 의식적으로 행동했기 때문에 그 꾸미는 태도가 매우 어색하게 보였다. 후작은 백발을 매끈하게 갈라붙인 뚱뚱한 사람으로, 몸짓이나 목소리나 태도 전체에서 자기의 권위를 스스로 나타내려는 거만한 기색이 엿보였다.

그들 부부는 정신이나 감정 또는 말투에서도 언제나 콧대 높고 오만한, 에티켓만 찾는 사람들의 부류였다. 그들은 상대방의 대답도 기다리지 않고 열심히 지껄이고, 상대방에게 무관심한 태도로 미소를 짓고 있었는데 그것은 자기들의 신분 때문에 어쩔 수 없이 지워진 역할인, 부근의 신분 낮은 시골 귀족을 예의바르게 대해 줘야 한다는 역할을 억지로 수행하고 있는 것같이 보였다.

잔느와 줄리앙은 될수록 부드럽게 행동하려고 애썼으나, 더 있기도 어색하고 그렇다고 벌떡 일어서기도 뭣했다. 그러나 마침 후작 부인이, 적절한 때에 대화를 끊음으로써 자연스럽고 간단하게 이 방문을 끝낼 수 있었다.

돌아오는 길에 줄리앙이 말했다.

"당신만 괜찮다면, 이 댁의 방문은 이제 끝냈으면 하오. 난 푸르빌가로써 충분해."

잔느도 동감이었다.

12월, 1년의 밑바닥인 어두운 동굴 같은 이 우울한 달은 천천히 지나갔다. 지난해와 마찬가지로 폐쇄된 겨우살이가 시작되었다. 그러나 잔느는 밤낮으로 폴의 일로 바빴으므로 하나도 따분한 줄을 몰랐다. 줄리앙은 그런 그녀를 초조하고 불안스러운 눈초리로 쳐다보았다.

때때로 어머니가 아기에 대해 가지는 저 열정적인 애정으로 애무를 하다가 아기를 아버지에게 내밀면서 말하는 것이었다.

"우리 아가에게 키스라도 좀 해 주세요. 당신은 폴에게 전혀 애정이 없는 것 같아요."

그러면 줄리앙은 내키지 않는 듯한 모습으로 입술 끝을 아기의 보드라운 이마에 살짝 대고는 곧바로, 주먹을 쥐고 꼼지락대는 조그만 손이 자기에게 닿을까 봐 조심하면서 바깥으로 재빨리 사라져버리는 것이었다. 마치 어린애에 대한 혐오감에 쫓기기라도 하듯.

이따금 읍장과 의사와 신부가 찾아와 만찬을 함께했다. 가끔 푸르빌 부부도 찾아왔는데, 이들과는 더욱 친밀해지고 있었다.

백작은 폴을 매우 귀여워했다. 그는 방문 때마다 꼭 폴을 무릎 위에 올려놓았고 어떤 때는 오후 내내 안고 있을 때도 있었다. 그는 거인같이 커다란 손으로 조심스럽게 아이를 다루며 긴 수염으로 아기의 코 끝을 간질이다가는, 아이 어머니가 하듯 애정에 못견딜 듯한 충동으로 아이를 껴안고 입을 맞출 때도 있었다. 백작은 늘 자기네 부부 사이에 어린애가 없는 것이 불만이었다.

3월은 청명하고 공기가 건조했으며 따뜻한 나날이 계속되었다. 질베르트 백작 부인은 넷이서 말을 타고 산책을 가자는 말을 꺼냈다. 변화라곤 없는 긴 저녁과 긴 밤의 단조로움에 약간 싫증이 나 있던 잔느는 이 계획에 기뻐하며 찬성하였다. 그래서 일 주일 내내 승마복을 만들면서 즐거워했다.

이윽고 그들은 승마로 산책을 시작했다. 그들은 언제나 두 사람씩 짝을 지어 말을 달렸다. 백작 부인과 줄리앙이 앞서 가고 백작과 잔느가 백 보 가량 떨어져서 뒤따랐다. 뒤의 두 사람은 친구처럼 조용히 이야기를 나누었다. 그들은 서로 고지식한 마음과 소박한 성격에 이끌려 좋은 친구가 되었던 것이다. 줄리앙과 백작 부인은 가끔 낮은 목소리로 무언가 속삭이는가 하면, 어떤 때는 큰 소리로 웃음을 터뜨리기도 하고, 또 입으로 말할 수 없는 일을 눈으로 말하기라도 하듯이 가만히 마주 보기도 하였다. 그리고 멀리 달아나고 싶은 욕망에 사로잡혀, 더 멀리 더 끝없이 가고 싶은 욕망에 몰려 갑작스럽게 속력을 내어 내달리는 것이었다.

승마 산책을 시작한 뒤로 질베르트는 마음의 안정을 찾은 듯했다. 때때로 그녀의 날카로운 음성이 미풍에 실려 뒤따라

가는 두 사람에게까지 들려왔다. 그러면 백작은 웃음을 띠고 잔느에게 말하는 것이었다.

"제 처는 요즈음 날마다 기분이 좋지 않답니다."

어느 날 저녁, 네 사람이 집으로 돌아오는 길에 백작 부인은 말의 옆구리에 박차를 가하면서 말을 몰다가 갑자기 고삐를 잡아당기며 말을 자극하였다. 줄리앙이 몇 번이나 주의를 주는 소리가 들렸다.

"조심하세요, 조심하세요. 말이 당신을 몰고 갈 것 같아요."

그러자 백작 부인이 대답했다.

"미안합니다만, 당신이 참견한 일이 아니에요."

그 또렷한 말은 마치 공중에 떠서 남아 있기라도 한 것처럼 들판 가득 들렸다. 그만큼 냉정하고 야무진 말투였다. 갑자기 말은 뒷다리로 일어서더니, 땅을 차고 거품을 뿜었다. 불안해진 백작이 큰 소리로 외쳤다.

"주의해, 질베르트!"

그러자 백작 부인은 거기에 도전하는 것처럼, 무엇으로도 막을 수 없는 여자 특유의 신경질을 부리며 난폭하게 말의 두 귀 사이를 후려쳤다. 말은 미친 것처럼 일어서서 앞발로 허공을 허우적대다가 발을 땅에 대자마자 무시무시한 기세로 땅을 차며 들판을 달리기 시작했다.

말은 목장을 지나고 경작지를 가로질러 비옥한 습지를 바람처럼 질주했기 때문에 말과 사람을 분간할 수가 없을 정도였다.

줄리앙은 넋이 빠진 듯 바라보며 절망적으로 "부인, 부인" 하고 소리치며 그 자리에 서 있었다.

그러나 백작은 앓는 것 같은 신음소리를 내더니, 동작이 굼뜬 말의 목 위에 몸을 구부리고 온몸의 힘을 다해 말을 앞으로 몰았다. 그리고 목소리와 몸짓과 박차로 말을 자극하여 미친 듯이 몰아가 마치 앞에서 끌어당기는 것처럼 달리게 만들었다. 그것은 거인의 기수가 가랑이 사이에 살찐 말을 끼고 채가는 것처럼 보였다. 두 필의 말은 믿을 수 없는 속도로 질주해 갔다. 잔느는 두 마리의 새가 쫓고 쫓기면서 지평선 저쪽으로 그 모습을 감추는 것을 보듯이, 백작 부부의 두 그림자가 으슥한 저쪽으로 도망치고 쫓아가다가 마침내 사라지는 것을 보았다.

줄리앙이 여느 때와 같은 속도로 다가와서는 화난 얼굴로 중얼거렸다.

"저 여자가 오늘은 미쳤나 봐."

두 사람은 이제는 물결치는 들판 저쪽으로 사라진 친구들의 뒤를 쫓아갔다.

10분쯤 지나자 돌아오는 백작 부부의 모습이 보였다. 얼마 안 있어 그들은 서로 만났다.

백작은 빨개진 얼굴에 땀을 흠뻑 흘리고 만족한 듯 웃으며, 기운 센 팔로 의기양양하게 아직도 뛰어오르려는 아내의 말을 꼼짝도 못하게 붙들고 있었다. 부인은 고통에 일그러진 창백한 얼굴로 금방이라도 실신할 것처럼 한쪽 손으로 남편의 어깨를 붙들고 있었다. 잔느는 그 날 백작이 미칠 듯이 아내를 사랑하고 있다는 것을 알았다.

그런 뒤로 한 달 동안 백작 부인은 전에 볼 수 없었던 만큼 명랑해졌다. 그리고 레 푀플에 찾아와, 끊임없이 웃으며 격정적으로 잔느를 포옹했다. 무언가 신비스럽고 황홀한 상태가 그녀의 생활에 스며들기라도 한 것 같았다. 백작도 이제는 행복해진 모습으로 한시도 아내로부터 눈을 떼지 않고, 더욱 애정이 두터워진 듯 끊임없이 아내의 손이며 옷을 만졌다. 어느 날 백작이 잔느에게 말했다.

"우리는 지금 무척 행복합니다. 질베르트가 이렇게 상냥한 태도를 보인 적은 없었습니다. 우울해 하거나 화를 내는 일도 없게 되었습니다. 난 그녀가 나를 사랑하고 있다는 것을 알 수가 있어요. 지금까지는 그것에 대해 자신이 없었지요."

줄리앙 역시 사람이 변한 것 같았다. 전보다 훨씬 쾌활해지고 짜증도 없어졌다. 마치 두 집의 우의가 각 가정에 평화와 기쁨을 가져온 것 같았다.

봄은 이상할 만큼 빨리 왔고 더웠다. 감미로운 아침에서 조용하고 훈훈한 저녁까지 태양은 대지의 온 표면에 내리쬐어 싹이 나게 하고 있었다. 그것은 모든 싹이 동시에 움트는 급격하고 힘찬 개화였으며 저항할 길이 없는 수액의 끓어오름이었다. 우주가 젊어진 듯한 생각을 믿게 하는 풍요한 해엔 자연이 가끔 내보이는 그 신생의 열기였다.

잔느는 이 생명의 발효에 어쩐지 마음이 산란해지는 것을 느끼고 있었다. 풀 속에 핀 한 송이의 조그만 꽃을 보아도 갑자기 일상의 권태가 느껴지고 달콤한 우수에 젖기도 하고 아득한 공상세계를 헤매기도 했다.

사랑을 처음 알았을 때의 감동적인 추억이 가슴에 되살아난 것은 아니었다. 그것은 이미 지나가 버린 것이다. 영원히 지나가버렸다. 하지만 온몸이 미풍에 애무당하고 봄의 향기에 취하고 눈에 보이지 않는 다정한 속삭임에 끌리기라도 한 듯 산란해지고 어지러운 것이었다.

그녀는 혼자 따뜻한 햇살을 온몸에 받으며 관념 같은 것은 결코 일깨우지 않는 맑은 기쁨이나 감각에 젖으며 막연하고 조용한 환희가 자신을 감싸는 것을 즐겼다.

어느 날 아침, 그녀가 그러한 모습으로 조는 것처럼 앉아 있는데, 갑자기 하나의 환영이 그녀의 뇌리를 스쳐 지나갔다. 그것은 제 에트르타 부근의 조그만 숲속의 빈 터였다. 어슴푸레한 숲속 한가운데, 구멍처럼 뻥 뚫려 햇살이 내리비치는 저 빈 터의 환영이 떠오른 것이다. 거기서 처음으로 그가 수줍은 가슴속의 생각을 더듬거리며 고백했던 것이다. 그녀가 자기의 빛나는 미래를 갑자기 만져 본 것 같은 생각이 든 것도 거기였다.

잔느는 다시 한 번 그 숲의 빈 터로 가 보고 싶어졌다. 일종의 감상적이고 미신적인 순례를 해보고 싶어진 것이다. 마치 그 장소를 다시 한 번 가봄으로써 자기의 생활에 어떤 변화라도 올 것 같은 생각이 들었다.

줄리앙은 새벽부터 어디로 나가고 없었다. 어디로 갔는지, 그녀로서는 알 수 가 없었다.

그녀는 마르탱네로 가서 작은 흰 말 위에 안장을 놓게 했다. 그리고는 집을 나섰다.

무엇 하나 움직이는 것이 없고 풀 한 포기 나뭇잎 한 장 까딱하지 않는 조용한 날이었다. 마치 바람이 죽어버린 듯 모든 것이 끝까지 움직이지 않으려는 것 같았다. 곤충들까지도 사라진 것 같았다. 타는 듯한 고고한 정적인 금빛 안개가 되어 태양으로부터 조용히 내려왔다. 잔느는 천천히 걷는 작은 말 등에서 흔들리며 행복에 젖었다. 때때로 그녀는 눈을 들어 작은 흰구름을 올려다보았다. 푸른 하늘 가운데에 떠 있는 솜덩이 같은 한 줌의 수증기는 저 높은 곳에서 움직이지 않고 있었다.

잔느는 에트르타의 문이라고 불리우는, 절벽의 커다란 바위 문 사이의 바다 쪽으로 이어진 계곡으로 들어섰다. 그리고는 살며시 숲속에 발을 디뎠다. 아직도 연약한 초록빛의 잎새 사이로 햇빛이 쏟아지고 있었다. 그녀는 그 장소를 찾지도 못하고 오솔길을 이리저리 헤매었다.

그녀가 길게 뻗은 오솔길을 가로지르려고 할 때, 문득 그 길 끝에 안장이 놓인 두 마리의 말이 보였다. 그녀는 곧 누구의 말인지 알 수 있었다.

질베르트와 줄리앙의 말이었다. 숲속을 헤매다 보니 고독감이 짓누르던 터라 그녀는 뜻밖의 만남이 기뻤다.

그녀는 그 쪽으로 말을 몰아 갔다.

이렇게 매어져 기다리는 데 익숙해진 것 같은 참을성있는 두 마리의 말 곁에까지 가서 잔느는 큰 소리로 그들을 불러 보았다. 그러나 아무 대답도 없었다.

말 아래 짓이겨진 잔디 위에 여자용 장갑 한짝과 두 개의 채찍이 떨어져 있었다. 그들은 여기 앉아 있다가 말을 남겨 둔 채 어디론가 간 것이 틀림없었다.

잔느는 10분쯤 기다렸다. 20분이 지났다. 도대체 무엇을 하고 있는지 의심스러운 생각이 들었다. 그녀가 말에서 내려 나무에 기대어 움직이지 않고 가만히 있으려니까 두 마리의 새가 그녀의 존재를 느끼지 못한 듯 바로 옆의 풀 위에 내려 앉았다. 그 중의 한 마리가 날개를 펼쳐 펄럭거리고 시끄럽게 떠들면서 다른 새의 둘레를 뱅글뱅글 돌더니 갑자기 교미를 하는 것이었다.

잔느는 이런 일을 전혀 몰랐다는 듯이 깜짝 놀랐다. 그리고 입속말로 중얼거렸다. '그렇지, 정말 봄이야.' 그러자 또하나의 생각이 그녀에게 달려들었다. 그러자 그녀는 갑자기 그 자리에서 도망치고 싶은 누를 길 없는 충동에 사로잡혀 재빨리 말에 올랐다. 말을 달려 레 푀플로 가며 그녀의 머리는 분주히 추리하고, 사실을 이리저리 맞추어 보고, 여러 가지 상상을 종합해 보았다. 어째서 그동안 아무것도 눈치채지 못했을까. 왜 전혀 모르고 있었을까. 줄리앙이 자주 집을 비웠던 것과 예전처럼 멋을 부리기 시작한 것, 그 이유를 어째서 알아채지 못했을까?

이런 모든 것이 의아스러웠다. 그녀는 또 질베르트의 신경질적인 발작이나, 자신에 대한 지나친 애정 표현, 백작을 기쁘게 하는, 그 다시 없는 행복의 절정이라고 할 수 있는 그녀의 태도 등이 나타났다.

잔느는 말의 속도를 늦추었다. 신중하게 잘 생각해 보려하는데 말이 너무 빨리 달려서 생각을 제대로 할 수가 없었던 것이다.

처음 흥분이 지나가자, 잔느는 다시 마음이 평온해졌다. 질투도 증오도 느껴지지 않았으나 그 대신 경멸만이 가슴을 채웠다. 이제 줄리앙은 거의 생각도 하지 않았다. 그가 무슨 짓을 하든 놀랄 것도 없었다. 그러나 친구로 믿고 있던 백작 부인의 이중적 배신은 그녀를 격분시켰다. 그렇다면 온 세상 사람들이 모두 성실치 못하고, 거짓말쟁이이고, 허위투성이인 마음을 가지고 있다는 말인가. 그렇게 생각하자, 그녀는 눈물이 솟는 것을 느꼈다. 사람은 때때로 죽은 사람을 생각하고 우는 것과 똑같은 슬픔으로 환멸의 비애에 눈물을 흘리기도 한다.

그러나 잔느는 모른 체하기로 하였다. 이제는 폴과 부모밖에는 사랑하지 않고 그밖의 사람에겐 아무렇지도 않은 듯이 대하며 여느 애정에 대해선 문을 닫고 살아가기로 결심하였다.

집에 돌아오자마자 잔느는 아들에게 달려들어 자기의 방

으로 안고 와서는 거의 한 시간 동안이나 미친 듯이 입을 맞추었다.

줄리앙은 저녁 식사 때 돌아왔다. 그는 상냥한 미소를 띠고 의식적으로 부드러운 태도를 보이며 관심있는 척 묻기도 했다.

"아버님과 어머님은 올해는 안 오시나?"

이렇게 친절하게 물어주는 것에 감격한 잔느는 숲에서 발견한 일을 거의 용서할 마음이 되었다. 갑자기 그녀는 폴 다음으로 사랑하는 두 사람을 보고 싶은 생각에 도저히 그대로 있을 수가 없어서, 밤을 새워가며 오시기를 재촉하는 편지를 써서 부모에게 보냈다.

부모님은 5월 20일에 도착한다고 알려왔다. 그날은 5월 7일이었다.

잔느는 날이 갈수록 더 초조해 하며 부모님을 기다렸다. 그녀는 딸로서의 애정 외에, 자기의 마음을 정직한 마음에 접촉시키고 싶었고, 모든 생활과 행실, 생각, 또 모든 욕망이 언제나 곧은, 마음이 깨끗한 사람들과 가슴을 터놓고 이야기하고 싶다고 새로운 욕망을 느끼고 있었다.

그녀가 지금 느끼고 있는 것은 꺼져 없어지는 더러운 양심 한복판에 자기의 곧은 양심 하나가 외롭게 서 있다는 일종의 고독감이었다. 이제 자신의 감정을 속일 줄 알게 되었음에도, 또 손을 내밀고 미소를 보이며 백작 부인을 맞이하고는 있었지만, 사람에 대한 공허와 멸시감이 시시각각으로 커져서 자기를 둘러싸는 것을 느꼈다. 게다가 거의 날마다 들려 오는 이 지방의 사소한 소문들이 그녀의 영혼으로 하여금 인간에 대한 더욱 커가는 혐오감을 맛보게 하고 환멸을 부채질하고 있었다.

쿠이야르네 딸 하나가 최근 아이를 낳고 결혼식을 올리려고 하고 있었고, 마탱네 하녀는 고아였는데, 배가 불러 있었다. 15살밖에 안 된 옆집 계집아이도 아이를 뱄다. 절름발이에다 '똥'이라고 불릴 만큼 못생기고 불결한 과부까지도 아이를 배고 있었다.

끊임없이 임신 소식이 날아드는가 하면 미혼이든 혹은 기혼자든 혹은 사람들의 존경을 받고 있는 돈 많은 농부가 바람이 났다는 소문도 들려왔다.

따뜻한 봄은 초목의 수액이나 마찬가지로 인간 몸 속의 생명의 액체도 끓어오르게 하고 있는 것 같았다.

그런데 잔느는, 불이 꺼진 것처럼 모든 감각이 이제는 흥분하지 않게 되고, 상처받은 마음, 감상적인 혼만이 훈훈하고 풍요로운 미풍에 흔들리고 있는 것 같았다. 욕망도 없이 공상에 잠기고, 육체가 죽어버렸으므로 이런 추악한 짐승 같은 행위에 놀라고 어처구니가 없어서 극심한 혐오감과 증오심을 느끼고 있었다.

생물의 모든 교미는 이제 마치 자연을 배반하는 일이나 되는 것처럼 잔느를 분노하게 하였다. 그리고 그녀가 질베르트를 경멸하고 있는 것은, 그녀가 자기의 남편을 빼앗았다는 점이 아니라 질베르트 역시 그런 일반적인 세상의 불미스런 구렁에 빠져 있다는 사실 때문이었다.

그녀는 저속한 본능에 지배되는 시골뜨기와는 출신이 다른데, 어째서 그렇게 짐승 같은 무리들과 똑같이 그런 일에 빠지게 되었을까.

부모님이 오기로 되어 있는 그날, 줄리앙은 자연스런 우스갯소리나 하듯 쾌활하게 다음과 같은 이야기를 해서 잔느의 혐오감을 부채질했다.

"빵집 주인이 어제, 빵을 굽는 날도 아닌데 빵가마에서 무슨 소리가 나길래 고양이가 들어갔나 하고 열어 보았더니, 고양이가 아니라 자기 아내였다는 거야."

줄리앙은 말을 계속했다.

"빵집 주인이 뚜껑을 닫아버렸기 때문에 그 안에 들어 있던 두 남녀는 질식을 할 뻔했지. 그런데 빵집 주인의 아들이 이웃집 사람에게 뛰어가서 알렸대. 그 녀석은 자기 엄마가 대장쟁이와 함께 가마 속으로 들어가는 것을 봤던 거야."

줄리앙은 재미있다는 듯 웃으며 계속 이야기했다.

"참 웃기는 놈들이야. 우리에게 사랑의 빵을 먹이려고 했으니 말야. 이거야말로 영락없는 라 콩텐의 우화야."

잔느는 이제 빵에 손을 댈 기분도 나지 않았다.

드디어 역마차가 돌층계 앞에 멈추었다. 남작이 마차의 창밖으로 기쁜 듯한 얼굴은 내밀었을 때, 잔느의 가슴 속엔 지금까지 느껴보지 못했던 깊은 감동과 설레는 애정의 욕구가 솟아났다.

그러나 어머니의 모습을 본 순간 그녀는 놀라서 거의 기절할 뻔했다. 남작 부인은 이번 겨울 여섯 달 동안에 10년이나 더 나이를 먹은 것 같았다. 축 늘어진 양쪽 볼은 피멍이 든 듯 시뻘개져 있었고, 눈에서는 광채가 사라진 것 같았으며 겨드랑이를 받쳐주지 않으면 움직일 수도 없게 되었다. 숨찬 호흡은 휘릭휘릭 소리를 내며 너무나 괴로워 보여, 옆에서 듣는 사람도 고통스러워질 정도였다. 남작은 매일 보고 있었기 때문에 이러한 쇠약함을 전혀 느끼지 못하고 있었다. 그리고 부인이 호흡이 곤란하다거나 차츰 몸이 더 무거워진다고 하면 남작은 이렇게 말하는 것이었다.

"그럴 리가 있나. 여보, 당신은 언제나 그랬잖아!"

잔느는 부모님을 방까지 모셔다 주고는, 자기 방으로 달려가 혼란스러운 마음에 정신없이 울었다. 그녀는 다시 아버지한테로 가서, 그 가슴에 몸을 던지고는 눈물을 글썽이며 말했다.

"아버지. 어머니가 어째서 저렇게 변하셨어요? 무슨 일이에요? 예? 왜 그렇게 되셨지요?"

남작은 깜짝 놀라서 대답했다.

"그래? 그럴 리가 없어. 나는 한시도 곁을 떠난 일이 없다. 내가 하는 말이 틀림없어. 아무 데도 더 나빠지지 않았어. 전과 똑같아……."

그날 저녁, 줄리앙은 아내에게 말했다.

"어머니는 매우 나빠지신 것 같군. 오래 사시지 못할 것 같아……."

그 말에 잔느가 또 흐느끼기 시작하자 줄리앙은 짜증을 내면서 말했다.

"자, 그만두라고. 금방 돌아가신다는 말이 아니잖아. 당신은 항상 지나치게 생각해. 그저 좀 변하셨을 뿐이야. 나이 탓이지……."

1주일이 지나자, 잔느도 이제 어머니의 달라진 모습에 익숙해져서 그 일을 생각하지 않게 되었다. 아마도 일종의 이기적인 본능, 즉 마음의 평정을 바라는 자연적인 욕구에서 그녀가 공포심을 억지로 눌러버린 탓도 있을 것이다.

남작 부인은 걸을 힘도 없어져서 날마다의 산책을 30분 정도밖에 할 수 없었다. '자기의' 산책길을 한 번 걷고 나면 그녀는 더 이상 꼼짝 할 수가 없어서 '자기의' 의자에 앉혀달라고 하였다. 그리고 산책을 마지막까지 해낼 수 없다고 느끼면 이렇게 얘기했다.

"여기서 그만둬야겠어. 내 비대증이 오늘은 다리까지 아프게 하는군."

남작 부인은 전처럼 소리를 내어 웃는 일이 거의 없었다. 작년 같으면 온몸을 뒤흔들며 웃을 일에도 그저 미소만 띨 뿐이었다. 그러나 시력은 아직 괜찮았기 때문에 '코린느'나 라마르틴의 '명상 시집'을 읽으며 하루하루를 보내고 있었다. 때로는 '기념품'이 들어 있는 서랍을 가져오라고 하여 그리운 낡은 편지들을 모두 무릎 위에 쏟아놓고 서랍을 자기 옆 의자 위에 놓은 다음, 그 '유물'들을 한 장 한 장 세밀히 읽어가면서 다시 서랍 속에 차곡차곡 넣었다. 그리고 혼자만 있을 때는 그 중의 어떤 편지들엔 이제는 죽어버린 옛날 애인의 머리카락에 살며시 입술을 대듯이 입을 맞추기도 했다.

갑자기 방에 들어갈 경우, 잔느는 이따금 슬픈 듯이 눈물을 짓고 있는 어머니를 본 적도 있었다.

"왜 그러세요, 어머니?"

그러면 남작 부인은 긴 한숨을 쉬고 나서 대답했다.

"내 유물 탓이란다. 이제는 지나가버린 즐거웠던 일이 생각난 거야. 게다가 이제는 생각지도 않던 사람이 갑자기 생각나는 수도 있어. 그 사람의 모습이 눈에 보이고 그 목소리가 들리는 것 같아서, 참 슬프단다. 너도 얼마 후엔 그런 것을 알게 될 거야."

이렇게 자기 아내가 우울해 있는 장면을 보게 되면, 남작은 속삭이듯 딸에게 말하였다.

"잔느야. 내 말을 듣는다면 네 편지들을 태워버려라. 모두 너의 어머니가 보낸 것이든 내가 보낸 것이든 모두 없애버려. 나이 들어서 젊었을 때의 추억에 머리를 처박는 것처럼 무서운 일은 없단다."

그러나 잔느는 편지를 잘 간직하고 자기의 '유물 상자'를 준비해 두고 있었다. 그녀는 모든 일에 있어서 어머니와 다르지만, 꿈꾸는 듯한 감상에 있어서는 일종의 유전적 본능에 따르고 있었던 것이다.

며칠 뒤, 남작은 볼일이 있어서 집을 비우고 있었다.

계절은 눈부셨다. 조용한 저녁에 이어 아늑하고 총총한 밤이 따라왔고, 맑은 저녁은 빛나는 낮 다음에 오고, 해맑은 낮은 눈부신 아침이 계속되었다. 어머니는 전보다 더 건강이 좋아졌다. 그래서 잔느는 줄리앙과 질베르트의 배신도 잊고 거의 완전한 행복에 젖어 있었다. 들판은 보이는 곳까지 온통 꽃을 피우고 있었으며 향기가 천지를 진동시켰다.

어느 날 오후에 잔느는 폴을 안고 들로 나갔다. 때때로 아이에게 키스를 하고는 정열적으로 꼭 껴안으며 코 끝을 스치는 달콤한 들의 향기에 한없이 행복 속으로 녹아드는 것 같았다. 그녀는 아들의 미래를 여러 가지로 그려 보았다. 이 아이는 무엇이 될 것인가. 어떤 때는 권력을 가진 위대한 인물이 되어주면 좋겠다고 생각하다가 평범한 사람이라도 상관없으니 자기 옆에 있으면서 어머니를 위하여 언제든지 헌신적으로 따뜻한 팔을 빌려주는 것이 낫겠다고 생각했다. 어머니로서의 이기심으로 사랑할 때는 언제까지나 아이가 자기만의 아들이 되었으면 좋겠다고 생각했으나, 정열적인 이성으로 사랑할 때는 세상에 이름을 떨치는 사람이 되었으면 하고 바라는 것이었다.

잔느는 냇가에 앉아서 아이의 얼굴을 들여다보다가 갑자기 지금까지 한 번도 본 적이 없는 것 같은 느낌이 들었다. 그리고 이 조그만 아기가 차츰 커서 분명하게 걸음을 걷고 뺨에 수염이 돋으며 낭랑한 목소리로 이야기할 것을 생각하자, 새삼스럽게 이상한 기분이 들었다.

멀리서 누군가가 그녀를 부르는 것 같아 그녀는 고개를 들었다. 마리우스가 이쪽으로 달음질쳐 오고 있었다. 그녀는 누구 손님이라도 왔나보다고 생각하며 모처럼의 시간을 방해받은 것을 불만스러워하며 일어섰다. 소년은 전속력으로 뛰어오더니, 그녀 가까이에서 소리쳤다.

"아씨, 마님께서 위독하십니다!"

잔느는 등줄기를 타고 한 가닥의 전류가 흐르는 듯한 느낌이 들었다. 그녀는 정신없이 뛰기 시작했다.

플라타너스 아래 사람들이 모여 있는 것이 멀리서도 보였다. 잔느가 달려가자 사람들이 길을 열어주었다. 거기에는 두 개의 베개로 머리를 받친 채 땅 위에 누워 있는 어머니가 있었다. 얼굴은 검푸르고 두 눈은 감겨졌으며, 1년 동안이나 줄곧 헐떡대던 가슴이 이제는 움직이지 않았다. 유모가 잔느의 팔에서 아기를 받아 데리고 갔다.

잔느는 놀라서 상기된 얼굴로 물었다.

"어떻게 됐지요? 어째서 쓰러지셨어요? 어서 의사를 불러다줘요!"

그러면서도 뒤로 돌아서자 어떻게 알고 왔는지 신부의 모습이 눈에 띄었다. 신부도 소매를 걷어붙이고 부지런히 움직이며 애를 쓰고 있었다. 그러나 식초도, 콜로뉴도, 마사지도 소용이 없었다.

"옷을 벗기고 침대에 뉘어야 되겠어요." 신부가 말했다.

소작인 쿠이야르도, 시몽 영감과 튀디비느도 마침 그 자리에 있었다. 그들은 피코 신부의 힘을 빌어 남작 부인을 데려가려고 했다. 그러나 들어올리자마자 머리가 뒤로 축 늘어지고 사람들이 잡은 옷이 찢어졌다. 그토록 부인의 몸은 비대하고 커서 옮길 수가 없었다. 그것을 본 잔느는 너무나 끔찍해서 울음을 터뜨렸다. 사람들은 거대하고 둥글둥글한 몸을 다시 땅에 내려놓았다.

거실에서 팔걸이 의자를 가져와야 했다. 거기에 앉혀서야 가까스로 들어올릴 수가 있었다. 사람들은 한 발 한 발 돌층계를 거쳐서 2층의 계단을 올라가 가까스로 방에 이르러, 침대 위에 부인의 몸을 옮겨 뉘었다. 튀디비느가 채 옷도 벗기기 전에 당튀 과부가 당도했다. 신부도 그렇지만 이 여자도 우연히 들른 것이었다. 하인의 말을 빌면, 그들은 '죽음의 냄새'를 맡고 찾아온 것 같았다.

쿠이야르는 있는 힘껏 말을 달려서 의사를 부르러 갔다. 그리고 신부가 성유를 가지러 가려고 하자, 당튀 과부가 그의 귓가에다 속삭였다.

"신부님, 그만두십시오. 저는 알아요. 부인은 이미 돌아가셨어요."

잔느는 미친 사람처럼 어떻게 하면 좋을지, 무슨 약을 써야 할지를 몰라 아무에게나 애원하였다. 신부는 사죄의 문구를 외우고 있었다.

이 푸르딩딩한 생명 없는 육체 옆에서 사람들은 두 시간이나 기다렸다. 이제 잔느는 무릎을 꿇고 불안감과 괴로움에 찢어질 듯한 가슴으로 흐느껴 울었다.

문이 열리고 의사가 들어왔을 때, 잔느는 구원과 위안과 희망이 들어오는 것 같았다. 그래서 의사한테 달려들어 이 엄청난 일에 대해서 알고 있는 모든 것을 더듬거리며 말했다.

"어머니는 여느 때처럼 산보하고 계셨어요…… 건강은 좋으셨어요. 아주 좋으셨어요…… 점심엔 스프와 계란 두 개를 드셨어요…… 그런데 갑자기 넘어지신 거예요…… 보시다시피 이렇게 새까맣게 되셨어요…… 도무지 움직이지 않으시는 거예요…… 의식을 찾게 하려고 모든 일을 다했습니다…… 온갖……."

과부가 의사를 향해서 신호를 보내는 것을 본 잔느는 너무 놀라서 입을 다물었다.

그래도 그녀는 눈앞의 일을 믿으려 하지 않고 불안스럽게 되풀이하여 물었다.

"위독하신가요? 위독하다고 생각하세요?"

마침내 의사가 말했다.

"아무래도…… 임종하신 것 같습니다. 마음을 단단히 먹으십시오. 용기를 내셔야 합니다."

그 말을 듣자, 잔느는 두 팔을 벌리고 어머니에게로 쓰러졌다.

줄리앙이 돌아왔다. 그는 멍하니 서서 슬픔의 외침도 절망의 기색도 없이 당혹한 듯 잠자코 있었다. 갑작스레 당한 일이라 장소에 필요한 표정과 태도를 얼른 갖출 수가 없었던 것이다. 그는 낮은 소리로 중얼거렸다.

"난 이렇게 될 줄 알고 있었다. 아무래도 멀지 않을 것이라고 느꼈었지……".

그렇게 말하고 나서 손수건을 꺼내어 눈을 닦고는 무릎을 꿇고 성호를 그으며 무어라고 중얼거린 다음 일어서서, 아내도 일으키려고 하였다. 그러나 잔느는 두 팔로 시체를 꼭 껴안고 거의 그 위에 눕다시피 한 채 키스를 하고 있었다. 그녀는 꼭 미친 사람 같았기 때문에 떼어내야만 했다. 한 시간 뒤에 잔느는 다시 어머니가 누워 있는 방으로 올 수 있었다.

이제는 어떤 희망도 가질 수가 없었다. 방은 이미 시체안치소 같이 꾸며져 있었다. 줄리앙과 신부가 창문 옆에서 무언가 말을 주고 받고 있었다. 당뒤 과부는, 죽음의 그림자가 스며들면 자기 집처럼 느껴지는, 밤샘에 익숙해진 여자답게 팔걸이 의자에 편히 앉아서 벌써 잠이 든 것 같았다. 신부는 잔느에게 다가가 그녀의 손을 잡았다. 그리고 어떤 말로도 위로를 받을 길이 없는 그녀의 마음에 신부다운 위안의 말을 들려주었다. 고인에 대해 신부 냄새가 물씬 나는 말로 칭찬하고, 신부 특유의 슬픈 표정을 짓고, 시체는 신부에게 이익을 가져다준다. 기도를 하면서 유해 옆에서 하룻밤을 새우겠다고 제의했다.

그러나 잔느는 흐느끼면서 거절하였다. 그녀는 오늘 밤 오

직 혼자, 영원한 이별이 되는 이 시간을 자기 혼자 있고 싶었던 것이다. 줄리앙이 다가왔다.

"하지만 그럴 수 있소? 둘이 있기로 합시다."

그녀는 고개를 저었다. 이제는 말도 제대로 할 수 없었다. 그녀는 쥐어짜듯 말했다.

"저의 어머니, 저의 어머니예요. 혼자 밤샘을 하고 싶어요."

의사가 중얼거렸다.

"하고 싶은 대로 하게 내버려두죠. 당튀 과부가 옆방에 있으면 될 테니까요."

신부와 줄리앙은 그녀의 말을 따랐다. 그들은 사실 안락한 침대가 생각나기도 했던 것이다. 피코 신부는 무릎을 꿇고 기도하고 일어서더니, '주님이 그대와 함께' 라고 할 때와 같은 목소리로 "정말 성녀 같은 분이셨습니다." 하고 말하면서 방을 나갔다.

그러자 자작이 보통 때와 똑같은 목소리로 물었다.

"무엇을 좀 들지 않겠소?"

잔느는 그 말이 자기에게 하는 것인 줄 모르고 대답하지 않았다. 줄리앙은 다시 말했다.

"기운을 차리게 무얼 좀 먹어야 하잖소?"

잔느는 넋이 나간 사람처럼 말했다.

"아버지께 사람을 보내주세요."

줄리앙은 사람을 루앙으로 보내기 위해서 방을 나갔다.

잔느는 끝없는 고통과 슬픔에 젖어 꼼짝 않고 있었다. 그것은 마치 죽은 어머니에 대한 절망적인 그리움에 온몸을 내맡기고 최후의 작별의 시간을 기다리는 것 같았다.

밤의 그림자가 방 안에 스며들어 어둠이 죽은 자를 에워쌌다. 당튀 과부가 조심스런 동작으로 이리저리 다니며 필요한 물건을 찾기도 하고, 무엇을 치우기도 했다. 그리고 나서 두 개의 촛대에 불을 켜서 침대 머리맡의 흰 천을 씌운 작은 탁자 위에 살며시 놓았다.

잔느에게는 아무것도 보이지 않았고, 느낄 수도 없었고, 무엇 하나 이해할 수가 없었다. 그녀는 이 방에 혼자 있고 싶었지만 줄리앙이 다시 들어왔다. 아마도 저녁 식사를 하고 온 것 같았다. 그는 아내에게 다시 물었다.

"아무거라도 좀 먹어야 하지 않겠소?"

잔느는 고개를 가로저었다. 그는 아내 옆에 앉았다. 잔느는 슬프다기보다는 차라리 체념한 모습이었다. 그는 아무런 말도 하지 않고 가만히 앉아 있었다. 세 사람은 꼼짝도 하지 않고 긴 시간을 의자에 앉아 있었다.

때때로 과부가 슬며시 잠 속에 빠져들면서 코를 골다가는 깜짝 놀라 눈을 뜨곤 했다. 마침내 줄리앙이 잔느에게로 가까이 다가와서 말했다.

"정말 혼자 있고 싶소?"

잔느는 자기도 모르게 남편의 손을 잡고 흥분한 목소리로 말했다.

"네, 혼자 있고 싶어요. 이대로 놓아두세요."

그는 아내의 이마에 입술을 살짝 대고는 중얼거리듯 말했다.

"자주 들어와 보겠소."

그렇게 말하고, 그는 당퇴 과부와 함께 밖으로 나갔다. 과부는 자기의 팔걸이 의자를 옆방으로 밀고 갔다. 잔느는 방문을 닫고 두 개의 창문을 활짝 열어젖혔다. 그러자 미지근한 밤공기가 얼굴에 와 닿았다.

이런 부드러운 느낌은 마치 자신의 처지를 비웃는 것 같았다. 그러자 가슴속 깊숙이에서 더욱 큰 슬픔이 솟아올랐다.

잔느는 침대 옆으로 돌아가 이미 생기가 없는 어머니의 싸늘한 손을 잡고 그녀의 얼굴을 찬찬히 들여다보았다.

지금은 아까 졸도할 때같이 부어 있지는 않았다. 그냥 평화롭게 잠들어 있는 것처럼 보였다. 촛대의 불빛이 미풍에 흔들리면서 끊임없이 얼굴의 그림자를 이동시켰기 때문에 마치 살아서 움직이는 것 같았다.

잔느는 어머니의 얼굴을 자세히 바라보고 있었다. 그러자 자신의 처녀 시절의 무수한 추억들이 생각났다. 어머니가 수녀원의 응접실에서 자신을 기다린 일, 쿠키가 가득 들어 있는 봉지를 건네줄 때의 몸집, 자질구레한 많은 사건들, 다정스럽던 애정 표시, 말, 목소리, 버릇, 웃을 때에 잡히는 눈가의 주름, 걸터앉을 때의 헐떡이는 숨결 같은 것이 생각났다.

그녀는 이렇게 어머니의 얼굴을 바라보며 무의식적으로 '어머니는 돌아가신 것이다.' 하고 되뇌며 앉아 있었다. 그러자 자신이 생각한 이 말이 가지는 무서운 의미가 한꺼번에 밀려들었다.

저기에 누워 있는 사람. 엄마, 어머니, 아델라이드 부인은 정말 죽었단 말인가?

이제는 움직이는 일도, 말하는 일도 없으리라. 이제는 아버지와 마주 앉아 식사를 하는 일도, '잘 잤니, 자네트.' 하고 다정하게 말하는 일도 영원히 없을 것이다.

어머니는 돌아가신 것이다. 얼마 안 있으면 관 속에 뉘어지고, 땅 속에 묻혀버리는 것이다. 그렇게 되면 모든 일이 끝남과 동시에 영원히 어머니를 볼 수 없게 되는 것이다. 그런 일이 있을 수가 있을까? 어떻게 그럴까? 이제 자기에겐 어머니라는 것은 없어져버린 것일까? 자기가 눈을 뜨면서 보아오고 팔을 벌리면서부터 사랑해 온, 이렇게도 정답고 따사로운 얼굴, 엄청난 애정을 쏟아주던 다시 없는 어머니, 그녀 마음속에 다른 누구보다도 소중했던 어머니가 사라져버리는 것이다. 이제는 움직이지도 않고 생각도 없는, 이 시간밖에 더 볼 수 없는 것이다. 그런 뒤에는 아무것도 없는 것이다. 그저 추억만 남는 것이다.

잔느는 끔찍한 발작에 사로잡혀 무릎을 꿇고 발버둥치다가 시체를 덮은 흰 천을 움켜쥔 손을 부들부들 떨면서 침대에 입을 꼭 대고, 가슴이 터지는 것을 막으려는 목소리로 소리쳤다.

"아, 어머니, 불쌍한 어머니, 어머니!"

마치 눈 속을 도망쳐 다니던 그날 밤처럼 미칠 것 같은 느낌이 들어서 그녀는 창가로 달려갔다. 이 방의 공기가 아닌, 죽은 사람의 공기가 아닌 신선한 공기를 마시고 기분을 가라앉히려고 했다. 곱게 깎인 잔디와 나무들, 넓은 들판과 아득한 저쪽에 바다가 조용한 평화 속에 숨쉬며 부드러운 달빛 아래 잠자고 있었다. 이러한 부드러움은 잔느의 마음에 스며들었다. 그녀는 조용히 흐느껴 울기 시작했다. 그녀는 다시 침대로 다가와 병자를 돌보는 것처럼 어머니의 손을 자기 손 안에 꼭 쥐었다.

커다란 벌레가 촛불에 이끌려 방 안으로 날아 들어왔다. 그것은 총알처럼 벽에 부딪히며 방의 이 끝에서 저 끝으로 날아다녔다. 붕붕거리는 날개 소리에 마음이 끌려 잔느는 눈을 들어 그것을 보려고 했으나 하얀 천장에 움직이는 검은 그림자밖엔 보이지 않았다.

그 날개 소리도 들리지 않게 되었다. 그러자 기둥시계의 가벼운 똑딱 소리와 또 하나 희미한, 소리라기보다 거의 들리지 않는 속삭임이 귀에 들려왔다. 그것은 침대 발치의 의자에 내던져진 옷 안에서 아직도 가고 있는 어머니의 회중시계 소리였다. 그러자 이 시체와 아직 움직이고 있는 기계 사이의 막연한 연결이 잔느의 가슴에 예리한 아픔을 되살렸다.

그녀는 시계를 보았다. 이제 겨우 10시 반이었다. 갑자기 여기서 보내야 될 긴 하룻밤을 생각하니, 공포에 가까운 두려움이 솟았다.

다른 추억들이 되살아났다. 그것은 그녀 자신의 생활에 대한 것이었다. 로잘리, 질베르트. 그녀 가슴속의 괴로운 환멸들. 인생이란 비참과 슬픔과 불행, 그리고 죽음 이외에 아무것도 아니란 말인가. 이런 모든 것이 사람을 속이고 거짓이고, 슬프게 하며, 울리는 것이다. 어디에서 약간이나마 휴식과 기쁨을 찾을 수 있을 것인가? 아마도 저 세상에나 가야 있을 것이다! 영혼이 세상의 시련에서 해방되었을 때의 일이다. 영혼! 그녀는 이 측정할 수 없는 신비에 대해서 생각하기 시작했다. 그리고 갑자기 시적인 확신에 도달했는가 하면 이내 그에 못지 않은 막연한 다른 가정이 그것을 뒤집는 것이었다. 도대체 어머니의 영혼은 지금 어디에 있을까? 이 차가운 움직이지 않는 육체의 영혼은? 아마 그것은 매우 먼 곳에 있으리라. 허공 어딘가에? 그러나 어디에? 새장을 빠져나간 새와도 같이 날아간 것일까? 신의 부름에 응해서였을까? 새로운 창조물 어딘가에 뿌려져서 막 돋아나려는 새싹들과 합류한 것일까?

어쩌면 아주 가까이에 있는지도 모른다. 이 방 안에, 방금 빠져나온 생명 없는 이 육체 주위에! 그러자 갑자기 잔느는 망자의 혼이 와서 닿는 것처럼 무언가 입김 같은 것이 자기 옆을 스치는 느낌이 들었다. 그녀는 무서웠다. 너무나 무서워서 감히 움직일 수도, 숨을 쉴 수도, 뒤를 돌아다볼 수도 없게 되었다. 심장이 격렬하게 뛰고 있었다.

갑자기 눈에 보이지 않던 벌레가 다시 날기 시작하여 방

안을 돌면서 벽에 부딪히기 시작했다. 그녀는 발 끝에서 머리 꼭대기까지 오싹한 냉기를 느꼈다. 다음 순간, 그것이 벌레의 날개 소리라는 것을 깨닫자 마음이 놓여, 일어서서 뒤를 돌아보았다. 그녀의 시선은 스핑크스의 머리가 달린 서랍의 유물이 들어 있는 가구 위에 가 닿았다.

그러자 기묘하게 따뜻한 마음이 솟았다. 그것은 마지막 밤샘을 하는 지금 성스런 책이라도 읽듯이, 고인에게는 친근한 옛 편지를 읽어볼 생각이었다. 그것은 따스한 마음이 깃든 신성한 의무를 다하는 일이며, 고인이 된 어머니를 기쁘게 해주는 참다운 효도가 되는 일이라는 생각이 들었다.

그것은 그녀가 모르는 할아버지와 할머니의 오래된 편지였다. 잔느는 그들의 딸을 통해서 그들에게 손을 내밀고 싶었다. 이 마지막 밤에 그들 역시 슬퍼하고 울고 있는 것 같은 느낌이 들어, 그들 곁으로 가 보고 싶었다. 그리고 먼 옛날에 죽어버린 그들과 자기 차례가 되어 죽은 어머니와 아직도 이렇게 남아 있는 자기 자신과의 사이에 일종의 신비스러운 애정의 사슬을 엮어놓고 싶었다.

잔느는 일어서서 책상 앞문을 열고 맨 아랫서랍에서, 실로 가지런히 매어져 있는 누렇게 바랜 열두어 장 가량의 편지 다발을 꺼냈다.

그녀는 일종의 감상적인 기분으로 편지들을 침대 위의 남작 부인의 팔 사이에 놓고 읽기 시작했다.

그것은 어느 집의 낡은 책상 속에서나 흔히 찾아볼 수 있는 지난 세기의 냄새를 풍기는 그런 편지였다.

첫 편지는 '사랑스런 아가에게'로 시작되고 있었다. 다른 편지는 '나의 아름다운 딸에게'로 시작되었고, 다음에는 '사랑스런 딸에게', '나의 귀염둥이', '사랑하는 나의 딸'이 되었다가 '사랑하는 아델라이드', 이렇게 처음에는 어린이에게, 다음엔 처녀, 그리고 젊은 아내에게 보내는 편지로 호칭이 달라져 가고 있었던 것이다. 그리고 이것들은 모두 정열적이기는 하지만 관계없는 사람들에겐 매우 사소한 애정이나, 집안 내의 단순하면서도 커다란 사건 같은 것으로 가득 차 있었다. 예를 들면 '아버지가 감기에 걸리셨다, 하녀 오르탕스가 손가락에 화상을 입었다, 고양이 크로크라가 죽었다, 목책 오른편의 전나무를 베었다, 어머니가 교회에서 돌아오다 성경책을 잃었는데, 누군가 훔쳐갔을 것이다.'하는 식이었다.

거기에는 또, 자기는 모르지만 어렸을 적에 그런 이름을 들은 기억이 어렴풋이 나는 사람들에 대해서도 씌어 있었다. 잔느는 이 계시같이 생각되는 사소한 일들에 대해 감동했다. 마치 갑작스럽게 어머니의 과거의 생활, 어머니의 마음의 생활 속으로 뛰어든 것 같았다. 그녀는 누워 있는 유해를 바라보고 있다가, 죽은 사람의 마음을 풀어 주고 위로해 주는 것처럼 갑자기 소리를 내어 읽기 시작했다.

그러자 움직이지 않는 어머니도 행복한 것처럼 보였다.

그녀는 다 읽은 편지를 하나하나 침대 발치로 던졌다. 그리고 이것들을 꽃을 넣듯 관 속에 넣어드려야겠다고 생각했다.

그녀는 또 하나의 편지 뭉치를 풀어보았다. 그것은 지금까지와는 다른 필적이었다. '나는 이제 당신의 애정 없이는 살아갈 수가 없습니다. 미칠 듯이 당신을 사랑하고 있습니다.'

그 이상 아무것도, 이름조차도 없었다. 그녀는 이해가 안 되어 편지를 뒤집어 보았다. 수신인은 분명히 '르 페르튀 데보 남작 부인'으로 되어 있었다.

다음 편지를 읽어 보았다. '오늘밤 그가 외출하는 대로 곧 와 주십시오. 한 시간은 같이 있을 수 있습니다. 당신을 진정으로 사랑합니다.'

다른 편지에는 다음과 같이 적혀 있었다. '헛되이 당신을 기다리며 미칠 것 같은 하룻밤을 지새웠습니다. 나는 당신의 몸을 내 품에 안고 있습니다. 나의 입술 아래에 당신의 입술이, 나의 눈 아래에 당신의 눈이 있습니다. 그러나 지금 이 순간, 당신은 그의 곁에서 자고 있고, 그가 당신을 마음대로 소유하고 있다는 생각을 하면 너무도 분해 창문에서 몸을 내던지고 싶습니다.'

잔느는 어리둥절한 채 도저히 이해가 되지 않았다. 도대체 이것은 어떻게 된 일인가? 누구에게, 누구를 위해, 누구에 의해서 쓰여진 것일까?

그녀는 계속 읽어 나갔다. 여전히 미칠 것 같은 사랑의 고백이나, 신중하게 행동하라는 주의가 곁들여진 밀회의 약속뿐이었으며, 끝에는 항상 같은 소리가 적혀 있었다.

'반드시 이 편지를 태워 없애버리십시오.'

그녀가 마지막으로 펴 본 것은 단지 만찬의 초대를 승낙하는 편지였지만, 앞의 편지들과 같은 필적으로 '폴 덴느마르'라고 서명이 되어 있었다. 폴 덴느마르는, 남작이 지금도 그의 이야기를 할 때면 '다정한 친구, 폴'이라고 부르는 사람으로, 그의 부인은 남작 부인과 제일 가까운 친구였던 것이다.

문득 어떤 의혹이 잔느의 머리에 떠올랐다. 그리고 그것은 어느새 확고한 사실이 되어버렸다. 어머니는 그 사람을 정부로 삼고 있었던 것이다. 갑자기 머리가 혼란스러워져서 잔느는 몸 위로 기어오른 송충이라도 떼어버리듯 손에 들었던 그 불결한 편지들을 모두 내던졌다. 그리고는 창가로 뛰어가서, 자기도 모르게 무서운 소리를 지르며 정신없이 울기 시작했다. 그녀는 허물어지듯 그 자리에 쓰러져 다른 사람이 듣지 못하도록 커튼에 얼굴을 묻고 끝없는 절망의 늪으로 빠져들며 흐느껴 울었다.

그녀는 밤새도록 그렇게 울었을지도 모른다. 그런데 그때 옆방에서 발소리가 들려왔기 때문에 잔느는 벌떡 일어났다. 어쩌면 아버지일지도 모른다. 침대 위며 방바닥에는 많은 편지들이 널려 있었다. 그 중에서 단 한 장이라도 아버지가 펼쳐 보게 된다면 그 일에 대해서 알게 될 것이다. 아버지가!

잔느는 정신없이 누렇게 바랜 낡은 편지들을 움켜잡았다. 조부모의 편지도, 연인의 편지도, 그리고 아직 읽어보지 않은 것이나 또 책상 서랍 속에 꾸러미로 남아 있는 것 모두를 움켜다 벽난로 속에 던져 넣어버렸다. 그리고는 침대 옆 테이블 위에 켜놓았던 촛불 하나를 들어 그 편지 더미에 갖다 대었다. 커다란 불길이 타오르면서 방과 침대와 시체를 춤추듯 흔들리는 빛으로 비추었다. 그리고 침대 위 흰 천 밖으로 보이는 굳어진 옆얼굴과 천 밑의 커다란 몸의 윤곽을 검고 뚜렷하게 드러냈다. 벽난로의 밑바닥에 한 줌의 재만 남자, 잔느는 유해 옆에 앉을 수가 없는 것처럼 열어젖힌 창가로 다가가 앉아서 두 손으로 얼굴을 가린 채 울기 시작했다.

그녀는 깊은 비탄에 잠겨 가슴이 찢길 듯한 애절한 소리로 울며 중얼거렸다.

"아, 불쌍한 어머니! 아, 불쌍한 어머니!"

문득 어떤 무서운 생각이 그녀의 머리에 떠올랐다. 만일 어머니가 돌아가신 게 아니라, 그저 혼수상태에 빠져서 잠들어 있는 것이라면, 갑자기 깨어나서 말을 시작한다면? 끔찍한 비밀을 알았다는 사실을 자식으로서의 애정을 줄이지는 않을까? 전처럼 경건한 입술로 키스할 수 있을까? 전과 똑같이 드높은 애정으로 사랑할 수가 있을까? 아니다, 이제는 도저히 못 한다! 그렇게 생각하자, 그녀의 가슴은 찢어지는 것 같았다.

날이 밝아지기 시작했다. 별빛은 희미해졌다. 날이 새기 직전의 신선한 시간이었다. 기울어진 달이 바다 속으로 잠겨들며 수면을 진주빛으로 물들였다.

그러자 문득, 레 푀플에 돌아온 날 창가에서 밤을 지새우던 추억이 잔느의 가슴을 아프게 했다. 그것은 얼마나 먼 옛 일인가! 얼마나 모든 것이 변해버렸는가? 미래는 그때 생각 했던 것과 얼마나 엄청나게 달리 보이는가!

어느덧 하늘이 장미빛으로 물들었다. 생동하는, 사랑스럽 고 황홀한 장미빛이었다. 그녀는 지금 어떤 기적의 현장이라 도 보는 것 같은 놀라움에 눈을 크게 뜨고 이 빛나는 아침을 바라보고 있었다. 이렇게 아름다운, 찬란한 땅 위에 기쁨도 행복도 없다니, 그럴 수가 있는가!

문이 열리는 소리가 나서 잔느는 흠칫 몸을 떨었다. 줄리 앙이었다. 그는 아내에게 물었다.

"어때, 피곤하지?"

"아뇨." 하고 그녀는 중얼거리듯 대답했다. 더 이상 혼자 있게 되지 않은 것이 기뻤다.

"자, 이제 가서 좀 쉬어요."

그녀는 어머니의 얼굴에 조용히 키스했다. 고통스럽고 가 슴이 찢기는 듯한 키스였다. 그리고는 자기 방으로 갔다.

그날 하루는 죽음에 따르게 마련인 여러 가지 슬픈 일로 어수선하게 지나갔다. 저녁에 남작이 도착했다. 남작은 거의 쓰러질 듯 몹시 울었다.

매장은 다음날 행하여졌다. 마지막 화장을 한 싸늘한 어머 니의 이마에 마지막 키스를 하고, 유해가 관 속에 넣어져 못 질이 되는 것을 보고 난 다음, 잔느는 물러났다. 조문객들이 찾아올 시간이었다. 질베르트가 맨 먼저 도착했다. 그녀는 흐느껴 울면서 잔느에게로 몸을 던졌다.

몇 대의 마차가 목책을 돌아 빠르게 달려들어 오는 것이 창 밖으로 보였다. 현관에는 사람들의 목소리가 울리고 있었다. 상복을 입은 여자들이 하나 둘씩 방 안으로 들어왔다. 잔느로서는 모르는 여자들이었다. 쿠틀리에 후작 부인과 브리즈빌 자작 부인이 잔느에게 키스했다.

잔느는 문득 리종 이모가 자기 뒤로 와서 가만히 서 있는 것을 보았다. 잔느는 애정을 다하여 이모를 껴안았다. 그 바람에 노처녀는 기절할 뻔했다.

줄리앙은 깔끔하게 상복을 입고 우아한 모습으로 바쁜 듯이 방 안으로 들어왔다. 이렇게 많은 손님으로 붐비는 것이 만족스러운 모습이었다. 그는 아내에게 무언가 의논을 하면서 속삭이듯 덧붙이는 것이었다.

"귀족들이 모두 참석했어. 굉장하겠는데."

그리고는 귀부인들에게 정중하게 고개를 숙이고 나갔다.

장례식이 행해지는 동안, 리종 이모와 질베르트 백작 부인만이 잔느 곁에 남아 있었다.

10

장례식이 끝난 후 며칠 동안은 견디기 힘들 만큼 슬펐다. 가까운 사람이 영원히 가 버린 뒤여서 죽은 사람의 손길이 닿았던 것이 눈에 띄면 말할 수 없는 아픔이 덮쳐드는 그런 며칠이었다. 때때로 어느 구석에선가 문득 추억이 떠올라서는 남아 있는 사람의 가슴을 찌르는 것이었다. 여기에 그분이 잘 앉았던 팔걸이 의자가 있다. 현관에 그분이 쓰고 다니던 양산이 있다. 하녀가 아직 치우지 않은 그분의 컵이 있다! 뿐만 아니라 어느 방에서나 그렇게 아직 그대로인 그분이 쓰던 물건이 보이는 것이었다. 가위라든가, 한 짝만 남은 장갑, 그의 손가락 끝에서 페이지가 닳아버린 채, 거기에 손때처럼 묻어 있는 여러 가지의 사소한 사건들, 또한 끊임없이 귓가에 들려오는 죽은 이의 목소리, 잔느는 이런 모든 망자의 환영으로부터 멀리 도망치고 싶었다. 그러나 다른 사람들처럼 그녀 역시 남아 있지 않을 수가 없었다. 게다가 잔느는 자신이 발견한 상상을 초월한 비밀스러운 추억으로 해서 더욱 짓눌려 있었다. 그것을 생각할 때마다 그녀는 가슴이 답답하고 숨통이 죄어드는 듯했다. 사랑하던 사람의 죽음과 비밀은 그녀를 더욱 깊은 고독의 늪으로 처박았다. 죽은 사람은 그녀의 마지막 신뢰를 신앙과 함께 무덤 속으로 가지고 가버린 것이다.

며칠 후 아버지는 떠났다. 그는 점점 더 깊이 빠져드는 고뇌를 벗어던지고 싶었고, 다른 공기를 접함으로써 어두운 우울에서 해방되고 싶었던 것이다.

이렇게 가끔씩 주인이 바뀌는 것을 보아온 이 큰 집은 다시 평상시의 조용한 생활의 질서를 되찾고 있었다.

그러자 이번에는 폴에게 병이 났다. 잔느는 거의 이성을 잃고 열이틀 동안을 거의 잠도 안 자고 먹지도 않았다.

다행히 폴은 나았으나 그녀는, 아이가 언제 죽을지 모른다는 공포에 휩싸였다. 만약에 그렇게 된다면 자기는 어떻게 될 것인가? 그리하여 그녀에게 아이를 하나 더 갖고 싶다는 막연한 욕망이 마음속에 싹트게 되었다. 이윽고 그녀는 그것을 절대적으로 바라게 되었다. 자기 두 팔에 두 아이를, 사내아이와 계집아이를 하나씩 안고 싶다던 저 옛날의 욕망에 다시 사로잡혔다. 그리고 그 생각은 끈질기게 달라붙어서 떨어지지 않았다.

그러나 로잘리의 사건 이후 그녀는 줄리앙과 완전히 별거

하고 있었다. 그러나 아이를 갖기 위해서는 줄리앙 곁으로 가서 살을 맞대고 다시 그의 애무를 받아들여야 하는 것이다. 그건 생각만으로도 소름이 끼치고 구역질나는 일이었다. 그러나 결국은 그 모든 수치와 혐오를 무릅쓸 만큼 어머니가 되고 싶다는 그녀의 열망은 강했다. 하지만 어떻게 그와 다시 입맞춤을 시작할 수 있을까 하고 그녀는 생각에 잠겼다. 그러나 자기의 의사를 밝히기보다는 차라리 죽는 것이 낫겠다고도 생각되었다. 게다가 남편은 이제 자기에 대해서는 전혀 생각하지 않는 것처럼 보였다. 웬만하면 그녀는 체념을 하겠지만, 밤이 되면 언제나 딸아이를 가지고 싶다는 생각이 나는 것이었다. 문득 플라타너스 아래서 폴과 놀고 있는 계집애의 모습이 사실인 것처럼 보일 적도 있었다. 그럴 때 그녀는 한밤중에 잠을 깨어 살며시 남편의 침실을 찾아가고 싶은 일종의 초조감에 몰리는 것이었다. 실제로 두 번이나 찾아갔다가 돌아왔던 적도 있었다.

문 앞까지 발소리를 죽이며 갔다가 수치스러움에 가슴을 두근대며 얼른 돌아와 버렸다.

남작은 집으로 돌아가 버렸고, 어머니는 이 세상에 없다. 이제 마음속을 죄다 털어놓고 상의할 수 있는 사람이 아무도 없었다. 그녀는 생각 끝에 피코 신부를 만나서 참회하는 기분으로 가슴에 품고 있는 자신의 난처한 계획을 이야기해 보아야겠다고 생각했다.

잔느가 찾아갔을 때, 신부는 과일 나무가 심어져 있는 자그만 뜰에서 기도서를 읽고 있었다. 권하는 자리에 앉아 잠시 동안 이런저런 잡담을 한 뒤에, 그녀는 얼굴을 붉히며 중얼거리듯이 말했다.

"사실은 고해를 하고 싶은데요, 신부님."

신부는 깜짝 놀라 그녀의 얼굴을 잘 보려고 안경을 벗었다. 그리고는 웃기 시작했다.

"당신이 양심에 걸리는 커다란 죄를 졌으리라고는 생각할 수 없는데요."

그녀는 당황해서 어쩔 줄 몰라 하다가 말했다.

"그런 게 아니라요. 사실은 신부님께 좋은 충고를 듣고 싶은 일이 있어요…… 하지만 개인적 일이고…… 너무나 말씀드리기가 거북해서…… 어떻게 말을 해야 할지……."

신부는 갑자기 호인다운 표정을 버리고 성직자다운 엄숙한 얼굴이 되었다.

"그렇다면 좋아요. 고해실로 가실까요?"

그러나 그녀는 다시 신부를 붙잡았다. 그런 부끄러운 일을 아무도 없는 성스러운 교회에서 이야기한다는 것이 어쩐지 불편할 듯해서였다.

"아녜요…… 신부님…… 저…… 저어…… 괜찮으시다면, 여기에서 말씀드리는 게 오히려 낫겠는데요. 우선 저기 등나무 그늘 아래로 가서 말씀드리는 게 어떻겠어요?"

두 사람은 천천히 그쪽으로 갔다. 그동안 잔느는 어떻게 입을 뗄 것인가, 어떻게 이야기를 해 나갈 것인가 하고 생각했다. 두 사람은 의자에 앉았다. 그녀는 마치 참회라도 하듯이 조심스레 말을 꺼냈다.

"신부님⋯⋯."

그녀는 망설이다 다시 신부님을 불렀다. 그리고는 스스로의 혼란에 빠져 그대로 입을 다물어버렸다.

신부는 두 손을 배 위에 깍지끼고 앉아서 참을성 있게 다음 말을 기다리다가, 잔느가 몹시 당황하고 있는 것을 보고는 격려하듯이 말했다.

"자, 그러다간 못할 것 같소. 용기를 내시오."

그러자 위험 속으로 뛰어드는 겁쟁이처럼 그녀는 단숨에 얘기를 했다.

"신부님 저는 아이를 하나 더 갖고 싶어요."

신부의 영문을 모르겠다는 표정은 더욱 잔느를 당황하게 만들어버려, 그녀의 얘기는 점점 더 종잡을 수 없는 말이 되었다.

"전 이제 외토리예요. 아버지는 남편과 서로 뜻이 맞지 않아요. 어머니는 돌아가셨어요. 게다가⋯⋯ 게다가⋯⋯."

그녀는 다시금 몸을 떨며 낮은 목소리로 말을 이었다.

"얼마 전엔 하마터면 아들을 잃을 뻔했어요! 그렇게 되면, 저는 어떻게 되겠어요⋯⋯."

신부는 어리둥절한 채 가만히 상대방을 바라보고 있었다.

"자, 결국 어떻게 하시겠다는 거죠?"

그녀는 되풀이하였다.

"아이를 하나 더 갖고 싶어요."

그 말을 듣고서야 신부는 빙그레 웃었다. 신부는 자기 앞에서도 거리낌없이 지껄이는 농부들의 상스럽고 노골적인 농담에 익숙해져 있었다. 그는 교활하게 고개짓을 한 번 하고 나서 대답했다.

"그렇지만 그것은 물론 부인의 마음에 달려 있는 것이지요."

그녀는 순진한 눈으로 신부를 쳐다보며 매우 거북한 듯이 더듬거렸다.

"하지만…… 신부님도 알고 계시겠지만, 저어…… 그 하녀의 사건 이후…… 남편과는 완전히 별거를 하고 있어요."

이 지방의 난잡한 풍습이나 남녀의 관계를 익숙하게 다루고 있는 신부도 이 고백을 듣고는 놀랐다. 그리고 비로소 이 젊은 아내가 무엇을 바라는지 알 것 같았다. 그녀의 괴로움과 고뇌에 대한 동정심에서 그는 곁눈으로 잔느를 바라보았다.

"아, 이제 알겠습니다…… 당신의 그…… 홀로 지내시기가 괴롭다는 말씀이시지요? 아직 젊고 건강하시니 그것은 매우 자연스런 일이지요. 당연한 욕구입니다."

신부는 빙그레 웃었다. 이 지방 특유의 노골적이고 음란한 기질이 신부의 머리에 떠오른 것이다. 그는 잔느의 손을 잡아 다정하게 두드렸다.

"그건 당신에게 이미 허용되어 있습니다. 계율에 의해서도 충분히 허락되고 있어요. 육체적인 관계는 부부에게만 허용

된 것입니다. 당신은 결혼했습니다. 그러니 무엇을 걱정할 필요가 있을까요?"

잔느는 신부의 말이 무엇을 암시하는지를 깨닫자, 얼굴을 붉히며 눈물을 글썽였다.

"아, 신부님. 그게 무슨 말씀이세요? 무슨 생각을 하시는지? 정말…… 정말……."

그녀는 울음이 북받쳐 목이 메이는 듯했다. 신부는 깜짝 놀라 그녀를 달래었다.

"아니, 난 마음을 아프게 하려고 그런 것이 아니에요. 용서해요. 농담을 했을 뿐이오. 자, 날 믿으시오. 쑥스러워하지 말아요. 내가 줄리앙을 만나서 이야기를 하겠소."

잔느는 더 이상 뭐라고 말해야 좋을지를 몰랐다. 그녀는 그런 중재는 거절하고 싶었으나, 입에 올려 말할 수가 없었다. 그녀는 중얼중얼 입 속으로 인사를 하고는 도망치듯이 그 자리를 빠져나왔다.

1주일이 지났다. 잔느는 괴롭고 불안한 나날을 보내고 있었다.

어느 날 저녁 식사 때, 줄리앙이 미소를 띤 것 같은 기묘한 표정으로 그녀를 바라보았다. 그녀는 그가 누군가를 비웃을 때면 그런 표정을 짓는다는 것을 잘 알고 있었다. 게다가 그는 아내에게 가벼운 비양거림이 섞인 일종의 교태까지도 보이고 있었다. 식사 후에 부부가 어머니의 산책길을 함께 걷고 있을 때, 줄리앙은 그녀의 귀에 살며시 속삭였다.

"이젠 우리도 화해를 한 것 같군."

그녀는 대답하지 않았다. 이제는 풀이 무성해서 보이지 않는 어머니의 발자국을 내려다보고 있기만 했다. 잔느는 가슴이 아프고 슬픈 느낌에 젖었다. 모든 사람들이 멀리 떠나가고 이 세상에 자기 혼자 남은 것 같은 느낌이었다.

줄리앙이 다시 말했다.

"나로서는 더 이상 바랄 게 없겠어. 사실은 당신이 거절할까 봐 가까이 가지 못하고 있었지."

해가 질 무렵의 대기는 부드러웠다. 울고 싶은 기분이 잔느의 가슴을 짓눌렀다. 사랑하는 사람의 가슴에 제 마음을 다 쏟아놓고 싶은 그런 기분, 괴로움을 하소연하며 상대방을 꼭 껴안고 싶은 그런 마음이었다. 흐느낌이 목에까지 복받쳤다. 그녀는 두 팔을 벌리고 줄리앙의 가슴에 쓰러졌다.

그녀는 울었다. 줄리앙은 깜짝 놀라 아내의 머리카락을 내려다보았다. 그는 아내가 아직도 자기를 사랑하고 있다는 생각에 아내의 목덜미에 키스를 하였다. 그리고 나서 두 사람은 한 마디도 하지 않고 집으로 돌아왔다. 그는 아내의 방으로 따라가 그날 밤을 함께 지냈다.

다시 예전의 관계가 시작되었다. 줄리앙은 그것을 마치 의무처럼 해 나갔으며 결코 불쾌하게 생각하진 않았다. 잔느는 이 행동이 구역질날 만큼 싫었지만, 다시 임신만 하게 되면 곧 영원히 그만두겠다고 혼자 다짐하고 있었다.

얼마 지나지 않아 그녀는 남편의 애무가 옛날과는 다르다는 것을 알았다. 그의 애무의 방식은 어쩌면 이전보다 더 세련되어 있는지도 모른다. 그러나 결혼 당시처럼 완전한 것은 못되었다. 그는 마치 연인의 처지에 있는 것처럼 아내를 조심스럽게 다루고 있었다.

잔느는 놀라서 세밀히 관찰해 보았다. 그러자 남편의 포옹은 언제가 그녀가 열매를 맺을 만한 상태가 되기 전에 중지된다는 것을 깨달았다.

어느 날 밤, 잔느는 남편의 입에다 자신의 입술을 댄 채 소곤거렸다.

"왜 전처럼 제게 온통 내맡기지 않으세요?"

그러자 줄리앙은 비웃듯이 말했다.

"당신을 임신시키지 않기 위해서야."

잔느는 부르르 몸을 떨었다.

"어째서 아이를 바라지 않는 거죠?"

줄리앙은 깜짝 놀라 입을 다물지 못하다가 말했다.

"뭐라고? 당신 어떻게 된 것이 아니오? 아이를 하나 더 갖다니! 진심으로 하는 소리야? 하나 있는 것도 빽빽 울기나 하고 모두가 돌봐줘야 하고, 돈이 얼마나 드는데, 어린애를 또 갖는다는 거요? 그런 생각 하지 말아요!"

잔느는 남편을 두 손으로 꼭 껴안고, 애정으로 덮어싸듯이 다정스럽게 속삭였다.

"여보, 제발 소원이에요. 다시 한 번 어머니가 되게 해줘요."

그러나 줄리앙은 모욕이라도 받은 듯이 화를 내면서 잔느에게 말했다.

"당신 정말 돌았소? 그런 바보 같은 생각은 버려요. 내가 부탁이야!"

그녀는 입을 다물었다. 그리고 어떠한 방법을 동원해서라도 자기가 꿈꾸는 행복을 꼭 차지하고 말겠다고 결심하였다. 그리하여 잔느는 거짓으로 연극을 벌였다. 정말로 사랑하는 체하며 두 팔로 남편을 열정적으로 껴안고 포옹의 시간을 길게 끌려고 했다. 그녀는 갖가지 수법을 다 써 보았지만 남편은 여전히 자신을 제어하고 있었으며 한 번도 자신을 잊는 적이 없었다.

아이를 갖고 싶은 그녀의 욕망은 점점 더 커져갔고 참을 수가 없게 되었다. 이렇게 된 이상 무슨 짓이라도 해서 대담하게 밀고나가자 하는 심정이 되었다. 그래서 그녀는 다시 피코 신부를 찾아갔다.

신부는 마침 식사를 끝내고 쉬는 참이었다. 그는 식후엔 숨이 가빠져서 한동안 휴식을 취하지 않으면 안 되었다. 잔느를 보자 그는 반겨하며 숨돌릴 틈도 없이 남편과의 관계를 캐물었다. 자기가 주선한 일의 결과가 궁금했던 것이다.

이미 신부에게 수치를 무릅쓰고 이야기했던 일이었으므로 잔느는 별로 망설임도 없이 솔직하게 털어놓았다.

"남편은 이제 아이를 원치 않아요."

그러자 결심은 단단히 하고 있었으나 어떻게 설명해야 좋을지 몰라 머뭇거리다가 그녀는 재빨리 대답했다.

"그이는 제가 어머니가 되게 해주는 일을 거절하고 있어요."

신부는 그 말의 뜻을 알아들었다. 어떤 일이 그들 사이에서 벌어지고 있는지 알았던 것이다. 그러나 그는 굶주린 남자의 탐욕성으로 세밀하게 캐묻기 시작했다.

그런 뒤에 신부는 한동안 뭔가를 생각하더니, 담담하고 자신있다는 투로 하나의 음모를 꾸며내었다.

"방법은 하나밖에 없습니다. 그건 당신이 임신했다고 남편이 믿도록 하는 거지요. 그러면 더 이상 조심하지 않게 될 테니까, 틀림없이 임신하게 되겠지요."

그녀는 귀 밑까지 새빨개졌다. 그러나 무슨 일이든지 하겠다는 결심을 하고 있었으므로 다시 물었다.

"그러나 그이가 제 말을 믿지 않으면 어떻게 해요?"

신부는 사람을 어떻게 다루어야 하는가를 잘 알고 있었다.

"임신했다고 여러 사람에게 얘기를 하는 거요. 누구에게든 그렇게 얘기를 하세요. 그러면 남편도 마침내는 믿게 될 것이오."

그리고 그 계책을 변명하듯이 덧붙여 말했다.

"그것은 부인의 권리입니다. 교회는 부부관계를 출산의 목적으로만 허용하고 있으니까요."

잔느는 그 교활한 충고에 따라, 보름쯤 지났을 때 아무래도 임신을 한 것 같다고 줄리앙에게 말했다. 그는 뛸 듯이 놀랐다.

"절대로 그럴 리가 없어. 잘못 안 것이겠지."

잔느는 임신의 여러 징후를 말했다. 그러나 그는 타이르듯이 말했다.

"아직 어떻게 알아! 더 있어보면 알겠지."

그 뒤로는 아침마다 묻는 것이었다. 잔느는 항상 같은 대답을 했다.

"아직도 그래요. 틀림없는 임신이에요."

이번에는 줄리앙이 불안해진 듯 실망하고 우울해 했다.

"정말 이해할 수 없는 일이야. 어떻게 된 건지 모르겠어. 정말 그렇다면 내 목을 내놓겠어."

한 달이 지나자 잔느는 만나는 사람에게마다 자기의 임신 사실을 떠들었다. 그러나 질베르트 백작 부인에게만은 복잡하고도 미묘한 수치심으로 이야기하지 않았다.

처음 불안을 느꼈던 후로 줄리앙은 아내에게 가까이 오지 않았다. 그러다가 확실한 임신 사실을 알자 화를 내면서도 다시 아내의 방에 들어오게 되었다.

신부가 가르쳐준 계책은 딱 들어맞았다. 잔느는 임신을 하였다. 그녀는 미칠 것 같은 기쁨에 젖어 소원을 이루게 해준 신에게 감사의 마음으로 이제는 영원히 순결하게 지내겠다고 굳게 맹세하고 저녁마다 방문을 걸어잠갔다.

잔느는 다시 행복한 자신을 느끼며, 어머니의 죽음에 대한 아픔이 이렇게 금방 사라진 데 대해 놀라운 마음이었다. 그

마음의 아픔은 절대 사라지지 않을 것이라고 생각하고 있었던 것이다. 하지만 이제 겨우 두 달이 지났을 뿐인데 그 예리한 상처가 무디어지기 시작한 것이다. 이제 어머니의 죽음은 그녀의 생활 저 밑바닥에 희미한 비애로써 남아 있을 뿐이었다. 이제 어떤 생경한 일도 일어나지 않을 것 같았다. 아이들은 자기만을 사랑해 줄 것이다. 자기는 조용히, 남편에 대해서는 마음 쓰지도 않고 나날을 지낼 것이리라.

9월 말경에 피코 신부가 찾아왔다. 작별의 인사를 하러 온 것이다. 그는 후임자인 톨비악 신부를 소개하였다. 톨비악은 작은 키에 깡마르고, 예리한 목소리로 말하는 젊은 신부였다. 두 눈 언저리가 검고 움푹 패인 것이 거센 성격의 소유자인 듯싶었다.

노신부는 고데르빌 수도원장으로 임명된 것이다. 잔느는 이 신부가 떠나는 것이 매우 슬펐다. 이 호인의 얼굴은 결혼 이후의 그녀의 모든 추억과 연결되어 있었다. 그녀의 결혼식을 주관한 것도, 폴에게 세례를 베푼 것도, 남작 부인의 장례식을 치른 것도 모두 이 노신부였다. 에투방을 생각할 때마다 농장의 뜰을 따라 걸음을 옮기고 피코 신부의 불룩 나온 배가 눈앞에 떠오르곤 했다. 명랑하고 가식없는 인품의 그에게 잔느는 무한한 감사와 함께 이별을 슬퍼하였다.

지위가 오르기는 하였으나 노신부는 기뻐하는 것 같지 않았다. 그는 이런 말을 하고 있었다.

"정말 괴롭습니다. 하여튼 제가 이 곳에 온 지 18년이나 된

답니다. 아! 마을에서 들어오는 수입이란 거의 없는 거나 마찬가지입니다. 남자들은 신앙심이 없고, 여자들은 행실이 좋지 않습니다. 처녀들은 배가 부른 뒤에야 교회에 찾아오고요. 그러니 숫처녀인 신부가 머리에 쓰는 저 오렌지꽃도 여기서는 값이 나가지를 않지요. 하지만 나는 이 마을을 사랑합니다."

그 말에 새로 온 신부는 얼굴을 붉히며 말했다.

"내가 온 이상, 그런 일은 용서하지 않을 작정이에요."

매우 낡긴 했지만 깨끗한 옷에 아주 약해 보이는 몸을 싼 신임 신부는 마치 노여움을 타는 어린애 같았다. 피코 신부는 기분이 좋을 때면 언제나 그렇듯이 곁눈질을 하며 그를 바라보았다. 그리고 다시 말했다.

"하지만 신부님, 그런 짓을 못하게 하려면 교구민 전체를 사슬로 묶어 두어야 될 거요. 아니, 그래도 아무 소용없을 겁니다."

젊은 신부는 단호하게 말했다.

"두고 보면 아실 겁니다."

그 말에 피코 신부는 코담배를 맡으면서 빙글빙글 웃었다.

"나이와 경험이 당신의 마음을 진정시켜 줄 거요. 당신의 방법으로는 신자들을 교회에서 몰아내기 십상이오. 모든 일을 신중히 처리하시오. 사실 조금 뚱뚱해 보이는 처녀가 교회에 오는 것을 보면, 아 또 한 사람의 신자를 데리고 왔구나 하고 나는 중얼대지요. 그리고 그 처녀를 결혼시키도록 애쓰는 거요. 잘못을 저질렀다고 아무리 야단을 쳐보았자 아무 소용도 없어요. 그저 상대방 남자를 찾아가서 임신한 처녀와 결혼하게끔 설득하는 거요. 그밖에 참견할 일은 없어요."

신임 신부는 거칠게 대답했다.

"우리는 생각이 서로 다릅니다. 신부님, 더 이상 얘기해 봤자 아무 소용이 없을 것 같습니다."

그러자 피코 신부는 이 마을을 떠나는 것이 슬프다며 화제를 돌렸다. 사제관 창문에서 내다보이는 바다와 멀리 배가 지나가는 것을 보며 기도서를 외우고 명상하러 찾아가던 계곡 등을 떠나기가 진정으로 섭섭하다고 말했다. 그리고 나서 그들은 돌아갔다. 늙은 신부가 작별의 키스를 했을 때, 잔느는 하마터면 울음을 터뜨릴 뻔했다.

일 주일 뒤에 톨비악 신부가 잔느를 찾아왔다. 그는 일국의 왕으로서나 계획할 만한 개혁안을 잔느에게 들려주었다. 그리고 특히 그녀는 일요일마다 미사에 참석하며 축제 때는 반드시 성체배수를 하라고 말했다.

"부인과 제가 이 지방의 수뇌올시다. 우리는 이 지방을 지배하고 항상 모범을 보여줄 필요가 있습니다. 강한 권위를 가지고 존경을 받기 위해 힘을 모아야 합니다. 교회와 저택이 손을 잡는다면, 농가들은 우리를 두려워하고 복종할 것입니다."

잔느의 신앙심은 감정적인 것이었다. 대부분의 여자들이 그렇듯 그저 막연하고 꿈많은 신앙심이었다. 그리고 그것조차도 수녀원에서 몸에 밴 습관에 따른 것이었다. 사실은 남작의 반종교적인 철학이 훨씬 더 그녀에게 영향을 끼치고 있었다.

피코 신부는 잔느가 신앙심을 위해서 내놓는 매우 적은 것으로도 만족하고 결코 욕심을 부리거나 비난을 하는 일은 없었다. 그러나 이 후임자는 잔느가 지난 일요일에 교회에 나가지 않았기 때문에 불안해져서 화난 얼굴로 뛰어온 것이다. 잔느는 그와 사이가 나빠지는 것을 원치 않았기에 그의 말에 따르기로 약속했다. 그러나 교회에 다니는 일이 습관화되면서 잔느는 약한 듯하면서도 격정적이고 위압적인 신부의 영향을 받기 시작했다. 신비주의자인 이 사람은 흥분과 열의로 잔느의 마음을 기쁘게 해주었다. 그는 여성이라면 모두 그 혼 속에 지니고 있는 종교적 시정을 일깨워 주었다. 그의 철저하게 완고한 태도, 속된 것과 정욕의 쾌락에 대한 멸시, 인간적인 세속사에 대한 혐오감, 신에 대한 사랑, 아직 젊은 나이 탓인 야성, 준엄한 언행, 꺾일 줄 모르는 의지 같은 것이, 잔느에게 순교자란 바로 이런 사람이라고 가르쳐주는 듯했다. 때문에 한때 어리석은 꿈을 꾸었던 그녀는 신의 사도인 이 신부의 엄숙한 신앙의 세계로 유인되었다.

그러나 얼마 안 되어 온 마을 사람들은 이 신부를 싫어하게 되었다.

자신에 대해서도 가차없는 준엄성을 보이는 신부는 다른 사람에 대해서도 관용이라는 것을 몰랐다. 특히 그를 매우 격분케 하는 일이 있었는데, 그것은 바로 마을 사람들의 연애소동이었다. 그는 그 일을, 흔히 신부들이 하듯이 설교할 때 끼워 넣어서 거침없이 저주를 퍼붓고, 시골 사람들의 머리 위에 음란한 욕정에 대한 우뢰 같은 악담과 노호를 퍼부어댔다. 그럴 때면 여러 가지 음란한 환상이 생생하게 눈앞에 떠올랐으므로, 너무나 분개한 나머지 와들와들 떨면서 제단 위를 동동 굴렀다.

마을의 총각이나 처녀들은 교회 안에서 슬쩍슬쩍 교활한 눈짓들을 교환하였다. 이러한 일에 대해 조롱하기를 좋아하는 나이 많은 농부들은, 미사를 마치고 푸른 작업복을 입은 아들이나 검은 외투를 입은 아내를 데리고 집으로 돌아가면서 이 젊은 신부의 가혹함을 비난했다. 이리하여 온 마을이 신부를 조롱하게 되었다.

고해실에서도 그가 너무나 준엄하게 질책하였기 때문에 사람들은 참회를 꺼릴 지경이었다. 축제일의 대미사 때는 젊은이들이 자리에 앉은 채 성체를 배수하러 가지 않는 것을 보고 다른 사람들은 웃었다.

마침내 신부는, 산지기가 밀렵꾼을 살피러 다니듯이, 어울려 다니는 남녀의 밀회를 방해하고자 살그머니 뒤를 쫓아다니기 시작했다. 그는 달밤의 시냇가에서, 곳간 뒤에서, 또는 비탈진 덤불 속에서 그들을 몰아내었다.

언젠가는 그가 나타나도 떨어지지 않는 두 남녀가 있었다. 그들은 서로 허리에 팔을 감고 입을 맞추면서 태연히 걸어갔

다. 신부는 소리질렀다.

"그만두지 못해! 이 나쁜 녀석들아!"

그러자 젊은이는 몸을 돌려 대답했다.

"남의 일에 참견하지 마십시오. 신부님과는 상관없는 일이니까요."

그러자 신부는 돌팔매질을 하였다.

두 사람은 깔깔대며 도망쳤다. 다음 일요일에 교회에 모인 사람들 앞에서, 신부는 두 사람의 이름을 말하고 그들을 매도하였다. 마을의 젊은이들은 이제 모두 미사에 나오지 않게 되었다.

신부는 목요일마다 만찬 초대를 받아서 잔느네 저택에 왔다. 그밖의 날에도, 고해자인 부인과 이야기를 나누기 위해서 자주 찾아왔다. 그녀 역시 그와 똑같이 흥분하여 정신세계의 여러 가지 일에 대해서 의견을 주고받았다. 두 사람은 그리스도나 사도들의 혹은 성모마리아의 일을, 마치 자기가 아는 사람의 이야기라도 하듯이 서로 이야기하며, 남작 부인의 산책로를 따라 산보하였다. 그리고 때때로 종교의 심오한 질문을 던져서는 잔느의 대답을 듣고, 그녀의 막연한 신앙을 구체화시키려 했다.

줄리앙도 새 신부에 대해서는 아내와 비슷한 존경심을 가지고 교회에 나가 고해성사도 받고 성체배수도 하였다. 그는 여러번 얘기했다.

"이번 사제는 마음에 들어! 무엇에든지 철저하단 말이야."

줄리앙은 요즈음, 일과처럼 푸르빌가를 찾아가서, 이제는 그가 없으면 못 견디게 된 백작과 사냥을 하기도 하고, 비가 오든 바람이 불든 백작 부인과 말을 타고 산책을 나갔다. 백작은 항상 말했다.

"두 사람은 말에 미친 것 같아요. 하지만 아내를 위해서는 잘된 일이지요."

남작은 11월 중순에 레 푀플로 돌아왔다. 그는 놀랄 만큼 급격히 노쇠해져 있었고 마음을 할퀴는 슬픔에 싸여서 마치 딴 사람같이 되었다. 그리고 그 슬픈 고독 속의 몇 달이 애정과 따뜻함을 찾도록 내몰기라도 한 것처럼, 딸에 대한 사랑과 집착이 훨씬 더해진 것 같았다. 잔느는 자기가 갖기 시작한 종교적인 생각도 톨비악 신부와의 교제, 종교적인 열정에 대해서 아무것도 아버지에게 말하지 않았다. 그러나 신부를 처음 본 순간, 남작은 자신의 내부에서 적개심이 일어나는 것을 느꼈다. 톨비악 신부가 돌아간 뒤, 잔느는 아버지에게 물었다.

"저 신부님을 어떻게 생각하세요?"

"저 사내는 꼭 종교재판소의 검찰관 같구나. 매우 위험한 인물이야!"

그리고 근처의 농부들로부터 신부가 매우 엄격하다는 소문이며 거칠고 냉혹하고, 인간의 본능이나 자연의 법칙에 대해서 그가 가하고 있는 일종의 박해에 관해 듣고는 증오심을 폭발시켰다.

남작은 자연 숭배의 옛 철학에 마음을 둔 사람으로 두 마리의 짐승이 어우러지는 것을 보면 곧 감동하였다. 냉혹하고 폭군적인 복수심을 가진 가톨릭의 신에 대해서는 항상 격렬한 적개심을 느꼈다. 그에게 있어서의 신이란, 창조이며 창조는 곧 생명이었다. 자신의 신에 대해 말할 수 없는 박해를 가하는 젊은 신부를, 남작은 그대로 두고 볼 수가 없었다. 그는 신부와 과감히 대결하기로 결심하였다. 그래서 남작은 농장에서 농장으로 일일이 돌아다니며 창조의 박해자인 이 엉뚱한 신부에 대해서 맹렬한 전투를 개시하였다.

잔느는 마음이 아파서 주님에게 기도하고 아버지에게는 애원했다. 그러나 남작은 언제나 이렇게 대답했다.

"그런 인간은 가만두면 안 돼. 그것은 우리의 권리이자 의무이기도 해. 그런 놈은 사람도 아니야."

남작은 긴 백발을 흔들며 되풀이하여 이야기를 했다.

"그것들은 인간이 아니야. 그놈들은 아무것도, 아무것도, 그야말로 아무것도 모르는 거야. 그놈들은 자연의 법칙을 거스르고 있단 말이야."

그리고 마치 저주의 말이라도 퍼붓듯이 고함을 치는 것이었다.

"자연에 거스르고 있단 말이야!"

신부 역시 남작이 자기의 적임을 분명히 깨달았다. 그러나 큰 저택과 젊은 부인을 손아귀에 넣고 있다고 생각했기 때문에, 최종적인 승리를 믿고 기회를 기다리고 있었다.

게다가 하나의 집념이 끈덕지게 그를 따라다니고 있었다. 그는 우연히 줄리앙과 질베르트의 사랑을 눈치채게 되었고, 어떤 자기 희생을 치르더라도 그들의 사이를 갈라놓아야 한다고 생각했던 것이다.

어느 날, 그는 잔느를 만나러 와서 오랫동안 신비적인 대화를 나눈 뒤에 잔느의 가정 안에서 지금 일어나고 있는 재난을 벗겨내기 위해 자기에게 힘을 빌려달라고 하였다. 그것은 불쌍한 두 영혼을 구하기 위해서라는 것이었다.

잔느는 잘 이해가 되지 않아 자세한 설명을 청했다. 그러자 신부는 아직 그런 때가 오지 않았다며, 다시 들르겠다고 하곤 황급히 돌아가버렸다.

겨울이 서서히 물러가고 있었다. 시골 사람들이 말하는 썩은 겨울, 축축하고 미지근한 겨울이었다.

신부는 며칠 후에 다시 찾아와 애매한 말투로, 비난받지 않아야 할 신분의 사람들 사이에 일어난 저속한 관계에 대해서 이야기하기 시작했다. 모든 수단을 다 써서 그것을 막는 것이 그런 사실을 알고 있는 사람들의 의무라고 강요했다. 그러더니 그는 잔느의 손을 잡고 부디 눈을 뜨고 사태를 주시하며 자기를 도와주도록 부탁했다.

이번에는 잔느도 그 말을 알아들을 수 있었다. 그러나 그녀는 지금 더없이 평화롭게 지내는 자기 집에 한바탕 소용돌이가 일어날 거라고 생각하자 끔찍해져서 모르는 체했다.

그러자 신부는 단도직입적으로 분명하게 말했다.

"내가 이제부터 하려고 하는 일은 참으로 괴로운 일입니다. 자작 부인, 그렇지만 하지 않을 수가 없습니다. 당신이 모른 체하면 안 됩니다. 지금 당신의 남편은 푸르빌 백작 부인과 불륜의 관계를 맺고 계십니다."

잔느는 고개를 푹 떨구었다.

"자, 이제 어떻게 하실 생각입니까?"

잔느는 중얼대듯 낮은 소리로 말했다.

"제가 어떻게 하기를 바라시나요, 신부님?"

신부는 격분한 목소리로 대답했다.

"당신이 그 두 사람을 죄의 나락에서 건져내야 합니다."

잔느는 기어이 울기 시작했다. 그리고 번민하는 목소리로 말했다.

"하지만 남편은 전에도 하녀와 관계를 맺고 저를 배반했었답니다. 제가 하는 말에는 콧방귀도 뀌지 않아요. 이제는 절 사랑하지도 않아요. 좀 비위에 거슬리는 말이라도 꺼내면 큰 난리가 난답니다. 그러니 제가 어떻게 하겠어요?"

신부는 큰 소리로 외쳤다.

"그럼 부인께선 굴복하실 생각입니까? 단념하시겠단 말이군요! 그 더러운 행위에 동의한다는 말씀이지요? 당신의 집 지붕 아래서 간통이 진행되고 있습니다. 그것을 당신은 그대로 두고 보겠다는 말씀입니까? 그러고도 당신은 남의 아내입니까? 그리스도 교도입니까? 아이의 어머니입니까?"

잔느는 흐느껴 울었다.

"그럼 제가 어떻게 해야 한단 말씀입니까?"

사제는 단호한 목소리로 대답했다.

"이런 큰 죄악을 절대로 용서하지 말고 어떤 일이든지 하십시오. 아시겠어요? 남편의 곁을 떠나시오. 이 불결한 집을 나가시오!"

그녀는 망설이다가 말했다.

"하지만 신부님, 제겐 돈이 없어요. 게다가 용기도 없습니다. 더구나 아무런 증거가 없는데, 어떻게 나갈 수 있겠습니까? 그렇게 할 권리가 없는 것입니다."

그러자 신부는 몸을 부들부들 떨면서 일어났다.

"부인은 말할 수도 없는 겁쟁이군요. 나는 당신을 그렇게 생각하지 않았습니다. 당신은 신의 은총을 받을 자격이 없는 사람입니다. 자비를 기대하지 마십시오!"

잔느는 무릎을 꿇고 발 밑에 엎드렸다.

"오오! 소원입니다. 저를 버리지 마세요! 제게 무엇이든 가르쳐주세요!"

신부는 무뚝뚝한 목소리로 말했다.

"푸르빌 씨의 눈을 뜨게 해 주시오. 이 더러운 관계를 깨뜨릴 수 있는 건 그 사람뿐입니다."

잔느는 두려움으로 숨이 끊어질 듯했다.

"하지만 백작은…… 그이는 두 사람을 죽여버릴 거예요, 신부님! 게다가 저는 밀고죄를 범하게 되고요. 아아! 그것만은 절대로 못 해요!"

그러자 신부는 마치 그녀를 저주하는 것처럼 두 팔을 높이 들었다.

"그럼 치욕과 죄악 속에 언제까지나 틀어박혀 사십시오. 당신은 그 두 사람보다 더 큰 죄를 짓는 것입니다. 나는 이제 이런 데는 올 필요도 없습니다."

그렇게 말하고 그는 나가버렸다. 온몸이 부들부들 떨릴 만큼 화를 내고 있었다.

잔느는 정신없이 그의 뒤를 쫓아갔다. 그의 말대로 하겠다고 할 작정이었다. 그러나 신부는 거의 자기 키만큼이나 큰 우산을 난폭하게 흔들며 재빨리 걸어갔다.

그는 목책 옆에서 나뭇가지를 치우는 일꾼들에게 지시를 내리고 있는 줄리앙을 보자, 쿠이야르네 농장을 가로질러 가려고 몸을 왼쪽으로 틀었다.

그리고 되풀이하여 말하고 있었다.

"절 조용히 가게 두십시오, 부인. 이제는 더 할 말이 없습니다."

쿠이야르네 뜰 한복판에 있는 개집 둘레에 그 집 아이들과 이웃 아이들이 모여서 신기한 듯이 무언가를 들여다보고 있었다. 그 아이들의 무리 한가운데엔 남작이 뒷짐을 지고 서서 역시 호기심이 나는 듯 구경을 하고 있었다. 마치 초등학교 선생과 학생들 같았다. 문득 신부의 모습이 보이자, 남작은 그를 만나서 인사를 주고받게 될 것이 역겨워서 얼른 그곳을 떠났다. 잔느는 계속 뒤를 따르며 애원하고 있었다.

"신부님, 며칠 시간을 주세요. 다시 한 번 저의 집에 와 주세요. 그러면 제가 무슨 일을 할 것인지, 무엇을 준비했는지 말씀드리겠어요. 그리고 다시 의논하기로 해요."

그때 두 사람은 아이들의 무리 옆에까지 와 있었다. 신부는 무엇이 그렇게 재미있는가 해서 들여다보았다. 그것은 암캐가 새끼를 낳고 있는 장면이었다. 개집 앞에는 이미 다섯 마리의 갓 낳은 새끼가 어미개의 주위에서 꿈틀거리고 있었다. 어미개는 옆으로 누워 걱정스럽게 쳐다보며 애정을 담아서 새끼들을 핥아주었다. 신부가 들여다본 순간, 어미개가 다시 경련을 일으키며 몸을 쭉 뻗더니, 여섯 마리째의 강아지를 낳았다. 그러자 아이들은 모두 손뼉을 치고 기쁨의 환성을 지르는 것이었다.

"야, 또 한 마리 낳았다. 또 한 마리 낳았다."

그것은 아이들에게 하나의 구경거리였다. 조금도 불순한 요소가 섞이지 않은 자연스런 재미였다. 마치 사과가 나무에서 떨어지는 것을 바라보는 것처럼 그것을 지켜보고 있었던 것이다.

톨비악 신부는 처음에 어리둥절하고 있었으나, 다음 순간엔 참을 수 없는 화가 치밀어올라 그 커다란 우산을 치켜들어 몰려 있던 아이들의 머리를 후려치기 시작했다. 깜짝 놀란 아이들은 순식간에 흩어져 달아나기 시작했다. 드디어 신부는 정신없이 일어나려고 하는 어미개를 마치 미친 사람처럼 두들겨 패기 시작했다. 암캐는 쇠사슬에 묶여 있었기 때

문에 달아날 수가 없어서 매를 피하느라 몸부림치며 처절한 비명을 질러댔다. 마침내 우산이 부러졌다. 그러자 이번에는 우산을 내던지고 덤벼들어 개를 짓밟고 내리갈겼다. 그 바람에 마지막 새끼가 밀려나왔다. 어미개는 강아지들이 젖을 찾고 있는 한복판에서 피투성이가 된 채 경련하고 있었다.

톨비악은 난폭하게 뒤꿈치로 내려차서 어미개의 숨통을 끊어버렸다.

잔느는 어느 틈에 달아나버렸다. 신부는 갑자기 누가 자기 목덜미를 움켜잡는 것을 느꼈다. 따귀를 한 대 얻어맞음과 동시에 그의 삼각모자가 날아갔다. 노기 등등한 남작이 그를 질질 끌고 가서 목책 너머 문 밖으로 내던져버렸다.

르 페르튀 남작이 뒤를 돌아다보았을 때, 그는 자기 딸이 무릎을 꿇고 강아지들 한복판에서 울면서 그것들을 옷자락에 주워담고 있는 것을 보았다. 남작은 성큼성큼 걸어서 딸 옆으로 돌아와 손짓을 하며 큰 소리로 말했다.

"잘 봐라! 저것이 법의를 입은 신부란 놈의 정체란 말이다! 네 눈으로 똑똑히 보았겠지?"

소작인들도 뛰어와서 배가 터진 개를 바라보았다. 쿠이야르의 아내가 소리쳤다.

"어쩌면 이렇게 참혹한 짓을 할 수 있을까요!"

잔느는 일곱 마리의 강아지들을 주워들고는, 자기가 데리고 가서 기르겠다고 하였다. 우유를 먹였으나, 세 마리는 이튿날 죽었다. 시몽 영감이 사방을 뛰어다니며 젖을 줄 만한 암캐를 찾았으나 허사였고, 또 세 마리가 죽었다. 결국 시몽 영감은 한 마리의 암고양이를 얻어왔다. 고양이는 곧 강아지에게 제 새끼처럼 젖을 물렸다.

유모의 기운을 모두 뽑지 않도록 보름 만에 젖을 떼고, 잔느는 자기 손으로 우유를 먹여 기르겠다고 강아지를 맡았다. 그녀는 강아지에게 토토라는 이름을 붙였다. 그러나 남작은 독단으로 '마사크르(학살)'라고 불렀다.

그 뒤로 신부는 다시는 찾아오지 않았다. 그러나 그는 일요일날 설교단 위에서 저택을 향하여 저주와 욕설과 위협의 말을 퍼붓고 남작을 파문하겠다고 떠들었다. 그러나 남작은 도리어 그 저주를 재미있어 하였다. 신부는 또, 소심하고 은근한 말투로 줄리앙의 새로운 연애를 어렴풋이 암시하였다. 자작은 분개하였으나, 무서운 추문이 퍼질지도 모른다는 두려움으로 그 분노를 덮어두었다.

그 뒤로 신부는 설교 때마다 복수의 저주를 계속하였고, 신의 심판이 가까웠으며, 모든 적들이 멸망하리라고 예언하였다.

줄리앙은 대주교 앞으로, 공손하지만 상당히 강경한 편지를 써보냈다. 톨비악 신부는 불명예스런 사직의 위협을 받았다. 그러자 그는 입을 다물었다.

이제는 그가 흥분한 모습으로 혼자 산책하고 있는 모습을 자주 볼 수 있었다. 질베르트와 줄리앙은 말을 타고 산책을 하는 도중에 거의 항상 그의 모습을 보게 되었다. 때로는 먼 들판 저쪽이나 절벽 끝에 하나의 검은 점처럼 보일 때도 있었고, 또 어떤 때는 두 사람이 지나가려고 하는 좁은 골짜기에서 기도서를 읽고 있는 모습이 보이기도 했다. 그러면 두 사람은 황급히 말머리를 돌렸다.

봄이 왔다. 봄은 두 사람의 사랑을 더욱 불타오르게 하여 매일 만나지 않고는 못 견디게 만들었다.

나뭇잎이 아직 덜 무성하고 풀도 축축했기 때문에, 한여름처럼 숲속에 파묻힐 수가 없었다. 때문에 두 사람은 사람들의 눈을 피할 수 있는 어느 목동의 오두막을 이용하고 있었다.

보코트 언덕 위에 세워져 있는 이 오두막은 절벽에서 5백 미터 가량 떨어진 곳에, 골짜기의 급한 비탈이 절벽 쪽으로 시작되려는 지점에 네 개의 수레바퀴를 달고 서 있었다. 그 안에 있으면 갑자기 들킬 염려는 없었다. 아래로 들판 전체를 한눈에 내려다 볼 수 있는 위치에 있었기 때문이었다. 오두막 기둥에 매어진 두 마리의 말은 거의 날마다 두 사람이 애무에 지치기를 기다리고 서 있었다.

그러던 어느 날, 막 피난처를 떠나려던 그들은 톨비악 신부가 비탈의 덤불 속에 거의 몸을 숨기고 앉아 있는 것을 보았다.

"이제부턴 말을 저 아래 계곡에 매어두고 와야겠군. 말이 여기 있으면 먼 데서도 우리의 위치를 알게 될 테니까." 하고 줄리앙이 말했다.

그래서 그들은 다음날부터는 덤불이 우거진 풀숲 골짜기

에 말을 매어 두기로 하였다.

어느 날 저녁, 백작과 만찬을 같이 하기 위해 두 사람이 라 브리에트로 막 돌아가려 할 때, 저택에서 나오는 에투방의 신부와 만났다. 신부는 그들이 먼저 지나가도록 길을 비켰다. 그리고 그들과 눈이 마주치지 않도록 외면한 채 인사를 했다.

한 가닥의 불안이 두 사람을 덮쳤으나, 그것도 잠시뿐이었다.

그러던 어느 날 오후, 5월 초순의 바람이 몹시 부는 날이었기 때문에 잔느는 벽난로 앞에서 책을 읽고 있었다. 그때 갑자기 말도 타지 않고 뛰어오는 푸르빌 백작의 모습이 보였다. 심상치 않게 서두는 기세였기 때문에 불행한 일이 일어난 것이 아닌가 하고 그녀는 생각했다.

잔느는 그를 맞이하기 위해 급히 층계를 내려갔다. 백작과 마주쳤을 때, 그녀는 백작이 정신이상이 된 것이 아닌가 생각했다. 그는 자기 집에 있을 때만 쓰는 큼직한 모피사냥모를 쓰고 사냥옷을 입고 있었다. 그리고 얼굴빛이 너무나 창백했기 때문에, 보통 때는 혈색 좋은 얼굴과 거의 구분이 안 되던 빨간 콧수염이 오늘은 마치 불꽃처럼 보였다. 백작은 눈에 광기를 띤 채 사고력이 없어진 것처럼 멍청하게 두리번대고 있었다. 그는 더듬더듬 물었다.

"내 아내가 여기에 와 있지요?"

잔느는 당황하여 재빨리 대답했다.

"아녜요. 오늘은 한 번도 그분을 뵌 적이 없어요."

그러자 백작은 두 다리가 부러진 것처럼 그 자리에 털썩 주저앉아 모자를 벗고 몇 번이나 손수건으로 얼굴을 문질러 대었다. 다음 순간, 그는 느닷없이 벌떡 일어나더니 잔느에게 다가와 두 팔을 내밀며 입을 열고 무언가를, 끔찍한 일을 털어놓을 듯한 태도를 보였다. 그러나 곧 그 자리에 서서 그녀를 가만히 쳐다보며 헛소리를 하듯 중얼거렸다.

"하지만 당신의 남편이니…… 부인 역시……."

그러더니, 백작은 몸을 돌려서 바다 쪽으로 내닫기 시작했다.

잔느는 그를 붙들려고 쫓아갔다. 공포에 가슴이 죄어드는 듯했다. '저분도 다 알았구나! 무슨 짓을 하려는 것일까? 아! 제발 들키지 말았으면!' 하고 생각하며, 그녀는 백작을 부르면서 뒤따라 뛰었다. 그러나 잔느는 그를 따라갈 수가 없었고, 백작에겐 그녀의 목소리가 도무지 들리지 않는 듯하였다. 그는 자신의 목표에 확신이 있는 것처럼 조금의 망설임도 없이 곧장 뛰어갔다. 그리하여 도랑을 뛰어넘고 마치 거인 같은 발걸음으로 덤불을 넘어 절벽에 당도했다. 잔느는 나무들이 서 있는 경사진 곳에 서서 오랫동안 백작의 뒷모습을 눈으로 쫓고 있었다. 이윽고 그의 모습이 시야에서 사라지자, 불안에 떨면서 그녀는 집으로 돌아왔다.

백작은 오른쪽으로 꺾어들어서 뛰기 시작했다. 바다는 거대한 파도를 기슭의 바위에 몰아붙이고 있었으며, 시커먼 구름은 엄청난 속도로 달려갔다. 검은 구름은 뒤를 이어 계속 밀려왔다. 그 구름 하나하나가 지나가면서 맹렬한 빗발을 언덕 위에 뿌려대었다. 바람은 신음소리를 내며 풀숲을 뒤흔들었고, 어린 농작물을 쓰러뜨렸다. 마치 물거품 같아 보이는 커다란 흰 새가 바람에 실려 육지 쪽으로 떠밀렸다. 빗발은 끊임없이 백작의 얼굴을 때려, 볼과 콧수염을 적시고 흘러내렸다. 빗소리로 백작의 귀는 멍멍해지고, 가슴은 끓는 기름처럼 혼란스러웠다. 저 앞쪽에는 보코트의 깊은 골짜기가 입을 한껏 벌리고 있었다. 그 절벽까지는, 양이라곤 한 마리도 없는 목장에 오두막이 하나 달랑 서 있을 뿐, 그외엔 아무것도 없었다. 두 마리의 말이 바퀴 달린 오두막의 기둥에 메어져 있었다. 이렇게 사나운 날씨에 누가 올 염려는 전혀 할 필요가 없었다.

말들을 보자 백작은 땅에 엎드렸다가 팔과 무릎으로 기어 앞으로 나아갔다. 그는 흙투성이의 거대한 괴물처럼 보였다. 백작은 외톨이로 서 있는 움막 근처까지 기어가서, 안의 사람이 판자 틈새로 내다볼까 하여 납작 엎드렸다. 두 말은 백작의 모습을 보자 땅을 긁었다. 그는 펼쳐쥐고 있던 단도로 천천히 고삐를 끊었다. 그때 거센 한 가닥의 회오리바람이 휘몰아치며 우박이 오두막의 비스듬한 지붕을 내려치고, 바퀴 달린 오두막을 뒤흔들었기 때문에, 말은 놀라서 정신없이 뛰어 달아났다.

백작은 땅에 무릎을 짚고 몸을 일으켜 문 밑에다 눈을 대고 가만히 안을 들여다보았다.

그는 꼼짝도 하지 않았다. 무언가를 기다리는 것 같았다. 꽤 긴 시간이 흘렀다. 이윽고 그는 머리에서 발 끝까지 흙투성이가 된 채 벌떡 일어섰다. 그리고는 미친 듯이 바깥에서 잠그게 되어 있는 빗장을 지르고, 오두막의 기둥을 틀어잡아 뒤흔들기 시작했다. 그러더니 얼른 앞쪽으로 가서 몸을 구부린 채 있는 힘을 다하여 황소처럼 오두막을 끌기 시작했다. 그 오두막을 가파른 경사 쪽으로 끌고 가려는 것이었다.

안에 있는 두 사람은 무슨 영문인지도 모르고 주먹으로 문을 마구 두드리면서 아우성을 쳐댔다. 드디어 절벽 꼭대기에 이르자, 백작은 그 가벼운 오두막을 손에서 놓아버렸다. 그 순간 바퀴 달린 오두막은 미친 듯이 굴러내려가기 시작했다. 움막은 맹렬한 기세로 굴러내려감에 따라서 가속도가 붙어 마치 살아 있는 짐승처럼 뛰어오르고, 돌에 걸려 비틀거리기도 하고, 오두막 기둥이 땅을 긁기도 하면서 달려내려갔다. 도랑 곁에 웅크리고 있던 한 늙은 거지는 자기 머리 위로 집이 날아가는 것을 보았다. 그 나무집 속에서는 끔찍스러운 비명이 새어나오고 있었다.

갑자기 어딘가에 부딪혀 한쪽 바퀴가 빠지는 바람에 오두막은 모로 누워서 마치 공처럼 굴러가기 시작했다. 오두막은 비탈 맨 아래 절벽 구석에 떨어지자 곡선을 그리며 튀어오르는가 싶더니 다시 밑바닥으로 떨어져 계란처럼 부서지고 말았다.

오두막이 자갈땅 위에서 박살나자, 그것이 조금 전에 자기 머리 위를 지나가는 것을 본 늙은 거지는 덩굴을 헤치며 내려갔다. 그러나 그런 사람이 으레 갖는 조심성에서, 부서진 오두막 곁으로 차마 가보지 못하고 가까운 농가로 가서 이 사고를 전했다.

사람들이 뛰어왔다. 사람들은 오두막의 부서진 판자더미를 들추어 보았다. 거기에는 두 구의 시체가 있었다. 시체는 상처투성이고 엉망으로 깨져 있었다. 남자의 이마에는 구멍이 뚫리고 얼굴은 온통 으스러져 있었으며, 여자의 턱은 아래로 빠져서 축 늘어져 있었다. 그리고 두 사람의 제멋대로 꺾여진 팔다리는 마치 살 속에 뼈가 없는 것처럼 흐느적거렸다.

하지만 그들이 누구인가는 알 수 있었다. 이 불행의 원인에 대해서 사람들은 오랫동안 왈가왈부했다.

"이 오두막 속에서 도대체 둘이 무엇을 하고 있었을까?"

한 여자가 말했다.

그러자 늙은 거지는, 비바람을 피해서 그 속으로 들어갔다가 마침 세게 부는 바람에 오두막이 뒤집어 굴러떨어진 것이 틀림없다고 말했다. 그리고 자기도 이 오두막에 들어가 비를 피하려고 했는데, 기둥에 말이 매어져 있기에 이미 사람이 든 것을 알고 물러났었다고 설명했다. 거지는 다행스럽다는 듯이 말했다.

"그렇지 않았다면, 내가 저 신세가 되었을 텐데."

누군가가 말했다.

"그것이 더 낫지 않았을까?"

그러자 거지는 몹시 화를 냈다.

"어째서 그게 낫다는 거요? 나는 가난하고 저들은 부자라서? 저들을 봐요, 이제는……."

늙은 거지는 누더기에서 빗방울을 뚝뚝 흘리며 헝클어진 수염에 헤어진 모자 아래로 긴 머리카락을 늘이고 버티어 선 채 구부러진 지팡이로 시체를 가리키며 말했다.

"저런 꼴이 되면야 누구든 마찬가지지."

다른 농부들도 뛰어왔다. 그들은 겁에 질려 불안해 하며, 교활하고 이기적인 눈초리로 흘끗흘끗 들여다보았다. 이윽고 이 시체를 어떻게 하면 좋겠느냐고 논쟁을 벌였다. 그런 끝에 단단히 사례를 받게 되리라는 희망에서 시체를 각각의 저택으로 날라다 주기로 결정하였다. 두 대의 마차가 재빨리 준비되었다. 그런데 또 난처한 문제가 생겼다. 어떤 사람은 마차 바닥에 짚을 깔면 안 된다고 하고, 또 다른 사람은 담요를 깔아야 한다고 주장했다. 아까 얘기하던 아낙네가 소리를 질렀다.

"그렇지만 담요가 피범벅이 되잖아요? 그걸 어떻게 빠느냐고요?"

그러자 너그러운 얼굴의 뚱뚱한 농부가 말했다.

"그럼 저택에서 돈을 주겠지. 비싼 담요일수록 많이 줄 것이 아니겠소?"

이 말로 문제는 사라졌다. 드디어 용수철 없는 두 대의 마차는, 오른쪽 왼쪽으로 각기 길을 떠났다. 길 위에 푹 패인 바퀴 자국에 마차바퀴가 빠질 때마다 조금 전까지도 한몸이었던 그들의 시신은 전후좌우가 크게 흔들렸다.

백작은 오두막이 험한 비탈을 마구 굴러내리는 것을 확인한 뒤 정신없이 거센 폭우 속을 내달았다. 그는 길을 가로질러 도랑을 뛰어넘고, 울타리를 건너뛰고 하면서 몇 시간이나 비바람 속을 미친 듯이 헤매다가 어떻게 왔는지 자기도 모른채, 해질 무렵 집에 돌아왔다. 혼란스러워하고 있던 하인들은 두 마리의 말이 주인을 버린 채 돌아왔다고 보고했다. 줄리앙의 말이 백작 부인의 말을 따라왔다는 것이다.

백작은 아무것도 모르는 하인들에게 명령을 내렸다.

"이런 험악한 날씨에 말들만 돌아오다니 무슨 사고가 났는지도 모르겠다. 모두 나가서 찾아보아라."

그리고는 백작 자신도 다시 나갔다. 그는 남의 눈에 띄지 않는 곳의 덤불 속에 몸을 숨기고, 아직도 자기가 진정으로 사랑하고 있는 아내가 죽어서, 혹은 거의 죽어가는 모습으로, 아니면 불구가 되어 돌아올 것이라고 생각하며 길 쪽을 열심히 내다보고 있었다.

얼마 후 한 대의 마차가 그의 앞을 지나갔다. 그 안엔 무언가 이상한 것이 실려 있었다.

마차는 저택 안에서 서더니 들어갔다. 바로 저것이다. 아내였다. 그러나 무서운 고뇌가 그를 짓눌러대었다. 끔찍한 사실을 알아야 한다는 두려움, 진실에 대한 엄청난 공포였다. 그는 작은 토끼같이 웅크리고 앉아, 조그만 소리만 나도 몸을 떨면서 꼼짝 않고 있었다.

백작은 한 시간을 그렇게 있었다. 아니, 어쩌면 두 시간이었는지도 모른다. 마차는 나오지 않았다. 아내는 지금 죽어가고 있을 것이라고 그는 생각했다. 지금 나가면 아내의 얼굴을 보거나 아내의 눈과 마주치게 될지도 모른다고 생각하니 그는 몸이 얼어붙는 듯했다. 그는 너무도 무서워서 숲속으로 깊이 더 들어갔다. 그런데 갑자기 아내가 간호의 손길을 기다릴지도 모르고 아무도 돌봐줄 사람이 없을 거라는 데 생각이 미쳤다. 백작은 미친 사람같이 뛰어서 집으로 돌아왔다.

도중에 정원사를 만나자 백작은 큰 소리로 물었다.

"어떻게 되었나?"

그 사내에겐 대답할 용기가 없었다. 푸르빌 백작은 다시 고함을 질렀다.

"죽었나?"

하인은 기어들어가는 소리로 대답했다.

"네, 백작 나리."

백작은 이상하게도 안심이 되었다. 갑작스럽게 혈관과 떨리던 근육이 진정되었다. 그는 침착한 걸음으로 현관 돌층계를 올라갔다.

또 한 대의 마차는 레 푀플에 가 닿았다. 잔느는 멀리서부터 그 마차를 알아보았다. 마차에 담요가 깔려 있고, 그 위에 누운 시체를 보고 모든 것을 알아차렸다. 그 엄청난 충격으로 잔느는 정신을 잃고 그 자리에 쓰러졌다. 의식이 되돌아왔을 때는, 아버지가 머리를 받치고 식초로 관자놀이를 적셔 주고 있었다. 아버지는 망설이다가 물었다.

"알고 있지?"

그녀는 나직한 소리로 대답했다.

"알아요, 아버지."

잔느는 일어나려고 했으나 일어설 수가 없었다. 그만큼 그녀의 충격은 컸던 것이다.

그날 밤 그녀는 죽은 아이를 낳았다. 전에 그토록 바라던 계집아이였다.

잔느는 줄리앙의 장례식을 못 보았다. 알지도 못했다. 다만 하루 이틀 뒤에 리종 이모가 와 있음을 알았을 뿐이었다. 의식이 오락가락하는 중에, 그녀는 전에 이 노처녀가 레 푀플을 떠난 게 언제였던지, 어떻게 해서 떠났던지를 열심히 생각했다. 그러나 아무리 노력해도 생각이 나지 않았다. 머리가 맑은 때도 생각을 못했다. 확실한 건 어머니가 돌아가신 뒤에도 분명히 리종 이모를 보았던 것이었다.

11

잔느는 석 달 동안을 자기 방에서 나오지 못하고 있었다. 지나치게 쇠약해지고 창백했기 때문에, 사람들은 그녀가 얼마 살지 못하리라 생각하고, 또 그렇게 말들을 하고 있었다. 그러나 그녀는 조금씩 기운을 되찾아갔다. 아버지와 리종 이모는 레 푀플에 거처를 정해 이제 잔느의 곁을 떠나지 않았다. 그 충격 이후 신경쇠약에 걸려 작은 소리만 나도 기절을 하거나, 아무것도 아닌 일로도 긴 혼수상태에 빠지곤 했다.

잔느는 줄리앙의 죽음에 대해서 결코 한 번도 묻지 않았다. 물을 필요도 없었다. 이미 모든 걸 알고 있었던 일이 아닌가? 모두들 그것이 우연히 일어난 사고로 생각하고 있었으나, 잔느는 속지 않았다. 그리고 그 비밀을 혼자 간직하고 있었다. 그것은 그녀에게 커다란 고통을 가져다 주었다. 그들의 간통에 대해선 이미 잘 알고 있었고, 또 그 비극의 날에 갑자기 찾아왔던, 무시무시한 백작의 환영.

이제 잔느에게는 지난 날의 짧은 동안의 사랑에 빠진 기쁨과 감동적이고 달콤하며 우울한 추억밖엔 없었다. 약혼 시절의 남편의 모습과 코르시카의 뜨거운 태양 아래서 눈을 뜬, 육체적인 정열의 시기에 사랑하던 남편의 모습이 눈앞에 떠오르곤 했다. 남편의 모든 결점은 사그라들고, 잔인하고 냉혹한 태도도 사라지고, 자기를 배신했던 행위조차 닫혀진 무덤의 추억이 차츰 엷어져감에 따라서 사라져갔다. 그리고 잔느는, 지난 날 자기를 품에 안아 준 적이 있는 남자에 대해 막연한, 추모의 정에 끌려 전에 그로부터 받은 여러 가지 고통을 잊고 그를 용서하며, 오직 행복했던 순간만을 기억하였다. 그러는 동안에도 세월은 쉬지 않고 흘러갔다. 이제 잔느는 자신의 모든 것을 아들을 위해서 바치고 있었다.

아들은 자기 옆에 모여 있는 세 사람의 우상이었고, 오직 하나뿐인 관심의 대상이었다. 그는 추종자에 둘러싸인 폭군이었다. 그를 섬기는 세 사람의 추종자 사이에는 일종의 질투심이 생기기도 하였다. 잔느는 아들이 아버지의 한쪽 무릎 위에 걸터앉아 말타기를 한 뒤, 감사의 표시로 바치는 뜨거운 키스를 신경을 곤두세우고 쳐다보았다. 그리고 리종 이모는, 언제나 사람들이 그녀를 무시하듯 이 아이한테서도 거의 하녀 취급을 받았다. 그러면서 가까스로 애원하여 얻은 하찮은 키스와 아이가 어머니나 외할아버지에게 하는 포옹을 비교하면서 자기 방으로 돌아가 우는 것이었다.

평화스럽기만 한 나날이 2년째로 접어들었다. 그동안은 모두들 아이의 뒷바라지에만 열정적으로 관심을 기울였다. 3년째 되는 겨울에 그들은 봄이 올 때까지 루앙에 가서 살자는데 합의하여 온 가족이 루앙으로 떠났다. 그러나 오랫동안 돌보지 않아 눅눅하고 곰팡이가 핀 낡은 집에 도착하자 곧 폴이 기관지염에 걸려서 모두를 걱정시켰다. 그들은 폴에게는 아무래도 레 퇴플의 공기가 필요하다는 판단을 내리고 그가 낫자마자 레 퇴플로 되돌아왔다. 그리하여 단조롭고 조용한 몇 년간의 생활이 다시 계속 되었다. 그 조용한 생활의 중심은 항상 어린 폴이었다. 아이의 방에서, 넓은 거실에서, 또 어떤 때는 뜰에서 세 사람은 언제나 아이를 에워싸고 있었다.

잔느는 감미로운 목소리로 폴을 풀레(병아리)라고 불렀는데, 아이는 혀 짧은 소리로 풀레라고 따라 말했다. 그것이 이제는 이름으로 불리게 되었다. 아이의 성장은 매우 빨라서 매일매일 눈에 띄게 자랐으므로, 남작의 표현인 '세 어머니'는 아이의 키를 재는 것이 중요한 일과 중이 하나였다.

거실의 문 옆 기둥엔 달마다의 키를 나타내는 금이 나이프로 새겨졌다. '풀레의 눈금'이라고 불리는 이 눈금은 이제 생활에서 가장 중요한 위치를 차지하게 되었다. 그리고 또 하나의 존재가 이 집에서 중요한 위치를 차지하게 되었는데, 그건 잔느가 아이에게 정신을 빼앗긴 이후로 거의 잊고 있던 마사크르였다. 이 개는 뤼디비느로부터 음식을 얻어 먹고, 마굿간 앞에 쇠사슬로 묶여진 채 항상 혼자 놀고 있었다.

어느 날 아침, 이 개를 본 폴은 그것을 안고 싶다고 떼를 쓰기 시작했다. '세 어머니'는 아이를 개 옆으로 데리고 갔다. 개는 폴을 매우 따랐다. 그런 뒤로, 폴은 개를 떼어 놓으려고 하지 않았다. 마사크르는 결국 사슬에서 풀려 집 안으로 들어오게 되었다.

개는 폴과 떨어질 수 없는 친구가 되었다. 함께 융단 위에 몸을 굴리기도 하고 나란히 눕기도 했다. 그러다 마침내는 잠도 침대에서 같이 자게 되었다. 잔느는 때때로 벼룩에 신경을 곤두세웠으며, 리종 이모는 애정의 대부분을 빼앗아 간 마사크르를 몹시 원망하였다. 자기가 그토록 소원하던 애정을 그 개가 몽땅 훔쳐간 것으로 생각한 것이다.

그러는 동안, 브리즈빌가와 쿠틀리에가와의 교제는 계속되었으며, 그런 일 외에 읍장이나 의사만이 오래된 저택을 가끔 방문할 뿐이었다. 잔느는 무자비한 암캐의 학살과 백작부인과 줄리앙의 끔찍한 죽음에 대해 신부에게 의심을 품은 뒤로는 교회에 전혀 나가지 않게 되었다. 톨비악 신부의 잔인성을 용서하고 있는 하나님에 대해서까지 분노를 느끼고 있었던 것이다.

톨비악 신부는 이따금 막연하게 레 푀플을 저주했다. 그는 그곳이 '악의 소굴', '영원한 악마의 집', '허위와 그릇된 욕망의 암가', '타락과 부도덕의 악마'가 머무는 곳이라고 말했다. 그리고 신부는 남작이 바로 악의 본체인 악마라고 했다. 그러나 그의 교회는 차츰 황폐해졌다. 신부는 늘 혼자였다. 신부가 지나가도 농부들은 말을 걸려고도, 돌아보고 인사를 하려고도 하지 않았다. 게다가 악마에 씌운 여자에게서 악마를 쫓아냈다고 해서 그가 마술사라는 소문이 돌았다. 사람들의 말에 의하면 그는 저주를 비는 악마의 기도를 알고 있다는 것이었다. 푸른 젖이 나오며 꼬리를 돌돌 말고 있던 소에 그가 주문을 외며 손을 대면 단번에 낫고, 또 무어라고 주문을 외우면 잃어버렸던 물건을 찾게 된다는 소문이었다.

실제로 그의 지나치리만큼 광신적인 신앙은 악마에 대해서 쓰인 종교 서적을 탐독하게 만들어서, 그는 악마의 출현과 여러 가지 무서운 힘이라든가, 끔찍하고 환상적인 악마의 수단, 악마가 깃드는 방법 등이 쓰여 있는 책들을 열심히 읽어대었다. 그리하여 자기야말로 그런 악마를 쓰러뜨리기 위해서 특별히 소명을 받은 자라고 굳게 믿고 있었다.

그는 악마를 쫓는 문구들을 좌르르 외우고 있었으며 늘 자기가 어둠 속을 배회하고 다니는 악마를 느낄 수 있다고 생각하고 있었다. 그래서 언제나 'Sicut leo rugiens circuit quoerens quem devoret (사자가 먹이를 찾아 울부짖으며 헤매는 것처럼)' 라는 라틴어 문구를 늘 외우며 다녔다.

사람들 사이에는 일종의 공포스런 분위기가 만연되었다. 그것은 그가 간직한 주술적인 힘에 대한 두려움이었다. 농부들뿐 아니라 그의 동료들까지 모두 그랬다. 그들은 신약에 나오는 마왕도 하나의 신으로 섬기고 있어서 종교와 마법을 혼동하고 있는 부류들이었다.

톨비악 신부가 엄격한 생활태도를 가지고 있음과 동시에 뭔가 신비스러운 힘을 가지고 있다고 상상함으로써 그들 역시 톨비악을 존경하고 있었던 것이다.

신부는 어쩌다 잔느와 마주치는 일이 있어도 외면을 해버렸다. 이런 일들은 리종 이모를 무척이나 슬프게 했다. 노처녀 특유의 안정되지 않은 성격의 리종 이모는 사람들이 교회에 가지 않는 것을 이해할 수가 없었다. 물론 그녀는 깊은 신앙심을 가지고 고해성사도 받고 성체도 배수하고 있었다. 그러나 아무도 그것을 눈치채지 못했다.

폴과 단둘이만 있을 때, 리종 이모는 작은 목소리로 폴에게 하느님에 대해서 이야기를 해주었다. 그러면 폴은 가끔씩 묻는 것이었다.

"하느님이 어디에 있어, 할머니?"

그러면 리종 이모는 하늘을 가리키며 말했다.

"저 높은 하늘에 계셔. 하지만 누구에게도 얘기하면 안 돼."

리종 이모는 남작이 알까 두려웠던 것이다.

그러나 어느 날 폴은 그녀에게 당당히 선언하였다.

"하나님은 어디든지 계시지만 교회 안에는 계시지 않는대."

아이는 이모 할머니의 당부를 저버리고 할아버지에게 모든 것을 이야기해 버린 것이다.

아이는 어느덧 10살이 되었다. 잔느는 마치 40살이나 된 것처럼 나이 들어 보였다. 아이는 건강하고 장난꾸러기이며 위험한 짓도 곧잘 하여 가족들을 놀라게 했으나, 너무 철이 없었다. 공부를 좀 시키려 하면 금세 따분해 하고 틈을 보아 도망가버리곤 했다. 게다가 남작이 아이를 붙들고 공부를 시키려 하면 언제나 잔느가 들어와서 말리는 것이었다.

"이제 그만 놀게 해주세요. 아이가 피곤하겠어요. 아직도 저렇게 어린데요."

잔느는 아이가 여섯 달이나 1년밖에 되지 않은 것처럼 굴었다. 아이가 뛰어다니고 웬만한 어른처럼 말을 하는데도, 그녀는 그것을 거의 모르고 있었다. 때문에 항상 넘어지지는 않을까, 운동이 지나친 게 아닌지, 음식을 너무 많이 먹지는 않았는지, 아니면 한참 자랄 땐데 너무 적게 먹진 않았는지 끊임없이 걱정하며 지냈다.

아이가 12살이 되었을 때, 난처한 문제가 일어났다. 그것은 첫 성체 배수에 관한 것이었다.

어느 날 아침이었다. 드디어 리종 이모는 잔느에게 더 이상 폴의 종교 교육을 미루며 방치해 둘 수가 없다는 말을 꺼냈다. 리종 이모는 여러 가지 이유를 들어 그녀를 비난했다. 무엇보다도 그런 일로 이웃들의 입에 폴이 오르내릴 것이 두렵다고 말했다. 잔느는 당황했지만, 쉽사리 결정할 수 없어 망설이고 있었다.

한 달 뒤, 잔느가 브리즈빌 자작 부인을 방문했을 때, 자작 부인이 지나가는 투로 물었다.

"올해 댁의 폴이 첫 성체 배수를 받게 되지요?"

이 말에 잔느는 당황해서 무의식중에 대답을 했다.

"네, 그래요. 부인."

이 한 마디가 잔느로 하여금 결심을 하게 만들었다. 그녀는 남작에게는 비밀로 한 채 폴을 교리문답에 출석시키라고 리종 이모에게 부탁했다.

한 달 동안은 아무 일 없이 지나갔다. 그러던 어느 날 저녁, 풀레는 목이 잔뜩 쉬어가지고 돌아왔다. 그러더니 이튿날에는 기침까지 하는 것이었다. 잔느는 놀라서 까닭을 물었다. 공부 시간 중의 태도가 좋지 않다고 끝날 때까지 교회 밖의 바람이 몰아치는 데서 서 있으라고 톨비악 신부가 벌을 주었다는 것이다.

그런 뒤로 잔느는 아이를 교회에 보내지 않고 손수 교리문답을 가르쳤다. 그러나 톨비악 신부는, 리종 이모의 눈물어린 애원에도 불구하고, 교육이 불충분하다는 이유로 폴의 성체 배수를 거절했다.

이듬 해에도 마찬가지였다. 남작은 격분하여, 아이가 훌륭한 사람이 되는데 그런 식의 절차가 반드시 필요한 것은 아니라며, 아이가 어른이 된 뒤 스스로 자신의 종교를 택할 수 있으리라고 말했다.

그런 지 얼마 후 잔느는 브리즈빌가를 방문했으나 그들은 이쪽을 찾아오지 않았다. 그들이 지나칠 만큼 세심하게 예의를 존중한다는 것을 알고 있던 잔느는 놀랐다. 그 엉뚱한 이유를 쿠틀리에 후작 부인이 거만한 목소리로 일러주었다.

후작 부인은, 남편의 작위와 막대한 재산 따위로 자기가 노르망디 귀족들의 여왕이나 되는 것처럼 착각하고 실제 그렇게 행동하고 있었다. 그녀는 하고 싶은 말은 거침없이 지껄이며 경우에 따라서는 상냥하게 대하다가도 거드름을 피우며 오만한 태도가 되었다가 그 반대로 치켜세워 주기도 하는 것이었다. 어느 날 잔느가 방문하자, 이 귀부인은 두세 마디 의례적인 인사를 한 뒤 냉랭한 목소리로 말했다.

"이 사회는 두 계급으로 나뉘어 있습니다. 즉, 하느님을 믿고 있는 사람들과 믿지 않는 사람들이지요. 믿는 사람이라면 아무리 신분이 낮아도 우리와 대등하지만, 믿지 않는 사람들과는 그렇게 터놓고 지낼 수가 없는 거지요."

잔느는 자기가 공격을 받고 있다고 느끼자 곧 반박하였다.

"하지만 교회에 나가지 않고도 하느님을 믿을 수 있지요."

후작 부인은 쌀쌀맞게 대답했다.

"그렇지가 않아요. 사람을 만나려면 그 사람의 집을 찾아가는 것처럼 믿는 사람이라면 당연히 신이 계시는 교회로 찾아가야만 해요."

잔느는 자존심이 상해서 다시 입을 열었다.

"하느님은 어디든 계세요, 부인. 저는 진심으로 하느님의 자애를 믿고 있지만, 어떤 신부가 저와 하느님 사이를 가로막고 있으면 하느님의 존재를 느낄 수가 없어요."

후작 부인은 벌떡 일어서며 말했다.

"신부님은 교회의 깃발을 들고 있는 분이에요, 부인. 그 깃발을 따르지 않는 사람은 누구든지 하느님을 배척하고 또 우리를 배척하는 사람이에요.”

잔느도 몸을 떨면서 일어나 대꾸했다.

“부인께선 한 종파의 하느님을 믿고 계시지만, 저는 정직한 이들의 하느님을 믿고 있어요.”

그러고 나서 잔느는 고개를 까딱하고 그 집을 나와버렸다. 농부들 역시 풀레가 첫 성체 배수를 받지 않았다고 하여 자기들끼리 잔느를 비난하였다. 그들 자신은 결코 미사에도 나가지 않고 성체에도 참석하지 않았으며 어쩌다 교회의 명령을 받으면 하는 수없이 부활절 같은 때만 성체 배수를 하는 것이었다. 하지만 아이들의 경우는 달랐다. 일반적인 공동의 신앙 밖에서 아이를 기른다는 것은 생각할 수도 없는 엄청난 일이며 거의가 찬성할 수 없는 일이었다. 종교는 어디까지나 종교였기 때문인 것이다.

잔느는 이러한 비난을 분명히 눈치채고 있었지만, 모든 사람의 마음속에 도사리고 있는 비겁함, 더구나 밖으로 나타날 때는 위선의 가면을 그럴 듯하게 뒤집어쓰는 그런 것에 대해 몹시 분개하고 있었다.

남작이 폴의 교육을 맡기로 하고 주로 라틴어를 가르쳤다. 잔느는 이제 오직 한 가지 주의를 되풀이할 뿐이었다. ‘어쨌든 그 아이를 피로하게 하지 마세요.’ 하고. 그러고도 걱정이 되어 항상 공부방에서 어정거렸으므로 그녀의 방문을 금지시켜야 했다. 순간순간, “풀레야, 발이 시리지 않니?”, “풀레야, 머리가 아프지 않니?” 하기도 하고, 혹은 선생에게. “그렇게 말을 많이 하게 하면 안 돼요. 목이 피로해지잖아요." 하며 늘 공부를 방해했기 때문이었다.

공부가 끝나자마자 아이는 뜰로 내려가 어머니와 리종 할머니와 함께 흙을 만졌다. 그들은 이제 원예에 재미를 붙였다. 봄이 되자 세 사람은 어린 나무를 심고, 씨 뿌리고, 싹이 나서 자라는 것을 커다란 호기심으로 기다렸다. 그리하여 가지를 쳐주기도 하고, 꽃을 꺾어 꽃다발을 만들기도 하였다.

아이가 가장 관심을 쏟는 것은 샐러드 채소의 재배였다. 아이는 채소밭의 커다란 묘판 네 개를 맡아가지고 거기에 세심한 주의를 기울여서 상추, 로멘넨, 쉬코레, 르와이얄 등 모든 샐러드용 야채를 기르는 것이었다. 아이는 또 땅을 갈고, 물을 주고, 밭을 메고, 모종을 옮겨 심고 하는 일에 두 여자를 마치 날품팔이처럼 부려먹었다. 그리하여 그들은 몇 시간 동안이나 묘판 옆에 무릎을 꿇고 앉아 옷이나 손이 흙투성이가 되어 어린 식물을 가꾸는 일에 열중하곤 하였다.

풀레는 15세가 되었다. 거실 기둥의 눈금은 1미터 58을 나타내고 있었다. 그러나 정신연령은 아직도 유치한 수준이었다. 두 여자와 시대에 뒤떨어진 호인이기만 한 노인 틈에서 자라났기 때문에 지능의 발달이 늦어져서, 무지하고 어리석은 아이가 되어 있었다.

어느 날 저녁, 마침내 남작이 풀레를 중학교에 보내야 한다는 말을 꺼냈다. 그러자 잔느는 그 자리에서 흐느껴 울기 시작했다. 리종 이모는 깜짝 놀라 어두운 방구석에서 꼼짝도 하지 않고 있었다.

잔느는 물었다.

"어째서 더 공부를 시켜야 할까요? 그저 평범한 시골 귀족으로 기르면 어때요? 많은 귀족들이 그렇듯이 농사일을 시키면 돼요. 이 아이가 태어나기 전부터 우리가 살았고, 우리가 죽을 이 집에서 이 아이도 행복하게 늙어갈 거예요. 그 이상 더 무엇을 바라겠어요?"

그러나 남작은 고개를 저었다.

"하지만 이 아이가 25세쯤 되어서 나는 못난 사람이다, 어머니의 비뚤어진 이기주의 탓으로 아무것도 못 배우고 말았다. 일을 할 능력도 없고 훌륭한 사람이 될 수도 없다. 하지만 나는 이렇게 그늘진 생활, 죽고 싶을 만큼 비참한 생활을 하기 위해서 태어난 것은 아니다. 어머니의 앞을 내다보지 못하는 맹목의 애정이 나를 이런 꼴로 만들었다 하고 말하면, 너는 도대체 뭐라고 대답하겠니?"

잔느는 여전히 울면서 아이에게 애원했다.

"말해 봐라, 풀레야. 너를 너무 사랑했다고 결코 나를 책망하거나 하진 않겠지?"

그 커다란 아이는 깜짝 놀라서 어머니께 약속했다.

"그러지 않겠어요, 어머니."

"맹세하지?"

"맹세할게요, 어머니."

"너는 언제까지나 여기에 있고 싶지? 그렇지?"

Une Vie 421
여자의 일생

"네, 어머니."

그러자 남작이 큰 소리로 단호하게 말했다.

"잔느야, 네게 이 아이의 인생을 마음대로 처리할 권리는 없다. 네가 지금 하려는 것은, 비겁하고, 죄악이라고 할 수 있어. 네 행복을 위해서 저 어린 것을 희생시키려 하는 거냐?"

잔느는 두 손으로 얼굴을 가린 채 흐느끼면서 더듬거렸다.

"저는 정말 불행했어요…… 정말 불행했어요! 이제 겨우 폴과 안정된 생활을 하려는데 아이를 빼앗아가다니, 저는 어떻게 하면 좋아요? 앞으로 혼자서 어떻게 살아요."

남작은 그녀 옆으로 와서 앉으며 딸을 포옹했다.

"나 역시 마찬가지란다, 잔느야."

잔느는 아버지의 목을 껴안고 아직도 흐느낌으로 목이 메어 겨우겨우 말했다.

"정말이에요, 정말 그렇군요……. 아버지의 말씀이 옳아요. 제가 어리석었어요. 그동안 전 무척 불행했었어요. 하지만 폴레를 학교에 보내겠어요."

그러자 이번에는, 어떻게 되는 것인지 영문도 모르면서 폴레가 울기 시작했다.

'세 어머니'는 그를 달래고 어르고 힘을 북돋아 주었다.

잠자기 위해서 각자의 방으로 돌아간 그들은 모두 아픈 마음을 달래며 이불 속에서 울었다. 지금까지 잘 견디던 남작도 마찬가지였다.

가을 신학기에 소년을 르아브르 중학교에 보내기로 결정

을 했다. 그래서 풀레는, 한여름 내내 지금까지보다 훨씬 더 많은 사랑을 받고 자랐다.

어머니는 아들과의 이별을 생각하고 자주 눈물을 흘렸다. 그리고 마치 10년이나 걸릴 먼 여행을 떠나기라도 하듯이 꼼꼼하게 여행 준비를 해주었다. 10월의 어느 날 아침, 뜬 눈으로 하룻밤을 지새운 두 여인과 남작은 마침내 소년을 데리고 마차에 올랐다. 마차는 두 마리의 말에 끌려 빠르게 달렸다.

전에 한 번 와서 아이의 기숙사 침실과 교실의 자리를 이미 정해놓은 잔느는 리종 이모의 손을 빌어 하루 내내 아들의 옷을 옷장에 차곡차곡 넣었다. 그러나 옷장에는 준비해 온 물건의 반의 반밖에 들어가지 않았으므로 잔느는 옷장을 하나 더 얻으려고 교장을 찾아갔다. 사람이 불려왔다. 그는 그런 많은 옷이나 내의는 방해가 될 뿐, 아무 소용이 없다고 주장했다. 그리고 규칙이라며 옷장을 또 하나 내주기를 거부했다. 난처해진 어머니는 하는 수없이 가까운 곳에 있는 여관의 방을 하나 세내기로 하고, 아이로부터 필요한 것이 있다는 기별이 있으면 바로 주인이 몸소 갖다주도록 일러놓았다. 그리고 나서 그들은 부둣가를 한 바퀴 돌며 배가 항구에 드나드는 것을 구경했다.

등불이 하나둘 켜져가는 도시에 쓸쓸한 저녁이 다가오고 있었다. 그들은 저녁 식사를 하러 음식점으로 들어갔으나, 누구 한 사람 먹으려 하지 않았다. 그들이 눈물 젖은 눈으로 서로를 바라보고 있는 동안, 음식 접시는 자꾸 날라져 왔다가 거의 그대로 또 날라져 갔다.

음식점을 나온 그들은 천천히 학교 쪽으로 걸어가기 시작했다. 키가 서로 다른 소년들이 가족이나 하인에게 이끌리어 학교로 오고 있었다. 우는 사람도 많았다. 불빛이 거의 없는 널따란 교정 여기저기에서 흐느끼는 소리만 들려오고 있었다.

잔느와 풀레는 오랫동안 껴안고 있었다. 리종 이모는 완전히 잊혀진 채 뒤에서 손수건으로 얼굴을 가리고 서 있었다. 그러나 남작은 슬픔을 견딜 수 없어 딸을 끌어내다시피 하였다. 마차는 교문 앞에서 기다리고 있었다. 세 사람은 거기에 올라타 레 푀플을 향해 어둠속을 달렸다.

이따금 흐느낌 소리가 어둠속에서 울렸다. 잔느는 그 다음 날도 종일 울었다. 그리고 그 다음 날은 마차를 타고 르아브르로 떠났다. 풀레는 이미 이별을 당연한 것으로 받아들이고 있는 듯했다. 난생 처음으로 그는 친구를 가져본 것이다. 때문에 면회실 의자에 앉아서도 어서 나가 놀고 싶은 마음에 엉덩이를 들썩거리고 있었다.

그처럼 잔느는 이틀에 한 번씩 아들을 찾아갔고, 일요일에는 밖으로 데리고 나왔다. 휴게시간과 휴게시간의 사이, 즉 수업시간에 그녀는 어떻게 하면 좋을지 몰라했다. 그렇다고 학교에서 떠날 기력도 용기도 없었으므로, 면회실 의자에 가만히 앉아 있었다. 교장은 잔느를 자기 방으로 불러 앞으로 그렇게 자주 오지 않도록 부탁을 했다. 그러나 잔느는 그런 말은 들은 척도 하지 않았다.

그래서 교장은 잔느가 계속 찾아와서 아이가 휴게시간에 노는 것을 방해하거나 공부를 방해한다면, 아이를 되돌려보낼 수밖에 없겠다고 경고하는 한편, 남작에게도 그런 주의를 주는 편지를 보냈다. 그래서 잔느는 마치 죄수처럼 레 푀플에서 감시를 받게 되었다.

잔느는 공휴일만을 손꼽아 기다렸다. 끊임없는 불안이 잔느의 마음을 어지럽혔다. 그리하여 개 마사크르를 데리고 온종일 공허한 꿈에 파묻힌 채 며칠이고 집 근처를 배회하였다. 때로는 절벽 꼭대기에 앉아 물끄러미 바다를 바라보며 오후 한나절을 보내는 일도 있었다. 또 어떤 때는 숲 사이를 빠져나가 이포르까지 가며 추억이 가득한 지난 날의 산책길을 더듬기도 했다. 얼마나 먼 옛날의 일인가, 얼마나 멀리 가버린 일인가, 바로 이곳을 신비로운 처녀의 꿈에 취하여 뛰어다니던 그 때가!

그녀는 아이를 만날 때마다 서로 10년씩이나 헤어져 있었던 것 같은 생각이 들었다. 아이는 쉼없이 커갔고, 그녀는 쉼없이 노파가 되어갔다. 이제 남작은 마치 그녀의 오빠처럼 보였고, 리종 이모는 25세 때 시들어버린 후로 더 늙지 않아서 마치 언니 같았다.

풀레는 거의 공부를 하지 않았다. 4년급을 낙제하여 2년이나 배웠고, 3년급은 그럭저럭 넘겼으나, 2년급에서 또 두 번을 배워야 했다. 그래서 수사과의 학생이 되었을 때는 이미 20세가 되어 있었다.

그는 이미 키가 큰 금발의 청년이었다. 턱에는 짙은 수염이 나고, 콧수염도 나기 시작하고 있었다. 오래 전부터 승마 레슨을 받았기 때문에 쉽게 말 한 필을 빌어 두 시간이면 달려오는 것이었다. 잔느는 아침 일찍부터 서둘러 리종 이모와 남작과 함께 아들을 마중나갔다. 남작은 이제 아주 노인이 되어 허리가 굽었고 앞으로 고꾸라지려는 것을 막으려는 듯이 뒷짐을 지고 힘없이 걸었다.

세 사람은 천천히 걸어가다가 때때로 도랑가에 앉아서 말을 탄 기사의 모습이 아직 나타나지 않나 하고 멀리 바라보곤 하였다. 그러다가 지평선 위에 검은 점같이 기사가 나타나면, 그들은 모두 손수건을 흔들었다. 그것을 본 폴은 말을 재촉해서 바람처럼 달려왔다. 그러면 잔느와 리종 이모는 겁에 질려 가슴을 두근거렸고, 남작은 노인인 자신의 처지를 잊고 열광하여 '브라보!'를 외쳐대었다.

폴은 어머니보다 머리 하나가 더 컸으나, 잔느는 여전히 어린애에게 하듯 했다.

식사 후에 폴이 담배를 피우면서 현관 앞을 서성거리면 잔느는 창문을 열고 소리치는 것이었다.

"풀레야, 발 시리지 않니? 애야, 모자도 쓰지 않고 밖에 나가면 코감기가 든다."

그리고 폴이 밤에 다시 말을 타고 돌아가려고 할 때면, 잔느는 불안에 떨며 말했다.

"풀레야, 말을 너무 빨리 달리지 않도록 해라. 조심해야지.

만약 네게 무슨 일이라도 생기면 나는 어떻게 살겠나 생각해 보렴."

그러던 어느 토요일 아침, 잔느는 폴에게서 한 통의 편지를 받았다. 친구들이 계획한 파티에 초대되었기 때문에 집에 오지 못한다는 사연이었다.

뭔가 불행한 일이 닥친 것처럼 잔느는 일요일 내내 불안감으로 가슴을 죄이다가, 목요일이 되자, 더 기다리고 있을 수가 없어서 르아브르로 떠났다. 뭐라고 꼬집어 말할 수는 없었으나, 잔느는 어쩐지 폴이 달라진 것을 느꼈다. 그리고 지극히 당연한 일처럼 어머니에게 불쑥 얘기했다.

"어머니, 어머니가 오늘 오셨으니까 다음 일요일에도 레 쾨플에는 가지 않겠어요. 또 파티를 할 거거든요."

잔느는 너무 놀라서 말도 나오지 않았다.

아들이 새로운 세계로 떠나기라도 하는 것처럼 목이 메었던 것이다. 가까스로 말을 할 수 있게 되자, 그녀는 아들에게 매달리듯 물었다.

"아니, 풀레야. 도대체 무슨 일이냐. 어찌 된 일이냐고?"

폴은 빙그레 웃으며 어머니에게 키스했다.

"아무일도 아니에요, 어머니. 친구들과 함께 놀러가는 거예요. 나같은 또래의 친구들과요."

잔느는 대답할 말이 없었다. 이윽고 마차에 올라 혼자가 되자, 이상한 여러 생각들이 그녀를 괴롭혔다. 이미 자기의 풀레, 옛날의 어린 풀레가 아니었다. 잔느는 이제야 비로소 아들이 어른이 되었다는 것, 이제는 자기 의지대로 살아가려고 한다는 것 등을 깨달았다. 겨우 하루 사이에 아들은 완전히 딴사람처럼 달라진 것 같았다. 저것이 아들이란 말인가! 그 옛날 자기에게 샐러드 채소를 심게 하던 그 귀여운 아이인가! 자기의 뜻대로 행동하기 시작한 저 수염이 더부룩한 억센 청년이!

그 후 석 달 동안 폴은 어쩌다 한 번밖에는 집에 오지 않았다. 그리고 와서도 언제나 빨리 돌아가려고 하는 눈치가 역력했다. 잔느는 그럴 때마다 겁을 먹었지만, 남작은 언제나 조용히 그녀를 위로했다.

"그 애 하는 대로 내버려두어라. 저 애도 스무 살이 아니냐?"

그러던 어느 날 아침 허름한 옷을 입은 볼품없는 노인이 찾아와서 독일 악센트가 섞인 프랑스어로 '자작 부인께' 면회 신청을 하였다. 그는 아주 예의바른 체 길게 인사를 늘어놓고 나서는, 주머니에서 때묻은 지갑을 꺼내며 말했다.

"부인, 잠깐 이 차용증을 보십시오."

그는 손때 묻은 종이 조각을 펴서 내밀었다. 잔느는 그것을 읽어보고 다시 한 번 읽어본 다음 유태인의 얼굴을 쳐다보고 다시 한 번 종이를 들여다보고 나서 그에게 물었다.

"이게 도대체 뭡니까?"

노인은 아첨하는 웃음을 띠며 설명했다.

"말씀드리자면, 댁의 아드님이 조금 돈을 쓸 데가 있다고 말씀하셔서, 제가 부인이 인자한 어머니라는 것을 알고 있으니까 약간의 돈을 빌려드린 것이지요."

잔느는 경악을 금치 못했다.

"왜 내게 달라고 말하지 않았을까요?"

그 유태인이 길게 설명한 바에 의하면 그것은 다음 날 정오까지 갚아야 하는 노름빚으로, 폴이 아직 성년이 되지 않았기 때문에 아무도 빌려주지 않자, 자기가 '약간의 친절한 봉사'를 해주지 않는다면 '청년의 명예가 짓밟히게 되어서' 스스로 도와 주었다는 것이다.

잔느는 남작을 부르려고 했지만, 일어설 수가 없었다. 너무도 마음의 충격이 커서 꼼짝도 할 수 없었던 것이다. 그녀는 어쩔 수 없이 그 유태인에게 부탁했다.

"미안하지만, 초인종을 좀 울려주시겠어요?"

유태인은 무슨 계략이라도 있지 않을까 하고 망설이다가, 작은 소리로 말했다.

"혹시 지장이 있으시다면, 다시 찾아뵙겠습니다."

잔느는 고개를 저었다. 남자는 초인종을 눌렀다. 그리고 두 사람은 말없이 마주 앉아 있었다. 남작이 와서 보고 바로 사태를 짐작했다. 차용증에는 1천 5백 프랑으로 되어 있다. 남작은 1천 프랑을 지불하고 유태인을 쏘아보며 말했다.

"두 번 다시 오지 마시오."

상대방은 거듭 감사의 인사를 하고 사라졌다.

남작과 잔느는 곧 르아브르로 떠났다. 그러나 학교에 갔을

때, 그들은 이미 한 달 전부터 폴이 학교에 나오지 않고 있다
는 사실을 알았다. 교장은 잔느의 서명이 있는 네 통의 편지
를 보여주었다. 거기에는 폴의 병을 알리고 또 그 후의 병세
에 대해서 적혀 있었다. 물론 모두 위조된 것이었다. 두 사람
은 이 엄청난 사실에 넋을 잃고 서로 얼굴만 쳐다본 채 아무
말도 못 하고 서 있었다.

교장은 난처한 듯 두 사람을 경찰서장한테 데려다 주었다.
그 날 밤 두 사람은 르아브르의 여관에서 묵었다.

이튿날, 폴은 어떤 창녀의 집에서 발견되었다. 할아버지와
어머니는 그를 레 푀플로 데려왔다. 돌아오는 길에 그들 사
이에는 한 마디의 말도 없었다. 잔느는 손수건에 얼굴을 묻
은 채 울고 있었다. 폴은 태연하게 바깥만 내다보고 있었다.

1주일 사이에 안 일이지만, 폴은 지난 석 달 동안에 1만 5
천 프랑의 빚을 지고 있었다. 채권자들은 그가 곧 성년이 된
다는 것을 알고 있었기 때문에 아직 나타나지 않고 있었던
것이다.

아무도 설명을 요구하지 않았다. 애정으로 아이의 마음을
고쳐보려고 했던 것이다. 그래서 맛있는 음식을 해다 바치
고, 귀여워하며 응석을 받아 주었다. 마침 봄이었다. 잔느는
몹시 불안했지만, 폴이 마음껏 바다로 나갈 수 있게 한 척의
배를 이포르에 빌려놓았다.

그러나 다시 르아브르로 돌아갈까 봐 말은 내주지 않았다.
폴은 하는 일 없이 노는 데 지쳐서 짜증을 내고, 때로는 난폭

한 행동을 할 때도 있었다. 남작은 그의 공부가 중단될까 봐 걱정하였다.

잔느는 다시 아들과 헤어질 것을 생각하면 미칠 것 같았으나, 앞으로 이 아이를 어떻게 하면 좋을지 마음속으로 궁리하고 있었다.

어느 날 밤, 폴이 집에 돌아오지 않았다. 그가 두 명의 뱃사람과 함께 이포르를 떠난 것을 알고 잔느는 정신없이 모자도 쓰지 않고 그 밤에 이포르까지 뛰어갔다.

몇 사람이 바닷가에서 그 배가 돌아오기를 기다리고 있었다. 작은 등불이 앞바다에 나타났다. 그것은 흔들거리면서 가까이 왔다. 그러나 그 배에는 폴이 타고 있지 않았다. 그는 르아브르로 데려다달라고 해서 가버린 것이다.

경찰에서 여러 군데를 수색해 보았으나 찾지 못하였다. 전에 폴을 숨겨준 일이 있는 여자 역시 가재도구를 팔고 집세도 깨끗이 치른 뒤 아무런 흔적도 남기지 않고 행방을 감추어 버렸다.

레 푀플의 폴의 방에서 폴을 미치도록 사랑하는 듯한 여자의 편지 두 통이 발견되었다. 여자는 편지에서 필요한 자금을 구했으니 영국으로 건너가자고 쓰고 있었다.

저택에 남겨진 세 사람은 고문을 당하는 것 같은 정신적 고통을 받으며 쓸쓸하게 지내고 있었다. 언제부터인가 회색으로 변했던 잔느의 머리칼은 이제 백발이 되어 버렸다. 그녀는 순진한 마음으로 왜 운명이 자기를 이렇게 괴롭히는 것일까 하고 생각해 보기도 했다.

잔느는 톨비악 신부로부터 다음과 같은 편지 한 통을 받았다.

하느님의 손길이 드디어 부인 위에 무겁게 내려지게 되었습니다. 부인께선 아드님을 하느님께 내놓기를 거절했었습니다. 그래서 하느님께서는 아드님을 부인에게서 빼앗아 일개 창녀에게 던져준 겁니다. 이런 하늘의 계시에 아직도 눈을 뜨지 못하셨습니까? 주님의 자비는 무한합니다. 만일 부인께서 다시 하느님 앞으로 돌아오셔서 무릎을 꿇는다면, 아마도 용서하시리라고 생각합니다. 나는 주님의 하인입니다. 부인께서 오셔서 문을 두드린다면 나는 언제든 하느님의 집의 문을 열어드리겠습니다.

잔느는 이 편지를 무릎 위에 놓고 오랫동안 앉아 있었다. 어쩌면 이 신부가 하는 말이 사실일지도 모른다. 그렇게 생각하자 종교적인 여러 가지 의혹과 불안감이 그녀의 양심을 괴롭히기 시작했다. 하느님도 인간과 마찬가지로 질투를 하고, 복수를 하신단 말인가? 그러나 하느님이 질투를 전혀 보이지 않는다면 누구나 하느님을 두려워하지 않게 될 것이다. 틀림없이 하느님은 우리에게 좀더 확실하게 알려주기 위해서 인간의 감정으로 인간 앞에 나타나는 것이다. 망설이는 자나 방황하는 자를 교회로 이끄는 공포와 의심이 그녀의 마음속으로 스며들었다. 그리하여 그녀는 어느 날 밤 어두워지자 몰래 신부의 집으로 달려가서 깡마른 신부의 발치에 무릎을 꿇고 죄에 대한 용서를 빌었다.

신부는 반만 용서해 줄 것을 약속했다. 하느님은 남작 같은 인간을 숨기고 있는 집에는 온전한 자비를 내릴 수 없다는 거였다. 그는 이렇게 단언했다.

"이제 곧 하느님의 자비의 증거를 보게 될 것입니다."

그로부터 이틀 뒤에 잔느는 아들에게서 한 통의 편지를 받았다. 잔느는 이것이야말로 신부가 약속한 위안의 예고라고 생각하게 되었다.

그리운 어머니, 걱정을 말아주시기 바랍니다. 저는 지금 런던에 와 있으며, 몸은 매우 건강합니다. 그러나 돈에 쫓기고 있습니다. 우리는 이제 무일푼으로, 날마다 아무것도 먹지 못하고 있습니다. 지금 저와 함께 있는 여자는 제가 진정으로 사랑하고 있는 사람인데, 저와 헤어지기 싫다고 하며 그녀가 가진 것을 모두 써버렸습니다. 5천 프랑입니다. 어머니는 이해하시리라고 생각합니다만, 제 명예를 위해서라도 우선 그 돈을 돌려줘야 합니다. 곧 제가 성년이 될 터이니, 아버지의 유산 중에서 1만 5천 프랑만 우선 송금해 주시면 매우 고맙겠습니다. 그러면 어머니는 저를 커다란 역경에서 건져 주시는 겁니다. 그럼 안녕히 계십시오. 그리운 어머니, 진정으로 키스를 보내드립니다. 할아버지께도, 리종 할머니께도 키스를 드립니다. 머지않아 뵙기를 바라고 있습니다.

당신의 아들, 자작 폴 드 라마르 올림.

편지를 보내주다니! 그러고 보면 어머니를 잊지 않고 있는 것이다. 그녀는 아들이 돈을 요구한 사실 따위는 생각지도 않았다. 돈이 떨어졌다니 보내줘야지. 돈 같은 것이 무슨 문제야! 아들이 편지를 보냈는데!

그리하여 잔느는, 기쁨에 울면서 편지를 가지고 남작에게 뛰어갔다. 리종 이모도 불렀다. 그리하여 세 사람은 편지를 읽고 또 읽으며, 아들이 쓴 글의 한 마디마디에 대하여 토론하였다.

절망의 구렁텅이에서 갑자기 희망의 봉우리로 뛰어오른 잔느는 열심히 폴을 변호했다.

"그 애는 틀림없이 돌아옵니다. 편지까지 보낸 걸 보세요. 꼭 돌아옵니다."

그러나 남작은 좀더 냉정하게 생각한 후에 말했다.

"그렇지 않아. 그 앤 계집아이 때문에 우리를 버린 거야. 그 계집아이를 우리보다 더 사랑하고 있는 거야. 우릴 버리고 달아난 것을 보면 알 수 있어."

갑자기 무서운 고통이 잔느의 심정을 훑고 지나갔다. 그리고 자기로부터 아들을 빼앗아 간 그 여자에 대한 증오의 불길이 가슴속에서 거세게 타올랐다. 그것은 가라앉힐 수 없는 야성적인 증오였다. 그때까지의 그녀의 생각은 모두 폴에게로만 쏠려 있었다. 그런 하찮은 창부가 아들의 타락의 원인이 된 줄은 거의 생각지도 않았다. 그런데 남작의 이야기가 그 경쟁자의 모습을 홀연히 떠오르게 하고 저주스런 힘을 분명히 보여 주었던 것이다. 그녀는 그 여자와 자기 사이에 무시무시한 싸움이 시작된 것을 느꼈다. 또 그런 천한 여자와 아들을 함께 소유하려면 차라리 잃어버리는 편이 훨씬 낫다는 생각도 드는 것이다.

그리하여 1만 5천 프랑이 보내어졌다. 그 뒤 다섯 달 동안 그로부터 아무 소식도 없었다.

어느 날, 줄리앙의 유산에 대한 구체적인 배분 문제로 폴의 대리인이 레 푀플을 찾아왔다. 잔느와 남작은 아무 논쟁도 없이 대리인의 요구대로 하였다. 당연히 잔느에게로 와야 할 이권까지도 폴에게로 넘겼다. 폴은 파리로 돌아와 12만 프랑을 손에 넣었다. 그 뒤 폴은 여섯 달 동안에 4통의 편지를 보냈다. 그저 형식적인 소식을 전하는 것으로, 언제나 판에 박은 듯한 애정의 표현으로 끝나고 있었다.

나는 일을 하고 있습니다. 주식 거래소에 관계된 일자리를 얻었습니다. 언제든 레 푀플로 찾아가 그리운 여러분께 키스를 하려고 생각하고 있습니다.

폴은 함께 있을 여자에 대해서는 한 마디도 쓰지 않았다. 그러나 그 침묵은 오히려 4페이지에 걸쳐서 이야기를 한 것보다 훨씬 더 많은 것을 의미하고 있었다. 잔느는 냉정한 편지에서 집념 깊게 도사리고 있는 그 여자, 어머니들의 영원한 적인 창녀의 존재를 느끼고 있었다.

상처 입은 생활을 계속하고 있는 세 사람은, 어떻게 하면 폴을 구할 수 있겠는가에 대해 여러 가지로 궁리를 하였다. 그러나 그들은 아무런 묘책도 생각해 내지 못했다. 파리로 찾아가 본다면? 하지만 그런들 무슨 소용이 있으랴? 남작이 말했다.

"정열이 식을 때까지 내버려둬야 해. 결국 제 발로 돌아올 테니까."

세 사람의 생활은 비참했다. 잔느와 리종은 남작 몰래 계속 교회에 나가고 있었다.

아무 소식도 없이 꽤 오랜 세월이 흘러갔다. 그러던 어느 날 아침에 한 통의 절망적인 편지가 날아들어 세 사람을 공포에 떨게 했다.

어머니, 저는 실패하고 말았습니다. 어머니가 저를 도와주시지 않는다면, 저는 제 머리에 총을 쏠 수밖에 없습니다. 틀림없이 성공할 것으로 믿었던 사업이 예상 외로 실패하는 바람에 8만 5천 프랑의 빚을 졌습니다. 이것을 갚지 못하면 저의 불명예이고 파멸입니다. 정말 돌이킬 수 없이 되었습니다. 거듭 말씀드리지만, 이런 치욕을 당하고 사느니 차라리 스스로 목숨을 끊으려 했습니다. 그러나 그 여자에 대한 말은 아직 한 번도 하지 않았습니다만, 저의 수호신이라고도 할 한 여성의 격려가 없었다면 저는 아마 그 일을 실행하였을 겁니다. 그리운 어머니, 키스를 보냅니다. 아마 이것이 최후의 키스일 겁니다. 안녕히 계십시오.

편지에는 사업 실패의 경위가 자세히 적힌 서류 뭉치가 동봉되어 있었다.

남작은 어떻게든 도와주겠노라는 답장을 보내고 나서 금전 대출 상황을 알아보기 위해 르아브르로 떠났다. 결국 땅을 저당잡히고 돈을 빌려 그것을 폴에게 보내주었다.

청년은 진정한 감사와 애정이 담긴 3통의 편지를 보내며 곧 레 푀플로 돌아와 그리운 가족들에게 키스하겠다고 썼다. 그러나 그는 오지 않았다. 또 1년이 지나갔다.

잔느와 남작이 파리로 가서 폴을 만나 마지막 시도를 해보려고 작정하던 차에 마침 매우 간단한 그의 편지가 도착했다. 그 편지로 폴이 다시 런던에 가 있으며 '폴 드 라마르 주식회사'라는 기선회사를 세우려고 한다는 것을 알았다. 그는 편지에 이렇게 썼다.

이제 저도 한밑천 잡을 수가 있을 것입니다. 지금 하려는 사업은 대단히 유망한 것입니다. 또한 매우 안정된 것이어서 위험은 전혀 없습니다. 다시 만나 뵙게 될 때, 저는 훌륭한 지위를 차지하고 있을 것입니다. 오늘날 곤경을 타파하려면 사업을 하는 수밖엔 없습니다.

그로부터 석 달 뒤, 기선회사는 파산하였고 지배인은 장부기입에 부정이 있다는 이유로 기소되었다. 잔느는 신경 발작을 일으켰고, 그것이 몇 시간이나 계속되더니 자리에 눕게 되었다. 남작은 다시 르아브르로 가서 몇 사람의 변호사와 대리인, 집달리 등을 만나 사정을 상세히 알아보고, '폴 드 라마르 주식회사'의 부채가 23만 5천 프랑에 이른다는 것을 확인하였다.

이번에도 남작은 부동산을 저당으로 잡혔다. 레 푀플의 저택과 두 농장을 잡혀 막대한 액수의 돈을 빌렸다.

어느 날 저녁에 대리인의 사무실에서 최종적인 수속을 밟고 있던 남작은 졸도를 하여 마룻바닥에 쓰러졌다.

이 소식은 곧 잔느에게 알려졌다. 그러나 그녀가 달려갔을 때 남작은 이미 숨을 거둔 뒤였다.

잔느는 아버지의 시신을 레 푀플로 데리고 왔다. 그녀는 이미 정신이 나간 듯 감정이 마비된 상태였다. 톨비악 신부는 두 여자의 미친 듯한 애원에도 불구하고 남작의 유해가 교회에 들어서는 것을 거부하였다. 그리하여 종교적인 모든 의식 없이 해가 진 뒤에 남작의 시체는 매장되었다.

폴은 파산 청산인의 한 사람으로부터 이 사실을 알게 되었다. 그는 아직도 영국에 숨어 있었던 것이다. 그는 이 불행을 안 것이 너무 늦어서 돌아갈 수 없었다는 변명의 편지를 보냈다.

그리운 어머니, 나를 위급한 처지에서 구원해 주셨으니, 이제는 프랑스로 돌아가겠습니다. 그리고 곧 어머니께 키스해 드리겠습니다.

438

잔느는 충격이 겹쳐서 너무 쇠약해졌기 때문에, 아무것도 이해할 수 없는 상태였다.

그 해 겨울도 끝날 무렵, 이미 68세였던 리종 이모가 기관지염을 앓다가 악화되어 폐렴에 걸렸다.

"가엾은 잔느야. 하느님께 너를 불쌍히 여겨 은혜를 베풀어 주십사고 부탁드리겠다." 하고 중얼거리며 그녀는 조용히 숨을 거두었다. 잔느는 이모의 유해를 따라 묘지까지 가서 관 위에 흙이 덮이는 것을 보았다. 그녀는 자신도 죽어버리고만 싶고, 더 이상 괴로움을 당하고 싶지 않으며 아무것도 생각하고 싶지 않다는 기분이 되어 앞으로 고꾸라지고 말았다. 그 순간, 힘센 한 농사꾼아낙이 그녀를 두 팔로 꽉 잡아 마치 어린애를 다루듯이 그녀를 저택으로 안아들여갔다.

저택으로 돌아온 잔느는, 그 낯선 아낙이 하는 대로 아무 저항 없이 침대에 누웠다. 닷새 밤이나 이모를 간호해 왔기 때문에 그녀는 기진해 있었던 것이다. 아낙은 그녀를 부드럽게, 그러나 거역할 수 없는 태도로 다루었다. 그녀는 피로와 고통으로 몹시 지쳐 있었기 때문에, 이내 깊은 잠에 빠져들었다.

잔느는 한밤중에 잠이 깨었다. 벽난로 위에 등잔불이 켜져 있었고, 어떤 여자가 팔걸이 의자에서 자고 있었다. 이 여자가 누구일까? 도무지 기억이 나지 않았다. 그래서 침대의 가장자리에서 몸을 내밀어, 펄럭이는 불빛 아래 드러난 그 여자의 얼굴을 좀더 잘 보려고 하였다.

그 얼굴은 전에 어디서 본 것 같았다. 그러나 언제, 어디서였을까? 여자는 머리를 어깨 위로 기울인 채 모자를 마룻바닥에 떨어뜨리고는 평화롭게 잠들어 있었다. 나이는 40세나 45세쯤 되는 것 같았으며, 볕에 그을린 살갗에 기운이 세어 보였다. 그녀의 커다란 손은 의자 양쪽에 늘어져 있었고, 머리칼은 회색이었다. 잔느는 잇따른 불행에 뒤이은 열병 같은 잠에서 막 깨어나 몽롱한 정신으로 여자의 얼굴을 가만히 바라보고 있었다.

분명히 얼굴은 본 적이 있다. 그것은 먼 옛날의 일이었을까? 그렇지 않으면 최근의 일이었을까? 도무지 생각이 나지 않는다. 끈질긴 이 생각은 잔느를 불안하고 짜증나게 했다. 잠든 여자를 더 가까이에 보려고 잔느는 살며시 일어나서 발돋움을 하고 가까이 다가섰다. 이 여자는 묘지에서 쓰러진 자기를 안아다 침대에 뉘어준 여자이다. 잔느는 그것을 어렴풋이 생각해 냈다.

그러나 어딘가 딴 곳에서, 자기 생애의 다른 시기에 만났던 것이 아닐까? 그렇지 않다면 최근의 흐릿한 기억 때문에 이렇게 낯익은 것처럼 생각되는 것일까? 여자가 눈을 뜨더니, 잔느를 보자 벌떡 일어섰다. 두 사람은 서로 가슴이 닿을 만큼 가까이 마주 서 있었다. 그 여자는 잔소리라도 하듯이 말했다.

"어머! 이렇게 일어나시다니! 이런 밤중에 일어나시면 큰 일나요. 어서 자리에 누우세요."

잔느는 여자에게 물었다.

"도대체 당신은 누구세요?"

그 물음에 대답하지 않고, 그녀는 잔느를 안아올려 마치 남자 같은 엄청난 힘으로 침대 위에 살며시 뉘더니, 잔느 위에 거의 눕듯이 몸을 숙이고 볼이며 머리며 눈이며 할 것 없이 마치 미친 사람처럼 키스를 퍼부으며 울기 시작했다. 여자는 눈물로 잔느의 얼굴을 적시면서 더듬더듬 말했다.

"불쌍한 아씨, 잔느 아씨, 가엾은 아씨, 그렇게 저를 알아보지 못 하세요?"

그때 잔느가 소리쳤다.

"오, 로잘리!"

그리고 상대방 목에 두 팔을 감고 키스하며 포옹하였다. 두 사람은 그렇게 꼭 껴안은 채 서로 눈물을 섞어가며 흐느껴 울었다. 서로 팔을 놓지 못했다. 로잘리가 먼저 마음을 안정시키고 말을 꺼냈다.

"자, 정신을 차리셔야지요. 감기에 걸리면 큰일나요."

로잘리는 이불을 끌어당겨 덮어주고 옛날 주인의 머리에 베개를 대주었다. 잔느는 갑자기 가슴에 솟아오른 옛 추억에 온몸을 떨면서 여전히 흐느껴 울고 있었다.

그러다가 그녀는 가까스로 물었다.

"어떻게 알고 와주었니, 넌?"

"아니, 이렇게 된 아씨를 어떻게 혼자 내버려 둘 수가 있겠어요?"

잔느는 말을 계속했다.

"불을 더 켜다오. 네 얼굴을 잘 볼 수 있게 말야."

등불이 머리맡의 작은 탁자 위에 놓이자, 두 사람은 한 마디 말도 없이 오랫동안 서로를 바라보았다. 이윽고 잔느는 손을 내밀며 중얼거렸다.

"네가 말해 주지 않으면 정말 몰랐을 거야. 많이 변했어. 물론 나만큼 변하지는 않았지만."

로잘리는 옛날 헤어질 때는 그처럼 젊고 아름답고 싱싱하던 사람이, 백발의 노파가 되어 있는 것을 바라보면서 대답했다.

"정말 달라지셨어요, 잔느 아씨. 믿을 수 없을 정도로요. 그렇지만 우리가 24년이나 만나지 못했다는 것도 아셔야지요."

두 사람은 다시 입을 다물고 생각에 잠겼다. 마침내 잔느는 나직하게 물었다.

"그래, 넌 행복하게 지냈었니?"

로잘리는 너무 고통스럽던 추억을 불러일으킬까 봐 두려워하는 듯 주저하고 있더니, 망설이며 말했다.

"예, 예…… 그럭저럭 괜찮았어요. 별로 슬픈 일도 없어서, 아씨보다는 행복했어요. 틀림없어요. 한 가지, 마음에 걸리는 일은, 그것은 제가 이 저택을 나가게 되었던……."

자기도 모르게 그 화제를 끄집어내고 로잘리는 깜짝 놀라 갑자기 입을 다물었다. 그러나 잔느는 따뜻하게 말했다.

"하지만 어쩔 수 없는 일이었지. 사람이 항상 자기가 원하

442

는 대로 할 수는 없는 거야. 너도 홀몸이 되었니?"

순간, 끔찍한 고뇌로 그녀의 목소리가 떨렸다.

"또 다른 아이를 낳았니?"

"아니, 없어요."

"그런데 저, 네 아들은 어떻게 되었니? 너는 그 아이에게 만족하고 있니?"

"네, 아씨. 착한 일꾼이 되어 열심히 잘하고 있어요. 여섯 달 전에 결혼했어요. 이제 농장을 그 애에게 주었어요. 그러니까 제가 이렇게 아씨에게 돌아올 수가 있었지요."

잔느는 감동으로 몸을 떨면서 중얼거렸다.

"그럼 이제 내 곁을 떠나지 않을 생각이냐?"

"물론이지요, 아씨. 이미 준비를 다 해가지고 왔는 걸요."

그러고 나서 두 사람은 한동안 잠자코 있었다.

잔느는 자기도 모르게 다시 두 사람의 생활을 견주어 보았다. 그러나 이제는 운명의 부당한 잔악함에 대해 완전히 체념한 상태였으므로 괴로움은 없었다. 잔느는 물었다.

"네 남편은 어땠니?"

"아, 착한 남자였지요, 아씨. 거짓을 모르고 돈도 아낄 줄 알았어요. 폐병으로 죽었지요."

잔느는 좀더 여러 가지를 알고 싶어서 침대 위로 일어나 앉았다.

"자, 네가 지금까지 살아온 이야기를 전부 다 들려줘. 그 이야기는 나를 위로해 줄 거야."

그러자 로잘리는 의자를 끌어당겨 앉아서, 자기의 일과며 자기 집안 일, 자기의 주변에 대해서 이야기를 시작했다. 시골 사람들이 흔히 그렇듯, 별스럽지도 않은 일까지 자세히 말했다. 때때로 지난날의 행복했던 일을 기억나게 하는 이야기가 나올 때는 웃기도 했다. 또한 큰 소리를 지르는데 익숙해진 농가의 아낙네답게 차츰 음성이 커졌다. 마침내 로잘리가 말했다.

"아! 제게 넉넉한 재산이 있어서 아무 걱정도 없어요."

그러고는 또 좀 망설이더니 나직한 목소리로 덧붙였다.

"그렇게 된 것도 모두 아씨 덕분이에요. 이제는 급료 같은 것은 받지 않겠어요. 그럴 수 없다고 하시면 저는 떠나버리겠어요."

잔느가 다시 말했다.

"하지만 한푼도 받지 않고 내게 봉사하겠다는 건 아니겠지?"

"아니, 그럴 생각으로 왔어요, 아씨. 보수라니요, 천만에요! 저도 아씨와 거의 비슷할 만큼 재산을 가지고 있는 걸요. 아씨는 지금 집안 사정을 아세요? 저당이니 빚이니 빌어다 쓰시고, 아직도 갚지 않은 채 기한이 넘을 때마다 계속 늘어갔으니, 그것을 모두 갚고 나면 손 안에 남는 것이 얼마나 되겠어요? 모르시지요? 제가 장담하지만 한 해에 1만 프랑 정도밖엔 수입이 없을 거예요. 1만 프랑이요! 제가 아씨 대신 모든 것을 청산할 작정이에요. 그것도 될수록 빨리요."

로잘리는 다시 목소리를 높여, 이자를 물지 않아 파산의 위협이 목전에 다다랐다는 데 대해 분개하고 있었다. 주인의 얼굴에 희미한 미소가 떠오르는 것을 보자, 그녀는 더욱 흥분하여 떠들어 대었다.

"웃을 일이 아니에요, 아씨. 돈이 없으면 누구든 천민 취급을 받는답니다."

잔느는 로잘리의 손을 잡아 자기 손 안에 꼭 쥐었다. 그리고 계속해서 달라붙은 하나의 생각에 쫓기며 천천히 말했다.

"아! 나는 너무도 불행했어. 하나에서 열까지 모두 비뚤어지기만 했지. 내 인생은 가혹한 운명으로 완전히 파괴되었어."

그러나 로잘리는 고개를 옆으로 저었다.

"그렇게 말씀하시지 마세요, 아씨. 단지 주인 어른이 나빴던 거예요. 상대방을 잘 모르고 결혼했다고 해서 꼭 불행하게 된다고는 할 수 없어요."

두 사람은 다정한 옛 친구처럼 이야기를 계속하고 있었다. 그러는 동안에 어느 새 해가 솟았다.

Une Vi 445
여자의 일생

12

1주일쯤이 지나자, 로잘리는 집안의 모든 일과 사람을 완전히 지배하게 되었다. 이젠 모든 것에 체념을 하고 있는 잔느는 그녀가 하자는 대로 따랐다. 몸이 쇠약해진 그녀는 전에 자기 어머니가 하던 것처럼 다리를 끌면서 하녀의 팔에 의지하여 산책을 나갔다. 로잘리는 천천히 잔느를 산책시키면서, 잔소리도 하고 위로도 하며 마치 아픈 아이처럼 다루고 있었다. 두 사람의 화제는 언제나 옛날 이야기였다. 잔느는 눈물로 목이 메이면서 이야기했으나, 로잘리는 격정에 동요되지 않는 농부다운 말투로 담담히 이야기했다. 늙은 하녀는 몇 번이나 체납된 이자 문제를 이야기했다. 그리고 사무적인 일에는 어두운 잔느가 아들에 대한 부끄러움으로 숨겨둔 서류를 내어놓으라고 강요하였다.

그 후 1주일 동안, 로잘리는 날마다 페캉으로 다니며 그녀가 잘 아는 변호사로부터 전반적인 자세한 설명을 들었다.

어느 날 밤, 그녀는 잔느를 침대에 들게 한 뒤에 그 옆에 앉아서 불쑥 말을 꺼냈다.

"그럼 아씨, 자리에 누우셨으니 제가 말씀을 좀 드리겠습니다."

그리고 나서 로잘리는 현재의 상황을 모두 설명했다. 모든 것을 정리하고 나면 약 7,8천 프랑의 연수입밖엔 아무것도 없다는 것이었다.

"그 이상 어떻게 하겠어? 나는 아무래도 오래 살 것 같지가 않아. 그쯤이면 충분할 거야."

그러자 로잘리는 화를 내며 말했다.

"아씨께는 충분하겠지요. 하지만 폴 도련님에게는 아무것도 남겨주시지 못하잖아요."

잔느는 부르르 몸을 떨었다.

"제발 부탁이야. 그 애 얘긴 하지 말아줘. 그 애를 생각하면 괴로워서 죽을 지경이야."

"그러나 저는 꼭 말씀드려야겠다고 생각했어요. 아시겠지만 아씨께선 마음이 너무 약하시니까요. 폴 도련님이 언젠간 정신을 차리실 겁니다. 또 결혼도 하실 거고요. 어린애도 생기겠지요. 아이들을 키우자면 돈이 필요해요. 제 말씀을 잘 들어주세요. 레 푀플을 파셔야 해요!"

그 말에 잔느는 벌떡 일어나 앉았다.

"레 푀플을 팔아? 어떻게 네가 그럴 수가 있단 말이냐! 아아! 절대로 그건 안 돼!"

그러나 로잘리는 흔들리지 않았다.

"그걸 파셔야 해요. 이제 어쩔 수가 없어요."

로잘리는 자기의 계산과 계획과 이유를 설명했다.

레 퇴플과 거기 딸린 두 농장을 사겠다는 사람한테 팔면 생 레오나르에 있는 네 개의 농장이 남게 된다. 그리고 그것은 저당잡혀 있지 않으므로 1년에 8천 3백 프랑의 돈이 들어오게 된다는 것이다. 그 중 1천 3백 프랑은 집의 수리비나 관리비로 들어갈 것이다. 그러면 7천 프랑이 남는데, 5천 프랑을 생활비로 쓰고 나머지 2천 프랑은 비상금으로 저축해 둔다는 것이었다.

로잘리는 덧붙여 말했다.

"그 나머지는 전부 먹혀버리고 말았어요. 다 날아가버린 거예요. 앞으로는 제가 열쇠를 가지고 있겠어요. 괜찮겠지요? 또 폴 도련님 말씀인데, 이제는 한푼도 드릴 수가 없어요. 아니, 드릴 것이 없어요. 그렇지 않으면 폴 도련님은 마지막 일 수우까지도 모두 뜯어가버릴 거예요."

소리를 죽이고 울고 있던 잔느가 중얼거리듯 말했다.

"하지만 그 애에게 먹을 게 없으면 어떻게 하니?"

"배가 고프면 집에 돌아와서 드시면 돼요. 침대와 식사가 폴 도련님을 위해 준비되어 있어요. 만일 처음부터 한푼도 주시지 않았더라면, 그렇게 어리석은 짓은 하진 않았을 거예요."

"그러나 빚을 져서 갚지 않으면 명예를 잃을 거야."

"아씨에게 돈이 한푼도 없으면 폴 도련님도 빚 같은 것은 지지 않게 돼요. 아드님의 빚을 갚아주신 것은 좋은 일이에요. 하지만 앞으로는 그러지 마세요. 자, 그럼 안녕히 주무세요, 아씨."

그렇게 말하고 로잘리는 물러갔다.

레 푀플을 팔고 어디로 떠나야 한다. 자기의 일생이 들어찬 이 집을 남에게 내주어야 한다고 생각하니 마음을 가라앉힐 수가 없어서, 잔느는 그날 밤 한잠도 못 이루었다.

다음 날, 로잘리가 방에 들어서자, 잔느는 말했다.

"로잘리, 나는 도저히 여기를 떠날 결심이 서지 않아."

그러자 로잘리는 화를 냈다.

"그렇지만 아씨, 그렇게 하지 않으면 안 돼요. 얼마 안 있으면 공증인이 이 저택을 사겠다는 사람을 데리고 올 거예요. 그렇게라도 하지 않으면 4년 뒤엔 그야말로 아무것도 남지 않아요."

잔느는 멍한 정신으로 되풀이해서 중얼거렸다.

"그럴 수는 없어. 절대로 안 돼."

그로부터 한 시간쯤 뒤에 우체부가 폴의 편지를 가지고 왔다. 또 1만 프랑을 보내달라고 적혀 있었다. 어떻게 하면 좋을까? 잔느는 혼란스러운 정신으로 로잘리에게 상의를 했다. 로잘리는 두 손을 번쩍 들고는 말했다.

"전에 제가 뭐라고 말씀드렸어요, 아씨? 아, 만일 제가 돌아오지 않았다면 두 분 모두 길가로 나앉게 될 판이었어요!"

하는 수 없이 잔느는, 로잘리의 권유에 따라 다음과 같은 답장을 보냈다.

사랑하는 폴, 나는 이제 너를 위해서 아무것도 해줄 수가 없구나. 너 때문에 집안은 파산 지경에 이르러 레 푀플까지 팔아야 알 형편이다. 하지만 네가 괴롭힌 이 늙은 어미한테 돌아오고 싶을 때는, 언제든 오너라. 네 쉴 곳이 준비되어 있다는 것을 잊지 말아다오.

잔느

공증인이 전에 제당업을 했다는 조프랭 씨를 데리고 왔다. 잔느는 두 사람을 맞아 집안 구석구석을 안내하며 구경시켜 주었다.

그로부터 한 달 후, 잔느는 매매 계약서에 서명을 하고 그와 동시에 바트빌 마을에 평민이 살던 작은 집 한 채를 샀다. 그 집을 고데르빌 근처로, 몽티빌리에 도로에 면하고 있었다.

잔느는 저녁 때까지 혼자서 어머니의 산책길을 거닐었다. 가슴은 여러 갈래로 찢어지고 깊은 슬픔에 잠겨서, 아득한 지평선과 나무들과 플라타너스 밑의 거친 의자와 그 눈에 익고 마음에 새겨져 있는 모든 것을 둘러보고 다니며 그것들에 절망적인 작별인사를 했다. 그리고는 자주 찾아가 안장 둘러보던 비탈에, 줄리앙이 죽은 그 끔찍한 날 푸르빌 백작이 달려가는 것을 바라보던 그곳에, 또 자주 기대어 바라보던 꼭대기의 가지가 부러진 늙은 느릅나무에, 그리운 그 뜰의 구석구석에 흐느끼고 다니며 영원한 이별을 고했다.

로잘리가 찾으러 나와 팔을 잡더니, 억지로 안으로 부축하여 들어갔다.

문 앞에는 25세 가량의 키 큰 농부가 서 있었다. 청년은 마치 훨씬 전부터 알고 있었던 사람처럼, 정답게 인사를 했다.

"안녕하십니까, 잔느 마님. 어머니께서 이사를 도우라고 해서 왔습니다. 가져가실 것을 말씀해 주시면, 일을 하는 틈틈이 와서 옮겨갈까 하는데요."

그것은 하녀의 아들, 줄리앙의 아들이며 폴의 형이었다.

잔느는 심장이 멈춰버리는 듯했다. 그러나 한편 이 청년을 껴안아주고 싶은 마음도 들었다.

잔느는, 그가 남편을 닮지 않았을까, 혹시 아들을 닮지는 않았을까 하고 청년의 얼굴을 가만히 바라보았다. 볕에 그을은 건강한 청년은 어머니를 닮아서 금발에 푸른 눈을 가지고 있었다. 그러면서도 줄리앙을 닮았다. 어디가 어떤 점이 닮았는지는 꼭 집어 말할 수가 없었지만, 아무튼 얼굴 전체가 어딘지 줄리앙과 비슷했다. 그가 다시 말했다.

"지금 곧 일러주셨으면 좋겠는데요."

그러나 잔느는 아직 무엇을 가져가야 할지 정하지를 못했다. 옮겨가려는 집은 대단히 작았기 때문이었다. 그래서 그녀는 주말에 다시 한 번 와달라고 부탁했다.

이제 그녀에겐 이사 가는 일로 머리가 꼭 차게 되었다. 그것은 아무것도 기대할 일이 없는 우울한 생활에 서글픈 위안을 가져다주었다.

잔느는 이 방에서 저 방으로 가구를 보고 다녔다. 그것은 모두 잔느에게 여러 가지 추억을 불러일으키는 것들이었다. 생활의 일부를 이루고 있는, 아니 오히려 생명의 일부분을 이루고 있는, 정다운 친구 같은 것이며, 소녀 때부터 알아왔고, 슬픔이나 기쁨의 추억이 얽혀 있으며, 역사의 날짜가 새겨져 있는 것들이었다. 이제는 낡고 닳아서 씌운 천은 여기저기 구멍이 뚫리고, 찢어지고, 뼈대는 휘어들고, 색이 바래진 가구였다.

잔느는 가져갈 것을 하나씩 추려냈다. 그러면서 중대한 결심을 하기 전처럼 번번이 망설이고, 결정한 것을 다시 번복하곤 했다. 두 팔걸이 의자를 나란히 놓고 어느 것이 더 고급품인가를 생각해 보기도 하고, 낡은 사무용 책상과 역시 낡은 작업용 책상을 견주어 보기도 했다.

책상 서랍을 열어 보고는 지난 추억들을 생각해 냈다. 그리하여 '그렇지, 이걸 가져가야겠다.' 하고 결심을 하면, 그 물건은 식당으로 내려지는 것이었다.

잔느는 자기 방의 가구는 모두 가져가겠다고 했다. 침대와 양탄자와 시계 등. 그리고 거실의 의자도 몇 개 가져가려고 했다. 그녀가 어렸을 적부터 그 무늬를 좋아했던 것, 여우와 황새, 여우와 까마귀, 개미와 귀뚜라미, 애수에 잠긴 듯한 해오라기 그림이 그려져 있는 의자였다.

그리고 머지않아 떠나려고 하는 이 집의 구석구석을 살펴다가 어느 날은 지붕 밑의 다락에 올라갔다.

잔느는 깜짝 놀라 그 자리에 서 버렸다. 모든 종류의 물건이 어수선하게 쌓여 있었다. 어떤 것은 부서져 있고, 어떤 물건은 때만 묻어 있었다. 또 어떤 물건은 왜 이곳에 버려졌는지 이유를 모르는 것도 있었다. 어쨌든 옛날에 본 일이 있는 많은 잡동사니가 그녀의 눈에 띄었다. 이것은 모르는 동안에 안 보이게 된 것이다. 전에 만져보았던 물건, 15년 동안이나 주위를 굴러다니던 하찮은, 낡아빠진 물건, 그것이 갑자기 이 다락에서 그것보다 더 낡은 물건들, 자기가 여기에 처음 왔을 때에 놓여 있던 장소가 생각나는 물건들 옆에 놓여 있는 것이다. 그러자 그것들이 갑자기 잊혀진 증인, 오랫만에 재회한 옛친구 같은 중요성을 띠게 되는 것이었다. 오랫동안 서로 가슴을 터놓지 않던 사람이 어느 날 갑자기 우연한 일로 끝없이 지껄이기 시작하여 생각지도 못했던 혼의 밑바닥까지 털어놓고 이야기한 것 같은, 그런 느낌이 들었다.

가슴에 와 닿는 작은 충격들을 감지하면서 잔느는 그 물건들을 하나하나 둘러보며 중얼거렸다.

"어머, 이 중국 찻잔은 내가 깨뜨린 거야. 결혼 며칠 전의 밤이었지. 아! 여기 어머니의 조그만 등잔이 있군. 이건 아버지의 지팡이야. 빗물에 붙은 목책 문을 열려다가 이것을 부러뜨리셨지."

거기엔 그녀가 모르는 물건들로 많이 있었다. 할아버지 할머니 적부터 있었던 것인지, 아니면 증조부 시대 것인지, 하여튼 그녀로선 전혀 모르는 것들이었다. 이제는 자기네의 세계가 아닌 시대에 의해서 추방당한 듯한 먼지투성이의 물건들이었다.

쌓인 먼지에 손가락 자국을 내면서 잔느는 그 물건들을 만져보기도 하고 뒤집어보기도 했다. 그리고 몇 장의 작은 유리창을 통해서 희미한 빛이 스며드는 어두운 다락에서 그 옛날 물건 속에 파묻혀 오랫동안 시간 가는 줄 모르고 있었다.

그녀는 세 발 의자를 자세히 살펴보며 무언가 생각나는 일이 없나 생각을 가다듬어 보기도 하고, 구리로 만든 온수 보온기와 어디서 본 기억이 나는 우그러진 발 화로, 그밖에 온갖 자질구레한 물건들을 찬찬히 살펴보았다. 그리하여 가지고 가고 싶은 것들을 따로 골라놓고, 아래로 내려가서 로잘리에게 갖다달라고 했다. 하녀는 그것을 보더니 화를 내며 그 쓸모없는 것들은 가져가지 말라고 했다. 그러나 거의 고집을 부리지 않던 잔느는, 그 일에만큼은 고집을 부렸다. 로잘리도 그녀에게 복종하지 않을 수가 없었다.

어느날 아침, 줄리앙의 아들인 젊은 농부 드니 르콕이 이삿짐을 옮겨가기 위해 수레를 가지고 왔다. 짐을 내리는 것을 감독하고 가구를 적당한 자리에 놓아야 하기 때문에 로잘리가 아들을 따라갔다.

혼자 남은 잔느는 무서운 절망의 발작을 일으켜 저택의 방들을 헤매고 다녔다. 그리고 충동적인 애정의 마음으로 가지고 가지 못하는 모든 것들에 입을 맞추었다. 거실 벽걸이의 커다란 백조와 낡은 촛대 따위에 닥치는 대로 키스를 하며 미친 사람처럼 눈물을 흘리면서 이 방 저 방을 돌아다녔다. 그리고 바다에게 이별을 고하기 위해 집을 나섰다.

이제 9월도 다 갈 무렵이었다. 낮은 잿빛의 하늘이 마치 땅 위의 것들을 짓누르고 있는 것 같았다. 누런 빛이 도는 우울한 바다가 눈이 닿는 만큼까지 펼쳐져 있었다. 잔느는 절벽 위에 선 채 오랫동안 가만히 있었다. 이런저런 괴로운 생각이 주마등처럼 뇌리를 스쳐갔다. 이윽고 어둠이 깔리자 그녀는 집으로 돌아왔다. 그녀는 이 날 하루 동안에 지금까지의 가장 커다란 슬픔을 모두 합친 것만큼의 슬픔을 맛보았던 것이다.

로잘리가 돌아와서 그녀를 기다리고 있었다. 로잘리는 새 집이 아주 마음에 드실 거라며, 한길에서 멀리 떨어져 있는 이런 창고 같은 집보다 훨씬 밝고 좋다고 말했다.

잔느는 밤새도록 울고 또 울었다.

저택이 팔렸다는 것을 안 뒤로, 소작인들은 잔느에 대해서 의무적인 경의밖엔 표하지 않았다. 뿐만 아니라 저희들끼리는 그녀를 미친 여자라고 수근대고 있었다. 그들 특유의 원시적 인간의 본능으로, 그녀의 나날이 더해지는 병적인 감상과 불행으로 충격을 받은 마음의 혼란 등을 짐작했기 때문이리라.

떠나기 전날 밤, 잔느는 우연히 마굿간에 들어갔다. 그 순간, 동물의 신음소리가 들려와 그녀는 자기도 모르게 부르르 떨었다. 그것은 이 몇 달 동안 완전히 잊고 있던 마사크르였다. 보통 개들보다는 훨씬 더 오래 산 이 개는 앞도 못 보고 움직일 수도 없었지만, 아직도 잊지 않고 돌봐주는 뤼디비느 덕택에 목숨을 지탱하고 있었던 것이다. 잔느는 개를 팔에 안아올려 키스하고 안으로 데리고 갔다. 물통같이 몸집이 큰 개는 비틀거리는 다리로 겨우 몸을 끌다시피 걸으며 마치 아이들의 장난감 나무개 같은 꼴로 짖었다.

마침내 마지막 날이 새었다. 자기 방의 가구를 모두 들어냈기 때문에 그녀는 전에 줄리앙이 쓰던 방에서 잤다.

잔느는 침상에서 일어났지만, 몸은 지치고 숨이 차서 마치 먼 길을 걸어온 것 같았다. 뜰에는 이미 트렁크며 남은 가구가 마차에 실려 있었다. 또 한 대가 준비되어 있었는데, 그것은 여주인과 하녀와 나를 위한 마차였다.

시몽 영감과 뤼디비느는 새 주인이 올 때까지 이 집에 남아 있기로 하였다. 새 주인이 오면, 그들은 잔느에 의해 마련된 적은 연금을 받으며 친척에게 의탁하기로 되어 있었다. 그들은 다소 돈도 저축하고 있었다. 이제 그들은, 수다스럽고 아무 쓸모도 없는 늙어빠진 하인이 되어 있었다. 마리우스는 훨씬 전에 장가를 들어 오래 전에 집을 나가고 없었다.

8시쯤부터 비가 내리기 시작했다. 바다 쪽에서 가벼운 미풍에 실려오는, 실같이 가늘고 차가운 비였다. 마차 위에는 덮개를 씌워야 했다. 벌써 나뭇잎이 나뭇가지에서 떨어져내리고 있었다.

식당 테이블 위에는 우유가 든 커피잔에서 김이 오르고 있었다. 잔느는 자리에 앉아서 자기 것을 조금씩 마셨다. 그리고는 일어서서 말했다.

"이제 떠나자!"

잔느는 모자를 쓰고 숄을 둘렀다. 그리고 로잘리가 고무장화를 신겨주는 동안 목이 메인 소리로 말했다.

"로잘리, 생각나니? 우리가 루앙을 떠나 이곳에 처음 오던 날 어떻게 비가 쏟아졌는지……."

그렇게 말하더니, 경련을 일으켰는지 두 손을 가슴에 댄 채 의식을 잃고 뒤로 쓰러졌다.

한 시간 이상이나 잔느는 마치 죽은 사람처럼 누워 있었다. 이윽고 눈을 떴으나, 다시 경련을 일으켰고, 끝없이 눈물을 흘렸다. 조금 진정했을 때엔 기운이 없어 일어날 수가 없었다. 그러자 로잘리는 출발이 늦어지면 또 발작이 일어나지 않을까 염려하여 아들을 부르러 갔다. 그리하여 둘이서 잔느의 몸을 부축하여 마차로 데리고 가서, 가죽을 씌운 나무의자에 앉혔다. 그런 다음 나이 든 하녀는 잔느 옆에 앉아 그녀의 다리를 모포로 싸주고 커다란 망토로 그녀의 어깨를 덮어주었다. 그리고 머리 위에 우산을 받치면서 큰 소리로 외쳤다.

"서둘러라, 드니. 어서 가자."

젊은이는 어머니 옆으로 기어올라왔으나, 앉을 자리가 없었기 때문에 한쪽 궁둥이만 걸치고는 재빨리 말을 몰았다. 말이 거칠게 뛸 적마다 두 여자도 공중으로 뛰어올랐다.

마을의 모퉁이를 돌 때, 누군가가 길에서 서성대는 모습이 보였다. 그것은 이 출발의 광경을 엿보고 있던 톨비악 신부였다. 신부가 마차가 지나갈 수 있도록 한쪽으로 비켜 섰다. 흙탕물이 튈까 봐 그는 한쪽 손으로 옷자락을 걷어쥐고 있었다. 그래서 검은 양말을 신은 비쩍 마른 다리 아래로 흙투성이의 구두가 보였다. 잔느는 신부와 시선을 마주치지 않으려고 고개를 숙였다. 로잘리는 화를 벌컥 내었다.

"저 나쁜 놈!"

그러다가 아들의 팔을 잡고 말했다.

"채찍으로 한 대 후려 갈겨줘라."

그러자 젊은이는 신부의 옆을 지날 때 전속력으로 달리고 있는 마차 바퀴를 움푹 팬 곳으로 몰아넣었다. 그 바람에 신부는 머리에서 발 끝까지 흙탕물을 흠뻑 뒤집어썼다.

로잘리는 매우 신이 난 듯 뒤를 돌아보며, 커다란 손수건으로 몸을 닦고 있는 신부를 향해 주먹을 휘둘렀다. 5분쯤 더 달렸을 때였다. 갑자기 잔느가 큰 소리를 질렀다.

"마사크르를 잊어버리고 왔어!"

그래서 마차를 세워야만 했다. 드니가 내려서 개를 데리러 뛰어갈 동안, 로잘리가 고삐를 잡고 있었다.

마침내 젊은이가 털이 빠진 추한 큰 개를 안고 돌아왔다. 그는 그것을 두 여자의 치맛자락 사이에다 놓았다.

458

13

두 시간이 지난 뒤에 마차는 벽돌로 지은 조그만 집 앞에
멈추었다. 그 집은 큰 길을 따라 방추형으로 늘어선 배나무
밭 한가운데 세워져 있었는데, 정원 네 귀퉁이의 격자 울타
리에는 인동덩굴이며 으아리덩굴이 뻗어 올라가고 있었다.
그 뜰에는 채소를 심은 몇 개의 작은 묘판이 있었고, 그 사이
엔 작은 오솔길이 나 있는데 길 양쪽으로 과일나무가 죽 늘
어서 있었다. 매우 높다란 생울타리가 넓은 뜰을 빙 둘러쌌
고, 이웃 농장과의 사이에는 들이 있었다. 큰 길에서 약 백 보
가량 들어선 곳에 대장간이 하나 있었고, 그외에 제일 가까
운 집이라곤 1킬로미터나 떨어진 곳에 있었다.

사방 어느 쪽을 보나 코오 지방의 평야가 드넓게 펼쳐져
있었고, 드문드문 있는 농가들은 사과나무며, 두 줄로 늘어
선 키 큰 가로수로 둘러싸여 있었다.

잔느는 도착하자마자 쉬고 싶어 했으나, 로잘리는 그녀가 또 공상에 빠져들까 봐 허락하지 않았다. 고데르빌의 목수가 와서 이삿짐 푸는 것을 거들었다. 곧 올 마지막 마차를 기다리며 그들은 이미 실어온 가구들의 정리를 시작했다.

그건 무척 힘드는 일이었다. 잘 생각해서 옳은 판단을 내려야했기 때문이다. 한 시간쯤 지나서 마차가 나타났다. 그들은 비가 내리는 가운데 짐을 내려야만 했다.

해가 졌을 때 집 안은, 뒤죽박죽으로 쌓여 있는 세간살이와 물건들로 엉망이 되어 있었다. 기진맥진한 잔느는 침대에 올라가자마자 잠이 들어버렸다.

그 뒤 며칠 동안, 잔느는 생각에 잠겨 있을 겨를이 없었다. 그만큼 할 일이 많이 있었다. 그리고 새 집을 아름답게 꾸미는 데 작은 기쁨을 느끼기도 했다. 또한 아들이 이 집으로 돌아올 것이라는 희망이 늘 머리를 채우고 있었다. 옛집 자기 방의 벽걸이는 식당에 걸려졌다. 식당은 거실로도 쓰이는 곳이었다. 그리고 2층의 두 방 중의 하나를 잔느는 특히 신경을 써서 꾸며놓았다. 그것을 그녀는 혼자 '폴레의 방'이라고 명명했다. 그리고 옆방을 자기 방으로 정하고, 로잘리는 3층의 지붕 밑 다락방을 쓰기로 했다.

지나치는 데 없이 마음을 써서 꾸민 덕분에 작은 집은 아담하고 산뜻해져서 처음 얼마 동안은 잔느의 마음에 들었다. 그런데 뭔지 모르지만, 차츰 뭔가가 부족한 것이 느껴졌다.

어느 날 아침, 페캉에서 공중인의 서기가 3천6백 프랑을 가지고 왔다. 레 푀플에 남겨놓았던 가구 값으로, 가구상이 와서 견적을 낸 것이었다. 이 돈을 받자, 잔느는 전율할 만큼 기뻤다. 서기가 돌아가자, 그녀는 정신없이 모자를 집어썼다. 될수록 빨리 고데르빌로 가서 이 뜻밖의 돈을 폴에게 보내주려고 생각한 것이다.

그러나 큰 길을 서둘러 가다가 시장에서 돌아오는 로잘리와 마주치고 말았다. 하녀는 무슨 일이 있었는지 알지는 못했지만, 뭔가 이상하다고 생각했다. 그리하여 사실을 알게 되자 잔느는 로잘리에게 무엇이든 숨기지를 못했다. 로잘리는 바구니를 땅바닥에 내려놓고는 불같이 성을 내었다.

로잘리는 두 주먹을 허리에 대고서 야단야단을 쳤다. 그리고 오른팔로 주인을 잡고 왼팔로 바구니를 끼고서 여전히 화를 내면서 집을 향해 걷기 시작했다.

집에 들어서자, 하녀는 돈을 내놓으라고 했다. 잔느는 6백 프랑을 남기고 나머지를 건네주었다. 그러나 그 계략도, 의심 많은 하녀가 금방 알아채어서 결국 모두 내주어야 했다. 하지만 로잘리도 이 6백 프랑은 폴에게 보내도 좋다고 동의했다.

며칠 후에 아들로부터 감사의 편지가 왔다.

사랑하는 어머니, 큰 도움이 되었습니다. 사실 우리는 극도로 가난한 지경이었으니까요.

잔느는 바트빌에서 좀처럼 안정되지가 않았다. 아무래도 옛날처럼 편하게 호흡을 할 수가 없었고, 전보다 더욱 고독하고 버림받은 듯한 느낌이 들었다. 그녀는 베르뇌유 마을까지 갔다가 트르와 마르 근처를 가보곤 했는데, 돌아오자마자 다시 또 나가고 싶은 욕망으로 자리를 일어서는 것이었다. 마치 꼭 가야 할 장소, 가보고 싶은 곳을 잊고 온 것처럼.

그런 일이 계속되었으나, 그 기이한 욕구의 이유는 도무지 알 수가 없었다. 그러던 어느 날 저녁, 무의식중에 튀어나온 말이 이 불안한 기분의 비밀을 가르쳐주었다. 저녁식사 테이블에 앉으며 잔느는 자기도 모르게 중얼거렸던 것이다.

"아아! 바다가 보고 싶다!"

그토록 강한 욕망을 느끼게 했던 것은 바로 바다였다. 25년 동안이나 그녀의 이웃이었던 바다, 소금기 머금은 공기와 노도와 으르렁거리는 소리와 거센 바람을 지녔던 바다, 그리하여 어느새 사람처럼 사랑하게 된 바다였던 것이다.

마사크르도 괴로운 삶을 이어가고 있었다. 도착하던 날 저녁부터 개는 부엌의 식기장 밑으로 들어가 자리를 옮기려 하지 않고 거의 하루종일 꼼짝도 하지 않았다. 다만 때때로 무거운 신음소리를 내며 몸을 뒤척일 뿐이었다.

그러나 밤이 되면 일어서서 이쪽 저쪽의 벽에 부딪히며 정원으로 통하는 문으로 겨우겨우 나갔다. 그리하여 밖에서 필요한 몇분 간을 보내고 돌아와서 아직도 따뜻한 벽난로 앞에 앉았다가, 두 주인이 자러 나가면 구슬픈 소리로 짖기 시작하였다.

　그렇게 그는 밤새도록 호소하듯 서글픈 목소리로 짖어댔다. 때로는 멈추었다가 더욱 비통한 소리로 짖는 것이었다. 그래서 집 앞의 빈 통 속에다 매어 놓았더니, 이번에는 창 밑에서 짖어대기 시작했다. 그래서 거의 죽어가고 있었으므로 다시 부엌에 들여놓았다.

　이 늙은 짐승의 울음소리가 끊임없이 들려와서 잔느는 잠을 잘 수가 없었다.

　아무래도 개를 진정시킬 수가 없었다. 낮에는 모든 생물이 살아서 움직이고 있는데도, 개는 자신이 불구라는 생각이 움직임을 방해하는 것처럼 계속 잠만 자고 있었다. 그러나 밤이 되자마자, 모든 생물을 장님으로 만든 어둠 속이 아니면, 살아서 움직일 수가 없다는 듯 쉴새없이 사방을 어정거리기 시작하였다.

　그러던 어느 날 아침, 개가 죽어 있었다. 모두 어깨의 짐을 벗어버린 것처럼 홀가분함을 느꼈다.

　겨울이 다가오고 있었다. 잔느는 견딜 수 없는 절망이 자기를 에워싸고 있는 것을 느꼈다. 그것은 영혼을 쥐어짜는 것 같은 예리한 고통이 아니라, 질식시킬 것 같은 우울한 슬픔이었다.

　그 어느 것도 그녀를 위로할 만한 것은 없었다. 아무도 그녀를 걱정하지 않았다. 문 앞의 한길은 오른쪽과 왼쪽으로 끝없이 뻗어 있었으나, 거기에는 거의 인적이 없었다. 때때로 날렵한 이륜마차가 빠르게 지나갔다. 얼굴이 붉은 남자가 말을 몰았는데, 그 헐렁한 옷은 센 바람에 풍선같이 부풀어 있었다. 어떤 때는 짐마차가 천천히 지나갔다. 또는 멀리서 남녀 두 농부가 걸어오는 적도 있었다. 지평선 저 끝에 점으로 보이던 것이 차츰 커지다가 집 앞을 지나치면서 다시 작아져 마침내는 아득한 저쪽의 완만하게 물결치는 땅의 기복에 따라서 오르락내리락하며 눈길 닿는 하얀길 끝에서 두 마리의 벌레 같은 크기로 보이는 것이었다.

풀이 다시 돋기 시작하자, 짧은 치마를 입은 작은 계집아이가 매일 비쩍 마른 젖소 두 마리를 끌고 울타리 앞을 지나갔다. 소는 길가의 도랑을 따라 풀을 뜯으면서 걸었다. 저녁이 되면 그 계집아이는 가던 때와 똑같이 10분에 한 걸음씩 걷는 느린 발걸음으로 소의 뒤를 따라 아침과 반대 방향으로 걸어갔다.

잔느는 매일 밤 아직도 자신이 레 푀플에 살고 있는 꿈을 꾸었다. 옛날처럼 아버지, 어머니와 때로는 리종 이모도 함께 살고 있는 것이었다. 잊혀진 일, 이미 끝난 일이 다시 이루어지기도 하고, 또 산책길을 거니는 아델라이드 부인을 부축하기도 하였다. 그리고 그런 꿈에서 깨면 꼭 눈물을 흘렸다.

잔느는 늘 폴의 생각을 하며 혼잣말을 지껄였다.

"무엇을 하고 있을까? 도대체 지금은 어떻게 지내고 있는지? 때로 내 생각도 하고 있을까?"

농장과 농장 사이의 움푹한 길을 천천히 거닐며 그녀는 이런 생각들을 계속하였고 언제나 괴로워졌다. 무엇보다도 큰 고통은 자기에게서 아들을 빼앗아 간 낯선 여자에 대한 질투였다. 이 증오심이 그녀의 발을 붙들고 앞을 막고 있었다. 가서 아들을 찾아올 마음, 아들의 집으로 가볼 마음을 저지하고 있었다. 그 여자가 문에 버티고 서서, '무슨 일로 오셨지요, 부인?' 하고 따질 모습이 눈에 보이는 것 같았다.

어머니로서의 자존심이 이런 대면의 가능성에 대해 분노를 금치 못하게 하였다. 항상 순결하고 과오도 없는 여자의 높은 자존심이, 마음까지도 더럽히는 육체적 사랑에 노예가 되어 버린 인간들의 비열함에 대해서 더욱 분개하는 것이었다.

봄이 지나고 여름이 지나갔다.

다시 지루한 비와 회색 하늘과 침침한 구름덩이들과 함께 가을이 찾아왔을 때, 그녀는 엄청난 권태의 무게로 인해 그대로 앉아 있을 수가 없게 되었다. 잔느는 자기의 풀레를 되찾기 위해서 마침내 커다란 결심을 했다.

잔느는 아들에게 눈물 젖은 편지를 띄웠다.

그리운 아들아, 애원하니, 부디 내 곁으로 돌아와다오. 나는 이제 늙고 병이 난 데다가, 1년 내내 하녀 하나만을 상대하며 혼자 지내고 있는 것임을 생각해 보렴. 지금은 큰 길 옆의 작은 집에서 살고 있다. 정말 외롭구나. 그렇지만 너만 돌아와준다면, 내겐 모든 것이 달라질 것이다. 이 세상에 너밖에 없는데 벌써 7년이나 만나지 못했다니! 내가 얼마나 불행한지, 얼마나 너를 마음으로 의지하고 살아왔는지 너는 모르겠지. 너는 내 목숨이었다. 나의 꿈이었고, 오직 하나의 희망이었고, 내 유일한 사랑이었다. 그런데도 너는 지금 내 옆에 없는 것이다. 너는 나를 버리고 간 것이다.

아! 돌아와다오, 내 사랑하는 풀레야. 돌아와서 키스해다오. 절망한 채 팔을 뻗고 있는 늙은 어미 곁으로 돌아와다오.

잔느

며칠이 지나자 아들에게서 답장이 왔다.

그리운 어머니, 가서 어머니를 뵙는 것은 저도 바라는 일입니다만, 너무도 형편이 곤란하여 갈 수가 없습니다. 제게는 지금 일 수우도 없습니다. 돈을 좀 보내시면 돌아가겠습니다. 또한 어머니가 요구하신 일을 실행하게 해줄 것 같은 어떤 계획을 가지고 있는데 거기에 대해 상의하기 위해서라도 찾아뵈려고 생각하고 있었습니다. 이런 애정과 헌신을 더 이상 무시할 수는 없습니다. 어머니도 만나면 아시겠지만, 그 여자는 예의범절이 매우 훌륭하고, 교양도 있으며, 책도 많이 읽었습니다. 지금까지 그녀가 제게 있어서 어떠한 존재였는지는 어머니께서 상상도 못하실 것입니다. 만일 제가 그녀에게 사의를 표하지 않는다면, 그야말로 저는 짐승만도 못한 인간입니다. 그래서 제가 그녀와 결혼하는 것을 허락해 달라고 부탁드리는 것입니다. 지난날의 잘못을 용서해 주시고 셋이서 그 새 집에서 살게 해주십시오. 그녀를 아시면, 어머니도 곧 승낙해 주시리라고 생각합니다. 맹세합니다만, 매우 뛰어난 여성입니다. 어머니도 사랑하실 겁니다. 저로서는 그녀 없이는 살아갈 수가 없습니다.

그리운 어머니, 어머니의 답장을 손꼽아 기다리겠습니다. 그리고 둘이서 진심의 키스를 보내드립니다.

어머니의 아들, 폴 드 라마르 자작

　잔느는 더욱 실망을 했다, 그녀는 편지를 무릎에 놓은 채 꼼짝 않고 앉아 있었다. 언제나 자기 아들을 붙들어 놓고 있는 여자, 한 번도 놓아주지 않고 때가 오기를, 늙은 어머니가 절망에 빠진 나머지 자기 아들을 껴안고 싶은 욕망을 이기지 못하여, 약해진 마음으로 모든 걸 허락할 때가 오기를 기다리고 있는 여자의 계략을 이미 훤히 알 수 있었다.

　더구나 폴이 절대적으로 그 여자를 편애하고 있다는 사실이 엄청난 고통으로 그녀의 가슴을 짓밟았다. 그녀는 되풀이하여 중얼거렸다.

　"그 애는 나를 사랑하지 않는다. 그 애는 나를 사랑하지 않는다."

　로잘리가 들어왔다. 잔느는 중얼거리듯이 말했다.

　"그 애가 이제 그 여자와 결혼하고 싶다는군."

　하녀는 펄쩍 뛰었다.

　"아아! 아씨, 허락하시면 안 됩니다. 폴 도련님이 그런 좋지 못한 여자를 끌어들이다니, 안 됩니다."

　잔느는 슬픔에 짓눌려 있었으나, 화를 내며 말했다.

　"허락하다니, 어떻게 그럴 수 있겠나? 로잘리. 오기 싫다면 내가 가서 만날 테야. 그리고 그 계집과 나 둘 중에 누가 그 애를 차지하나 보여주겠어."

그녀는 곧 편지를 썼다. 자기가 만나러 가겠다는 것과 그 계집이 살고 있는 집 밖에서 만나자고 했다.

그리고 나서 답장을 기다리는 동안 길 떠날 준비를 하였다. 로잘리는 낡은 트렁크에 주인의 옷이며 속옷을 챙기기 시작했다. 그녀는 낡은 나들이 옷을 개면서 소리쳤다.

"입고 가실 만한 게 한 벌도 없어요. 이런 것을 입고 가실 수는 없어요. 사람들이 모두 흉을 볼 거예요. 파리의 여자들은 아씨를 하녀인 줄 알겠어요."

잔느는 로잘리가 하는 대로 내버려두었다. 두 사람은 함께 고데르빌로 나가 초록빛 바둑판 무늬의 천을 골라서 재단사에게 옷을 맡겼다. 그리고 공증인 루셀 씨한테 가서 여러가지 여행상의 주의를 들었다. 루셀 씨는 매년 보름쯤 파리로 여행을 하는 사람이었다. 잔느는 28년 동안 파리에 가지 않았었다.

루셀 씨는 차를 비키는 방법이며 돈을 도둑맞지 않는 법에 대해 상세하게 조언해 주었고, 돈은 당장 필요한 것 외에는 옷 속에 꿰매도록 충고했다. 그리고 이류쯤 되는 음식점에 대해서 길게 이야기를 늘어놓고, 부인들이 많이 드나드는 곳을 두세 집 가르쳐 주었다. 또한 기차역 바로 옆에 있으며 자기가 단골로 숙박하는 '노르망디 호텔'이 좋다고 가르쳐주었다. 자기의 소개를 받았다고 하면 좋을 거라고 말했다.

6년 전부터 어디서나 화제가 되고 있는 철도가 파리와 르아브르 사이를 지나고 있었다. 그러나 계속 슬픔에 마음을 빼앗겼던 잔느는 모든 사람들을 놀라게 하던, 그 기차를 아직 본 일이 없었다.

그런데 폴은 답장을 보내지 않았다.

잔느는 1주일을 기다려 보았다. 그리고 2주일을 또 기다렸다. 그녀는 아침마다 한길에 나가 우체부를 기다리다가, 그가 가까이 오면 몸을 떨면서 묻는 것이었다.

"말랑댕 영감님, 제게 오는 건 없어요?"

그러면 우체부는 불순한 기후 탓에 쉰 목소리로 대답하였다.

"오늘도 오는 것이 없습니다요, 마님."

분명히 그 계집이 폴에게 답장을 못 쓰게 하고 있는 것이다!

그래서 잔느는 그냥 떠나기로 결심했다. 로잘리도 함께 데려가려고 했으나 하녀는 여비가 많이 들 거라며 따라가기를 거절했다. 게다가 주인에게도 3백 프랑 이상은 가져가지 못하게 했다.

"더 필요하시거든 편지를 하세요. 그러면 공증인한테 가서 보내드리도록 할 테니까요. 더 많이 가지고 가시면 결국 폴도련님의 손으로 들어가버릴 거예요."

그리하여 12월 어느 날 아침에 두 사람은 드니 르콕의 마차를 타고 집을 나섰다. 청년은 두 사람을 역까지 데려다 주기 위해서 왔으며, 로잘리는 역까지 주인을 배웅하러 가는 것이었다.

두 사람은 먼저 차표가 얼마인지 사람들에게 묻고, 이윽고 모든 일이 끝나고 트렁크도 체크해서 맡긴 뒤에 철로 앞으로 나가 기차가 오기를 기다렸다. 두 여자는 어떻게 그것이 움직일까 의아해 하며 그 신비에 완전히 마음을 빼앗기고 있었으므로, 여행의 서글픈 이유에 대해서는 까맣게 잊고 있었다. 멀리서 기적소리가 들리자 두 사람은 그쪽을 바라보았다. 시커먼 물체가 차츰 커지며 다가오더니 무시무시한 소리를 내며 바퀴 달린 조그만 집을 여러 개 줄줄이 이어가지고 끌면서 두 사람 앞을 지나쳐 멈추었다.

역원이 문을 열었다. 잔느는 울면서 로잘리에게 키스하고 기차에 올라탔다. 로잘리는 흥분한 듯 소리쳤다.

"안녕, 아씨, 안녕히 다녀오세요. 그리고 곧 돌아오세요!"

"안녕, 로잘리."

다시 기적소리가 울리고, 곧 줄줄이 이어진 객차들이 움직이기 시작했다. 처음에는 천천히 움직이다가, 차츰 빨라지더니, 마침내 무서운 속도로 달리기 시작했다. 잔느가 탄 차 안엔 두 명의 신사가 구석에 기대어 자고 있었다.

잔느는 벌판과 나무와 농장들, 마을들이 지나가는 것을 바라보면서 엄청난 속도에 놀라 마치 자기가 새로운 생활 속으로 끌려들어가고 있는 듯함을 느꼈다. 저 조용한 젊은 시절의 세계나, 단조로운 생활 세계가 아닌 새로운 세계로 자기가 실려가는 듯함을 느꼈다.

기차가 파리로 들어섰을 때엔 어둑어둑해져 있었다.

짐꾼이 잔느의 트렁크를 빼앗듯이 집어들었다. 당황한 잔느는, 혼잡한 거리를 걷는 데 익숙하지 못했기 때문에 이리저리 떠밀리면서, 그를 놓칠까 봐 거의 달리다시피 따라갔다.

호텔의 사무실로 들어서자 잔느는 급히 말했다.

"루셸 씨에게 소개를 받고 왔는데요."

사무실에 앉아 있던 뚱뚱한 여주인이 물었다.

"루셸 씨가 누군데요."

잔느는 당황하여 말을 이었다.

"고데르빌의 공중인인데, 해마다 이곳에서 묵는다고 하던데요."

뚱뚱한 여자가 말했다.

"그럴지도 모르지만요. 나는 그를 잘 모릅니다. 방이 필요하신가요?"

"네, 그래요."

그러자 심부름 하는 소년이 그녀의 짐을 들고 앞서서 계단을 올라갔다.

잔느는 가슴이 죄는 것 같음을 느꼈다. 그녀는 조그만 테이블 앞에 앉아서 수프와 닭날개구이를 주문했다. 새벽부터 아무것도 먹은 것이 없었기 때문이었다.

촛불이 흔들리고 있는 앞에서 서글픈 식사를 하던 그녀는, 신혼여행에서 돌아오던 길에 이 도시를 지났던 일이며, 그때 파리에 머물던 무렵부터 줄리앙의 본성이 차츰 나타나기 시작한 일 같은, 여러 생각을 하였다. 그렇지만 그땐 그녀도 젊고 기운차며 용기가 있었다. 그러나 지금은 늙고 곧잘 당황해 하며 무슨 일에나 겁이 나고 연약하며 아무것도 아닌 일에도 마음이 혼란스러워지곤 했다.

식사가 끝나자 창문 앞으로 가, 그녀는 혼잡한 거리를 내려다보았다. 밖에 나가보고 싶었으나, 감히 나갈 용기가 없었다. 틀림없이 길을 잃을 것만 같았다. 그녀는 그대로 자리에 누워 촛불을 꺼버렸다.

그러나 소음과 낯선 도시에서 받는 느낌과 여행의 피로가 도리어 잠을 쫓고 있었다. 시간이 흘렀다. 밖의 웅성거림은 차차 잦아들었지만, 대도시 특유의 반 휴식 상태에 신경이 쓰여 잠들 수가 없었다. 그녀는 사람, 짐승, 식물, 그밖의 모든 것을 잠들게 하는 전원의 깊은 침묵에 익숙해져 있었다. 그래서 지금은 자기 주위에 이상스런 움직임들을 느끼는 것이었다. 거의 들릴락말락한 말소리가 호텔의 벽을 통해서 그녀의 귀에 들려왔으며 가끔 마룻바닥이 삐걱거리고 문이 닫히며 초인종이 울리곤 했다.

새벽 2시경, 그녀가 막 잠이 들려고 할 때, 옆방에서 여자의 비명소리가 들렸다. 잔느는 급히 침대 위에 일어나 앉았다. 그러자 이번에는 남자의 웃음소리가 들리는 것 같았다.

날이 새면서 폴의 생각이 더 간절해졌다. 그래서 사방이 훤하게 밝아오자마자 그녀는 옷을 주워입었다.

폴은 시테의 소바즈가에 살고 있었다. 잔느는 될수록 돈을 아끼라는 로잘리의 충고에 따라서 거기까지 걸어갈 작정이었다. 좋은 날씨였다. 차가운 공기와 피부를 할퀴었다. 사람들은 바쁜 듯, 모두 달리듯이 보도 위를 걷고 있었다. 잔느는 될수록 빠른 걸음으로 걸었다. 가르쳐준 길의 막다른 골목에서 오른쪽으로 꺾여져, 거기서 다시 왼쪽으로 돌아 다음 네거리로 나갔을 때 다시 한 번 물어보려고 생각했다. 그런데 도무지 그 네거리가 보이지 않았다. 그래서 어느 빵장수에게 물어보았더니, 그는 전혀 다른 길을 가르쳐주었다. 잔느는 다시 걷다가 길을 잘못 들어, 이리저리 방황하다가 다시 또 여러 사람들에게 물어서 그대로 따랐으나, 결국을 아주 길을 잃고 말았다.

잔느는 미친 사람같이 길을 이리저리 헤매었다. 그러다가 마차를 부르려고 결심한 순간 세느 강이 보였다. 그녀는 강둑을 끼고 걸어갔다.

약 1시간쯤 걸어가자 소바즈 거리가 나왔다. 그곳은 아주 어두운 뒷골목이었다. 잔느는 어느 문 앞에서 멈추어섰다. 엄청난 감동으로 이제는 한 발짝도 옮기지 못할 것 같았다.

그 애가 여기에 있는 것이다. 이 집 안에 폴레가!

무릎과 손이 떨리는 것을 느끼며 잔느는 겨우 문을 들어서서 복도를 걸어갔다. 문지기가 있는 사무실이 보이자 은화 한 닢을 꺼내주며 말했다.

"폴 드 라마르 씨한테 가서 나이 든 부인이, 어머니의 친구

Une Vie 473
여자의 일생

가 아래서 기다린다고 전해 주시지 않겠습니까?"

문지기는 대답했다.

"그분은 지금 여기에 살고 있지 않습니다, 부인."

커다란 전율이 온몸을 휩쓸었다. 잔느는 더듬거리며 물었
다.

"아! 그럼 어디에…… 어디에 살고 있나요?"

"그건 모릅니다."

금방이라도 쓰러질 듯 눈앞이 빙빙 돌아서 잔느는 한동안
말을 못했다. 마침내 정신을 가다듬고 그녀는 중얼거리듯 물
었다.

"여기서 떠난 지 얼마나 됐나요?"

문지기는 자세히 말해주었다.

"보름이나 되지요. 어느 날 밤 보통 때처럼 두 사람이 나가
더니 돌아오지 않더군요. 이 근처 여기저기에 빚을 지고 있
었어요. 주소를 가르쳐주지 않고 간 게 당연하지요."

잔느는 눈앞에서 총이라도 쏜 것같이 눈부신 빛이, 커다란
불길이 이는 것을 보았다. 그러나 하나의 흔들리지 않는 생
각이 그녀를 지탱하고, 그녀로 하여금 냉정을 유지하고 침착
히 서 있을 여유를 주었다. 그녀는 폴레에 대해서 알고 싶고
폴레를 다시 찾아내고 싶었던 것이다.

"그러면 나가면서 아무 말도 없었겠군요?"

"물론이죠. 빚을 갚지 못해서 도망친 건데요."

"하지만 누구를 시켜서라도 편지는 찾으려고 할 텐데요."

"편지가 별로 없었어요. 일 년에 열 통도 오지 않았으니까요. 참, 그들이 떠나기 이틀 전에 내가 한 통을 갖다주었죠."

그것은 틀림없이 그녀의 편지였을 것이다. 그녀는 황급히 말했다.

"저 좀 보세요. 나는 그 애의 어머니예요. 아들을 만나러 왔어요. 자, 여기 10프랑 드릴 테니 그 아이에 대해서 뭔가 소식이 오거나 얘기를 들으면, 르아브르 가의 노르망디 호텔에 있는 저에게 알려 주십시오. 사례는 충분히 하겠습니다."

그리고 나서 잔느는 도망치듯 그곳을 나왔다.

어디로 가겠다는 목적도 없이 그녀는 뭔가 중요한 일이라도 있는 듯 서둘러 걷고 있었다. 벽을 따라 걸으면서 짐을 들고 가는 사람에게 부딪치기도 하고 마차가 오는 것도 유념치 않고 길을 건너다가 마부에게 호통을 들었다. 보도의 층계에 걸려 비틀거리기도 하며 그녀는 무작정 정신없이 달려갔다.

어느새 그녀는 공원에 와 있었다. 몹시 피곤했기 때문에 그곳에 있는 벤치에 걸터앉았다. 자기도 모르게 눈물을 흘리면서 남의 눈에 띌 만큼 오래 그곳에 앉아 있었다. 지나가던 사람이 멈춰 서서 바라다볼 정도였다. 문득 몹시 차가운 공기가 느껴졌다. 그래서 그녀는 다시 걸으려고 일어섰다. 두 다리가 간신히 몸을 버티고 있을 정도로 그녀는 맥이 빠지고 지쳐 있었다.

어느 음식점에 들어가서 수프를 마시고 싶은 생각이 간절했다. 그러나 수치심과 두려움과 스스로도 분명히 느낄 수 있게 얼굴에 뚜렷이 나타나 있는 슬픔으로 인해 그런 곳에 들어설 용기가 없었다. 그녀는 잠시 멈춰서 사람들이 식탁에 앉아 식사를 하는 것을 들여다보다가 갑자기 겁이 나서 달아났다. '다음 음식점에 들어가야지.' 하고 중얼거렸지만, 다음 음식점에는 더욱 들어가기가 힘들었다.

결국에는 빵집에서 달 모양의 작은 빵을 사 가지고 걸으면서 뜯어먹었다. 몹시 목이 말랐으나, 어디에 가야 물을 마실 수 있을지를 몰라서 꾹 참았다.

아치형 건물을 지나치자, 회랑으로 둘러싸인 또 다른 공원이 나왔다. 그제야 그녀는 그곳이 팔레 르와얄이라는 것을 알았다. 햇빛과 보행으로 조금 몸이 더워졌기 때문에 잔느는 다시 한두 시간 벤치에 걸터앉아 쉬었다.

한 무리의 사람들이 들어왔다. 그들은 우아하게 차려입고서, 이야기하고, 웃고, 인사를 나누었다. 여자들은 아름답고, 남자들은 부유해 보였으며, 오직 몸 맵시와 환락을 위해서만 살고 있는 듯한 행복한 무리들이었다.

잔느는 그렇게 행복한 사람들 사이에 있다는 사실에 당황해서 도망치려고 일어섰다. 그때 문득 어쩌면 이곳에서 폴을 만나게 될지도 모른다는 생각이 들었다. 그래서 조심스러우면서도 재빠른 걸음으로 공원의 이쪽 끝에서 저쪽 끝까지 왔다갔다하면서 사람들의 얼굴을 살폈다.

사람들은 돌아서서 그녀를 쳐다보았다. 어떤 사람들은 웃으면서 그녀를 손가락질하고 있었다. 그것을 깨닫자, 잔느는 얼른 그곳을 도망쳐 나왔다. 틀림없이 사람들은 자기의 모습과 로잘리의 의견대로 지어 입은 초록빛 바둑판 무늬의 옷을 보고 웃는 것이라고 생각했다.

이제는 누군가에게 더 이상 길을 물을 용기마저 어디론가 사라져버렸다. 그녀는 별수 없이 길거리를 방황하다가 마침내 호텔을 찾아들었다.

그날 오후 내내 그녀는, 침대 밑에 있는 의자에 쭈그리고 앉아 꼼짝도 하지 않았다. 전날 저녁처럼 수프와 약간의 고기로 한끼를 때우고, 기계적인 습관으로 침대에 들어 잠을 청했다.

이튿날, 그녀는 아들을 찾아달라고 부탁하기 위해서 경찰국에 갔다. 경찰은 보증은 할 수 없으나 노력하겠다고 하였다. 잔느는 아들을 만날지도 모른다는 희망으로 거리를 헤맸다. 이 많은 군중 속에서, 그녀는 사람 없는 벌판 한가운데에 있는 것보다 더욱 커다란 고독감과 비참함을 느꼈다.

저녁 때 호텔로 돌아오자, 폴 씨한테서 누가 왔었는데, 내일 또 오겠다고 하며 갔다는 것이었다. 그녀는 피가 온몸을 역류하는 것 같았다. 그날 밤 그녀는 한숨도 못 잤다. 혹시 그 아이라면? 그렇다. 틀림없이 그 아이일 것이다.

아침 9시경에 문을 두드리는 사람이 있었다. 잔느는 "들어오세요!" 하고 소리치며, 두 팔을 벌린 채 껴안을 준비를 했다. 그러나 들어온 사람은 본 적도 없는 남자였다. 그 사람이 방해를 해서 미안하다고 하며 자기는 폴의 빚을 청구하러 왔다고 설명하는 동안, 잔느는 감추려 해도 눈물이 절로 흐르는 것을 느꼈다. 그녀는 눈물이 흐르려 할 때마다 손가락 끝으로 훔쳐내었다.

그 남자는 소바즈 거리의 문지기로부터 잔느가 다녀갔다는 말을 듣고는, 청년의 행방을 알 수 없던 참에 그 어머니한테 빚을 청구하러 온 것이다. 그 남자가 내민 종이쪽지를 잔느는 아무 생각없이 받아 읽었다. 거기에서 90프랑이라는 숫자를 읽고, 지갑에서 돈을 꺼내 지불했다.

잔느는 그날 밖에 나가지 않았다.

다음날엔 또 다른 채권자들이 찾아왔다. 그녀는 20프랑만 남기고 나머지는 모두 갚고 난 다음, 로잘리에게 편지를 써서, 현재의 처지를 알렸다.

잔느는 하녀로부터의 답장을 기다리면서 거리를 방황하였다. 무엇을 하면 좋을지, 어디에 가서, 언제 끝날지도 모르는 시간을 보내면 좋을지를 몰랐다. 따뜻한 말 한 마디 해줄 사람, 자기의 비참한 처지를 알아줄 사람 하나 없었다. 이제는 다만 이곳을 떠나고 싶다는 생각, 저 쓸쓸한 길가의 조그만 자기 집으로 돌아가고 싶다고 생각하며 발 닿는 데로 정처없이 걸어다녔다.

며칠 전까지만 해도 그녀는 그 집에서 더 살아갈 수가 없을 것 같았다. 그만큼 쓸쓸함이 그녀를 짓누르고 있었던 것이다. 그런데 지금은 거꾸로 자기의 우울한 습관이 뿌리를 내려버린 그집이 아니면 자신이 살아갈 수가 없다는 것을 그녀는 분명히 느끼고 있었다.

  마침내 어느 날 저녁, 그녀는 한 통의 편지와 2백 프랑의
돈을 받았다. 로잘리는 편지에 이렇게 썼다.

  잔느 아씨, 곧 돌아오시기 바랍니다. 돈은 더 이상 보내드릴 수 없
  습니다. 폴 도련님은, 소식을 듣는 즉시 제가 데리러 가겠습니다.
                                              아씨의 하녀 로잘리

  잔느는 눈이 내리는 몹시 추운 어느 날 아침 고데르빌을
향해서 떠났다.

14

그 뒤로 잔느는 외출도 하지 않고 꼼짝도 하지 않았다. 아침마다 같은 시간에 일어나 창 밖 날씨를 보고는, 아래로 내려가 식당의 벽난로 앞에 앉아 있는 것이었다.

잔느는 그렇게 온종일 꼼짝도 하지 않고 앉아 불꽃에 시선을 고정시키고는 비통한 생각이 떠오르는 대로 내버려두고 자기의 서글픈 인생의 길을 다시 거슬러 가보기도 하였다. 어둠이 조금씩 방에 스며들어와도 벽난로에 장작을 집어넣는 일 말고는 꼼짝하지 않았다. 그러면 로잘리가 등불을 들고 와서 소리쳤다.

"자, 잔느 아씨, 조금 움직이셔야지요. 그렇지 않으면 오늘 저녁에도 식사를 못 하실 거예요."

잔느는 자주 몇 가지 끈질긴 생각에 시달렸다. 사소하고 하찮은 일이 자꾸 마음에 걸려 그녀를 괴롭히는 것이었다.

병든 정신상태로 의미도 없는 일들이 매우 중요한 것처럼 여겨졌다.

특히 잔느는 낡은 과거 속에서 살고 있었다. 그녀는 인생의 첫 시기인 소녀 적부터 코르시카 신혼여행 때의 먼 과거를 회상하였다. 오래 전에 잊었던 섬의 온갖 것이 갑자기 눈앞에, 불타고 있는 벽난로 속의 장작에 나타나곤 하였다. 그러면 그녀는 거기서 있었던 사소한 일들과 만났던 사람들의 얼굴을 자세히 기억해 보려고 했다. 안내인이었던 장 라블리의 모습이 또렷이 보이며 때로는 그 목소리도 들리는 듯했다.

그 다음에는 폴이 어렸을 때의 즐거운 일들이 생각났다. 그때 폴이 채소 묘목을 옮겨 심게 하여, 리종 이모와 함께 비료를 준 흙 위에 무릎을 꿇고 앉아 서로 아이의 마음에 들려고 다투어 그것들을 가꾸고, 어느 편이 더 잘 키우고, 많이 길러 낼 수 있을지를 겨루기도 했었다.

그런 때, 잔느의 입술은 마치 아이에게 얘기하듯 나직하게 중얼거리는 것이었다.

"풀레야, 나의 귀여운 풀레야."

이 말이 나오면 잔느의 공상은 멈추었다. 그리고는 손가락을 뻗어 몇 시간 동안이나 풀레라는 이름을 구성하고 있는 글자를 허공에 써보려고 애쓰는 것이었다. 그녀는 벽난로 앞에서 천천히 그 글자들을 썼다. 글자가 눈에 보이는 듯했다. 그리고 잘못 썼다 싶으면, 지쳐서 떨리는 팔로 다시 p에서부터 시작하여 끝까지 써보려고 전력을 기울였다. 그리하여 다

쓰고 나면 처음부터 다시 쓰기 시작하는 것이었다.

마침내는 머리가 혼란스러워져서 더 이상 계속해서 쓸 수가 없게 되고, 모든 것이 뒤죽박죽이 되어 다른 단어를 만들어버리는 것이었다.

잔느는 고독한 사람들에게 달라붙는 광기 같은 것에 사로잡혀있었다. 사소한 물건의 위치가 바뀌어도 짜증을 내었다. 로잘리는 가끔 억지로 그녀를 걷게 하느라고 길가로 데리고 나갔다. 그러나 잔느는 20분쯤 걷다가는, "애야, 난 더 이상 못 걷겠다." 하며 도랑가에 털썩 주저앉아버렸다.

그녀에게는 유일하게 어려서부터의 습관이 바뀌지 않고 계속되는 것이 있었다. 그것은 침대 속에서 밀크커피를 마시면 그 자리에서 일어나는 습관이었다. 게다가 그녀는 밀크커피에 다른 무엇보다 깊은 애착을 가지고 있었다. 만약 그녀에게서 이 습관을 박탈한다면 아마도 무엇보다 더 고통스러웠으리라. 그녀는 매일 아침 로잘리가 들어오는 것을 약간은 육감적인 초조감을 느끼며 기다렸다. 그리고 밀크커피가 가득 찬 찻잔이 침대 옆 테이블에 놓이자마자 바로 일어나 앉아 게걸스럽게 마셔대었다. 그런 다음, 이불을 걷어 내고 옷을 입기 시작하는 것이었다.

그러나 그녀는 찻잔을 받침접시 위에 놓고 한동안 공상에 잠기는 버릇을 들이더니 언제부턴가는 도로 침대에 누워버리는 것이었다. 날이 갈수록 이렇게 게으름을 피우는 시간이 늘어났다. 로잘리가 화를 내며 들어와서 거의 강제로 옷을

482

입힐 때까지 태만은 계속되었다. 날이 갈수록 이렇게 게으름을 피우는 시간이 늘어났다. 게다가 이제는 의지력도 전혀 없는 사람 같았다. 하녀가 조언을 청하거나, 질문을 하거나, 의견을 묻거나 할 때마다 아무런 감정없이 대답했다.

"네가 좋을 대로 하려무나, 로잘리."

자기에게는 집요하게 불행이 달라붙어 뒤쫓고 있다고 굳게 믿는 나머지, 그녀는 동양인처럼 숙명론자가 되어 있었다. 모든 꿈이 물거품처럼 사라지고 희망이 무너져버리는 일에 익숙해져 있던 그녀는 아주 단순한 일을 해야 될 경우에도 며칠이나 망설이곤 했다. 자기는 불행한 사람이라, 자기가 하는 일은 모든 것이 잘 되지 않게 마련이라고 확신하고 있었다. 잔느는 입버릇처럼 되풀이하였다.

"나는 참 운이 없는 사람이야."

그러면 로잘리가 큰 소리로 야단을 쳤다.

"그럼, 아씨가 빵을 구하기 위해서 일을 해야 한다면, 품팔이를 하기 위해 매일 아침 6시에 일어나야 한다면 뭐라고 하시겠어요? 세상에는 그렇게 하지 않으면 안 되는 사람이 너무나 많아요. 그들은 늙어서도 비참하게 그대로 죽는답니다."

잔느는 대답했다.

"하지만 나는 오직 혼자야. 내 아들은 나를 버렸고."

그러면 로잘리는 몹시 화를 내며 말했다.

"그건 그렇지요. 하지만 군대에 나가 있는 아들을 가진 어머니도 있고, 또 미국으로 아주 살러 가는 아들을 보내는 어머니도 있어요."

로잘리에게 미국이란 나라는, 돈을 벌러 가기는 하지만 결코 다시 돌아오지 못하는 곳이었다.

로잘리는 계속 말했다.

"또한 언젠가 헤어져야 할 때는 누구에게든 반드시 있어요. 늙은 사람과 젊은 사람이 항상 함께 살란 법은 없어요."

그리고는 냉정하게 말을 맺었다.

"만일 아드님이 이미 세상을 떠났다면 어떻게 하시겠어요?"

그 말에 잔느는 더 이상 대꾸하지 않았다.

이른 봄이 되어 공기가 부드러워지자 잔느도 약간의 기력을 되찾았다. 그러나 그 회복된 활동력을 더욱 우울한 상념에 빠져드는 데에만 쓰고 있었다.

어느 날, 아침에 그녀는 뭔가를 찾으러 다락으로 올라갔다가 우연히 낡은 달력이 꽉 차 있는 상자를 열었다. 시골 사람들의 흔한 습관처럼, 해묵은 달력들을 보존해 둔 것이었다.

그녀는 자기의 과거의 세월을 다시 찾은 것 같은 느낌이 들어, 네모난 두꺼운 종이더미를 앞에 하고 이상하게 혼란된 감동으로 가슴이 벅차서 그 자리에 멍청하게 서 있었다.

잔느는 그 상자를 식당으로 가지고 내려왔다. 큰 것, 작은 것, 그밖에 여러 가지 형태의 달력이 있었다. 그녀는 연대순으로 테이블 위에 늘어놓았다. 그러자 맨처음의 달력, 그녀가 레 푀플로 가지고 온 것이 눈에 띄었다.

잔느는 오랫동안 그것을 들여다보았다. 그녀가 수녀원에서 나온 다음날, 루앙을 떠나던 그날 아침에 자기 손으로 지운 날짜도 그대로였다. 그녀의 눈에서 눈물이 솟아났다. 천천히 흘러내리는 서러운 눈물이었다. 눈앞의 테이블 위에 펼쳐진 불행한 자기 생애에 대한 늙은 여자의 애통한 눈물이었다.

문득 하나의 생각이 잔느를 사로잡았다. 이윽고 그것은 끔찍하고 끊임없는, 맹렬한 집념이 되었다. 그녀는 자기가 지금까지 지내온 날을 하루하루 다시 돌이켜보고 싶다는 생각이 들었다. 그녀는 벽과 벽걸이 위에 누렇게 바랜 달력을 하나하나 꽂아 놓았다. 그리고 그 중의 하나 앞에 서서 혼자 중얼거리며 몇 시간을 보내는 것이었다.

"이 달에는 무슨 일이 있었지?"

자기 생애의 기념할 만한 일이 있었던 날에는 표시를 해놓았기 때문에, 때로는 중요한 일의 앞 뒤에 일어난 사소한 일들을 하나하나 기억해 내고 모으고 연결하여 거의 그 달 전부를 상기할 적도 있었다. 그녀는 집요하게 주의력을 기울이고 기억에 파고들어 의지를 집중시킨 결과, 레 푀플의 첫 두 해 동안의 일을 거의 완전히 상기할 수 있었다. 생애의 먼 기억이 이상할 만큼 쉽게, 일종의 부조(浮彫)처럼 머리 속에 떠올랐다.

그러나 그 뒤에 세월은 서로 얽히고 겹쳐서 마치 안개 속으로 사라져버린 듯했다. 때로는 하나의 달력을 들여다보며 먼 옛날로 스며들어가 그런 추억들을 과연 이 달력에서 다시 찾아볼 수 있을지를 생각하지만, 끝내 기억해 내지 못하고 한없이 서 있을 적도 있었다.

또한 그리스도 수난의 판화같이 식당 벽을 둘러싼 지난날의 그림들을 하나하나 들여다보다가 갑자기 그 중의 하나 앞에다가 의자를 끌어당겨놓고 밤이 될 때까지 꼼짝도 하지 않고 그것을 지켜보는 것이었다.

그러는 동안에 태양의 온기로 모든 수액이 잠을 깨고, 온갖 농작물이 밭에서 싹트고, 나무들이 푸르러지기 시작했다. 정원의 사과나무가 장미빛 구슬 같은 꽃을 피우고, 들에 향기로운 냄새를 피워올릴 때에 느닷없는 동요가 잔느를 사로잡았다. 그녀는 한군데 가만히 있지를 못하고, 하루에도 스무 번 정도 왔다갔다하며 집 안을 들락거렸다. 때로는 모든 회한의 열에 들떠서 농장을 따라 멀리까지 헤매이다 되돌아오는 것이었다.

풀섶에 숨어서 피어 있는 마가렛, 나뭇잎 사이로 비쳐드는 햇빛, 푸른 하늘이 비쳐보이는 마차바퀴의 물 웅덩이 따위를 보면, 꿈을 꾸며 들판과 숲속을 헤매던 소녀 시절의 감동의 반향처럼 먼 옛날의 감정이 되살아나서 가슴이 설레이는 것이었다.

그녀가 미래를 꿈꾸던 무렵에도 이와 같은 감미로움과 온화한 세월의 파도 같은 도취를 맛보았던 것이다. 미래의 문이 닫혀진 지금, 잔느는 그것을 고스란히 다시찾았다. 그리고 마음속으로 아직도 그것을 음미할 수가 있었다. 그러나 동시에 그것은 고통이었다. 눈을 뜬 세계의 영원한 기쁨이, 그녀의 메마른 피부, 식어버린 피, 지친 영혼 속에 스며들어 와도 이제는 단지 연약하고 고통스러운 매력밖에 주지 못하는 것 같았다.

그리고 또, 자기 주위의 모든 것이 조금씩 변한 것 같았다. 태양은 자기가 젊었을 때 보던 것보다 조금 덜 따뜻했고, 하늘도 덜 푸르렀으며, 풀의 초록빛도 조금 바래진 것 같았다. 꽃도 전보다 창백하고 향기도 희미해서 이젠 전혀 사람을 도취시키지 못했다.

그래도 어떤 날은 삶의 행복감이 가슴에 밀려와서, 다시 공상하고 희망과 기대를 가질 수가 있었다. 운명이 아무리 가혹하게 괴롭힐지라도, 맑디맑게 개인 날엔 무엇인가를 기대할 수 있지 않을까?

그녀는 그저 걸었다. 흥분한 영혼에 떠밀려가듯이, 몇 시간씩이나 걷고 또 걸었다. 그러다가 때로는 갑자기 발을 멈추고 길가에 앉아 가슴아픈 일들을 회고하였다. 왜 자기는 다른 사람들처럼 사랑을 받지 못했을까? 왜 조용한 생활의 평범한 행복조차도 알지 못하는 것일까?

또 어떤 때는, 자기가 이젠 늙은이라는 것을 잊어버렸다. 자기 앞에는 이제 우울하고 쓸쓸한 몇 해밖에 남지 않았다는 것, 이제 자기의 길은 거의 마지막까지 다 걸었다는 것을 잊었다. 그리고 옛날 16세 때처럼 감미로운 계획을 세우고는, 즐거운 미래의 조각들을 이리저리 맞추어 보는 것이었다. 그러다 보면, 현실의 차가운 감각이 그녀를 덮쳤다. 그러면 마치 무거운 물건으로 허리를 강타당한 듯 기진한 몸을 가까스로 추스르고 일어나서 집을 향해 천천히 걸으며 중얼거리는 것이었다.

"아아! 이 미친 늙은이! 이 미친 늙은이!"

로잘리는 이제, 잔느에게 늘 잔소리를 해대었다.

"이제 집에 좀 가만히 계세요, 아씨. 대체 무엇 때문에 그렇게 가만히 계시질 못해요?"

그러면 잔느는 슬픈 듯이 대답하는 것이었다.

"나도 어쩔 수가 없다. 이제 난 죽기 전의 마사크르 같구나."

어느 날 아침, 하녀가 다른 때보다 일찍 방에 들어왔다. 그녀는 침대 옆 작은 테이블에 밀크커피를 내려놓으면서 말했다.

"자, 어서 드세요. 드니가 문 앞에서 우리를 기다리고 있어요. 함께 레 푀플로 가요. 전 거기에 볼 일이 좀 있어요."

잔느는 눈앞이 캄캄해지며 쓰러질 것 같았다. 그토록 그녀는 감동을 했던 것이다. 그녀는 감동으로 부들부들 떨면서 정신없이 옷을 입었다. 그 그리운 집을 다시 볼 수 있다는 생각에 그녀는 거의 쓰러질 것만 같았다.

빛나는 하늘이 온 세계 위에 펼쳐져 있었다. 말도 즐거운 듯 달렸으며, 때때로 껑충거리며 뛰기도 했다. 에투방 마을에 들어서자, 잔느는 호흡이 곤란할 정도로 가슴이 벅차올랐다. 드디어 목책의 벽돌 기둥이 보였을 때 그녀는 진정하려고 무지 노력하며, '오! 오! 오!' 하고 낮게 소리쳤다.

말은 큐이야르네다 매어 놓았다. 로잘리와 아들이 일을 보러가 있는 동안, 소작인이 열쇠를 건네주며, 마침 주인이 집에 없으니 저택에 들어가 보라고 했다.

잔느는 혼자서 갔다. 바다를 향한 낡은 저택 앞에 이르자, 잔느는 멈춰서서 가만히 바라보았다. 외형은 변한 것이 없었다. 회색빛의 큰 건물은 퇴색한 벽에 부드러운 햇빛을 받고 있으며, 창의 덧문은 모두 닫혀 있었다.

죽은 나뭇가지 하나가 잔느의 옷 위에 떨어졌다. 그녀는 눈을 들어 쳐다보았다. 그것은 플라타너스에서 떨어진 것이었다. 잔느는 매끄럽고 창백한 색깔의 큰 나무에 가까이 다가가, 동물을 애무하듯이 손으로 쓰다듬었다. 잔느의 발이 풀밭의 썩은 나무 조각에 부딪혔다. 그것은 잔느가 가족들과 늘 걸터앉았던 벤치, 줄리앙이 처음으로 이 집을 방문하던 날 내놓았던 벤치의 마지막 잔해였다.

그녀는 현관의 이중문 앞으로 다가갔다. 몹시 녹슨 열쇠가 쉽게 돌아가지 않아서 문을 여는 데 애를 많이 썼다. 마침내 자물통이 덜컥 하고 열리는 소리를 냈다. 안문은 조금 빽빽하기는 했으나 힘들여 밀자 안쪽으로 열렸다.

잔느는 문이 열리자 뛰다시피 단숨에 자기 방으로 올라갔다. 밝은 벽지로 도배가 되어 알아보지 못할 정도였다. 그러나 창문을 열고, 멀리 갈색 돛이 점점이 뿌려진 듯한 바다와 관목숲과 느릅나무와 벌판을 바라보자, 뼛속까지 감격해서 그 자리에 멍하니 서 있었다.

그녀는 텅 비고 넓은 집 안을 두루 살펴보았다. 벽에는 눈에 익은 얼룩들이 있었다. 그녀는 회칠한 벽에 움푹 패인 조그만 구멍 앞에서 멈추어 섰다. 그것은 남작이 이곳을 지날 때마다, 젊은 시절을 생각하며 지팡이로 검술 흉내를 내던 자국이었다.

어머니의 방에서 그녀는 어두운 방문 뒤의 구석 침대 옆에 꽂혀 있는, 가느다란 금 머리핀 하나를 발견했다. 그것은 옛날에 그녀가 꽂아놓았던 것으로 그녀는 이제야 그것이 생각났다 그 뒤 몇 년 동안 찾았으나, 아무도 그것을 찾아내지 못했던 것이다. 잔느는 평가할 수 없을 정도로 귀중한 유물로서 그것을 뽑아들고 입을 맞추었다.

잔느는 여기저기를 돌아다니며 아직 새로 바르지 않은 방의 벽지에 거의 알아볼 수 없는 얼룩의 흔적을 발견해 내고 천이나 대리석에 아로새겨진 무늬를 보기도 했다. 혹은 오랜 세월로 더럽혀진 천장의 어두운 그늘 같은 곳에 흔히 상상력이 멋대로 그렸던 기이한 모습을 볼 수도 있었다.

그녀는 소리 하나 내지 않고 조용히 가라앉은 넓은 저택 안을 오직 혼자, 묘지라도 걸어다니듯 발소리를 죽이며 걸었다. 그녀의 모든 생애가 이곳에 묻혀 있는 것이다. 그녀는 거실로 내려갔다. 덧문이 닫혀 있어서 어두컴컴했다. 한참 동안 아무것도 보이지 않았다. 이윽고 눈이 어둠에 익숙해지자, 새가 날아다니는 벽걸이가 조금씩 보이기 시작했다. 두 개의 팔걸이 의자가 방금 사람이 거기에 앉았다가 일어선 것처럼 벽난로 앞에 놓여 있었다. 그 방의 냄새, 모든 사물이 자기만의 독특한 냄새를 가지고 있듯이 희미하지만 분명히 그 방이 지니고 있던 아련하고 달콤한 냄새가 잔느의 몸 속에 스며들어, 온갖 추억으로 그녀를 감싸고 기억에 취하게 했다. 그녀는 과거의 숨결을 들이마시며 두 개의 의자에 시선의 초점을 맞춘 채 거기에 서 있었다. 그러자 문득 그녀의 고정관념으로 인해 갑작스런 환각이 보였다. 전에 자주 보았던 자세 그대로 부모님이 벽난로에 발을 쬐고 있는 모습이 보이는 듯했다. 아니, 분명히 보였다.

그녀가 소스라치게 놀라 뒷걸음질을 치는 바람에 문에 등을 부딪혔다. 그녀는 계속 의자를 쳐다보며 쓰러지지 않으려고 문에 기댔다.

환영은 사라졌다.

잔느는 잠시 그렇게 멍하니 서 있었다. 그러나 차츰 정신을 되찾고, 이러다 미치는 게 아닐까 하는 두려운 생각에 그곳에서 도망치려고 생각했다. 그러다가 문득 시선이 자신이 기대고 있는 벽 위에 멎었다. 거기에는 풀레의 눈금이 있었다. 희미한 표시가 고르지 못한 간격으로 위쪽으로 뻗어 있었다. 칼로 파서 적은 문자가 아들의 나이와 달과 성장을 나타내고 있었다. 좀 커다란 남작의 글씨가 있는가 하면, 그보다 작은 자신의 글씨가 있고, 또 좀 떨리는 듯한 리종 이모의 필적도 있었다. 그녀는 옛날 어릴 때의 아이가 거기에, 금발 머리를 하고 키를 재기 위해서 벽에 조그만 이마를 바짝 붙이고 자기 앞에 서 있는 것처럼 생각되었다.

남작의 큰 목소리가 들렸다.

"잔느야, 여섯 주일 동안에 애가 1센티미터나 자랐구나."

잔느는 미칠 것 같은 애정이 치밀어올라 그 판자 벽에 입을 맞추기 시작했다. 그때, 밖에서 그녀를 부르는 소리가 들렸다. 로잘리의 목소리였다.

"잔느 아씨, 잔느 아씨, 점심 식사 하셔야지요. 모두들 기다리고 있어요."

잔느는 정신없이 밖으로 나왔다. 사람들이 자기에게 무슨 얘기를 하는지 그녀는 도무지 이해할 수가 없었다. 그저 제 앞의 식탁 위에 있는 음식을 먹고, 무슨 뜻인지도 모르면서 사람들의 말을 듣고, 그녀의 건강을 묻는 소작인들과도 이야기하고, 그들이 포옹하는 대로 가만히 있었으며, 그들이 내미는 뺨에 키스를 해주고 나서 마차에 올랐다. 나무들 사이로 보이던 저택의 높은 지붕이 드디어 보이지 않게 되자, 그녀는 가슴이 찢어지는 듯한 격렬한 아픔을 느꼈다. 이제 영원히 자기 집에 이별을 고했다는 것을 깨달았던 것이다.

그들은 바트빌로 돌아왔다.

새 집으로 들어가려던 순간, 잔느는 문 밑에 뭔가 하얀 것이 떨어져 있는 것을 보았다. 그녀가 없는 사이에 우체부가 놓고 간 편지였다. 잔느는 곧 폴에게서 온 편지라는 것을 알았다. 그녀는 불안감에 떨면서 봉투를 뜯었다. 거기엔 다음과 같이 적혀 있었다.

그리운 어머니, 제가 더 일찍 편지를 드리지 못한 것은 어머니가 파리에 헛걸음을 하시지 않게 하기 위한 것이었습니다. 사실은 제가 될 수록 빨리 어머니를 뵙고 의논드려야 할 일이 있습니다. 전 지금 매우 곤란한 지경에 처해 있습니다. 아내가 딸을 낳은 뒤로 죽어가고 있습니다. 사흘이나 되었습니다. 지금 제겐 단 돈 한푼도 없습니다. 갓난애는 문지기 아주머니가 우유로 겨우 키우고 있습니다만, 죽을까 두렵습니다. 어떻게 하면 좋을지 알 수가 없습니다. 그 애를 어머니가 맡아주실 수 없으신지요? 유모에게 맡기려 해도 돈이 없습니다. 이 편지를 보시는 즉시 답장을 해주십시오.

어머니를 사랑하는 아들, 폴.

잔느는 의자에 주저앉아 가까스로 로잘리를 불렀다. 하녀가 오자, 둘이서 다시 편지를 읽었다. 그리고 오랫동안 마주 본 채 침묵을 지키고 있었다. 마침내 로잘리가 입을 열었다.

"제가 갓난애를 데리러 가겠어요, 아씨. 그대로 내버려둘 수는 없으니까요."

잔느는 대답했다.

"그래, 네가 갔다 오너라."

두 사람은 다시 입을 다물었다. 잠시 후 하녀가 말했다.

"모자를 쓰세요, 아씨. 고테르빌의 공증인한테 갑시다. 그 여자가 죽게 된다면, 죽기 전에 폴님의 결혼수속을 급히 하셔야 해요. 아기의 장래를 위해서요."

잔느는 대답도 하지 않고 모자를 썼다. 표현하기 어려운

벅찬 환희가 그녀의 가슴에 넘쳐났다. 그것은 어떻게든 남에게는 감추고 싶은 야릇한 기쁨, 수치스럽지만 영혼의 신비스런 비밀로서는 흠씬 즐기는 가증스러운 기쁨이었다. 아들의 정부가 죽어가고 있는 것이다.

공증인은 하녀에게 상세하게 주의를 주었다. 그녀는 그것을 몇 번이나 되풀이하여 묻고는 결국 확고한 자신감을 얻고는 선언하였다.

"염려 마세요, 이제 제게 모두 맡기세요."

바로 그날 밤으로 하녀는 파리로 떠났다. 그후 이틀 동안, 잔느는 아무것도 생각할 수가 없을 만큼 혼란스러운 시간을 보냈다. 사흘째 되던 날 아침 그녀는 저녁 기차로 돌아오겠다는 로잘리의 편지를 받았다. 그밖에는 아무것도 적혀 있지 않았다.

3시쯤 잔느는 하녀를 맞이하러 가기 위해 이웃집 마차에 채비를 부탁했다. 그녀는 플랫폼에 선 채 지평선 저 멀리로 차츰 좁아지며 뻗은 레일의 곧은 선을 보고 있었다. 때때로 큰 시계를 바라다 보았다. 아직 10분 전, 아직도 10분 남았다. 다시 2분. 드디어 도착시간이 되었다. 그러나 선로 위에는 아무것도 나타나지 않았다. 그러다 갑자기 하얀 점이 보였다. 잔느는 정신없이 승강구를 지켜보고 있었다. 몇 개의 문이 열렸다. 승객이 몇 명 내렸다. 작업복을 입은 농부들, 바구니를 든 농가의 아낙네들, 신사 모자를 쓴 중류시민 등이었다. 이윽고 린네르 보자기 같은 것을 안은 로잘리의 모습

494

이 보였다.

잔느는 하녀 쪽으로 뛰어가려고 했으나 쓰러질 것만 같았다. 그토록 다리가 쇠약해져 있었다. 하녀는 잔느를 보더니 평소의 침착한 태도로 가까이 다가와서 말했다.

"안녕하셨어요, 아씨. 다녀왔습니다. 그다지 쉬운 일이 아니었어요."

잔느는 더듬거리며 물었다.

"그래, 어떻게 됐어?"

로잘리는 대답했다.

"그 여자는 어제 저녁에 죽었어요. 그 직전에 결혼식을 끝냈지요. 자, 여기 아기가 있어요."

그러면서 로잘리는 천에 싸서 보이지 않는 아기를 내밀었다.

잔느는 기계적으로 갓난애를 받아 안고 역에서 나와 로잘리와 함께 마차에 올랐다. 로잘리는 다시 말했다.

"폴님은 장례식이 끝나는 대로 돌아오실 겁니다. 아마 내일 이 시간쯤엔 도착하실 거예요."

잔느는 '폴……' 하고 중얼거렸으나, 더 이상 아무 말도 하지 않았다.

태양은 황금빛이 유채꽃과 핏빛의 빨간 양귀비꽃이 여기저기 무리져서 피어 있는 푸른 들판을 밝은 빛으로 적시면서 지평선 저쪽으로 기울어져 가고 있었다. 수액이 뻗쳐오르고 있는 대지 위에는 무한한 정적이 내리덮여 있었다. 마차는 가볍게 달렸으며 농부는 말을 재촉하려고 혀를 끌끌 찼다.

잔느는 눈앞의 허공을 멍하니 바라보았다. 그 하늘엔 제비 떼가 불화살처럼 곡선을 그리며 날고 있었다. 갑자기 부드러운 온기, 산 생명의 온기가 그녀의 옷을 뚫고 다리를 통해 살 속까지 스며들었다. 그것은 자신의 무릎 위에서 자고 있는 갓난애의 체온이었다.

무한한 감동이 잔느의 온몸을 휘감았다. 그녀는 갑자기 천을 젖히고 아직 보지 못한 아기의 얼굴을 들여다보았다. 내 아들의 딸이다. 연약한 생명은 강한 빛을 받자 입을 오물거리며 파란 눈을 떴다. 잔느는 두 팔로 아이를 쳐들어 올려 미친 듯 키스 세례를 퍼부었다.

그러자 로잘리가, 흐뭇하면서도 짐짓 퉁명스럽게 잔느를 제지했다.

"자, 자, 잔느 아씨. 이제 그만하세요. 그러다 아기를 울리 겠어요."

그리고 그녀는 아마도 자신의 생각에 대답하듯, 이렇게 덧붙였다.

"인생이란, 사람들이 생각하는 것만큼 그렇게 좋은 것도 아니고 나쁜 것도 아닌가 봅니다."